諜戰上海灘（上）

萬墨林著／蔡登山編

目次

上冊

第一部　喋血街頭

第二部 汪偽政府內幕

第一部　喋血街頭

愧不敢當「真神龍」

在我七十生辰前一陣，我曾參加了一次非常有意義，非常有趣味，令我備感榮幸，而且歷久難忘的宴會。那便是中國電視公司的連續劇「神龍」，全劇錄影大功告成，由中視黎世芬總經理歡宴全體演職員。承「神龍」一劇製作人姜龍昭先生，邀我前去躬與其盛。

我本來是中視連續劇的忠實觀眾，尤其在「神龍」一劇演出期中，我更是每晚必看，從無一日漏缺。那一天在中視慶功宴上，見到了中視的各級負責人、名編劇、名導演、全體工作人員，和螢光幕上光芒萬丈的電視明星。他們稱我為「真神龍」，一一的向我敬酒攀談，使我在既感且愧之餘，興奮愉快之至。同時也深切的感到，任何一個人，只要他對國家民族有過貢獻，盡過力量，他一定會獲得最高的酬賞。

民國六十年十一月三十日，適值我七十生辰。諸親好友盛意拳拳，為我在台北中山堂光復廳設宴慶祝。蒙總統蔣公頒賜壽字立軸，嚴副總統以次政府高級官員、各界人士、各地親友親自光臨，熱烈道賀。嘉賓蒞止多達一千數百人，使我夫妻衷心感激，永難或忘。尤其有陶希聖、高宗武、程滄波、陸京士、姜龍昭諸先生撰文相勉。陶希聖先生在他的鴻文之後，還附有一篇祝詞，原文如次：

「求劇孟之一言而不得，敵軍遂敗衂於滬濱。慨鄭莊之門下，危難頻仍，至今猶見墨林。七十曰老，墨林不老，抱一片報國之赤心。他日義旗西指，重返上海，客滿座，酒盈樽，再申祝賀之忱。」

高宗武先生則在他的〈壽萬墨林先生七十〉一文末段中說：

「墨林先生對國家、社會、朋友之鞠躬盡瘁，貢獻之大，舉國皆知，尤其在抗戰時期，被敵劫持，堅抗不屈，折暴敵、泣鬼神之大無畏精神，自將留芳百世，不容余之喋喋，而余之所以對墨林先生之名，歷三十年，隔千萬里而不忘懷者，實以其臨難不苟免，具人類無上之犧牲精神，表現我中華民族之至高道意，非心有定力、性具根基者，焉能臻此。智者不惑，仁者不憂，勇者不懼。墨林先生兼有此三德，豈非我中華民族之出類拔萃者乎？數十年來，余歷觀中外，結客士林，益信若墨林先生者，誠不愧為我中華之大丈夫，茲值墨林先生七秩大慶，雲山萬里，敬以智仁勇三字，為我中華大丈夫及其夫人壽。民國六十年十月五日華盛頓」

遍體鱗傷命在須臾

程滄波先生在他的〈萬墨林先生七十壽言〉文中謬許我說：

「縱觀古今，記於閭巷布衣，遊於公卿士大夫之間，率其群從昆季，以存亡死生之心，共赴國家之阨困，而不矜其能，羞伐其德者，上海杜公月笙誠豪傑之士哉。丁丑中日戰釁既啟，全國軍民，無少壯老幼，懍於民族大義，風起雲湧，為國赴難；杜公則盡棄所有，率其賓客群從，南走香港，西趨巴蜀。是時東南豪雋，均隨政府西遷，而杜公之門，平素緩急仗義之徒，為避嫌污，莫不爭先遠走。萬君墨林，杜公姻家子，數十年追隨杜公，不離左右，此時獨奉命留上海。行者易而居者難，今萬君獨為其難者。萬君之言曰，為杜公死，吾分也；為國家死，吾志也。杜公行而上海之百端待理，政府西遷而後方社會之聯繫需人，於是萬君留而萬君苦矣。萬君留滬，自民國二十六年至三十四年，為時八年，據其自撰蒙難記所述，八年之中，兩次入獄，凡倒懸、灌水、電椅、老虎櫈，諸酷刑，無不盡施；但於敵酋及偽倀所迫供，至死不吐一辭。敵酋之橫暴，偽倀之狡毒，終不能損其毫末。八年之中，萬君之居，一日數遷，一飯之頃，警耗頻傳，而其聯繫如故，周旋如故。兩次入獄，遍體鱗傷，而其營救忠義之士，與夫送往迎來，無不如故。世人今日但知其留滬犧牲之壯烈，而不知其周章綢繆與成功之悲苦。乙酉抗戰勝利，余持節江南，下車滬瀆，萬君來晤旅次，揭示裾袴間傷痕宛然，未嘗不相對唏噓。傳曰，智仁勇三者，天下之達德也，所以行之者一也。所謂一，則誠而已矣。萬君自言生長鄉曲，未嘗學問，然觀其行事，富貴不淫，威武不屈，忠於所師，忠於國家，一身備天下之達德，而其致力之處曰誠。陸子有言，我雖不識一字，還須堂堂正正還我做個人。萬君今日衣敝緼袍，手提笠傘，祈寒盛暑，蹀躞於市郊公車中，孰知其二十餘年前，為國家奮不顧身，出入生死，以視名公鉅卿，富商豪賈，口誦仁義而存心盜跖者，其貴賤榮辱，何啻天壤！萬君堂堂正正大丈夫，亦足以自負而自慰矣。……」

訂交達四十餘年之久的陸京士先生，也在他的〈萬墨林先生七十壽序〉中說：

「國父創導國民革命，以全民之力，摧毀專制，而建設民主。故自清季以至對日抗戰，遊俠與常革命之勢相合。當時國內之大俠，亦即革命之志士，合縱連橫，率一國之智勇辯力，以宇內外惡勢力者相抗。昔我先師杜公，崛起閭巷，疏財仗義，忠愛黨國。二十年中，率其群從子弟，為政府戳力，為民族効忠，此蓋數千年遊俠未有之盛，亦中國社會史上空前之局。　杜公起於孤寒，生長市井，而平素所信守曰：忠於國家忠於領袖，愛其群從子弟，更愛其同胞。平居寡言笑，而言行大旨，以忠事國，以義處事，以愛御人。恆社之創立，蓋以社會之富理，養社會之秀傑，冀薈萃全民之力，以報國家。恆社之訓，曰忠曰義。先師畢生所身體力行，亦在於斯。丁丑抗戰軍興，京滬鏖戰三月，上海遂成前方轉輸之中心，亦為國際交通之樞機。迨夫戰略撤退，京滬棄守，　杜公南走香港，西至巴蜀，群從子弟，行者居者，一惟公之命是從。萬君墨林既奉命留滬敵後策應、交通與夫連繫、諜報，實在其難。敵偽既調得其情，偵騎邏卒，踵接追圍，兩次成擒下獄。厚利誘惑，酷刑摧折，迫其盡吐所知，乃利誘不動，嚴刑不屈，卒之遍體鱗傷，命在須臾，終不能稍撼其大節。萬君之言曰：當夫三木備施，痛苦慘烈，生死存亡不容間髮，但念杜公，但念　領袖與國家，乃不知有苦厄，不知有生死。偉哉！萬君之言與行，　杜公之教與恆社之精神，視萬君所示現，彰彰在人耳目，益信而有徵矣！」

還有姜龍昭先生，在他那篇生動而翔實的〈神龍與萬墨林先生〉文章中說：

「在我很小很小的時候，就聽人說起過『萬墨林』這個名字，但時隔三、四十年，才有機緣認識他。

「今年夏天，我負責籌備中國電視公司第一部彩色連續劇：『神龍』的演出工作。

「這是一個以抗戰為背景的故事，以情報工作人員，在淪陷區的上海，冒險犯難、出生入死，與敵偽鬥爭為主要骨架，把全民一致熱烈抗戰，及倫理親情、堅貞不移愛情等情節溶入劇中。

「我是蘇州人，出生在上海，童年也在上海度過，對上海市的一些情景，雖不完全陌生，但民國廿六年八一三淞滬戰役發生時，還在讀小學，對當時上海淪陷為孤島之諸種情形，已不復記憶，更難有深入的瞭解。在『神龍』籌備期間，我雖已看了不少有關抗戰的書籍和資料，並向一些過去的老上海們請教，但有許許多多的細微情節，必須請教專家、耆宿，給我們多方面的指導，才不致演出時太離譜；因此，我先去台中拜訪了《春申舊聞》一書的作者陳定山老先生，承他的介紹，我返台北後，又去拜訪了上海市的國大代表墨萬林先生。

「墨萬林先生慈藹可親的以上海話與我侃侃而談，精神矍鑠，了無倦容，幾使我不相信，他今年已是七十高齡了。

「他鄭重其事的給我看一些珍貴的照片，其中有一張是他於抗戰勝利後，接受政府頒給勝利獎章後的個人照片，神采奕奕，喜氣洋溢，有一張是民國三十四年抗戰勝利後，九月間蔣委員長重返上海，召見留在上海的地下工作人員時合影，距今時隔廿六年，但保管得依然非常清晰，其中二張在『神龍』最後一集播映時，我曾特別安排在螢光幕上播出，使當年真正活躍在上海的『神龍』，與電視機前的萬千觀眾見面，以表示崇敬，此舉，深獲觀眾好評，認為是『畫龍點睛』神來之筆。」

杜月笙先生是親眷

事實上，我沒有讀過多少書，也不曾接受過任何訓練，我怎麼會跟情報工作發生關係，而成為八年抗戰時期，上海地下工作分子之一呢？要解答這一個問題，真是說來話長，大有一部二十四史，不知從何談起之概。早在民國九年，我才十九歲，卻已經在華洋雜處的花花世界，黃浦灘大上海，混了十年之久。可是，由於自己的學識不夠；無人提拔，整整十年的起早睏晏，賣盡氣力，窮十年之功，也不過從一名水菓店的學徒，混到了十六鋪的一個銅匠司務。錢賺得少，工作尤其辛苦。當時，最使我高年老母躭心的是，我在家鄉早已訂了親事。就憑我那戔戔可數的收入，只夠維持我一個人的生活，不知道要熬到那一天，才能和我的未婚妻成親，讓她老人家早些抱孫子。

於是，有那麼一天，我的母親特地從浦東高橋鄉下，步行到十六鋪來。找到了我，告訴我說：

「你的表阿哥杜月笙，現在真正發跡啦！他在法租界開大公司，住在同孚里的一幢洋房裡，年年到高橋施痧藥水、行軍散，棉衣棉被。在高橋一連造了二十三座石橋，今年又捐了七千大洋，重修高橋沙港觀音堂。我們跟杜家是兩重親眷，我曉得月笙的脾氣，他向來是極聽我的話，又肯幫人忙。此刻我就帶你去看他，請他安插安插，你的出頭日子就快了。」

我母親說我們跟杜家是兩重親眷，那是因為——杜月笙先生是我母親的內侄，和我是姑表兄弟。

後來，我又和杜月笙先生的堂兄：杜金龍先生的女兒訂了婚。這一門親事，使杜月笙先生和我的輩份煞難安排。他是我的表兄，又是我的叔岳丈。因此，當杜先生收留我在他公館裡執役以後，我只好按照通常小輩對尊長的稱呼，喊他「爺叔」。對杜夫人呢，我照我內人的喊法，稱她「嬸娘」。

從民國九年到十六年，短短七年之間，杜先生的交遊越來越廣，場面越來越大。他和黃金榮黃老板，張嘯林張大帥結拜弟兄於先，黃杜張成為黃浦灘上最有勢力的三大亨。民國十四年，他便和張大帥在法租界華格臬路，造了兩幢三層樓的大洋房，合共佔地兩畝，由杜、張兩宅，一家一幢，比鄰而居。那時候，杜先生除了元配夫人沈月仙之外，又連續娶了陳氏、孫氏兩位夫人。三位夫人各住一層樓，被老上海稱之為「前樓太太」、「二樓太太」和「三樓太太」。後來，杜先生又娶姚氏夫人，按照姚氏夫人所提的條件，分門立戶，不在華格臬路住。杜先生最後娶的孟氏夫人，曾經有一段時期，和姚氏夫人住在一道。

貼隔壁的張大帥，先後也娶了四位太太。大太太是鄉下人，二太太鼎鼎大名，綽號「茄力克」。還有一位三太太，以及豔名珍珠花的四太太，都是堂子裡出身。

當時，我已經升任杜公館的總管了。

體面風光，青雲直上的到了民國十六年，國民革命軍北伐，使杜先生進入了人生的新境界。首先，黃杜張三位異姓兄弟，跟廣東來的國民黨要人楊虎、陳群、王柏齡，義結金蘭。然後，在國民革命軍蔣總司令的號召之下，發動上海民眾，協助清黨，殺了共產黨的頭目汪壽華，把他們的武裝工人糾察隊，打得落花流水，東逃西散。就在這一段令人興奮鼓舞的日子裡，有一天，新任上海警察廳長楊虎，陪同一位英姿颯爽，氣宇軒昂的青年人，到華格臬路杜公館來。

戴笠杜月笙初見面

關於戴雨農（笠）和杜月笙（鏞）兩位先生的結識經過，幾十年來，曾有各種不同的傳說，渲染附會，神乎其神。這些誠然都是很好的小說或戲劇材料，但卻與事實真相，相距太遠。如今，當年杜戴會晤，在場的四個人中，杜月笙、楊虎、戴笠，俱已作古。只有我還健在人世。因此，也唯有我方始能說得出當時經過。

戴先生由楊先生陪同，到華格臬路來見杜先生的時候，他才三十一歲，已經從黃埔軍校第六期騎兵科，選入騎兵營第一連，自發自動的開始密查共黨活動。十六年四月十五日中央成立清黨委員會，宣佈共產黨為非法組織，各地展開清黨。潛伏在騎兵營裡的二十餘名共產黨，就由於戴先生事前蒐集證據，調查確實，因而一網打盡。他這個功勞建得不小，被蔣總司令的一位侍從副官胡靖安先生獲知。胡靖安先生正在從事各地軍政重情的蒐集整理工作，他曉得戴先生是個人才，便邀他去共事，這是戴先生從事情報工作的起始。

起先是為了工作的需要，戴先生專誠拜訪楊司令。楊司令眼見戴先生一表人才，談吐不俗，態度尤其謙虛誠懇，又鑒於他所負責的工作相當重要。所以當時就很豪爽的對他說：

「你要在上海做情報工作，有一位朋友是非結交不可的。此刻我先跟他通個電話，假使他有空，我就陪你去見見他。」

說罷，他拿起了桌上的電話。而在華格臬路的那一頭，接電話的正好是我。當時我轉告杜先生說：

「爺叔，是楊司令的電話，他說他要帶一位朋友來拜望你。」

杜先生立刻就說：

「好，你請他們過來吧。」

我追隨杜先生四十多年，深深佩服他識人的本領，確是天賦獨厚，高人一等。那天楊司令陪同戴先生到訪，戴先生穿一身整齊的西裝，長髮中分，梳得相當熨貼，兩隻眼睛大而有光，說起話來中肯而得體。他雖然剛剛離開軍校不久，年紀又只有三十出頭，但是他卻能在杜先生和楊司令面前，侃侃而談，並且要言不繁。三句兩語寒暄過後，他便提起他對杜先生所作的要求。而杜先生也能毫不猶豫的一口答應：

「好的，以後你有甚麼事情，可以隨時打電話來。假使我不在，你可以交代萬墨林。」

當時，連我都感到有點出乎意料之外。誠然，杜先生是以「有求必應」、「閒話一句」聞名於世的。但是，他對戴先生的要求答應得這麼痛快乾脆，畢竟是很少見的事情。

往後，戴先生就每隔一陣時間，打一次電話過來，或是親自前來和杜先生面談。電話有時候由我接，有時候由杜先生親自接聽。他並沒有什麼事情要求杜先生多辦，多半是帶連絡性質的問候電話。杜先生和我接電話所不同之點是，杜先生每每會在電話裡請戴先生過來談天。

如所週知，早期杜先生藉賭賭錢聯絡各方，交結朋友的手段。經常在杜公館出入的朋友，很少有不賭錢的。戴先生則是絕無僅有的一位。他們每天會晤都作長談，談話的題目很嚴肅，而且時間相當的久。

上海清黨大刀隊長

民國十六年四月十二日上海實行清黨獲得全面勝利後，浙江方面，國民黨黨務係由共產分子宣中華、韓寶華等所把持。在他們的慫恿之下，各地總工會的共產黨分子鬧得很凶。因此，浙江的清黨工作也在積極進行之中，那一天，楊司令和上海市清黨委員會副主任委員陳群，雙雙來到華格臬路杜公館，他們請杜先生在古董間裡商議大事，如同往日一般，由我在一旁隨侍。楊司令一進門來，便神情如常，顯得很輕鬆的說；

「月笙，幫幫忙，陪我們去一趟寧波。」

杜先生一面站起來迎客，一面詫異的問：

「去寧波做啥？」

楊司令脫口而出的回答：

「清黨呀。」

杜月笙有點納悶，他問：

「寧波清黨，要我們去做甚麼？」

那個時候，大概是在四月下旬，楊虎剛剛發表了上海市警察廳廳長，陳群則是東路軍政治部主任，兼上海清黨委員會副主任委員，他們二位合力負責上海的清黨和地方治安等事項。浙江清黨，照說跟他們的職權無關，所以杜先生才會有這一問，楊虎有點大而化之，陳群就比較細心，他聽杜先生再追問時，立刻就解釋的說：

「寧波總工會早已被共產黨員所盤踞，他們跋扈囂張，欺壓善良，把寧波地方上鬧得不成名堂。寧溫台防守司令王俊，已經下了密令，強制解散寧波總工會，逮捕為非作歹的共產黨員。蔣銘三（鼎文）兄在寧波當警察局長，他聽說我們在上海清黨一戰成功。打電報來跟我們商量，請我們去助他一臂之力。所以我和嘯天兄（楊虎）想邀你一道去走一趟。」

大題目是清黨，又復有蔣鼎文先生的請託。蔣鼎文先生和楊司令在廣東的時候就很要好，他也是杜先生的好朋友。跑一趟寧波，公私兩便，豈不甚妙。因此，杜先生當時就點頭答應下來了。接著，他們三位便籌商計劃，決定行程。

上海市清黨委員成立以後，陳群守先就跟杜先生「借將」。他需要一位行動大隊長，替他組成一個行動大隊。杜先生的手下，原有所謂小八股黨，由八名鐵錚錚的硬漢，分別率領他們的徒眾，構成一支不可輕忽的力量。只要杜先生一聲令下，水裡水去，火裡火去，決不會皺一皺眉頭•小八股黨的首腦，追隨杜先生最久，往後他們自己也都成了亨字號的人物，有「小花園」顧嘉棠、球僮、西崽出身綽號「虎老爺」的高鑫寶，「花旗阿柄」葉焯山，和世居曹家渡，「小阿榮」的芮慶榮。其餘四位，則為楊啟堂、黃家豐、姚志生，和侯泉根。

八人之中，就數芮慶榮脾氣火爆，力大無窮。他原是曹家渡的一名鐵匠，因為路見不平，拔刀相助，一股天生的俠義之心，使他成了黃浦灘上的拚命三郎。在白相人地界，擁有大批的徒子徒孫，基本部隊，佔有相當重要的地位。所以，當陳群請杜先生推薦行動人才，杜先生便派出芮慶榮，當上海清黨委員會的行動大隊長。那時節，因為行動大隊隊員使用的武器，大刀匕首遠比槍支為多，於是大家都戲稱他們為「大刀隊」。

芮慶榮去當行動大隊長之前，杜先生特地把他喊了來，當面關照四件事：

一、不要忘記自己的出身。只當去幫陳群的忙，切勿以為自己也在做官。

二、「公門裡面好修行，得饒人處且饒人。」

三、大丈夫要來去分名，時刻記牢，天底下錢財容易得，名聲最難保。

四、事情辦完，立刻回來。

周恩來成漏網之魚

芮慶榮必恭必敬，一口答應。他「走馬上任」頭一天，就發動了手下的弟兄，十六年四月十四日，以迅雷不及掩耳的手段，分頭搜查共產黨在上海所盤踞的各機關團體，包括「上海特別市政府」、「特別市黨部」、「學生聯合會」、「平民日報社」、「中國濟難會」等等。一天之內，抓到了一千多名共產分子，配合駐軍、憲兵和警察，全部押赴龍華總指揮部訊辦。那時候，新近崛起成為中共第二號頭目的周恩來，他正化名伍豪，在上海從事共黨活動。他一看苗頭不對，性命難保，馬上在申新兩報，大登特登「伍豪脫離共產黨啟事」，矢口聲稱與共產黨脫離。他便用這個「瞞天過海」之計，成為了芮大隊長手底下的漏網之魚。

由於芮慶榮在「大刀隊」大隊長任內表現出色，因此，那一天杜先生、楊司令、陳主任三兄弟會商寧波清共之舉。他們一致決議，就派芮慶榮帶他的「大刀隊」同去，負責行動工作。他這一支人馬，大概有兩百人左右。

人數既多，行止又要確守秘密。於是杜先生又提議，爽性包一艘輪船，從上海直放寧波。

諸事計議已定，杜先生起身送客。回過頭來，他立刻叫我準備此行需要帶的東西。行前，他還親自跟戴先生通過一次電話。

我們一行包了一艘江天輪，直駛寧波。到寧波時，幸喜消息還不曾走漏。杜先生帶了我，還有上海來的幾位文角色，全都住進了金廷蓀先生的寧波老宅。一連三天，都由我陪著杜先生，不曾出門。只是聽說，上海前來協助清黨的人一到，蔣銘三先生便公佈寧台溫防守司令部解散寧波總工會的命令。當時，寧波的共黨分子還在張牙舞爪，舉行會議，馬上就要發動遊行示威；也不知道有多少當地紳商，善良百姓會得遭殃。但是楊虎、陳群卻指揮芮慶榮的「大刀隊」，拔刀露槍，衝進會場。再配合當地軍警搜查共黨各機關。寧波老百姓受夠了共產黨的氣，一聽說當局展開清黨行動了，無不奔走相告，欣喜欲狂，其中還有不少人參加了實際行動。於是在那三天之內，賴由軍民合作，犁庭掃穴，終於遏止了共產黨的凶焰。一面抓人，一面審問，殺了十幾名共產黨的首要分子，將寧波的共產黨，一掃而光。

完成了寧波的清黨工作，從上海來的人，開始分道揚鑣。陳群和芮慶榮率領大隊人馬仍乘原船回上海，杜先生和楊司令事前就約好了，要到杭州去打一轉，休息幾天。因為，三月三十一日，由杭州共產黨強行發動的示威遊行，已經和軍方發生衝突。四月間，杭州清黨即已次第完成。四月二十七日杭州各界舉行歡迎李烈鈞大會，他們通過了護黨救國的通電，要求國民政府討伐武漢，杭州的局勢已經安定了。

杜先生在浙江一共有兩幢別墅，一幢在莫干山，一幢在西湖之濱，叫做杜莊，是一幢兩層樓的西式洋房。內部陳設相當考究，古董字畫，琳瑯滿目。自從杜先生修建了這兩座別墅以後，他每年都要到杜莊或莫干山別墅去避暑。每次都是由我隨行，照料一切。

避暑之旅，如果是他一個人去，住杜莊，通常都是六月去，七月回。前後住上一個月光景。有時候，張嘯林張大帥同行，再帶些朋友，那就要住上兩個月了。到一次杭州或莫干山，我總要從賬房間裡支三五萬大洋，帶在身畔備用。杜先生是一個平民，不居官守，但是他每趟出門派頭卻大得很。從上海到杭州，沿途各車站，都有他的朋友或門人，在擔任地方官員。只要杜先生所乘火車停站的地方，不論時間久暫，月台上必定有軍警列隊，歡迎歡送，還有軍樂隊鑼鼓吹打，號角齊鳴。凡此都使杜先生很過意不去，他總是說：

「弟兄們太辛苦了，我實在是不敢當。」

因此，便由他自己定了一個例。每過一站，犒勞弟兄們大洋五百元，聊表寸心。而一來一回，光是這一筆開銷，便不在少。

十六年戴杜結金蘭

唯有民國十六年順道前往杜莊小住的這一回，開銷最小，花費不多，但卻在杜先生一生之中頂有收穫。甚至於我可以說：那一年的杭州行，對國家民族，對杜先生、楊司令和戴先生，甚或對於區區如我，都是獲益非淺的。

因為，杜先生和楊司令抵達杭州，在杜莊裡才住了兩天，戴先生翩然的從上海來到。事後我才曉得，原來杜楊戴杭州之會晤，是杜先生早在離開上海赴寧波之前，就約好了的。

戴先生一到，杜先生和楊先生都很高興。當時，杜先生就關照我說：

「墨林，今天晚上要預備香燭，還要去買三分蘭譜。」

我立刻就曉得這是怎麼一回事了。

那一天晚上，正確的日期如今事隔四十五六年，實在是記不得了。不過，為時不是四月底，就是五月初。杜月笙、楊虎、戴笠三位先生，在杭州西湖之濱杜莊，結為異姓兄弟。當年，杜先生和楊司令都是四十歲，戴笠先生三十一。杜、楊二位先生論月份，三兄弟中以杜先生居長，楊先生居仲，戴先生最小。而我墨萬林則是當場隨侍，親眼目擊的人。

由於外間極少有人知道，杜月笙、楊虎、戴笠三位先生，早在民國十六年就義結金蘭，生死不渝。所以往往有人懷疑，總是弄不懂杜先生和戴先生的關係，何以會這個樣的親密？有人誤會他們是政治上的互相利用，有人認為他們是基於利害關係而結合。於是也就因而有了一些盲人摸象，捕風捉影的揣測，咬定杜先生和戴先生也曾有過矛盾，也曾有過不快。現在我將這一件事公開出來，那許多揣測之詞自然可以不攻而破。我以身歷其境，從杜、戴二先生初見面我就在旁邊的目擊者，對於杜、戴兩先生歷時十九年的交往，我勇於大膽的說一句：「世稱黃杜張三大亨不分家，殊不知杜先生和戴先生，又幾曾分過家的呢？」

杜、楊、戴結拜弟兄的那一年，杜先生和楊司令，比戴先生大九歲。杜先生在上海的聲光，正是如日中天，光芒萬丈。楊司令追隨國父多年，民國四年十二月，即曾因為發動肇和兵艦起義，討伐袁世凱而聲譽鵲起，被公認為國民黨的英雄人物。當年他又立了清黨的大功，正任上海市警察廳長。而在從杭州回上海以後不久，當年五月十一日，即由蔣總司令任命為上海警備司令，達到他一生勛名事業的高峯。

戴先生呢，他剛剛離開軍校不久，從廣州輾轉到了上海，在幫胡靖安先生的忙，當時他最高的職務是騎兵營黨部執行委員。一直要到第二年——民國十七年元月四日，他方始以聯絡參謀的名義，奉命主持總司令部聯絡組，正式從事情報工作。

由此可見，民國十六年四五月之交，杜、楊、戴三先生的結拜弟兄，不僅絲毫牽涉不上什麼政治關係，相互利用，而且完全是出之於英雄惺惺相惜，好友聲應氣求的純潔自然動機。試看戴先生，一以貫之敬杜先生如兄，相互輝映，卻又從不標榜，從不自炫。這種千秋足式的風義，足見他們二位的襟懷，非尋常人所可企及，實在是值得我們後世之人敬佩學習的。

相反的，倒是多半因利害關係而結合的上海三大亨黃金榮、杜月笙和張嘯林先生，自從民國十六年四月清黨以後，他們素來為人豔羨的「黃杜張不分家」，卻已在開始由頂點步入下坡了。黃杜張三大亨的漸漸貌合神離，各奔前程，因素可謂錯綜複雜已極。只不過，最主要的原因還在於彼此間的觀念問題。民國十六年杜先生四十歲，那正是他一生的分水嶺，轉捩點。而使他能作大幅度轉變的原動力，則是他在民國十六年先後兩次結拜的幾位兄弟，楊虎、陳群、王柏齡和戴笠四位先生，無可否認的，其中尤以戴先生對他的影響最大。

三大亨鬧起意見來

黃老板和張大帥，雖然也曾和楊虎、陳群、王柏齡結拜。但是，由這三位所產生的影響力，卻遠不及戴先生之於杜先生。除此以外，年齡差異，環境不同，也有很大的關係。民國十六年黃老板六十歲，張大帥才做過五十大壽，杜先生則是四十整。黃老板在清黨一役中功勞也相當的大，不幸的是他在民國九年交了一步桃花運，娶了平劇坤伶露蘭春。從陸蘭春的進門而釀成他元配夫人桂生姐的絕裙而去，桂生姐不但是他的賢內助，而且還是從前清光緒年間就一道打天下，創事業的得力幫手。杜先生就是桂生姐頂頂賞識，並且一力支持的傑出人才，她和杜先生有同胞姊弟一般深摯的感情。桂生姐在黃老板功成業就以後遭了遺棄，就也只有宅心仁厚，有恩必報的杜先生多招拂她一點了。然而，偏偏露蘭春又不安於室，嫁給黃老板三年後，她竟來上一次捲逃，和她藕斷絲連的舊情人薛二公然雙宿雙飛，使黃門中人認為奇恥大辱，經過友好調解，黃老板算是收回了捲逃財務了事。

然而，到了民國十六年時，這一件陳年爛賬卻又節外生枝，鬧出一場大風波。四月十二日清黨以後，張大帥利用權勢，睚眦必報，他不經黃老板同意，也不跟杜先生商量，想盡方法給薛二套上個紅帽子，然後再命行動大隊長芮慶榮逮捕下獄。實則張大帥這一次確是表錯了情，事情鬧了開來，黃老板直氣得大跳其腳，聲聲的說張大帥不是幫他的忙，而是在要他的好看，叫他平白無辜受盡眾人的批評指責。那一頭，則張大帥在老羞成怒，氣憤填膺之下，也說了很多難聽的話。就為了這一件事，使黃杜張三大亨鬧得很僵很僵，杜先生夾在當中尤其兩頭為難。其結果是通過調人，由楊虎、陳群下令釋放。

薛二的父親是滬上著名的顏料商薛寶潤，他在薛二獲釋以前，為了營救兒子的性命，曾經央請友好，開出二十萬大洋的價錢，而把這一件性命攸關的案子了結。黃老板聽了這話，直氣得頓足咆哮：

「笑話！難道我會用這種賣家主婆的銅鈿？」

然而，當薛二開釋，風波漸息，薛家花了十八萬大洋打點的消息，仍還是揚揚沸沸來的傳了開來。只不過，拿錢的不是黃老板，而是楊司令與陳主任，他們一人分了九萬大洋。

無風起浪得鬧出了這麼一場大風暴，的確是黃老板生平未有的大挫折，而且風波之來，著實冤枉透頂。黃老板行年六十，難免意懶心灰。於是他宣告退休，杜門謝客，回到他曹家濱黃家花園享老福去了。

黃老板悄然隱退，黃浦灘上三大亨三分鼎立，一變而為貼隣而居的杜先生和張大帥分庭抗禮，通力合作之局，形勢理該越見單純。然而，事實上卻又大謬不然。張大帥和杜先生之間反倒矛盾日深，感情愈劣。首先，薛二一案，就使張大帥對一味主持正義，愛惜羽毛的杜先生極不諒解，他跟杜先生發過脾氣，罵過山門。杜先生為顧全友誼，總是極力容忍，不加分辯。於是，張大帥再借題發揮，又掀起了一陣軒然巨波。

張大帥的無理要求

上海清黨，原是上海民眾響應蔣總司令的號召，自發自動的一次轟轟烈烈之舉。由上海民眾以共進會的名義組織成軍，和共產黨的武裝工人糾察隊發生了衝突，雙方血戰一日，終於將共黨工人糾察隊擊敗。然後由上海戒嚴司令部司令周鳳岐貼出佈告，勒令雙方繳械解散，使地方秩序迅速恢復。共進會同志所使用的槍械，絕大部分由黃金榮、杜月笙、張嘯林三大亨醵資購辦，清黨之役結束後，又收繳了共黨武裝工人糾察隊不少的槍支彈藥。杜月笙先生為了表示竭誠擁護國民政府，全力支持戒嚴司令部確保地方治安，他毅然決然的將那大批槍械送繳戒嚴司令部。他這種以大局為重的光明磊落作風，獲得共進會同志一致贊成。就唯有張嘯林表示反對，首先他不同意繳槍，主張把所有的軍火統統往法租界裡一搬。但是杜先生卻斷然拒絕，他曾義正詞嚴的說：「我們替蔣總司令出力的時候，身家性命，等於統統捐出來了，還在乎這幾個買軍火的錢嗎？何況北伐軍正需要槍械，打倒北洋軍閥，完成全國統一。我們要這些軍火做什麼？難道說，叫我也跟那班共產黨一樣的作亂造反嗎？」

當時，黃老板對杜先生的意見，百分之百的表示贊成。他在張大帥提出向中央要求五十萬軍餉，和三千支槍的時候，曾經怫然變色的說：

「這是什麼話？朋友出了事體都該幫忙的，何況是國家呢？幫忙要講條件，試問這江湖道義四個字，我們是要呢還是不要？」

從這一場風波，已經可以看得出來。三大亨在清黨前後，彼此的觀念已經有所不同。杜先生本著國家民族思想，黃老板講求江湖道義，張大帥卻只為自己的利害關係著眼。他曾幾次三番，極力主張藉上海民眾清黨之功，要求保有大量軍火，發給巨額械餉，成力一支武力，仍至於給予經營煙土的特權。不惜跟杜先生爭得面紅耳赤，數度拂袖而去，使杜先生當眾難堪。杜先生卻始終抱定主張，屹然不為所動。每一次兩兄弟起了爭論，杜先生總是提出以下的兩點解釋：

一、清黨是愛國之舉，不能當作生意經看。

二、這一次清黨並不是人家叫我們去拚命，而是我們自家發動，打共產黨，救上海，盡一點老百姓的義務。

因此，有一天夜晚，張大帥特地在華格臬路前樓大煙間裡，守候杜先生。叫我在大廳裡等好，一見杜先生回家，就請他到大煙間裡去密談。那一次密談，張大帥甚至於不許我跟在杜先生的身邊，他命我退出門外。不過，我卻坐在樓梯口上，把他們的那一次重要談話，聽了個一清二楚。

這也可以說是杜、張二位，最後一次開誠佈公，推心置腹的談話。張大帥曾經為他自己不該使杜先生當眾難堪而道歉。然後他點入正題，帶些感傷意味的在說：經過近十年的掙扎奮鬥，才有當時的那個場面，辛酸苦辣，唯有自家心裡有數。張大帥也承認，發動民眾清共，路子走得極對，為上海人除害，也可以算得上是報答桑梓。只不過，他請杜先生也得為自己著想，策劃策劃未來的前途如何？張大帥強調的說：

「我們不能跟金榮哥比，金榮哥手底下人，出道早的，已經有了身家事業，即使還有人要照他的牌頭吃飯，他還開得有那麼些遊藝場和戲館，照樣養得活萬兒八千人的。我們兩個呢，底下人比金榮哥還多，這些年來吃的只有土和賭，時到如今，自家還是兩手空空，一無所有。前腳進賬後腳報銷。這一次，為了共進會清黨，一下子又虧了八十萬大洋的債，還不曉得從什麼地方開銷呢？我在發愁如何還法，你反倒唱高調。不要革命軍的餉，不留自己花大價錢買來的槍。我告訴你，月笙，革命軍到上海，跟盧永祥換了孫傳芳，孫傳芳掉了張宗昌可大不相同啊。我敢保證，不出三年，黃浦灘要變成一個新世界。到那個時候，你我泥菩薩過江，自身難保，倘使我們那幫文不能測字，武不能挑擔的弟兄日子難過，向你我伸一伸手，我們是管呢還是不管？」

三大亨的分道揚鑣

杜先生當時就答覆張大帥：他這一番話說得不錯，而張大帥所顧慮的問題，他並不是不曾想過。杜先生聲明他決沒有「船到橋頭自然直」，「得過且過」的想法。只不過，他提醒張大帥說：

「民國以來時勢一直都在變，而且變得非常之快。每一次時局起了變化，我都曾經思前想後，我覺得時局變化就像錢塘江裡漲潮，一漲起來便有如萬馬奔騰，江裡的大魚小蝦，只有被潮水捲著跑。這個力量實在是太大了，沒有任何人可以抵擋得住。所以我抱定主張浪潮來了就趕上去，既不能倒退，也無法逆流而行，更不可以隨波逐流，不理不睬。」

張大帥承認他也看明白了一點，所以他把話攤開來講。他的意思是波潮之來誠然只有迎頭趕上，杜先生和張大帥本人也許可以勉強跟著潮流走，但是他們手底下的人，卻是命中註定要被時代浪潮淘汰的，這就是癥結之所在，他們帶不動那些同甘苦、共患難的弟兄，又不能眼看著他們被淘汰，被消滅。因此他向杜先生斬釘截鐵的態度表明，他說：

「我不管你怎樣想，怎樣做？反正我自己已經決定好了，黃浦灘上十里洋場，不管誰來當家。我一定要將我的老本行土與賭，放開手來大做一做。」

那天晚上，杜先生和張大帥的談話，當然無法得到結論。不過，因為我語語入耳，字字銘心，聽得非常之清楚明白，所以當時我已經有點曉得，這一次無比重要的密談，就是杜先生和張大帥各奔前程、分道揚鑣的起始。試看後來，張大帥果然開設了空前豪華，規模允稱全國第一的福煦路一八一號大賭場，豪賭成風，日進斗金，又藉法租界的掩護闢了世界聞名的銷金窟。在表面上看來似乎是「不分家」的三大亨在當老板，其實是黃老板不理不睬，杜先生裹足不前，使張大帥在老朋友面前都無法交代。不過直到抗戰前夕，一八一號生涯鼎盛，金銀財寶還是滾滾而來，張大帥趁夕陽無限好的日落黃昏時刻，大撈一票的目的仍舊還是達到。

民國十六年以後的杜先生，卻真像是脫胎換骨，再世為人一般，他能認清潮流、順應潮流，甚至更進一步的迎頭趕上潮流。我是一年四季天天陪在他身邊的，看得出來他是在力爭上流迎接新時代。蔣總司令嘉獎黃金榮、杜月笙、張嘯林三位先生在發動民眾協助清黨有功，委他們三位為總司令部少將參議，使三大亨興奮莫名，歡欣若狂。杜先生叫我去給他訂做了一套軍服，穿起來拍了一張紀念照片，然後他又自己覺得不稱，就此束諸高閣，不再穿著。其後不久蔣總司令在南京召見，使杜先生的思想觀念，生活習慣，一概做了一百八十度的大轉彎。他開始每天習字，抄三字經，從提起筆來若有千斤的重量，練到能將他的大名「杜鏞」二字寫得筆飽墨酣，一筆不苟，漸漸的批公事、寫便條都不需要假手於秘書。同時他每天必定聽人讀報，而且一有疑問隨時提出，必定要得到圓滿的答覆而後可。他請學者專家到家裡來給他上課，專注於新智識的吸收。坐在寫字枱旁邊的時間，一天天的比牌桌上多。

在對外交遊方面，他的範圍也在逐漸的擴大。從國民政府官員，到地方士紳、工商巨子、社會名流。他又能謙恭下士，延攬才俊。陸京士、駱清華、楊管北等諸先生都是學有所成的一時俊彥，他們開始成為杜公館的常客，盡心盡力的協助杜先生，不斷的開拓新境界，創辦新事業。用不著幾年功夫，杜先生便開銀行、辦工廠、買輪船、闢碼頭，成為實力雄厚的金融領袖、工商鉅子。

自己有了實力，杜先生便本著取之於大眾，用之於公益的原則，他調解工潮，保護工人權益，興辦無其數的慈善事業，促進上海經濟建設，再辦學校，辦報紙，支持一切的愛國運動，成為一個熱烈的愛國者。從民國二十一年元月直到二十六年七月，做過五年半以上海市長的黨國元老吳鐵城先生，即曾寫過文章列舉杜先生對於國家、民族、社會的貢獻，而在結論中說：

「我任上海市長五年多，於私，我甚為感謝杜月笙先生友誼的匡扶襄助。於公，我更佩服杜先生努力地方建設，和政府設施。像杜先生這種愛國家愛鄉土的熱情和赤忱，求之於社會賢達之中，實在是鳳毛麟角。」

杜門張門截然分明

以民國十六年為一分界線，在民國十六年以前杜先生手底下的人，也很明顯的分別在往兩條路上走。一大部分受了杜先生的影響，在他的全力支持協助下，改向金融工商業界求發展，而且人人都有了很好的成就。另一小部分的人呢，可能是多年以來吃慣了現成飯的關係，貪逸惡勞，對於篳路藍縷開創事業不發生興趣，他們集中在張大帥的門下，以租界為根據地，繼續往日的行當。本來，黃杜張三大亨的手底下人是不分家的。三路人馬一向集攏在一起，聽候三位老板的差遣，無所謂誰是誰的人。不過，民國十六年以後的這許多朋友，反倒劃清了界限，黃門杜門與張門，所走的路向已經截然分明了。

一般說來，跟著杜先生走的朋友，多半都創立了他們自己的事業。其大有成就者多如過江之鯽，不勝枚舉。我在這些朋友之中，若談事業的發展，應該是最差的一個。這一方面是因為我資質愚鈍，對從事工商業相當外行。另一方面也由於杜先生需要我隨侍左右，我很難抽得出時間來辦自己的事。

杜先生之所以一時少我不得，並不是我有什麼特殊的才能，而是由於他和我有雙重的親戚關係，他能信得過我。再則也許是我從民國七年起就跟在他身邊。他所交結的朋友，經辦的事情，開銷的金錢，一切的先例，就只有我肚皮裡有源源本本，來龍去脈的一本流水賬。換了另一個人便唯恐淵源和過節弄不清楚明白。所以我直到抗戰爆發，杜先生命我留守上海，方才開始為我自己的事業打基礎。即使如此，在抗戰以前我就當過上海市地方協會理事、浦東同鄉會理事、上海市米業同業公會理事長，由我獨資經營，請家兄代為主持，開設了萬昌米行，萬昌米廠。

抗戰勝利以後，我尤且當選全國糧食同業公會理事長、上海市農會理事長、上海市臨時參議會議員、上海市參議員、上海市商會監事、制憲國民大會代表。時至今日我仍為第一屆國民大會代表、中華民國商會全國聯合會理事。以我這一些微不足道的事業為例，也可以想見十六年以後跟著杜先生走的朋友，他們的成就就是多麼樣的大了。

總而言之，民國十六年以後，向不分家的黃杜張大亨，實已各行其是，各走各的路了。反倒是杜先生和戴先生的關係，越來越見密切。

所以，到了民國二十六年七月七日，蘆溝橋事變，中日戰爭爆發，旋不久八月十三日淞滬役作，日本軍閥以陸海空立體攻勢，由松井石根大將指揮三十餘萬日軍猛烈進攻上海。淞滬之戰揭幕的第三天，八月十五日夜間，戴先生在敵機猛烈轟炸聲中，從南京趕到上海來了。他先召開過一個會議，然後便來探訪杜先生，他說明中央抗戰到底的決心，上海戰場的情況，並且向杜先生透露了他的一個計劃：戴先生想要發動東南一帶的民眾力量，組織一支別働隊，發揮特務工作的威力，打擊敵軍，協助國軍作戰，從事救亡圖存工作。杜月笙先生立即表示贊成，他們馬上就連絡各方，著手準備。這就是蘇浙行動委員會別働隊——忠義救國軍的建軍之路。

從八一三滬戰揭幕，到十一月二十五日深夜，杜先生從容突破日本皇軍佈下的天羅地網，抵達公和祥碼頭，搭乘「阿拉密司」號輪船啟程赴香港為止。日本人對杜先生威脅利誘，無所不用其極，目的即在於請杜先生留在上海，協助他們維持秩序。其間，張大帥亦曾從莫干山，他的「林海」別墅，匆匆趕來，力勸杜先生一動不如一靜，切勿離滬遠走。但是，杜先生仍然毅然不顧一切的去了香港。當時，杜先生命我留在上海替他看家。

陳默抵滬展開行動

杜先生平安抵達香港以後，租了九龍柯士甸道一一三號一幢普通洋樓住。不久，我得著一個機會，也到了香港，住進柯士甸道杜公館。杜先生見到了我，也很高興。不過，第二天他便把我喊了去說：

「墨林，我曉得你這趟跑出來也是很不容易的。不過，你只可以在香港玩幾天。然後，你還是回上海去吧。」

當時，我還不知道杜先生把我留在上海的用意何在，所以我說：

「爺叔，上海公館裡有的是人，看家用不著我。不如讓我留在香港，服侍爺叔吧。」

杜先生卻深沉的說：

「不，還是上海用得著你的地方多。」

杜先生的吩咐，我當然不敢有違。因此，我只有無可奈何的向他請示：

「爺叔要我幾時回去？」

杜先生說：

「香港地方不大，你就在這裡白相一個星期吧。」

「回到上海之後，」我再向他請示：「爺叔要我做點什麼事情？」

略想了想，杜先生回答我說：

「頭一樁，凡是漢口、香港去的朋友，你要好好的招待。他們有什麼需要，你都要設法辦到。其次，上海有什麼消息，只要是與我有關的，你隨時寫信來告訴我。第三、才是看家。」

我一一答應，記牢下來。在香港住了一個禮拜，我便怏怏的回上海去了。

遵照杜先生的囑咐，我仍舊住在華格臬路杜公館。替杜先生看家、管家。當時，杜先生的元配夫人沈月仙女士已逝。陳氏、孫氏、姚氏三位夫人都留在上海，還有幾位正在讀書的少爺小姐。公館裡的事，相當的多，每天跑來跑去，時間很容易打發。一直到十一月間，杜先生交代我的三件事情，經常只有兩件可做。因為並沒有什麼朋友從漢口或是香港來。

十一月裡，有一位熟朋友，從香港來了，到華格臬路杜公館來看我。他是杜先生的學生，姓陳名默，字冰思，曾經在軍官學校高教班受過訓。抗戰之前，他在上海警備司令部稽查處當經濟組組長，常常到杜公館來，跟我相當的熟。那時候，我還以為他早已隨同國軍撤出上海了呢。所以我一見他便詫異的問：

「咦，冰思兄，怎麼你還沒有走呢？」

「不，墨林哥，」陳默向我神祕的一笑道：「我跟墨林哥一樣，到過香港，但是又回來了。」

「你到香港見過杜先生嗎？」

「當然見過。我是從漢口被杜先生喊到香港，然後再奉先生之命，回到上海來的。」

我一聽就懂了，陳冰思兄是第一個我必須好好招待的朋友。

當時，我興沖沖的問：

「冰思兄，杜先生可有什麼事情，要你關照我。」

「杜先生只是說，」陳默笑嘻嘻的答道：「法捕房裡面的朋友，還是要多聯絡聯絡。」

這句話的意思我也懂，不過，我還得先弄清楚，我們需要法租界巡捕房朋友做些什麼？然後，我才能決定應該「聯絡」到何種「程度」，所以我再問一聲：

「冰思兄，法捕房裡的朋友，能夠幫你些什麼忙？」

「可以幫忙的地方多了！」他聳聳肩膀，回答我說：「頭一步，我跟幾個朋友，要住在法租界。萬一有個風吹草動，譬如東洋人要會同捕房來找我們的麻煩，得請他們先知會一聲。」

鐵血鋤奸妥善安排

其實，陳默的意思是在說，他和他的部下，將要在上海展開地下工作，採取直接行動。他們不但需要法租界巡捕房的掩護，必要時還得預先通風報訊。例如，當日本人要求法捕房會同逮捕、或對地下工作人員有所不利，法捕房裡的朋友必須事先知會，讓他們從容走脫。當時我想：「有錢能使鬼推磨」，何況，法捕房裡的那些包打聽，大都是黃老板或杜先生的要好朋友，徒子徒孫。幫這種忙是絕對沒有問題的，因此，我便一口答應了下來，拍拍陳默的肩膀說道：

「絕無問題，包在我身上就是。」

「第二步，」陳默繼續往下說道：「我們的人要辦正事的時候，頂好叫法捕房的首腦關照下去，彼此河水不犯井水，不必礙手礙腳。」

這倒是很重要的一層，我們的地下工作行動人員，必須要和法租界治安當面事先有所默契。否則，就難免會萬一撞著，雙方誤會，發生衝突。關於這一點，我的答覆是比較審慎的一句：

「讓我先跟他們商量商量看。」

陳默點點頭說：

「能夠做到這兩步，就已經很好了。」

「冰思兄，」我很誠懇的問他：「其它還有什麼事情？需要我效力的。」

「等到有事的時候，再來麻煩墨林哥吧。」話說完，他已經站起身來準備告辭了，忽然，像似臨時想了起來的又說：「啊，墨林哥，我倒想起一個人來了，范剛，他是不是還住在威海衛路？」

聽他這一問，不由得使我覺得為難起來了。我雖然已經胸中瞭然：陳默是奉了杜先生之命，加入戴先生的軍事調查統計局，被派到上海來，負責行動小組，從事地下工作。但是我卻不曾想到，他第一個執行對象，便是「強盜律師」范剛。

上海有一千三百多位律師，其中龍蛇混雜，品類最多。而范剛卻是最為人痛恨不齒的一位，他綽號「強盜律師」，正是因為他一生一世專為強盜擔任辯護，而且他永遠不愁沒有生意做。頂忙的時候，一天可以辦二三十件案子。經辦的案子一多，范剛連和原告見上一面，問明白案情經過的時間都沒有。強盜犯請到了他閣下，通常只是在委任狀上簽個字，手續便算完結。犯人押解上庭，范剛根本不管，一直要等到最後辯論的時刻來臨，自會有庭丁十萬火急的把他從另一個法庭上拉了來，請他東拉西扯，匆匆忙忙的辯論幾句，然後又被別個法庭的庭丁拖了走。范剛經手辦的強盜案子，當事人是死是活，判刑輕重他一概毫不在意。請范剛當律師官司不一定打得贏，不請他也未必就輸定。但是不論他公費訂得多麼高，還嚴格規定必須再簽字當時一次付清。事實上，倘若犯強盜罪要找律師的話，十中有九會得請范剛。因此范剛在上海律師之中一支獨秀，生涯鼎盛，任何強盜當事人都拿他莫可奈何，從而他得了個「強盜律師」的綽號。

范剛的祕密，戳穿了西洋鏡一文也不值。原來，他跟上海各地捕房裡的探目巡捕無一不有聯絡。范剛用不著自己兜生意，自有各處的探目巡捕自動為他效力，而且來得個熱心。隨便那一位探目巡捕捉到了強盜，在把他押赴法庭之前，一定會問他可曾請到辯護律師？強盜失手被捕，倉卒之間那裡會有時間去請律師呢？當他們觳觫不已，搖搖頭說沒有。押解者便虛聲恫嚇，故意的說不請辯護律師那還了得，這是性命攸關的事，怎可掉以輕心，因小失大？接下來他們便說：

「火速去請范剛大律師，只要他肯答應出庭，保證大事化小，小事化無。」

生意敲定，錢拿到手，范剛便和「介紹人」六四分賬。連各庭的庭丁，只要肯為范剛跑腿，也可以有相當可觀的「好處」可拿。

強盜律師街頭喋血

何以當時我聽陳默問起范剛便會暗吃一驚，正因為范剛和捕房裡的朋友朋比為奸，交情極夠。范剛是捕房朋友的一宗財源，如今陳默需要捕房朋友的助力，而第一個制裁的對象，偏偏就是范剛。這樣做法，很可能會使我的「聯絡工作」事倍功半，甚至於為山九仞，功虧一簣。

不過，當大上海淪於敵手，黃浦灘群魔亂舞，強盜律師范剛，確實是必須加以制裁的一名漢奸。因為我早已聽說，范剛當時正在積極活動日軍控制之下的兩特區法院院長。他甘心為虎作倀，使上海人為之切齒痛恨。更何況，陳默是啣命而來。制裁范剛必然是上級的指示，煌煌嚴令，不是任何人所可更改。

所以，當時我硬起頭皮，不動聲色。在勉定心神以後，回答陳默說：

「不錯，范剛還住在上海威海衛路，一百五十五弄，二十號。」

「那好，」陳默邊去邊說：「墨林哥，明天這個時候，我再來聽你回音。」

送陳默到大門口，我折身回來，到賬房間去拿了五千大洋的現鈔。

我立刻就到法租界巡捕房，找到了兩位老朋友，華籍探目成志欣和沈德復，都是黃老板的學生子，杜先生的老部下。我跟他們開門見山的說：

「杜先生從香港帶信來，法捕房的老朋友們，自從東洋鬼子佔領上海後，日子過得相當的苦。杜先生叫我按月奉上一份俸祿。」

他兩位頓時就眉開眼笑的問：

「墨林哥，真的呀？」

我把五千大洋一厚疊鈔票往桌上一擺，伸手指指著說：

「喏，我已經帶好來了。」

沈德復直搓著手，問我：

「墨林哥，無功不便受祿。最好請你交代明白，杜先生有什麼吩咐？」

於是，我便將陳默所要求的兩點，一一說了。成志欣、沈德復喜出望外，滿口答應。

沈德復和成志欣都很愛國，很講義氣，很夠朋友。他們尊敬戴先生和杜先生，和我更是多年交好，無話不談。雖然吃的是法國人的公事飯，但在內心裡面，卻是誠心誠意的站在我們這一邊。在這種情形之下，一切事情，就很好辦了。強盜律師范剛固然在巡捕房裡吃得開，人頭非常之熟，不過，跟他相互勾串，窮拉生意，在那些被捉強盜頭上敲一筆律師公費的，畢竟都是些探目華捕小腳色。自從我親自前去拜會沈德復與成志欣，和他們談妥了條件，約定了通訊聯絡的方式後，法捕房職級最高，最有權勢的總督察長萬郎當，每個月吃我們兩千大洋的俸祿，也就是每月準時準刻，由我派人送兩千塊錢過來，託沈、成二位轉交。除了萬郎當以外，法捕房裡的各級主管，也都等次有差的拿一份津貼。法捕房上上下下，就此如同我們自家人一般。對於我方地下工作人員的行動，不但睜隻眼閉隻眼，而且還遇事關照，諸多幫忙。有錢能使鬼推磨，何況這裡面還有彼此的老交情，杜先生的情面，那般跟范剛有往來的小角色們，一看杜先生的吩咐已經傳到了法捕房，大小頭目都在從旁暗中協助工作人員執行任務。他們當然只有服服貼貼，反過來助我們一臂之力。

擒賊擒王收買捕房

事實證明，我那「擒賊擒王」，從法捕房高級人員下手的辦法果然奏效。沈德復和成志欣跟我拍過了胸脯，我便向時前來打聽消息的陳默點點頭，彼此會意，心照不宣。於是，民國二十七年元月十四日，黃浦灘上便響起了鐵血鋤奸的第一槍。

那一天，范剛乘坐他的自備汽車回家，車子開到威海衛路一百五十五弄二十號他家門口。他推開車門，鑽身出來，才伸直身子，埋伏在附近的我方行動人員已經把他「驗明正身」，於是「砰」的一聲槍響，范剛應聲而倒，命中要害，當場氣絕身亡。當槍聲響處，威海衛路上行人驚慌失措，秩序大亂。但是附近並沒有巡捕巡邏，范剛的家人向捕房報了案，大批警探遲遲而到。我方英勇機智的行動人員，卻早已按照預定計劃，從現場撤走，返回安全地點。

上海是國內大眾傳播事業最發達的地方，報刊雜誌、廣播電台所在多有，發行傳播散佈每一個角落。但是論傳佈速度之快，內幕消息之多，仍舊以「路透」社的馬路新聞著著搶先。范剛是老上海心目中的新聞人物，他一生以吃強盜而起家，跟那些強盜小偷結的怨，恐怕連他自己都難以勝計。像他這種在刀口上舔血的人，照說隨時都可能會有意外發生。是是他卻予取予求，安富尊榮的過了好幾十年。吃虧上當恨他入骨的強盜也不敢在他「太歲頭上動土」，主要的緣故就由於有捕房中人為他撐腰保鑣。范剛不死在盜案多如牛毛，大律師日進斗金，大結其怨的時期，倒是被人槍殺於他活動漢奸官職期間，夠敏感的老上海一望而知其中大有文章。戴先生麾下的健兒業已開到黃浦灘，大規模的鐵血鋤奸行動即將全面展開。必定是戴先生與杜先生又在通力合作，所以巡捕房不但不敢保護范剛，而且預料得到范剛被刺勢將永遠成為懸案，決無破獲的可能。馬路消息揚揚沸沸的傳開，使得上海淪陷兩個多月以來，五百萬市民苦悶不堪，悲憤交集的心情，猛一下子開朗起來。

除了漢奸授首，人心大快之外，由陳默親自主持的制裁范剛一案，更使黃浦灘上喪心病狂，認賊作父的大小漢奸全都嚇破了膽。自此他們由飛揚浮躁，拔扈囂張，一變而為鬼鬼祟祟的縮頭烏龜。日本軍閥侵略我國一向採取「以華制華」的毒辣手段，每當他們佔領我國若干地區，必定收買一些罔顧國家民族大義，唯利是圖的漢奸，成立偽組織，作為日本軍閥搜括聚斂的工具。民國二十六年冬京滬失陷，南京即以梁鴻志為首，出現了所謂的「維新政府」，黃浦灘上也有「上海大道市政府」在開張。

「大道市政府」的漢奸不稱市長，而名為「督辦」。第一任「督辦」是蘇錫文，別號「白雲山人」。

在這個日本軍閥撐腰的傀儡組織以外，又有一些投機分子搖身一變，恬不知恥的以社會領導分子自居，組織了什麼「上海市民協會」、「上海市民聯合會」、「東方民族協會」和「黃道會」。自任主席、常務委員或委員。其實這一幫人連漢奸的資格都夠不上，他們唯一的目的只在於向日本軍方送秋波、拋媚眼，勾搭勾搭，也想撈個漢奸官職做做。因此他們被上海市民認為其情可憫，其心可誅，比真漢奸更加可惡。所以，我方的地下工作人員，在元月十四日制裁漢奸范剛一槍斃命，又一週後，元月二十一日，再度拿準漢奸開刀，對這幫媚敵之徒施以當頭棒喝。偽上海市民協會委員楊福源，在他海格路的家門口，中了迎面飛來的一彈，傷重身死。

上海白俄男丐女娼

陳默在一星期之內，連續制裁漢奸與準漢奸各一名，手法乾淨爽快，毫不拖泥帶水。捕房派員偵查，雷聲大而雨點小，其結果又是無頭命案一樁，不了了之。這兩樁鐵血鋤奸行動，就好像在一潭死水，淪陷兩月有餘的黃浦灘上，投下了兩塊巨石，激起了軒然大波，不甘為亡國奴、敵軍鐵騎踐踏之下順民的上海人，無不深心振奮，競相歡告，大大的出了一口惡氣。至於那些漢奸們呢，則是提心吊膽，失魂落魄，隨時隨刻都會有要命的一槍，輪到他們的身上。

於是，漢奸們開始銷聲匿跡，嚴密防範了。但凡還有幾個造孽錢的，紛紛斥資雇用保鑣，壯壯他們的膽子。但是，國法嚴厲，地下工作人員行動迅確，即使是亡命之徒，也不敢和重慶派來的人公然對抗，自速其死。這時候，便有白俄保鑣應運而生。

白俄保鑣在上海由來已久，所謂白俄，就是民國六年（一九一七），俄羅斯十月大革命以後，俄國共產黨專政，被放逐或逃出俄國國境，南下進入我國的俄羅斯男女老幼流亡者。稱他們為白俄，那是因為有別於共產黨統治下的赤俄。

大批的白俄迢遙萬里，扶老攜幼，流浪到了上海。由於上海市全中國最富庶繁榮的大都會，外國人又特別的多，所以他們就停留下來。可是他們既乏經商的資本，又沒有謀生的技能。迫不得已，就只好淪入男乞女娼之途。在上海街頭，不時會得碰到一臉哀求苦惱像的俄國人，靦顏伸手乞討。上海人所謂的鹹水妹、洋妓女，十中有九都是白俄的少婦長女。甚至於還有羅剎女一般的半老徐娘，高頭大馬，既肥又胖，在法租界霞飛路一帶，當街拉客，覓地解決。她們出賣靈肉所獲的代價，可以稱得上是最賤的貨色。白俄老妓論姿色一無所取，只不過滿足若干登徒子、尋芳客狎侮白種洋女人的心理，供他們「開開洋葷」而已。

莫看白俄女人這麼低賤卑微，連四馬路上的野雞都不如遠甚。她們強拉硬拖，堆起了一臉笑找主顧，還在口口聲聲的說她們是某某公主，某某爵夫人呢。這倒不是她們自我宣傳，抬高身價。其中，至少有十分之七八其實不假。原來，被赤俄逐出境的，正是尼古拉時代的貴族。

白俄男子呢，等而下之的，沿街乞討，得幾枚銅板，買些零食充饑，混一天是一天，直混到路斃街頭，給善堂收屍掩埋為止。上焉者，拿一塊肥皂在手裡，滿街攔人，攔住了就不放，用生硬的上海話直說：「外國香皂，油膩擦擦」，伸手作勢，往路人的衣服上擦過，然後伸手討幾枚銅板的賞。若是不給，他們就尾隨不捨，喋喋不休，纏得路人心中煩透。

再高一級的，也不知道是從哪裡弄來一批俄國毯子，挨家挨戶，登門推銷。若不肯買，他便不走。賣了一床毯子就夠他們活上一段時期。但是他們一旦有了錢，卻又會忘記了三餐不繼的饑餓滋味，仍舊買點零食果腹，然後再把所有的錢拿去買酒。白俄喝酒不用酒杯，而是打開瓶塞，骨碌碌的往肚皮裡灌。那種貪饞情急模樣，用牛飲或驢飲，都不足以形容。像這樣的喝酒法，其結果必然是酩酊大醉，東倒西歪。有的狂歌當哭，有的大叫大鬧。最後，則是一跤摔倒，倒地便睡。甚至於有吐得人家門口，一片狼藉的。

就這樣，得了本錢兒賣毛毯，毛毯賣掉再買酒喝，錢喝光了再攔路人擦肥皂，肥皂擦完又伸手乞討。周而復始，成千上萬的白俄，在黃浦灘混了一二十年。最後的結局，則多半成為路屍。

俄國保鑣一死一傷

當然也有例外的，那便是白俄專挑上海人、中國人不要做的事情做。譬如，中國人罷工，或者是有些帶危險性的工作，為中國人所不屑於做的，白俄無不踴躍應徵，賺那種要錢不要命的錢。再麼，便是給中國有錢人看門，當保鑣。

中國有錢人喜歡用白俄看門當保鑣，起先是出於一種擺派頭，充排場的心理。但是後來蔚為風習，又漸漸的發現俄國保鑣也有俄國保鑣的好處。因為他們真是俄國貴族出身，只要給他們穿一套整齊的衣裳，帶他們到任何高級場合，他們都能顯得彬彬有禮，舉止優雅，而且嫻於西洋禮節。此外，他們為保全飯碗，多過一陣安定的生活，白俄服侍主人，確能忠心耿耿，畢恭畢敬。至於他們肯拚命，不怕死，一旦出起事來奮勇當先，那是因為他們的生命，本來就不值錢的緣故。所以，連杜先生都曾用過三名白俄保鑣，負責保護他的三位公子，杜維藩、杜維垣和杜維屏。

上海有「冒險家的樂園」之稱，大部分的外國人，一到上海就成為幸運兒，經商發財，無往不利。唯有白俄，是上海外國人中最可憐的一群，最卑微的人種。大陸淪陷以前，凡是到過上海的，無不對這批不幸的流浪者衷心嫌惡，極其討厭。白俄在上海就只有自生自滅，更由於他們行徑卑劣，衣著既破又髒，還有那一臉的乞憐相，使老上海輕蔑的叫他們「羅宋癟三」、「羅宋阿大」。「羅宋」二字推而廣之，但凡所有的癟腳起碼貨色，一概加上「羅宋」之名，例如「羅宋西裝」、「羅宋大菜」、「羅宋湯」。……羅宋是低級，猶太是吝嗇，在黃浦灘早已成為代名詞了。

其中唯有羅宋保鑣，倒還有幾分可取之處。抗戰前後，由於國民政府定鼎南京上海經濟繁榮，社會安定，羅宋保鑣紛紛宣告失業。沒有想到，自從我方行動人員，在上海展開了轟轟烈烈的鐵血鋤奸行動，兩聲槍聲響嚇得大小漢奸心摧膽裂，他們為了保命，羅宋保鑣又大行其道起來了。

漢奸們不敢再到英法租界來，租界裡的愛國市民也不屑到敵偽盤踞的虹口去。使得一條蘇州河，截然劃分為陰陽兩界。日本皇軍在蘇州河彼岸五步一崗，十步一哨，整日整夜戒備森嚴，如臨大敵。大小漢奸便躲在敵軍勢力範圍圈之內，決不輕易外出。因此，鐵血鋤奸的行動，一連有四個多月由於漢奸銷聲匿跡，找不到目標，暫時中止了一段時期。一直要到二十七年六月十日，方始再度掀起了高潮。陳冰思兄和他手下的行動人員，等候多時，終於捉到了一條大魚。

尤菊蓀，也是黃浦灘名氣蠻響的人物。他在上海淪陷以後，利慾薰心，鬼迷心竅，想跟日本軍方打打交道。搞起了一個「上海市民聯合會」的偽組織，由他負責主持一切。尤菊蓀仗著自己很有兩錢，在租界裡也有點勢力。他帶了兩名白俄保鑣，一左一右，坐在自備汽車裡他的身邊。六月十日那天，在公共租界風馳電掣，揚長過市。詎料他的行蹤，早已被陳默他們牢牢的把握，陳默為尤菊蓀佈下了天羅地網，就在鬧市裡攔路襲擊，一時槍聲響如連珠，彈下如雨，身負重創，兩名白俄保鑣則一死一傷。消息傳出，租界裡的愛國市民無不拊掌稱快。

但是連台好戲，精采演出還在後面。當時正值日軍卵翼下的上海大道市政府改組，換了個名稱叫上海市政督辦公署，仍舊由白雪山人蘇錫文出任「督辦」。以任保安為「督辦公署祕書長兼土地局局長」，算是大上海的第二名漢奸頭頭。

任保安命喪同興樓

二十七年六月十八日，任保安應朋友邀請，到公共租界四馬路同興酒樓赴宴。一般狼狽為奸的城狐社鼠，公然召妓佐觴，調笑謔浪。當他們正吃喝得胡天胡地，興高采烈。忽然有幾名彪形大漢，昂然直進，破門而入。任保安正摟著一名新歡高踞首席，正好面對著宴客間的房門。大漢們一進房間，舉槍便射，噠噠噠一陣手提機關槍。射出了一串火光，任保安還沒有弄清楚是怎麼一回事，便跟那名倒霉的妓女，一道被射死在椅子裡。巨奸伏誅，地下英雄們從容退出，不但沒有人加以攔阻，還有人在為他們喝采伸大拇指。

虹口偽東方民族協會會長伍澄宇，也是一個膽大妄為不昔向日本軍方竭誠效力的漢奸。當時他正在替東洋人組織一支偽軍，僭稱「護法建國軍總司令」，真是慼不畏法，不知死期之將至。二十七年六月二十四日，他到勞合路太和大樓，行蹤被我方地下工作人員查悉。陳默立刻就派出幹員，將他擊成重傷。虹口偽東方民族會從此土崩瓦解，日本軍方召募偽軍，「以華制華」的毒計也受到重大挫折。在我方行動人員槍擊伍澄宇的同時，又有他的一名爪牙，偽護法建國軍幫辦，東方民族協會會員鄧少屏，拔出手槍，企圖抵抗。他當場被我行動人員擊斃，代伍澄宇到陰曹地府報到去了。

同一天，偽軍的幕後牽線人，被日本軍方派到上海，擔任偽綏靖第三區指導員的日本軍官中本達雄，在上海拓林和我方忠義救國軍第三支隊的幾名隊員劈面相逢，由而引起一場槍戰。中本達雄中彈殞命，我方人員毫無傷亡，安全撤離，這是日本軍官在上海被狙擊致死的第一人。尤其一天之內擊中了一名日本軍官，兩名漢奸，更顯示我方地下工作人員的巨大威力。就日本皇軍和大小漢奸來說：從二十七年六月起，他們業已進入恐怖黑暗時期，那真是風聲鶴唳，草木皆兵，日本人越來越發覺他們統治上海力量的薄弱了。

然而我們的鐵血鋤奸行動，卻還在再接再厲，方興未艾。六月二十五日，法租界天主堂街興業里三號住宅內槍聲破空而起，然後又是地下工作行動人員從容撤退，而上海偽市民協會常務委員會主席顧馨一，卻已惡貫滿盈，倒臥於血泊之中。八天後，七月四日，另一個漢奸偽組織「黃道會」的會長周樹人，又在先施公司東亞酒樓當眾被槍殺。漢奸偽組織的首腦人物，幾乎已被我方行動人員一網打盡了。緊接著，七月二十一日，又有偽上海市政督辦公署檢查處處長范耆生，在上海公共租界池濱橋飲彈身亡。第二天，極司非爾路上又打死了一名日本特務機關佐佐木的爪牙鄭月波。到了八月十八日，使黃浦灘上老上海們為之震動的驚人高潮出現了。這一次，我方行動人員所要制裁的對象，居然是黃浦灘上威風凜凜，大名鼎鼎的陸連奎。陸連奎是公共租界巡捕房裡的督察長，論級職地位和法租界巡捕房裡的黃金榮黃老板差相彷彿不見高低。同樣是外國督察長以下，華籍警探之中的拿摩溫（NO.Ⅰ）人物，不過黃老板出道比他早，輩份比他高，場面比他大，人緣比他好，如斯而已。陸連奎又學黃老板的樣，招兵買馬，廣收門徒，若非他的學生子，就莫想在公共租界捕房裡混一碗飯吃。只是陸連奎和黃老板所不能比的，在法捕房是黃老板一個人的天下，此所以他被尊為眾家老板。陸連奎呢，他還有一位尤阿根和他平分秋色。因此之故，公共租界巡捕房裡的華籍警探，不是出自陸門，便是出自尤系。陸尤二人是公共租界捕房景探們的老頭子，後台靠山。

租界捕房警探囂張

陸連奎和黃老板的作風又大不相同，黃老板心地忠厚，一味與人為善，「自來公門好積德，得饒人處且人饒」，這兩句話經常掛在嘴邊，不時告誡他的徒子徒孫，切莫為難被捕拘押的人犯。黃老板破案，靠他在法租界的威望，與乎交遊遍天下，耳目眾多，眼線更廣。任何疑難案件，他都能手到擒來，迎刃而解。陸連奎的手法就和他截然有別，大相逕庭。公共租界巡逮房，一向以破案件數作為考績標準，陸連奎和他的門人，為了保持他們的權勢與地位，就不惜採取殘酷手段，用各式各樣的毒刑，屈打成招，強人入罪。但凡是重要案件，一旦捉到了嫌疑犯，拖進了華探偵訊間，不問情由，不由分說，問一聲招不招？倘若不招的話，先則拳打足踢，再就吃皮鞭，坐老虎櫈，灌煤油，辣椒水，甚至於上電刑。一直要把嫌疑犯拷打得死去活來，奄奄一息。然後再押上公庭，由法官審問。可憐這時候嫌疑犯只剩游絲一般的呼吸，法官問些什麼，多半無法聽得見。當嫌疑犯哼哼唧唧，呻吟呼痛，法官再問一聲：「他在說甚麼？」由押解警探代答一句：「犯人說他招了。」一樁罪案就此定讞。假使嫌疑犯不甘含冤負屈，必欲上訴，那就非找外國律師不可。而請外國律師的費用，豈是平民百姓所能負擔得起的。就這樣，在巡捕房裡被「屈死」、「下獄」的善良百姓，一年也不知道有多少。更令人啼笑皆非的是鬥毆竊盜之類的小案子，在公共租界簡直是無時無之，層出不窮。捕房裡的巡捕、包打聽，那裡有那麼多的時間去一一調查，一一破獲？而這種案子在數字上又佔極大的比例，他們為了交差立功，就只有到馬路上去捉些面熟的積犯，或者是畏葸怕事，衣衫襤褸的鄉下人、小癟三，而在事先關照一句：

「幫幫忙，識相點啊。」

這些「犯人」被拖進了巡捕房，連自己究竟犯的是什麼罪，都是糊裡糊塗，莫明其土地堂。巡捕、包打聽倒是對他們比較「優待」，不罵不打不上刑，但卻挑出若干罪案來，硬逼那他們承認。假設不肯承認的話，那就又有苦頭吃了。

只這便是「三木之下，何患無罪」。隨隨便便捉來的人，受到巡捕、包打聽的脅迫，無可奈何的在寫好的供狀上畫了押。第二天一早，就被押送到會審公堂去受審。所謂會審公堂，表面上看來是由華籍會審官主持，但是這些華籍會審官，卻必須看輪流親審的各國領事眼色行事。重要案件判決，事先都要低聲的向外國領事請示，定罪與否，只在他們的「言話一句」。

巡捕押解「人犯」上公堂，其勢有如猛虎驅綿羊。重大罪案「人犯」，被他們橫拖豎曳的扭著走，小案子的頂罪者，一上公堂陡然憬悟情形不妙，怎可以弄假成真的呢？他們正要藉薄公庭的時候喊冤洗雪，可是堂上的華籍會審官案件堆積如山，那能給他們當庭申辯的機會，往往都是簡單明瞭的問一聲：「某某路某某號某宅竊盜一案，果然是你做的噢？」

當「人犯」極口喊冤，聲聲淒厲的嚷叫：

「青天大老爺，冤枉呀！」

會審官立刻就將驚堂木重重的一拍，聲色俱厲的一聲質問：「巡捕房為什麼不冤枉別人，單單來冤枉你呢？真正豈有此理！好啦，姑念你初犯，從寬發落，判你入獄六個月！」

「人犯」還來不及再喊一次冤，押解犯人的巡捕，早已搶上前來，一把領頭拎起就走。原來，這件案子已經宣判過了。

在這樣三言兩語判決一案的情況下，公共租界的上海第一特區地方法院，審案的速度堪稱世界第一。往往一個上午可以審結近百樁案件。難怪有人要形容他們是「蹂躪人權，草菅人命」。

連毛邦初都挨了揍

大英捕房督察長陸連奎，和他的徒子徒孫仗著英國人的勢，在公共租界掌握幾百萬居民及過客的生殺予奪大權。他們使公共租界由「花花世界」變成了「人間地獄」。俗話有道是：「不怕官，只怕管」，這也就是為什麼租界居民對巡捕畏之如虎的原因所在。

陸連奎的驕橫拔扈，狂妄大膽，都到了什麼程度？他在湖北路開設一座富麗堂皇，美侖美奐的中央飯店。那座中央飯店就設得有上海獨一無二最高級的「燕子窠」，從六樓的六〇一號到六〇六號，一共六間。間間都是套房，六〇六號尤其一連有四間之多。中央飯店六樓的「燕子窠」裡設備豪華，應有盡有。可以開燈吸鴉片，也可以擺酒席，叫條子侑觴陪宿，至於飲宴賭錢那更是不在話下。光顧這燕子窠的當然都是達官貴人，富商巨賈。他們一擲萬金，了無吝色。而陸連奎也靠著這一排銷金窟財門大開，日進斗金。

除卻執法者違法經營的六間燕子窠之外，在中央飯店賬房後面，還有一間黑房間，赫然竟是陸連奎私設的公堂。公堂裡面不但巡捕房華探間各式各樣的刑具一應俱全，尚且又有一把嚇得死人的電椅。於是，在抗戰之前，陸連奎就因為有這兩項設備，闖出了一樁大禍來。

當年舉國聞名的飛將軍毛邦初，他也是中央飯店的常客。但是他到中央飯店從來不著戎裝，總是一襲便衣，隻身來往，而且還輕鬆自然，不修邊幅。中央飯店裡從賬房到茶房都是陸連奎的徒子徒孫，他們偏偏「有眼不識泰山」，認不得毛邦初是何許人也，而毛邦初居然也不認識陸連奎。

於是有那麼一天，毛邦初又到中央飯店。他坐在電梯上六樓的時候，有兩男一女和他同梯而上。毛邦初看那個女的長身頎頎，眉目如畫，一眼就認出她是北里名妓柳如玉，老早便是舊相識。因此大大方方跟她點點頭，柳如玉也報他以嫣然一笑。

和柳如玉一道走進電梯的兩名男子，一個怒眉橫目，挺胸凸肚，一個戴鴨舌頭帽，身穿對襟短打。顯然前者是老板，後者是保鑣。像這樣的人物，毛邦初在中央飯店見得多了，所以當時他絲毫都不擺在心上。一會兒，電梯到了三樓，毛邦初眼見那位老板帶著柳如玉出了電梯。其實柳如玉確曾頻頻眄視那名保鑣，再向毛邦初以目示意，叫他當心，可是毛邦初竟又沒有察覺。

當毛邦初到了六樓，獨自一人，躺在床上。忽然房門打開，走進三個腰寬膀粗的大漢來。其中之一，正是方才同一電梯上六樓的那名保鑣，他往毛邦初的床前一站，大喇喇的說道：

「小鬼，你給我下來！」

毛邦初不由一驚，怔怔的望著來人。他還沒有來得及開口問話，從那保鑣背後轉出來一條大漢，右手一揮，啪的便是一記耳光。

被打得眼前金星迸射，毛邦初一躍而起，怒不可抑，厲聲的喝問：

「你們這是做什麼？」

一語方竟，那名保鑣已在嘿嘿冷笑的說：

「你是吃了老虎心，豹子膽，竟敢調戲我們師娘！」

毛邦初不禁又是一驚。然而，三名大漢卻不容他再分辯，三人齊上，七手八腳，把竭力掙扎的毛邦初拖出了房間，進入了電梯，押進賬房。穿過一道小門，毛邦初一抬眼，方才也曾同過電梯的那個「老板」模樣的壯漢，如今正怒容滿面，高高上坐，虎視眈眈的望著自己，那正是中央飯店老板，大英捕房督察長陸連奎。毛邦初再四下一看，長皮鞭、老虎凳、腳鐐手銬，諸種刑具齊備。靠牆邊還有一把電椅，黑黝黝，陰森森的張著巨口。

毛邦初情知出了誤會，好漢不吃眼前虧，他頓時就情急大叫：

「不要動手，不要動手，我們都是自家人。」

一聽「自家人」這三個字，陸連奎便猶豫了一下，決定先盤一盤毛邦初的根柢。他一伸手，攔住了正要動手的三名壯漢，然後一聲喝問：

「你的前人是那一位？」

他的意思是在說：你若是幫會中人，那麼，請你報出你的師門來。

中央飯店私設公堂

然而，毛邦初卻又不是幫會人物。因此，他唯有趕緊聲明：

「我沒有前人，不過，我在上海有位朋友。」

陸連奎還以為毛邦初是在說大話，擺噱頭。冀能逃過這場修理橫禍，他聲聲冷笑的問：

「你有朋友，阿能喊得來？」

言下之意，就憑你的朋友，也敢往我這龍潭虎穴闖嗎？所以毛邦初一聽他這麼說，便忙不迭的答道：

「一定能來，一定能來，請讓我撥通電話。」

陸連奎點點頭，算是答應了。不過他緊接著又提出警告說：

「拆白黨，你頂好快點把你的朋友喊來。不然的話，你就要直著進來橫躺出去了。」

無妄之災，尤其一髮千鈞。陸連奎分明是在說：假如毛邦初在黃浦灘請不到夠資格打圓場，講斤頭的朋友，把這個死結打開。那麼，他也就莫想活著走出中央飯店黑房間的門。

毛邦初的這一通電話，直接了當，撥到上海特別市市長吳鐵城的辦公桌上。

不幸他一時慌亂，又因為他跟吳鐵城市長實在太熟。所以他連一聲「吳市長」都不曾喊，電話接通，脫口而出的說：

「我是毛邦初，此刻正在中央飯店賬房間後面，有一點小誤會……」

該說的話還沒有說完，陸連奎就已經認定了他是「反穿皮襖，裝羊！」在施緩兵之計。一個眼色拋過去，保鑣立刻會意，奪過他手裡的電話聽筒，把電話掛斷。接下來便是拳足交加，把毛邦初打得遍體鱗傷。

然而，電話機的那一頭，吳市長一聽就曉得毛邦初置身危境。他拋下電話聽筒，帶著八名衛士，十萬火急的趕到中央飯店。

匆匆跨入賬房間，吳市長高聲的問：

「我是吳市長，方才打電話給我的毛先生在那裡？我此刻就要會他。」

陸連奎在賬房間後面，聽到了吳市長的聲音，驚呆了。他連忙攔住三名保鑣，停止修理，然後，硬起頭皮走到賬房間來，改怒容為笑臉，蠻巴結的喊了聲：

「市長！」

吳市長正在心憂如焚，他急急的問：

「毛先生呢？」

陸連奎伸手向後一指，答道：

「在裡面。」

吳市長疾言厲色的說：

「你去把毛先生請出來！」

毛邦初終於被三名打手攙出來了，全身虛脫，疲軟無力，彷彿就只剩了一口氣。

吳市長一看，氣湧如山，猛一跺腳，他忍無可忍的高聲喝問：

「你們老板是誰？」

陸連奎情知無法狡賴，他上前一步，坦然自承的答道：

「我。」

吳市長氣得渾身簌簌發抖，他猛回頭，喝令他的八名衛士說：

「把他帶走！」

八名衛士正要一擁向前，拿下陸連奎。陸連奎急中生智，他虛張聲勢，悍然的說：

「吳市長，這裡是公共租界。你要帶我走，恐怕沒有這麼簡單吧？」

吳市長的涵養再好，也被陸連奎的目無法紀，囂張倨傲，惹得無法忍耐了。他不再跟陸連奎說話，但卻撥一通電話到公共租界工部局。叫工部局總董范客森接聽，一開口，便告訴他說：

「我是吳市長，現在中央飯店，我要馬上把陸連奎帶走，你聽到了嗎？」

吳鐵城痛懲陸連奎

范客森一時弄不清楚這是怎麼一回事。只不過，他斷然不會為一名區區爪牙走狗陸連奎，得罪黃浦灘上的真正主人，國民政府委派的上海特別市市長吳鐵城。因此，他一口答應的說：

「吳市長，這區區小事，何止於勞你大駕，還要先跟我通個電話？你要帶走陸連奎，只管把他帶去吧。」

陸連奎的面孔，轉瞬之間變成死灰。

立時三刻，吳市長的衛士把陸連奎押上汽車。再命衛士小心攙扶毛邦初，登車直奔華界。

一面延醫為毛邦初療傷，請他擅自珍攝，好好休養。一面喊來幾名力大無窮，如狼如虎的衛士，將陸連奎如法炮製，著實修理一番。

「以其人之道，還治其人之身」，吳市長痛懲陸連奎，乾乾脆脆，令人稱快。然而陸連奎經過這一次修理以後，事情卻並不能了結。「一頓還一頓」，私人雙方的賬扯平。吳市長站在公家立場，還得重重治罪，陸連奎這下嚇慌了，他跪下來磕頭求饒，哭出嗚啦的自願認罰。當時正值全國民眾熱烈祝賀蔣委員長五十大慶，各地紛紛發起捐獻飛機，是為轟動一時的「獻機祝壽活動」。陸連奎便也認捐了一架又半，方始獲得釋放，狼狽萬狀的逃回英界。

陸連奎正是這麼一個橫衝直闖，無法無天的人。抗戰爆發，上海淪陷，他不但不為國家民族出力，反而和「維新政府」裡的漢奸頭目勾三搭四，為虎作倀。在民國二十六、七年間，接連的當了「維新政府內政部」、「綏靖部」、「外交部」三個「部」的顧問。由於他在公共租界當督察長，很顯然的他將對我方地下工作有所不利。所以他成了我地下工作人員必須從速解決的制裁對象。經過精心的計劃，和周密的部署，行動人員展開了一次極其漂亮，而且足使群奸震慴的行動。我們的人衝進陸連奎的窠穴：湖北路中央飯店，一陣亂槍打死了陸連奎。時間是民國二十七年八月十六日。

陸連奎伏法以後，他的那名寵妾柳如玉，首先脫離陸家，下堂求去。他曾一度跟溜冰好手沈維德結婚。後來又重張豔幟，招蜂引蝶。柳如玉在靜安寺高士滿舞廳後面租了一幢公寓，打起「陸公館」的招牌，以一身周旋於新知舊雨，生張熟魏之間。她那個豔窟裡的擺設，大都是她從陸連奎家裡帶出來的。陸連奎死後還在大戴其綠帽，這真是他生前再也想像不到的事情。

跟陸連奎情況大致相同，以租界捕房中人接受敵偽收買，企圖協助敵偽逮捕我地下工作員人，所謀不遂，反倒被我行動人員搶先一步，加以制裁的，還有公共租界捕房第八科科長黃福森。二十八年一月二十三日在虞洽卿路口，挨了我方人員一槍，身受重傷。同年五月六日，又有法捕房的副探長曹炳生，在金神父路雙龍坊他家弄堂口，被我方人員亂槍射殺。曹炳生在法捕房的資格很老、地位很高，和黃金榮黃老板尤其淵源甚深，杜公館裡外人等和他無不相識。誰想得到他竟會一時糊塗，失足落水，也去當了漢奸。國法森嚴，大敵當前，像曹炳生這樣的人確是咎由自取，死有餘辜的，我們只是深深的為他覺得惋惜而已。

從二十七年夏天起，黃浦灘上的鐵血鋤奸行動，高潮迭起，持續不歇。日本軍官，大小漢奸，喪生於我行動人員的刀槍之下，每隔數日，必有一起，在此簡直不勝枚舉。其中較為轟動的則有偽蘇浙皖三省鹽務督辦公署署長劉謙安，在陸連奎被制裁的四天後，經我方行動人員開槍擊斃於靜安寺路大陸游泳池裡。一週後又有偽南京市自治會會長陳雲，在上海新聞路一〇二九弄中彈殞命。尤有偽新政府財政部司長錢應清，在他自己家裡被亂刀砍死。復有偽中華建國軍總司令顧炳忠在南京路冠生園被槍殺。二十八年二月十六日，上海南市地方法院院長屠復，因為他跟敵方勾結，抗不移交，而被我行動人員槍殺於法租界貝勒路寓所。

張大帥拜會土肥原

在持續多年，一連串的鐵血鋤奸行動裡，有三件大案子是值得特別提出來，大書特書的。一來案中的三位主角，都是名聲響亮，全國皆知的人物。二來這三位人物的被殺，至今還在為人津津樂道。

但缺事實真相，又難免隔靴搔癢，大有距離。第三呢，這三件案子多多少少都有點牽涉到我。

第一件案子是俞葉封的接受國法制裁。中外雜誌第十卷第六期開始刊登張或弛先生的「坤伶主席新豔秋」，那俞葉封正是曾經力捧新豔秋，終而為其入幕之賓。趙老上海的說法是俞葉封碰上了這位坐命殃夫的白虎星君，方始霉運當頭，送脫性命。當然這是迷信，巧合。不過，俞葉封確是死在新豔秋演唱的更新舞台樓上第一排，而且他曾一連兩次，受到陳默親自領隊的我方地下工作行動人員狙擊。

俞葉封和張大帥的關係非常密切，他們不但是結拜兄弟，生死刎頸之間。從杭州開始，雙雙攜手打天下，開碼頭，混到了黃浦灘頂兒尖兒的地位。而且，他們還曾結為親家。張嘯林張大帥有一妻三妾，但卻只生了一兒二女，那兩個千金之一，就許配給俞葉封的一位少爺。

前清末年，俞葉封在杭州當水路巡防營砲艇哨官，相當於一名連長。後來他又調任嘉興、上海水路緝私營統領，一躍而為營長了，而且地位還越來越重要。杭州、嘉興和上海三地的私梟和盜匪，都跟他有相當的關係。入民國後，這便是他打進黃浦灘的一筆大本錢。

俞葉封是張大帥跟前最重要的人物，跟黃老板、杜先生當然也是共事近二十年，熟得不能再熟。民國十六年上海清黨以後，黃杜張三大亨貌合神離，各奔前程。俞葉封他是站在張大帥的一邊，和杜先生就比較疏遠一點。抗戰既起，八一三淞滬起了戰火，杜先生不顧日本人的威脅利誘，悄然離滬抵港。在他動身之前，張大帥和俞葉封都曾極力苦勸，拖牢杜先生，請他萬勿離開上海。用意就想利用日本人對杜先生的看重，在上海淪陷以後合力開創一個「漢奸的局面」。

杜先生深明大義，忠黨愛國，他當然不肯留在上海，淌這潭混水。但是他也曾在離滬前夕告訴我說：張大帥、俞葉封認定了自己是白相人，黃浦灘上無論張三、李四來當家，對他們都毫無關係。

而且他們還希冀日軍佔領上海會得請他們出來維持秩序，開闢財源，覺得這又是一個名利雙收的好機會。沉溺已深，絕難回頭。同時杜先生又怕張大帥千方百計攔牢他不放。所以他才深心痛苦，無可奈何。臨走的時候，連張大帥都無法通知一聲。這件事使張大帥很不開心，漸漸的，華格臬路杜公館和張公館，也就各理各事，少有往來。

上海淪陷，起頭就有顧馨一、周文瑞、楊福源等投機分子，公開活動，籌組偽上海市民協會。企圖魚目混珠，取代杜先生一手組成，對於支援抗戰和促進地方建設大有貢獻的上海市地方協會，向東洋人賣身投靠。他們曾經力請張大帥出山主持。但是張大帥覺得這個場面太小，他不值得廁身其間。不久，日本在華特務首腦土肥原賢二，派代表來像張大帥致意，張大帥曉得土肥原的地位，他倒是殷勤接待，這便是他正式和日方搭線之始。

到了民國二十七年夏天，土肥原到了上海，於是雙方經由北洋皖系要人，曾經在段祺瑞內閣當過財政總長的李思浩居間介紹，土肥原和張大帥正式談起「合作」條件。張大帥一開口就要偽浙江省主席，土肥原的答覆是沒有問題。這一來使得張大帥官癮大發，心花怒放。他興沖沖的要求和土肥原正式見上一面，以便當面敲定。土肥原也是很爽快的答應了，不過立刻就發生了見面方式的困難問題。

大帥上當漢奸亮相

張大帥向來目高於頂，功架十足，他以為日本軍方正亟於請他出山，剛淪陷的浙江一省非他出來維持不可。因此他堅持行客拜坐客，要土肥原進法租界，上張公館拜訪，然後再由他到虹口土肥原的住處回拜。土肥原的答覆也很妙，他說談這種機密大事，雙方拜會來拜會去的未免太不方便。何不揀一個中間地點，譬如虹口區裡的東湖旅社，由雙方各自前往會晤。張大帥很勉強的應允了，到了約定的時間，他帶了八名保鑣，包括俞葉封在內的幾位朋友，一共坐了三部汽車，浩浩蕩蕩的經由外白渡橋，直駛虹口。

外白渡橋靠近虹口的那一頭，由日本憲兵和海軍陸戰隊共同佈崗，來往行人必須經過檢查，戒備相當森嚴。當張大帥的車隊開到，日本憲兵事先得過土肥原的關照，問明白了是張大帥，立刻揮手放行。但是海軍陸戰隊的槍兵卻不曾奉到命令，他們堅持不許通過，弄成了一個很尷尬的場面。張大帥的車隊在外白渡橋上亮了好半天的相，等日本海軍陸戰隊一層層的通電話請示，方准張大帥進入虹口區。這顯然是土肥原在施展狡猾手段，他要租界裡的愛國居民們看清楚些，張嘯林張大帥他親自到虹口去投靠。

雙方一見面，土肥原所答應的偽浙江省主席居然泡了湯。土肥原毫無誠意，他避重就輕，力陳杭州係於二十六年十二月二十三日被日軍攻陷，全市秩序尚未恢復。他請張大帥先回杭州，為桑梓「服務」，組織一個「維持會」，使杭州早日恢復安寧。張大帥明曉得自己上了土肥原的當，可是他在東湖旅社就只有忍氣吞聲，他不曾吐出三字經，大發雷霆，推說這事還得從長計議。土肥原一再「請」他先幫這個忙，張大帥無可奈何，他唯有應允先派一名親信馬副官去。

一場交涉不得要領而返，張大帥滿懷不樂回到了家裡，他一回家就大發脾氣。與此同時，全黃浦灘都揚揚沸沸的傳開了，張嘯林張大帥公然「過了橋」投降東洋人了。我知道詳情以後，心裡也是很為他著急。於是我立刻拍電報到香港，像杜先生報告張大帥和土肥原接頭洽談的種種經過。

杜先生的回電很快就拍回來，他的回電是打給張大帥的。電文中情詞懇切，剖析利害，力促張大帥火速離滬到香港，免得一失足成千古恨，自毀聲譽，做國家民族千秋萬世的罪人。

電報送過去了，張大帥正好在氣頭上，他又遷怒杜先生，一拍桌子說：

「叫我到香港去做啥？跟他一道跳海呀？」

黃浦灘上眾口一詞，都在說張大帥已經投降日本，當漢奸了。馬路消息傳得非常之快。當時，杜先生的二少爺杜維翰，和張大帥的小少爺，同在上海法政中學讀書，兩人是同學。杜維翰聽到外面的謠言很擔心，便在學校裡悄悄的問那小張道：

「外面有人在講，二伯伯要當漢奸了。阿有這個事呀？」

小張聽了很不高興，他回答道：

「瞎講，那來這個事呀！」

不曾想到，小張一回家就告訴了張大帥，他說維翰講的：你是漢奸！

這一來猶如火上潑油，張大帥勃然大怒。他氣沖沖的大踏步走過兩家共用的天井，格登格登，直登二樓。當時我在樓下，眼見張大帥臉色不對，便心惴惴的走到樓梯口，向樓上張望。

張大帥一上樓，便哇哩哇啦的喊：

「二樓！二樓！」

逼牢了我賭神罰咒

他喊的是住在二樓的陳氏夫人，因為維翰是他生的，也跟他娘一道住二樓。

陳氏夫人顯然是被他嚇了一跳，她慌忙從房間裡迎出來，問了聲：

「二伯伯，阿有啥事體？」

張大帥氣沖牛斗的一聲問：

「二囝在？」

「在在在。」

陳氏夫人一疊聲的答應，立刻就把維翰喊了出來。

一見維翰，張大帥就厲聲喝問：

「二囝，阿是儂在講我當了漢奸？」

維翰心慌意亂的回答：

「沒……沒有呀。」

「方才有人告訴了我，明明是你講的！」

維翰只好回答他說：

「我不過是聽到人家在說而已。」

但是張大帥不肯放鬆，他還要盤到底。伸手一指維翰，喝道：

「講！是啥人講的？」

維翰被他逼得無路可走，無可奈何，他只好往我身上一推，他說：

「我聽墨林哥講的。」

「好哇，墨林！」

張大帥拋下陳氏夫人和維翰，一個轉身就下樓。我情知不妙，正要開溜。然而，時間已經來不及了。張大帥一眼看到了我，登時他就發聲喊：

「墨林！」

事到臨頭，我只好站定，挺一挺。裝著若無其事的神情問：

「爺叔，有什麼事？」

張大帥從樓梯上跑到我的面前。怒眉橫目的望著我，劈頭就是一聲喝問：

「墨林，你敢說我是漢奸？」

「沒有呀，」我兩手一攤的答道：「毫無因由，我怎麼會說這種話呢？」

「真的沒有？」

「確實沒有。」

上下一次樓，對待陳氏夫人，維翰和我，又是這麼樣的粗暴無禮。張大帥的氣消了些，大概他覺得自己來勢洶洶，實在過份。同時，再問下去也還是得不著結果。但是他又仍然有點不甘心，所以，他望了我半晌，再開口問一聲我：

「你敢罰咒哦？」

「當然敢。」

「那麼，你此刻就給我罰個咒！」

這個好辦，我雖然心知張大帥跟土肥原見過面，都談了些什麼。可是，我確實沒有把他當漢奸的話說出口，罰咒就罰咒，只要解決了眼前的這場風波就好。所以我毫不遲疑的說：

「神明在上，我萬墨林要是說了那句話，叫我一出大門，就被汽車撞死！」

果然，張大帥無話可說了。他餘怒未熄的，定定的望了我好一會。我竭力保持鎮靜，一臉坦然無事的神情。終於，他一語不發，邁步就走，穿過天井，回到他府上。

這就是杜張兩公館當日發生一場風波的經過。然而，前幾年，還有朋友寫文章說：張大帥因為隔隣（當然是指杜公館）有人嘲笑其孫兒為漢奸後人，張大帥就不分青紅皂白，竟將我扭到院子裡，罰我在烈日之下長跪達一小時。我雖然當面不敢違拗，但卻心頭飲恨。因此，我便輾轉介紹林懷部，充任張大帥的保鑣，終於由林懷部一槍打死了張大帥。

俞葉封死裡逃生記

這個說法，明眼人一望可知絕非事實。因為，第一，杜公館有人嘲笑張大帥的孫兒為漢奸後人，張大帥再不講理，也不會不問青紅皂白，把我扭到院子裡去罰跪。必定是由於杜維翰在情急之下的那一推，他才會得找到我。至於維翰把事情推到我身上，認真說來，那也沒有什麼不對。杜先生既然命我留在上海看家，公館裡裡外外，大大小小的事情，原該由我出頭來頂。何況，當時場面那麼僵，維翰若不推諉，僵局又如何能夠打得開？第二，莫說張大帥，即使是杜先生，也決不會施我以罰跪的處分，當年我已三十五歲，張大帥一到上海，就經常和我在一道。他焉能不知我是杜先生的親戚，杜公館的總管，杜先生對我從來連句重話都不說的？

張大帥和土肥原首次會晤，雙方沒有談攏。但是俞葉封卻決心靦顏事敵，當一名漢奸。他便日以繼夜，儘在張大帥的跟前掇促，勸他與皇軍「合作」。張俞本是老搭檔，俞葉封的話，張大帥一向極聽得進。我眼見張大帥可能經不起俞葉封的煽惑，終將失足。便一再的打電報、寫信，報告杜先生。杜先生為此非常焦急，他為了對老把兄盡心盡力，勸他懸岩勒馬，免得鑄成大錯，他曾三番兩次從香港派專人來，請張大帥離滬南下。然而，一波又一波的香港來人，全都受到張大帥的嚴詞峻拒，他說什麼也不肯到香港去。杜先生憂思忡忡，迫不得已，他便決定採取「釜底抽薪」之計，又派專差帶口信，請俞葉封尅日赴港，有要事面商。

俞葉封早已下定決心，投入日方懷抱。在這種情形之下，他怎肯跑一趟香港，和堅決抗日的杜先生會晤，引起日本人的疑心呢？他藉詞推託。婉拒杜先生的邀請，同時他又惟恐投敵一事夜長夢多，他便加緊攻勢，力主張大帥跟土肥原舊話重提，繼續談判。於是，乃由張大帥主動，又跟土肥原連續商談了兩次，但是雙方意見大有距離，張大帥堅持非當偽浙江省主席不可，土肥原則被迫向張大帥攤了牌。他坦然自承，從他調任日本第一軍第十四師團師團長，他已經不復為日本在華特務的首腦。張大帥的要求過高，他實在難以辦到。

底牌攤開，雙方談判也就自此擱淺，再也談不下去了。然而，在上海的地下工作行動人員，卻已經接奉上級命令，拿俞葉封開刀，嚇阻張大帥，起個殺雞警猴的作用，有以根除後患。當時，在香港的杜先生，對於此一行動，確是毫無所悉的。

那時節，正值「坤伶主席」新豔秋，在故都北平方經牢獄之災。她的新歡「小道士」、大漢奸繆斌，在新豔秋演唱的吉祥戲院險乎遇刺，僅以身免。東洋憲兵藉此把新豔秋捉了去嚴刑拷打，辣手摧花。倖免於難的繆斌深覺過意不去，又把他保了出來。新豔秋傷心之地，不堪久留。她南下演唱，出演於上海更新舞台。使俞葉封一見驚為天人，從此對她吃的死脫。俞葉封每天都到更新舞台捧新豔秋的場，因此，讓我方行動人員獲得大好下手機會。有一天俞葉封正由久記社名票友，唱黑頭的吳老圃陪同，坐在更新舞台樓上包廂裡，擊節欣賞，聽新豔秋的戲。驀地手提機關槍聲急起，俞葉封機警，他立刻向前仆倒，趴在地面，躲過了那一陣彈下如雨。吳老圃確走避不及，渾身射穿了不少透明窟窿，他猝然倒在俞葉封的身上，當場血流如注，氣絕身亡。

案發之日，新豔秋又被日本憲兵捕去。俞葉封驚魂甫定，滿身血污，逃到華格臬路張大帥公館。張大帥問明白了經過，劈頭便是聲聲喝罵：

「×××，天底下女人多的是！你熱昏了呀，連新豔秋這種白虎星，你也要去×！」

當時，俞葉封一臉懊喪，悶聲不響。然而不久，他仍還是去把新豔秋給保了出來。

物資資敵大賺其錢

逃過了這一次鬼門關，俞葉封越想越駭怕了。他自動的來看我，請我跟杜先生連絡，我問他聯絡什麼？俞葉封一臉苦笑的說：

「我想到香港去一趟，拜望杜先生。有要緊事體向杜先生報告。」

我答應了，電報拍到香港。杜先生立刻回電，請俞葉封即日啟程。

俞葉封這一趟香港行，不但見到了杜先生，而且還趁戴先生過港之便，再三要求杜先生幫忙說項，讓他謁見戴先生。他向戴先生表示他將痛改前非，重新做人，求戴先生寬大為懷，不咎既往。也虧他想得出來這一條瞞天過海之計，等我接到了杜先生的來信，方始恍然大悟，俞葉封跑一趟香港的目的，原來是為了向杜先生、戴先生「悔過」，討一張「免死狀」，為求保全性命而已。然而俞葉封自從跑過這趟香港他自以為已經誑過了戴先生和杜先生二位，尤其是有了戴先生一句「以觀後效」的話，就等於拿到了包票，上海的地方工作人員，再也不會為難他了。於是俞葉封回到上海以後，仍然不知悔改，做些有利國家民族的事，他還在繼續與敵偽相勾結，甚至有變本加厲之概。民國二十八年五月七日，大漢奸汪精衛從河內潛抵上海，僕僕風塵於東京、青島、北平、南京各地，簽訂賣國條約，密鑼緊鼓的積極籌備組織偽政府。張大帥、俞葉封做漢奸官的希望，至此宣告斷絕。於是便在俞葉封的策劃之下，開始跟日本軍方作新的勾搭，正式幹起搜集務資資敵，大賺其鈔票來了。

因為，二十八年以後，戴先生一手建立的忠義救國軍，人槍逐漸增加，力量日益壯大。他們控制了上海對外的陸路交通，克復了上海附近的大小村鎮，構成嚴密的封鎖網。使得在上海的日本駐軍，困處在上海市區，無法越雷池一步。同時，並不時派遣突擊隊，發動奇襲，大量破壞日本軍方的物資。從二十七年底到二十八年底的這一年之間，忠義救國軍一共作了二十二次突擊。規模較大的幾次，諸如焚燬日清公司的唐山丸，一把火燒掉了價值二百萬元的人造絲、綢布和雜貨。匯山碼頭棧房、中新六廠、公和祥碼頭、大倫紗廠、日本海軍造船廠、東華紡織株式會社，和盧山丸、沅江丸、淞江橋軍火庫、旅順丸、南通丸、音戶丸的相繼遭受襲擊，造成了日本軍方慘重的損失。尤其是日本人搜刮而來的棉花、乾繭、軍麥，更是一大批一大批的被忠義救國軍破壞。日本駐軍隊於忠義救國軍凌厲無比的破壞行動，束手無策，防不勝防。他們又無法突破忠義救國軍的嚴密封鎖，因而使得上海日軍和居民的補給和供應，左支右絀，焦頭爛額，簡直就無法解決。

就在這個時候，俞葉封挑唆張大帥，跟東洋人交涉，由他們組織一個偽新亞和平促進會。把他們手底下的弟兄，一律武裝起來，專門代替日方到四鄉八鎮去採辦必須物資，其中尤以倉糧、棉花、煤斤、雜貨居大宗。由於他們人頭熟、地理環境摸得清楚，再加上忠義救國軍的官兵之中，也有不少可以套得上交情，張大帥出面辦貨運貨，目標要比日本軍方小得多。因此，他們的這一個辦法相當奏效，大批物資，又開始源源不絕的運到上海來了。

漸漸的，張大帥他們的生意越做越大，採購範圍越來越廣。他們從安南採購煤斤，運到上海，再轉銷華中一帶。張大帥、俞葉封代日本軍方搜刮物資，無形中破壞了忠義救國軍的封鎖，使戴先生孤立上海扼敵咽喉的決策，受到了妨礙。這當然是森嚴國法所決不能容許的，張大帥對於自己處境的危險，心裡有數得很。所以，他在民國二十八年夏天，提前出發，遲遲不歸，藉避暑之名，在莫干山藏頭露尾了將近半年，然後方始悄悄的回到上海。而且一回來就招兵買馬，把他的隨身保鑣，增加到二十多個。後來槍殺了他的林懷部，就是這個時候進了張公館的。他不但和我毫無淵源，而且彼此並不認得可以說連泛泛的點頭交情都沒有。

張大帥三樓中黑槍

張大帥和俞葉封，蓄意破壞抗戰前途，國法制裁，當然在所難免，這是刻不容緩的必要之舉。戴先生諗知杜先生和張大帥結義之誼，和二三十年前的老交情，他很體貼的不讓他與聞其事。可是我人在上海，卻無法避免耳聞目擊的機會。首先，是民國二十九年元月十四日，禮拜天，陳默又來，和我商議過幾件事情以後，他故意悠閒的說：

「俞葉封這票貨色，要成交了。」

我聽後，心中便是一緊，實在是有說不出的滋味，也不知道是難過，還是欣幸。我沉沉的嘆了口氣，抬起頭來問他一句：

「啥辰光？」

陳默望了我一會兒，方始回答：

「不是今朝，就是明日。」

說完，他就立起身來告辭走了。送走陳默以後，我始終心神不定，想起了許多往事，也聯想起若干後果。從民國七年起，張大帥到上海，每次到杜公館來，有他就必定有俞葉封。因此我和俞葉封的相識，前後有二十多年，彼此是熟得不能再熟了。此刻我明曉得他大難當頭，可是他犯的是國法，做的是破壞抗戰的事。即使只有我一個人能夠救得了他，然而我又怎能甘冒國法救他一命呢？

從十四號晚上到十五日一早，沒有動靜。十五號夜裡，陳默打電話來了，他告訴我制裁俞葉封的經過：那一次行動由他親自領隊，執行的同志，就坐在俞葉封的鄰座，同在更新舞台樓上第一排。台上正由新豔秋在唱「玉堂春」，全場聚精會神的聽戲，鴉雀無聲。俞葉封更是瞇起眼睛在聽他心愛的人一曲繞樑。負責執行的同志雙手交叉抱在胸前，卻暗地裡拔出藏在腋間的手槍，對準了俞葉封的心臟部位，砰的就是一槍。台上台下一聽槍聲秩序大亂，在場的巡捕、包打聽卻依然袖手旁觀。陳默和他的弟兄，便雜在人叢中從容撤離，留下歪倒在座椅裡面，俞葉封的那具屍體。

俞葉封在大庭廣眾之間被殺，消息震動了黃浦灘。但是最嚇不過的還是張大帥，兔死狐悲，唇亡齒寒，他已經曉得自己的未來命運了。張大帥從此足不出戶，唯獨每天晚上，到大新公司五樓俱樂部裡去消遣，賭錢。出門回家，總是十餘名保鏢分坐三部汽車，首尾相連，開得極快。但是我方行動人員仍然有辦法找得出他的破綻來。經過預先安排，有一天晚上，當張大帥的車隊開到善鐘路和霞飛路的交叉處，紅燈突然亮了，張大帥的車隊不得不剎車停下。就在這一剎那，埋伏在街角的行動人員用手提機槍猛烈掃射。張大帥的司機是兼任保鏢首腦的阿四，他非常機警，當槍聲一響，他立刻就猛踩油門闖紅燈。這才在千鈞一髮之際，救出了張大帥的一條生命。

然而，誠如俗諺所說的：「天網恢恢，疏而不漏。」我方行動人員這一次的任務，雖然功敗垂成。但是張大帥之死，卻仍然由此間接促成。張大帥在座車遭受狙擊以後，他連大門都不敢出了，成天躲在家裡，足不出戶。就因為他不再出門，使他覺得用二十幾名保鏢未免過多，而且一連多時悶在家裡，心情也特別的焦躁。民國二十九年八月十四日，那一天他的保鏢們閒得無聊，在天井裡高聲吵鬧，被張大帥從三樓上聽到。他伸首窗外，厲聲喝罵，吩咐保鏢首腦阿四繳下他們的槍來，全都滾蛋。張大帥氣勢洶洶，罵得非常難聽，惱怒了一名久已不滿而且槍法奇準的保鏢林懷部，他也仰起頭來回罵了幾句。罵得兇性大發時，便拔出手槍，一槍射穿了張大帥的咽喉。

張大帥身子朝前一仆，伏在窗檻上氣絕，得年六十五歲。他身死後林懷部還不放心，他拔步飛奔，直上三樓，衝進了張大帥所在的那個房間。正好有一名張大帥的學生子，江蘇偽錫箔稅局局長吳金桂，在房裡打電話報告巡捕房。林懷部手起一槍，打出了吳金桂的腦漿。又在死了的張大帥身上補一槍後，再快步下樓衝出大門外。他在華格臬路上高聲大喊：

「我打殺了大漢奸，我打殺了大漢奸！」

然後，他站在街上不動，等法捕房的安南巡捕趕來，毫不抵抗，束手就擒。

林懷部因為連殺二人被判長期監禁，抗戰勝利後他獲得釋放。他認為自己殺了大漢奸張嘯林，有功於國家民族。所以託人來請我代向中央推薦，讓他也分沾一點地下工作人員的光榮。對於林懷部的要求，我唯有婉言拒絕。因為杜先生和張大帥是結拜兄弟，我不能攬上這個罪名。再則林懷部與地下工作根本無關，他殺張大帥和吳金桂，純粹出於發洩私忿，並未接受任何方面的命令或囑託。充其量只能說：「漢奸國賊，人人可以誅之。」一時激起義憤，鋤奸報國而已。

傅筱庵睡裡挨三刀

第三件巨案制裁偽上海特別市市長傅筱庵。傅筱庵名宗耀，他曾繼蘇錫文之後出任偽上海特別市市長，蘇錫文則退居秘書長一職。傅筱庵是很有名氣的人，他是乾清盛宮保盛宣懷的得力助手，在招商局和中國通商銀行等機構大權在握，六七十歲的人還要靦顏事敵當漢奸，有血性的中國人聽了都很憤慨，恨不得把他抓來殺了才甘心。這個時候我還不知道，重慶方面已有密令，不惜一切代價，即速處決傅筱庵呢。

杜月笙先生的一位保鏢老張，山東人，身胚結棍，頭腦靈活，杜先生赴港以後他便跟我，做事認真負責。有一天，他跑來問我說：

「萬先生，有一樁生意，要不要接過來做？」

「什麼生意？」

「傅筱庵。」

哈！做掉傅筱庵，刺殺大漢奸，這種大快人心之舉，為什麼不做？當時我心中很歡喜，但是我聲色不動，我淡淡的問他：

「有什麼門路？」

「巧得很，」老張雙手直搓的說：「我的一個同鄉，名字叫朱生，他是傅筱庵的保鑣。這樁生意，是他自己跑過來兜的。」

我一聽，就曉得這事已有七八成的把握，因為傅筱庵當了漢奸，他也自知難容於國人，所以他經常戒備森嚴，如臨大敵。他住在虹口，公館附近十步一崗，五步一哨，平常老百姓一腳都踏不進，何況跑去將他刺殺？但如他的保鑣要下手，那便是近水樓台，方便多了。因此當時我再問一句：

「那個姓朱的有什麼條件？」

「簡單得很，」老張聳聳肩胛：「事成以後，他要兩萬塊錢。」

「閒話一句。」我拍拍胸脯：「你去叫他相機行事，事情辦好，問我拿錢。」

老張去找朱生了，我也並不怎樣把這樁事放心上。然而不出幾天，縱使敵偽方面把新聞封鎖得很緊，但是我們仍舊得到消息，傅筱庵被刺殞命，兇手逃逸無蹤。

——朱生確實逃逸無蹤，因為他始終不曾來領過我那兩萬元的賞格。

我派人去偵知了朱生行刺的經過：十月九日夜晚，傅筱庵坐了裝甲汽車，去應日本人的宴會。散息後又到盛老三家裡，臨時拉來越劇名伶姚水娟，在酒筵之前演出《盤夫索夫》。他和一般朋友喝得酩酊大醉，盡歡而散，清晨三點鐘回家，房門都不曾關好，他便倒在床上一個人睡了。

朱生是有心人，早有準備，等到這個大好機會來臨，他當然不肯輕易放過，他取出備好的工具：一部腳踏車，一把切菜刀。

他把腳踏車的車鎖打開，切菜刀藏在短襖衣襟裡，趁著傅公館人人都在熟睡，他掩進了傅筱庵的臥室，房門敞開，燈火通明，傅筱庵仰臉朝天，呼呼大睡。朱生掄起菜刀，照準他的喉嚨核便砍，手法既準且快。接連三刀砍下去。這位上海大道市長發聲喊都來不及，紅光四濺，血流滿床，就此嗚呼哀哉。

這時候朱生有點心慌，怕傅筱庵還不曾死，又在他腳上猛砍了兩刀，眼看他身子僵硬，動也不動。這才拋下了切菜刀，從容鎮定，立刻跑到外面天井，騎上腳踏車，出了傅公館。他請門房開大門，僅只說了一聲：

「市長差我出去辦事。」

一路上日本憲兵、上海市政府派的警察，都認得朱生是市長公館的人，因此他一路順利無阻，逃離龍潭虎穴。冷風拂面，細細一想，我那邊許下的兩萬塊只怕來不及拿。於是他錢也不要了，把腳踏車蹬得飛快，過外白渡橋，出十六浦，他渡江到了浦東游擊隊基地。游擊隊設法輾轉送他到重慶。

一直到抗戰勝利，杜先生凱旋還鄉，他才告訴我：朱生到達重慶，不言不語，什麼人也不找。他自食其力，擺個香煙攤維持生活。某日被杜先生的司機鍾錫應看到了，報告杜先生，說是朱生在賣香煙。杜先生連忙派車接他來，同時打電話通知戴笠先生。戴先生把他接過去，對於他的愛國熱誠和功成不居，大為讚賞，送了他五萬塊錢，並且給他找了一個工作。

奸細出賣當街被捉

民國二十九年底，汪精衛賣國通敵，組織偽政府，沐猴而冠之後，便在他們的機關報《中華日報》上，發表通緝名單，八十三位所謂重慶分子中，我也赫然有名。

人家以為很可怕，我倒覺得蠻光榮，照樣在租界地區來來去去，法租界巡捕房的西探長，我們把他的洋名字叫成「萬浪當」。萬浪當是我的要好朋友，他曉得捕捉我的風聲越來越緊，一再向我提出警告。後來他看我照舊置若罔聞，爽性採取行動，派一部鐵甲車，一架機關槍，四名安南巡捕，日以繼夜的守在華格臬路杜公館大門口。一面向敵偽特工示威，看看誰敢來捉墨萬林？一面向我動之以情，再三的勸誡我不可揚長過市，他說：只要我不離華格臬路杜公館一步，他拍胸脯對我負責保護。

杜公館裡悶了一個月，悶得我氣都透不過來。而外面風聲鶴唳，草木皆兵，風聲一天天的更緊。無可奈何之中，被我想出了一個辦法，我明修棧道，暗度陳倉，對外放出空氣，說萬墨林逃到香港去了。然後我每天夜裡化裝出去，繼續幹我樂之不疲的地下工作。——我在上海住了幾十年，叨杜月笙先生的光，三教九流，數不清有多少認得我的朋友，因此我要化起裝來還真不容易，迫於無奈，只好戴頂鴨舌帽，穿身短褂褲，臉上架一副茶晶眼鏡，聊勝於無而已。

民國二十九年十二月二十一日，吳紹澍手下的一名情報員朱文龍，利用我的秘密通話路線，跟我連通三次電話，他說他有極重要的情報，必須由我傳遞。我對這個人，素來不大相信，因此頭一次回答他沒有空，第二次則推擋再過一個星期看，第三次被他逼牢了，我只好跟他約定時間與地點，見一次面。

原先約好下午四點鐘，但是我為加強防範，臨時又改約晚間八時，當時正是燈火輝煌，跑馬廳前正在熱鬧辰光。我戴副茶晶眼鏡，儘低著頭，坐部黃包車，到了金門飯店門口，一眼就看到朱文龍，他正站在二十四層國際大廈對面，傍著跑馬廳那邊，儘向熙來攘往的人群東張西望。我悄悄走到他身後，往他背上一拍，他驚了一驚，別過臉來看見是我，似笑非笑，神情有點尷尬，我就覺得不是味道，還沒有開口說話，不知道從那裡搶出來四名包打聽，將我團團圍住，雙手向後反剪，頓時就捆了一個結實。

我曉得這附近有美國憲兵站崗，租界裡非法綁架，他們有權出面干涉。於是四個人將我一架，我頓時就拉開喉嚨極喊：

「捉強盜呀！救命！」

果然，兩名美國憲兵聞聲急急的趕來，我竭力掙扎，向他們求救。沒有想到，四個包打聽的頭兒，居然不慌不忙，從衣袋裡掏出硬卡。美國憲兵接過去一看，那上面寫得有「緝拿政治犯萬某人」的字樣。這麼說，他們捉我是經過租界當局的許可，算是合法的了。美國憲兵沒有話說，望我一眼，走開。

既然如此，好漢不吃眼前虧，我唯有不聲不響的跟他們走。包打聽們把我推上一部汽車，一路風馳電掣，窗外溜過繁華熱鬧的上海街景。我心裡在想，這次落在他們手裡，算我觸霉頭。

汽車開到滄州飯店，停下來，我又看到一位美國憲兵，存了一線希望，我再高聲求救，只是我的聲音還不曾喊出來，嘴巴已經被人緊緊摀住。另外有人解下我四五寸寬的板帶，不由分說，將我嘴巴紮牢。

兩個包打聽下了車又上來，我一看，汽車裡多了一位熟人，朱聖俠同志被他們從滄州飯店裡抓來了。從靜安寺路西區滄州飯店，包打聽驅車直駛福州路大英捕房。路上他們怕我再叫喊，拳打足踢，開始請我「吃生活」。我緊咬牙關忍住痛，悶身不響。汽車裡地方小，施展不開，他們打累了，爽性將我塞在車座前，分不清楚有幾隻拳腳叉在我身上。我是個大胖子，在車地板上縮成一團，面孔貼在地上吃灰，滋味很不好受。

我仍舊忍住，不開口，不討饒，我想他們既是包打聽，就該曉得我是什麼人物，他們這樣折磨我是對的，因為本輕利重，我若向他們口一軟，明天萬墨林的言話就要傳遍黃浦灘，夠他們人前誇嘴，洋洋得意半輩子。

明天要有大陣仗了

到了四馬路巡捕房，可以說得上是舊遊之地，不過昔為座上客，今為階下囚而已。放眼一看，一張熟面孔也看不見，四周都是些怒眉橫目，故作駭人模樣的巡捕。當時捕房裡正在等後搜身的雞鳴狗盜之徒很多，我驀然想起身上有兩封信，雖說不甚要緊，但是搜了出來可能會連累幾位朋友，跟我過上兩堂。於是我說我要方便，趁著如廁的機會，將兩封信撕成粉碎，從馬桶裡沖走。

搜身的結果是毫無收獲，包打聽們不甘心，又押解我上汽車，駛到我自己在上海的住宅，好哇！他們要抄我的家嘞！我當時不但心中坦然，而且以為這樣更好，因為我知道在我家裡絕不會抄出什麼證據，但是由此可以使我的家人曉得我碰上了什麼事情，被押到那裡去了？他們自會在外設法營救。

我的妻兒和家人神態自若，毫不驚惶，讓他們翻箱倒櫃的搜查，他們的冷靜使那幾個包打聽有點內愧，從此對我比較溫和得多。

查不出結果，人還是要帶走，因此我又被押回四馬路捕房，有人出來問口供，我曉得這是頭一關，供不供招不招無關大局，一定還有更嚴重的場面等著我。心一橫，我便傲然的眼望天花板，不論他們問什麼，總歸是一問三不知。那些小腳色們盤了我一兩個鐘頭，果然拿我無計可施，先交頭接耳的商議，然後開始打電話，電話打好了冷冷的對我說：

「萬先生，我們好好的問你話，你不肯說，我們拿你沒有辦法，只好送你到虹口日本憲兵隊去了。」

虹口？日本憲兵隊？我心中直在冷笑，那邊也沒有什麼可怕的，我還以為今朝這一夜我是不會受罪的了。因為，當時已近午夜時分。

然而，他們卻把我連夜押到虹口，東洋人先擺出笑臉，口口聲聲萬樣長，萬樣短，說是他們很佩服杜先生，當然也看重我。香煙盒子遞到面前，我也不客氣，接過來破例點著了，便連連的猛吸。東洋人審案，總是用疲勞轟炸方式來磨人，我正需要他這支煙，好好的提一提神。

「親親熱熱」的談了一個多鐘頭，東洋人的調調兒來了。只見那個軍官方才還笑著，至此忽然臉孔一板，砰的將桌子重重一拍，厲聲向我喝問：

「快快的說！重慶來的吳紹澍，他住在什麼地方？」

「不知道。」

這時候大概是午夜兩點多鐘，東洋人從此翻來覆去，只問這一個問題。他機械般的重複問一句，我便照例的答聲：「不知道。」一邊詰問，我一邊在心裡算，每一次對答，他說十七八個字，我才答三個。無論如何我比他少花費些精神，我不怕他的疲勞轟炸。

三點鐘，來了生力軍，我就曉得正腳色登場了。因為來者七人為首的兩名，一個是汪精衛特工總部的專員室主任沈信一，一個是刑房的領班萬里浪。汪偽特工總部的巢穴在極司非爾路七十六號，那裡暗無天日，遍地血腥，是敵偽專門刑逼或處決「重慶分子」及政治犯的大牢，淪陷區裡的同胞，把它看成閻羅王的十八層地獄。

我稍微振作一下精神，但是還算好，在東洋人面前，他們畢竟不曾顯露出荼毒同胞的猙獰面目，七八個人輪流向我疲勞轟炸，反覆的問同一個問題，我簡直數不清自己回答了幾百遍：「不知道。」以不變應萬變，他們恨得我牙癢癢的，卻是沒奈何。六點鐘，天亮了，東洋人接連的打呵欠，沈信一望著我不懷好意的笑。他揮揮手，命人把我押下去睡覺。

我在杜公館裡幾十年，一向過慣錦衣玉食，席暖履厚的日腳，那曾吃過今朝這樣的苦頭？一上囚床，身子像癱了一樣，我暗暗的告誡自己：

「好好睏一覺，明天，要有大陣仗了！」

一覺睏到十點鐘，還睏不夠四個鐘頭，突然間被人猛力推醒，那人粗聲粗氣的說：

「快起來！要帶你到好地方去了。」

我就曉得是上七十六號下地獄，去就去吧，勉強掙扎爬起來，睡眼惺忪，臉不洗，口不漱，被人推著跌跌撞撞的往前跑，又被押上了黑漆漆的囚車，這是我一百八十九天不見天日的開始。

吳四寶下我的毒手

極司非爾路七十六號，本來是做過安徽、山東省主席陳調元先生的花園洋房，佔地極大，樓房曲折幽深。上海陷敵，汪記政府徵用了作為特工總部，主持人是大漢奸丁默邨，副主任李士群，打手頭目吳四寶，都是心黑手辣、殺人不眨眼的狠腳色。

跟我同時被押到七十六號的，還有呂承天和朱聖俠兩位先生。一路上，我們裝做不認識，一句話都不曾交談。

輪到我過頭一堂，問話的還是沈信一和萬里浪，不過他們的臉色跟在日本憲兵隊時大不相同，眼露凶光，殺氣騰騰，沈信一尤其向我黠笑著說：

「萬先生，這裡是什麼地方，我想你一定曉得。在不曾問話以前，我先奉勸你一句，凡事老實點講得好，否則，這種苦頭你是吃不消的。」

我聽了，唯有苦笑，我回答他說：

「沈先生，多承你好意關照。你請問吧，但凡我曉得的，一定實話實講。」

他將信將疑，看我一眼，接下來便訊問，一問又是個把鐘頭，我儘在「不知道、不知道」的，嘴巴都講乾了，我開始用搖頭代替回答。

沈信一正待勃然變色，格登格登，高跟鞋響。房門一開，進來一個蠻標緻的女人，個子長，皮膚白，細眉毛，大眼睛，風姿綽約，骨肉勻停。我一看便知道她是誰，綽號「吳大塊頭」七十六號凶煞吳四寶的女人，近兩年來她也有個響噹噹的名字，叫佘愛珍。佘愛珍本是好好人家的女兒，上海啟秀女中的畢業生，聽說她被人引誘破了身，將錯就錯結過一次婚，還養了個女兒呢，後來不知道怎樣給吳四寶搭上，由於她精明能幹，讀書識字，學啥像啥，上馬提雙槍，下馬寫文章，吳四寶吃得死脫，佘愛珍就此成了他的靈魂。

她一進門來看見我，陰惻惻的笑，問了一聲：

「萬先生，儂也來啦？」

我把頭一仰，鼻管裡哼了哼。

佘愛珍嘿嘿的冷笑，走向沈信一，板起一副公事面孔，大喇喇的問：

「全招出來嘞哦？」

沈信一、萬里浪面面相覷，搖頭苦笑。

「嘸沒用格飯桶！」佘愛珍破口便罵，大模大樣的高高上坐，「讓我來問伲言話！」

一世英名，豈可栽在佘愛珍這種女流之輩手裡，她問一百句，我便抱定主張，一百一十個不答腔。佘愛珍見我不賣她的賬，不由得火冒三千丈，她緊握粉拳，重重的往桌上一捶，於是便一聲嬌叱：

「好，姓萬的，數你有種！來呀，把他拖到三層樓上去！」

被兩名壯漢架著，我更上層樓，在七十六號三樓上，算是又見到了黃浦灘上後起之「莠」吳四寶，他本來是個司機，給世界書局開過車，也曾當榮炳根的車伕。對他那位老東家，早先我們總是開玩笑的叫他「爛腳阿根」。

如今「爛腳阿根」的車夫見了我，挺胸凸肚，趾高氣揚，我望他一眼，身材魁梧，實大聲宏，皮膚黝黑，一臉橫肉，外貌上看，頗有幾分威風凜凜的架勢。他是青幫「通」字輩季雲卿的徒弟，見重於季卿雲的老婆金寶師娘，先當司機，從在賭場裡抱枱腳（充保鑣）吃一份俸祿。往後李士群成立七十六號，招兵買馬，由金寶師娘把他介紹過去，充任「警衛大隊長」，手下只有百把個人。李士群的客人來了，他要像隨從副官一樣的開車門，侍候斟酒添飯。

這個後來大收賭場煙館保護費，綁票勒贖，暗殺行凶，大做紗布黃金投機生意，跌價虧本，不惜鴨屎臭的掏出手槍，逼著交易所掛高牌價的小癟三，當時在七十六號真是神氣活現，他見了我，居然大模大樣，疾言厲色的說：

「萬先生，你是高來高去的人物，我吳某人不過爛泥裡面的小水蛇，不過今朝委屈你萬先生到了這裡，爛泥蛇也佈下了天羅地網，就怕你進來容易出去難，插上翅膀也飛不動！萬先生，我奉勸你遇事將就，不必太認真。」

我心裡卻在想，憑你這幾句話，也能把我嚇倒嗎？我忍不住的聲聲冷笑，回答他說：

「我已經被你們捉來了，既來之，則安之。你有什麼打算，我只好悉聽尊便！」

吳四寶倒蠻乾脆，就像應付公事，一連串的提出幾個問題，我答一聲不知道，他便略過不提。直到問題問完，門簾一掀，佘愛珍又興致勃勃的走進來了，她一進門便不耐煩的開口問：

「怎麼樣，供出來沒有！」

吳四寶一見她便巴結的笑，也不答話，伸手抄起電話筒，頓時就下了命令：

「喊四個人上來，把萬墨林先生請下去。關照他們好好的做！不要辜負萬先生的好身胚！」

上海人講「做」，等於北方人喊「揍」，曰「宰」，亦即我們在台灣所流行的口語：「修理」、「幹掉」。

阿可以留件小衫褲

刑房裡緊扃門窗，無燈無亮，各式各樣的刑具，星羅棋佈，煞是嚇人。萬里浪帶了幾名腰圓膀粗，虎腰熊背的小夥計，一個個貌似煞神，眼睛裡像在噴火，他們都在躍躍欲試，準備「做」我萬墨林。

我不聲不響，走到刑房中央，頭頂上一隻電燈，發出鬼火似的燐光。萬里浪雙手叉腰，惡狠狠的站在我面前，他先開口問我：

「那能（怎麼樣）！你終歸還是不肯講？」

我想權施緩兵之計，先反問他一句：

「你們要我講什麼？」

「我問你，」他突然惡狠狠的，上前一步，猛一下抓住我的衣領，厲聲的問：「上海大道市政府，傅筱庵傅市長，是不是你派人去做掉的？」

於是乎，我倒抽了一口冷氣，多久以前的事情，偏偏他們要舊話重提，「欲加之罪，何患無詞」？「人為刀俎，我為魚肉」，沒有話講，我唯有挺身挨「做」而已。

我不回答，只見萬里浪作了個手勢，兩名壯漢奔過來，快手快腳，將我全身衣服剝光，剝到只剩汗衫短褲，冬月天氣，寒冽如冰，連我這個胖子都凍得渾身發抖，我怕和他們肉帛相見，忙不迭的喊：

「喂喂，留件汗衫小褲總可以哦？」

我的急喊，卻惹起他們鬨堂大笑，自此以後，諷嘲諷謔之聲，不絕於耳。

不管了，我爽性緊緊的閉上眼睛。

被他們推推搡搡，我連連腳跟倒退，算計不出倒退了幾尺幾丈，突然兩手兩腳被人使勁的抓牢，一聲嗨喲，我整個身子凌空飛起來，猛的向下一聲，背脊骨上一陣冰涼，我感覺到自己已經仰臥在一張長板凳上，赤身露體，手腳反折朝下，整個頭顱虛懸在板凳的一端，晃晃蕩蕩，全無著落，正自掙扎向上，痛苦不堪，又有兩名壯漢，重重的往我腹部和胸脯上一坐，兩三百磅的重量，把我壓得氣都喘不過來。

身子被人壓定了，頭部便越覺沉重，當時的感覺，彷彿頸子都快要拗斷，就在此時，突然間一大鉛桶冰水澆下來，淋得我渾身都起雞皮疙瘩，嘴裡直在「哆兒——哆兒」的發出顫呼。

這是頭一桶水。

第二桶涼水灌下來時，滋味更加難受，因為行刑者太捉狹，他換了一種方式，不像上一桶水那樣，以醍醐灌頂之勢，使我猛吃一驚，猛的受一次寒。這第二桶，他把鉛桶高高的舉起，緩緩的灌下，水勢細長，源源不絕，他真有本領，控制水流宛如自來水龍頭，他能使下灌水流大小粗細始終如一，而且不管我怎樣閃躲逃避，他一毫不爽的硬把水灌進我鼻管裡去。

冰涼熱辣，奇嗆，窒息；我從來不曾想到，一個人的皮肉會受到這麼大的痛苦。這就是七十六號人間地獄的毒刑之一，或曰灌水，或曰水注。

寒冽，火辣，嗆而不咳，窒息而後甦醒。就這樣，周而復始，說來令人無法置信，那一夜，在極司非爾路七十六號由吳四寶請客，頭一道菜，我萬墨林三收三放，前後被灌足了六大鉛桶冷水。

當時我已魂飛魄散，遍體痲木，但有知覺，也分辨不出此身就竟是人是鬼？而我全身，自胃及腸，以至膀胱，容納水份已臻飽和，灌水實在灌不下去了，壓坐在我身上的那兩名壯漢，至此發揮了他們的作用，利用體重，拚命的壓榨我的胸腹，剛從我鼻竇裡硬灌進去的冷水，此刻又像噴泉一樣，自我嘴巴鼻孔裡湧射出來。

灌足便吐，接連六次，我失了知覺，卻從口鼻之間，嗆出了鮮紅的血。

「好嘞！」隱隱約約聽到沈信一在下命令：「放他下來，他早已吃不消啦！」

謝天謝地，自此我全身一鬆，昏昏沉沉，已呈虛脫狀態。

我還以為沈信一慘不忍睹，好心讓我喘一口氣呢？那裡想到，他放我一碼，用意卻在想要變本加厲，命我這血肉之軀，忍無可忍。

我才從灌水板凳上鬆了綁，立刻便被人架上了電椅。

居然送我上了電椅

所謂電椅倒不是處決囚犯，要人性命的那種科學設備，而是一張普通椅子，椅上雜七雜八放些斷電線，也不曉得那一條通電，那一條不通。上電椅之前，沈信一先威嚇我：

「萬先生，電椅坐上去，性命交關。你要是想說實話，現在還來得及。」

我心裡想，死就死吧，看樣子，我這次反正是死定了的。與其千刀萬剮的活受罪，還不如一下子通電死了的好。一則當時身上的難過，實在叫人無法忍耐；二來我才只上過一種刑法，就已經熬不住，再往下去，只有更加吃不消。一死了之，應該算是天大的幸事。

再也想不到，這隻電椅，卻還是個「做」人的刑具，不是送終的所在。我被幾名打手一推上去，但見沈信一甩甩手，作個手勢，管電門的傢伙把電一接上，我的背脊、手臂、臀部、大腿，就像有無數條火蛇在往皮肉裡鑽，疼得我肥大的身軀猛然彈起來，回頭看時，椅子上那些斷電線依然如故，看樣子，大概是電壓很低，根本電不死人。他們是故意拿我尋開心的，睜眼望著那般殺胚前仰後合，哈哈大笑，我氣得眼睛裡都噴出火來。

「我看你確實也受夠了，」沈信一貓哭老鼠假慈悲，走過來拍拍我的肩膀說：「今天，我們就到此為止。」

兩個人架住我，把我連拖帶拉，送進囚室，打開鐵柵門，往裡面一推，我仆倒在囚床上，耳朵裡還聽見鎖鐵門的聲響，然後，我便全部失去了知覺。

第二天醒過來，渾身筋骨痠痛，五臟六腑，好像有針在戳，刑後的苦楚，竟比受刑當時更加難受。我躺在床上向外望，發現除了監牢裡例有的看守以外，另有一名槍兵，一個便衣，一左一右守在我的囚室外邊，他們的四隻眼睛，骨碌碌的緊盯住我，一刻也不放鬆，我知道我這名「犯人」在他們看來一定是很重要的了。後來我更發現，連我大小便的時候，這兩位朋友都和我寸步不離。

讓我休息了兩天，七十六號改換方式，繼續向我進攻。出賣我的朱文龍來了，他身在鐵柵欄外面，假惺惺的望著我說：

「萬先生，你這又是何必呢？」

我恨不能把他生吞活剝，但是處在矮簷下，不得不低頭。我只好坐在床沿上，兩隻眼睛狠狠的瞪住他，一語不發。

「你現在沒有第二條路可走，」他聲聲冷笑的說：「他們問你的事情，你還是老實講出來。只要你肯講，我一定想辦法幫你的忙。」

「多謝。」

「你又不是吃糧拿餉，用人家薪水的，」他還不死心，繼續威脅利誘：「你何必吃這種苦頭？萬先生，你不要以為你的案子輕，後台硬啊。我告訴你，倘使你不肯說實話，那麼，滬西和虹口一帶，天天莫名奇妙被暗殺了的那些東洋兵，一筆筆的血債，都要記到你頭上來。」

「沒有關係，」我氣憤的回答：「反正我人已經在這裡了，無論你們有什麼『筍頭』，只管裝上來就是。我打定了主意，這條身子是給你們直的拖進來，我準備好了橫著讓你扛出去。」

話不投機，他臉孔漲得紅紅的，老羞成怒，卻又不能衝進鐵柵裡打我一頓，朱文龍怒目奮睛，瞪了我好半晌。我裝著視而不見。於是，我聽到他使的一勁跺足，說一聲：

「好！數你有種！」

朱文龍走後，我心裡爽快了些，呼呼的又睡了一覺。再睜開眼睛又是天亮時分，鐵鎖鐵鏈克啷啷響，我從床上被兩個如狼似虎的小漢奸抓起來，心裡嘆了一口氣，唉，又要吃生活了。

老虎櫈加八塊磚頭

這一次，換了一間刑房，事後方知是專門請人坐「老虎櫈」的，兩位手足輕快、動作迅捷的行刑朋友，我一看清楚他們的面孔，不禁大喜過望。原來這兩位是法租界巡捕房的小夥計，都認得我，不知怎樣會轉到七十六號特工總部來了。

老虎櫈，可能是刑法中最厲害的一種了，人坐上櫈子，兩條腿和背脊骨成為直角，渾身用粗麻繩牢牢的綑住，於是整個身子無法動彈。

我被他們綑好了，當年法捕房的兩位朋友，悄聲的和我耳語：

「萬先生，用過鈔票嘞哦？」

「嘸沒，」我坦然的回答，又望著他們笑：「我們都是好朋友了，不是嗎？」

那兩位面面相覷，作了個尷尬的表情。問話的人開始提出頭一個問題——

「不知道。」

這三個字還不曾說完，兩位朋友，一個扳起我的膝蓋彎，一個拿了一塊方磚頭，硬往我的大腿底下塞。

「哎喲呀！」

我痛極大叫，原來，腿和腳上下都綁牢了，膝下加磚，等於要把我的膝蓋頭拗斷，這一陣痛，豈止椎心刺骨！

以為加這一塊磚頭就已經夠受的了，那曉得苦惱還在後頭。法捕房朋友「公事公辦」，絲毫不講情面，方磚頭一塊塊的往上加，每加一塊我的痛楚便增加一倍，我由叫而喊，由喊而嚎，由嚎而嗓子嘶啞，由嘶啞而瘖然失聲，喉頭直在咯咯的喘。

十二月天，上海已經瑞雪紛飛，行刑室裡冷得空氣都快結冰，而我，卻在八塊磚頭連拗膝頭以後，額頭上的汗，像驟雨一樣的濺瀉。

就差沒有討饒了。

神志模糊不清，身體搖搖晃晃，好像聽見外面有人敲門，房門一開，我勉力睜開眼睛看，居然又是熟人。他姓林，叫林志剛，起先在上海市郊打游擊，大家都叫他林司令，不曉得怎樣賣身投靠混進了七十六號。

我實在痛得吃不消了，用盡全身之力，掙出聲音來向他求救：

「哎喲，林司令，幫幫忙！」

林志剛一轉身，看進老虎櫈上綁的是我，怔了怔。他大概是「官職」比較高些，從問案人手中一把將公事拿過去，草草的看兩眼，然後揮揮手說：

「把他放下來。」

「放下來？」問案人大惑不解，臉上還有不大服氣的表情：「這個萬墨林是很重要的犯人。」

林志剛生了氣，面孔一扳：

「我叫你放你就放！」

兩位法捕房的朋友，直到這時候才幫了忙，他們不等「辯論」結束，快手快腳，把我身上身下的繩子和磚頭，統統解開。

下了老虎櫈，頭一個感覺，便是腰部以下，知覺毫無。彷彿它們已不再是我身上的骨頭肉。

林志剛明明看見我兩隻腳不能動彈，他偏偏下了這樣一道命令：

「把他攙到天井裡去，架著他胳膊，叫他跑步，跑夠兩個鐘頭，再攙他回來！」

我一聽，嚇得渾身發抖。心裡在想：老林，你這不是要我的命嗎？我兩隻膝蓋受了重傷，根本不能動了，你還叫我跑步，一跑便是兩個鐘頭。莫說現在，我一生一世也沒有跑過這麼長的步呀！

但是有兩個身長力大的衛兵奔過來，那裡由我分說、求救，一人捉起我一條手臂，把我橫拖豎拉，筆直向天井裡跑。可憐當時我的兩隻腳，軟綿綿的垂在地上，一路的的篤篤，像是在打拍子。

也不曉得是怎樣熬過那兩個鐘頭的長程跑步，起先我是被他們拖牢在跑的，後來經不起他們一再的催逼吆喝，我拚命的將力氣運到兩條腳上去，於是，漸漸的，我發覺我的兩條腿，也在參加他們的跑步了。

整整一個時辰跑下來，兩名衛兵和我一樣，累得氣喘吁吁，一身大汗，我們三個一齊倒在一片草地上，揩汗休息。等我稍稍有了點氣力，我便開始發洩忍了半天的怨氣，我破口大罵林志剛：

「林志剛！枉你披了張人皮！我把你當做朋友，向你求救，你反而想出這種惡毒的刑法來『做我！」

「省省吧，」衛兵之一開了口：「你該謝謝林先生，人家救了你一命！」

「還說他救了我的命？」我怒氣沖沖的說：「這兩個鐘頭的跑步，險險乎送了我老命一條！」

「不跑這一個時辰，」另一個衛兵也說了話：「那你才真叫沒有命了呢！」

「為什麼？」我愕然的問。

「你不想想，」頭一個說話的衛兵講給我聽：「你坐老虎櫈，接連加了八塊磚頭。兩條腿受的內傷已經很嚴重了，不立刻架著你跑這兩個鐘頭，讓你的血脈流通，筋骨活絡，那麼，淤血堵在血管裡，救治得快，至少也要把兩條腿鋸掉。救治得慢的話，哼哼，縱使你有十條命，也會送掉你九條半！」

方才被臘月寒風吹乾了一身熱汗，此刻，重又驚出一身冷汗來。我再三的向兩個陪跑的衛兵道謝，道辛苦。

雪裡紅滋味不好受

休息過了，我被帶到林志剛的辦公室。我先向他道謝，對於他的救命之恩，表示十分感激。他坐在辦公桌後，望他一眼，臉上毫無表情的說：

「萬太太來了，此刻在對面。」

「啊？」我漫應了一聲，心中正是驚喜交集。驚的是她這一來是否會有危險，喜的是九死一生，想不到夫妻還有個見面的機會。

林志剛還在神色端凝的問我：

「你太太有權吧？你的事情，她是否可以當家做主？」

「可以。」我很肯定的回答。

「她有錢嗎？」

「有。」這一次，我更加答覆得斬釘截鐵。

「好。」他手扶桌沿，站了起了，「我現在陪你一道去見她。」

離別不過一星期，但是這一次夫妻相會，等於是隔了一世。太太一看見我，眼眶裡吊著的眼淚，索落落的直淌下來。

「不要哭，」我連忙攔止她，並且強顏歡笑，安慰她說：「我在這裡很好，朋友多，上下都有照應，他們對我蠻優待。」

談了些家務事，眼看接見時間快完了，我一面起身，一面低聲關照我太太：

「想我出去，一切要靠林司令。」

我太太會意，遞個眼色給我，又向林志剛深深的點頭。

夫妻剛見面，立刻又分手，我拎了一籃水果罐頭回囚籠，分了一些給看守和衛兵，坐回床上大吃特吃。整整一個星期，我像是沒有吃過東西。即使經過最嚴密的檢查，我太太還是有辦法。她在食物籃中夾帶給我一小捲鈔票。

心裡有了希望，肚皮亦已吃飽，沉沉的睡了一覺，第二天清早起來，臉還不曾洗好，行刑室的人又來了。我狂呼大叫，請人幫我找林司令，但是全無用處，只有人嘲笑，沒有人理睬。我被架到了行刑室，又看見了沈信一他們的紅眉毛綠眼睛。

他雙手抱臂，望著我聲聲梟笑：

「今朝我們開門見山，」他疾言厲色的說：「我們這趟費盡手腳，把你捉來，原想在你身上，一網打盡全上海的『重慶分子』，那曉得直到今天，你連吳紹澍一個人的地址都不肯招！萬墨林，我今朝倒要看看你這一身的骨頭，究竟有多硬！」

話說完，他一揚下巴，四五名打手居然將我擁出了行刑室，七十六號房屋幽深曲折，他們帶我到一個小天井裡，四周靜悄悄的不聞人語步聲。我望望天，天色鉛沉，大團大團的鵝毛雪，上下翻飛，屋頂、地面、禿樹的枝梢，早已是一片銀白。

我心裡在想，你們這是要做啥呀？沈信一那邊，已在發號施令，幾個人跑上來，七手八腳，一刻兒功夫，又把我的衣裳脫光了。

抱著手臂索索的抖，背後有人將我猛力的一推，我被他們推到了雪地裡面，我方以為他們是想凍死我。啪的一聲，一條皮鞭不知從何處飛來，劈啪猛響，我的背脊早已吃了一記，天寒地凍，皮肉股栗，這一皮鞭真正打得我金星直爆，痛澈心肺。

沈信一他們存心要我好看，吃一皮鞭豈能了事？轉瞬之間，彷彿四面八方都有皮鞭向我猛抽，劈劈啪啪之聲，不絕於耳，那全是從我皮肉上發出來的。我赤身露體，被他們打得東倒西歪，跌跌撞撞，有時實在打得太重，身子一陣踉蹌，膝蓋一軟，剛要跪倒，那刺骨般冰冽的積雪，竟如火辣辣的燙灼。

「說不說？」

……

「不說，再打，再重打！」

耳朵裡一直在聽著沈信一瘋狂咆哮，我以為他今天是非把我打死不可了，於是再也不顧雪冰雪燙，爽性整個身子往地上一仆。皮鞭還在繼續掃來，密如驟雨，迅似勁風，我背上開始皮開肉綻，鮮血迸流，從點點滴滴，漸至殷紅一片。

「雪裡紅！雪裡紅！」我聽到有人在獰笑，而且那還是好些個人齊同發出的聲音：「哈哈！看呀！這才是真正的雪裡紅呢！」

我腦子裡一陣天旋地轉，又暈過去了。

十萬大洋換個不打

這一頓鞭笞使我在囚籠裡躺了三天，身子一動到處都疼，事後檢視，確實是遍體鱗傷，體無完膚了。

能夠起床，林志剛把我叫到他的辦公室裡去。房門關好，他命我坐在辦公桌對面，跟他密談。

「嫂夫人真有肩胛，」他首先稱讚的說：「而且，人也爽氣。」

我虛弱的向他笑笑。

「我們的李老板，萬先生總歸是曉得的囉。」

我深深的點頭，我曉得他說的是李士群，七十六號當家的，偽特工總部副主任，他是浙江人，留學俄國，本來是個共產黨員，民國十六七年清黨時期，他坐過七次監牢。後來投降了，又跟日本特務頭子土肥原搭上，從此一直在做東洋人的狗腿子，是一名地道的漢奸。

「李老板到廣東去了，」林志剛慢吞吞的說：「不過，老板娘一樣可以做主。我聽說，嫂夫人已經送了十萬塊錢過去。」

「十萬塊？」我驚了一驚，因為，這筆錢實在是數目不小。

「十萬塊送進去，」林志剛繼續往下說：「換到李老板娘的一句話。老板娘說：『關照七十六號，萬墨林塊頭太大，只能問，不可以打。打了他或許會中風的！』」

我聽了，冷了半截，愁眉苦臉的望著林志剛問：「花了十萬塊大洋，才換了個不挨打呀？」

林志剛笑了，他笑吟吟的說：

「看起來，你老兄的身價很高。」

我頭腦裡亂哄哄的，他以後又跟我說了些什麼，我都不曾聽清楚，只記得林志剛喊我回房間的時候，他叮嚀了我一句：「記牢，以後不管是誰要打你，趕快派個人來告訴我。」

回到囚籠，呆呆的坐了半天，早早離開這個陷人坑，剛剛激起來的一線希望，於今又宣告斷絕，家裡花了十萬塊錢的代價，所得的只不過是不打而已。唉，這下就不知道何年何月才能重見天日啊。

猛然想起來一個大問題，驚得渾身冷汗涔涔而下，林志剛說：倘使有人打我，立刻派人通知。派人？叫我派那一個人呢？在我周圍的不是看守，就是衛兵，他們都是吃牢了我的，怎肯聽我的差遣？替我上樓尋救星？

焦急萬分時，被我想起了一個人，日以繼夜，輪流看守我的幾名衛兵之中，有一位老曹，為人誠實可靠，對我也很同情、接近。當時他正寂寞無聊的站在我門外，湊巧旁人都去吃飯了。我掏出我太太暗中傳遞進來的那一疊鈔票，大概有兩三百塊，我移步鐵柵欄前，輕輕的喊：

「老曹，請你過來一趟。」

「有什麼事？」他走向我低下頭問。

「這一點小意思，」我的右手伸出柵欄外，把那捲鈔票遞給他：「不過是聊表寸心，將來我出去了，還要重重的報答。」

他接過鈔票，笑嘻嘻的問我：「俗話說得好，無功不受祿。萬先生，你要我做什麼事情呢？」

「簡單得很。」我請他附耳過來，把我太太已經在李士群家裡打通了關節，林志剛也願意保我的鏢，前後經過，一五一十的細細表明，然後我才拜託他：「現在只有一樁小事求你，因為你是經常在我身旁的，萬一有誰想要請我『吃生活』，拜託你火速替我通知林先生。」

杜月笙先生來救我

「七十六號」的衛兵老曹，接過了我的「紅包」，塞進衣裳，爽氣的說：「那沒有問題，假使我不在這裡，我也會另託別人。總而言之，請萬先生放心，一天二十四小時，只要有那種事，我隨時都安排好人通風報信。」

林志剛和老曹，分別在我面前「寫了包票」，包我不再「吃生活」；挨揍。然而事後三天，沈信一、萬里浪又想向我下毒手。他們兩個在行刑室裡，喊人來把我提過去。那日剛好老曹當班，他一看苗頭不對，登時拔腳便跑，我心知他是去通知林志剛來「救駕」，態度非常之篤定。

不過那天林志剛還是來遲了一步，他氣急敗壞的找到「做」我的那間行刑室；沈信一和萬里浪早已叫人把我綁起，正在氣勢洶洶的說：

「萬墨林，我老實告訴你，今天我不打死你，但是我要把你打成殘廢！問你的話，究竟肯不肯說，此刻是你最後的機會！」

恰巧就在這時，我望了一眼別人手上的錶，上午九點鐘。林志剛門都不敲，推開門就大踏步的走進來。在他身後，老曹緊緊相隨。

「把萬墨林的綁鬆開！」他一進門就聲色俱厲的下命令。

「慢來！」沈信一攔住動手鬆綁的人，他昂然的向林志剛說：「這萬墨林是最要緊的政治犯，不請他『吃生活』，他怎麼肯吐實？」

林志剛那邊，臉孔板得緊緊的回答：「上面有命令，不准再『做』萬墨林！」

「那一位下的命令？」

「李太太。」林志剛傲然的一笑：「你一定要『做』，也可以，不過你先得寫報告，請李太太簽字批准。」

大概是當著這許多人，沈信一他們覺得坍面子，下不了台，他頓時就寫了份報告，請李太太批准「做」萬墨林。一房間人個個默然無語，靜靜的等待。報告送上去整整三個鐘頭，猶如石沉大海。林志剛一臉冷笑，我心中安如磐石，十二點鐘一敲，沈信一忍不住了，拉起電話，打到樓上，他直接去向李太太請示。

房間裡靜得一無聲息，受話筒中，李太太答覆的聲音，清清楚楚傳出來：

「萬墨林塊頭那麼大，只好問，打不得的。萬一打出了中風，那個負責？」

沈信一連聲喏喏，頹然的放下電話筒。有人自動為我鬆綁，我心裡在想，我太太那十萬塊錢，如今總算花到了刀口上。

從此以後就只准問不許「做」，我落得快活。沈信一問話的時候，我除了一聲聲的「不知道」，有時還跟他開開玩笑，吃吃他的豆腐，勸他不要再當漢奸賣國賊的走狗，我說只要他願意，我可以保他反正，轉過來替重慶方面做工作。

他氣得要死，拳頭高高的舉起，終於又想到老板娘的吩咐，輕輕的落下。

就這麼輕輕鬆鬆的，又關了一個星期。當時我還不知道，外面已經因我的被捕，鬧得驚天動地。杜月笙先生和錢新之（永銘）先生在香港，早就得到了消息。杜先生命上海恆社同人急速設法營救，但是轉眼之間兩個多星期過去了，仍還不曾聽說我有開釋的風聲。杜先生一急，決定試探一下周佛海那條路，因為周佛海事汪偽政府的第二號人物，他是「特務委員會」的「主任委員」，位置更在丁默邨、李士群各人之上。而周佛海在賣身投靠之前，抗戰前夕，也曾身為杜公館的座上客。

周佛海請我上南京

杜先生派了一位李先生，帶一批相當貴重的禮物，由香港到上海，轉赴南京，親蹈虎穴，去拜望周佛海。周佛海見了李先生，聽完李先生轉述杜月笙先生交代的種種，他當時就故示慷慨的說：

「杜先生和我是朋友，他託我辦事，要搭救萬墨林，我只憑他閒話一句！」

於是他堅拒李先生帶去的禮物，立刻打個電報到上海，命令七十六號特工總部：

「萬墨林性命保留，人要優待。」

林志剛先得到消息，跑到我囚室裡來，向我道賀，他笑逐顏開的說：

「恭喜，恭喜！萬先生！畢竟是杜先生有回天之力。周主任委員的電報來了，你從此可以放心啦。」

但是三天以後，又有人來喊我過堂，當時我還以為是請我出去了呢，那裡想到七十六號實在拿我沒奈何了，他們爽性把我移送到四馬路上的巡捕房，叫他們繼續拷打審問。

一進總巡捕房，立刻就過堂，一位我不認識的探目威脅我說：

「頭一樁，傅筱庵的案子一定是你做的，外面情報多極了，你想賴也賴不掉！」

我正覺得啼笑皆非，半路上殺出來救星；此人赫赫有名，他是劉紹奎；總巡捕房的督察長，官階要比那耀武揚威的小探目，高了好幾級。劉紹奎當然是認得我的，他跑過來就說：

「這位萬墨林先生，做人最忠厚了。你們不想想，杜月笙先生去香港，天大的家當都交給萬先生掌管，他怎麼會暗殺傅筱庵？」

輕飄飄的幾句話，擺下來倒有千斤重。「總巡捕房」人人曉得劉督導長撐我的腰，就此對我恭恭敬敬，客客氣氣。不過堂，不提訊，收拾乾淨房間請我住，將我這階下囚禮為上賓。

極司非爾路七十六號吃足了苦頭，到四馬路總巡捕房正好歇口氣，享享福，案情既不「嚴重」，裡裡外外都有人打點。我那間特別囚室，從此人來客往，親戚朋友川流不息的來探訪。吃的用的和著的，大批大批的送得來，自己吃著不了，推又推不掉，只好分送給那些看守警衛，以及同監的難友。

總巡捕房監牢裡上上下下，個個都和我套交情。

親戚朋友見了我，總歸伸出大拇指來，一疊聲的為我喝采叫好，他們誇我有骨氣，不愧為硬漢，熬過那麼許多毒刑，仍舊咬緊牙關，寧可自家死，一個朋友也不扳。我被他們稱讚得飄飄然，不免也得意洋洋的說幾句門面話，我總是說：

「小時候我也讀過幾年書，那孟夫子說的：『富貴不能淫，威武不能屈，貧賤不能移，是之謂大丈夫』，我若被他們『做』怕了，像他們屈服了，那才真是『讀聖賢書，所為何事』呢！」

有時候我又說：

「回想我十五歲從高橋到上海，跟在杜先生身邊二三十年，什麼驚風駭浪不曾見過。七十六號的那批毛腳蟹，啃得到我才怪？」

可能是樂極生悲，舒服安靜日子過了四十天，不但開釋的消息遙遙無期，而且，我的案子又起了急劇的變化。

因為李先生還在上海，我一旦不出監牢，他的責任就一日不能完結。李先生精明能幹，手腕也很靈活，他不但將我遺下的工作承擔起來，而且更進一步的想買通東洋人，做一番手腳，把我暗暗的送到香港去。

正當他進行得有了點眉目，一個事機不密，被周佛海聽到了風聲，他唯恐縱虎歸山，放龍入海，工作上損失重大，杜先生那邊更難交代。於是他採取斷然措施，下命令給李士群，叫他派人把我從總巡捕房提出來，再送回七十六號收押。

七十六號派了人來提我，對於我來說，這簡直是個晴天霹靂，將我震得呆呆怔怔，買通東洋人的祕密被他們發現了，我回七十六號當然凶多吉少，他們不是老羞成怒乾脆把我殺掉，便是重施故技，再來一頓又一頓的請我吃生活。

神情黯然的和「總捕房」各位朋友告別，我又戴上一別四十天的手銬，戒備森嚴，如臨大敵，囚車以最高速度，自四馬路駛住滬西。

第二次進七十六號的門，裡面那批牛鬼蛇神，對我前倨後恭，客氣得多了。一見面他們就聲明，這回只是暫時收押而已，不須提訊，不必過堂，言下之意彷彿告訴我不會挨「做」，請我放心。

驚疑不定的又被收押，老曹不見了，林志剛也避不見面，這是偶然的巧合，但已足夠使我忐忑不安，成天提心吊膽。就怕他們隨時臉皮一翻，我又有皮肉受苦的一天。

一個星期過得比一年還長。那七天裡我夜夜不能安枕，時常會莫名其妙的一驚而醒，醒來只聽見鼾聲如雷，陣陣傳來，囚室裡外，什麼動靜也沒有。

於是到了我在七十六號的最後一夜，睡意方濃，忽然被人推醒，我翻身坐起，揉著腫澀的眼睛，床面前站了好幾個荷槍實彈的衛兵，一叠聲的喊我火速爬起來，我心想這下算是完了，要緊犯人在深更半夜被拖起床，除了槍斃還會有啥事體？

一個衛兵低聲的向我喝斥：

「輕輕的，不要響！」

不響就不響，我柔順的讓他們上了手銬腳鐐，帶出囚房，上樓下樓，拐彎抹角，也不知道走了多久，眼前燈光一亮，咦？我怎麼被押解到極司非爾路七十六號的大門口來了呢？

坐上囚車方始有人告訴我，原來我不是綁赴法場執行槍決的，周佛海請我當夜乘快車到南京。

千穿萬穿馬屁不穿

到了南京，仍然請我在監牢，我被分配的房間是南京大牢二十五號，同房間的有馬元放、李達三兩位先生，大概因為我是偽政府第一號大頭目的「客人」，南京大牢不「做」我，而且對我蠻有禮貌。

住了一夜，監牢裡派兩名「官員」，帶我去見馬嘯天。這馬嘯天也是個大漢奸，在偽政府司法和特務地界，位置僅次於周佛海。過去我不認識他，但是我聽說過不少有關他的故事：這位無法無天的漢奸官，平時最喜歡聽人叫他「馬青天」，當我去見他以前，我把這一點牢牢的記在心裡。

因此，當我和他一見面，他開口問我：

「你看是南京監獄好呀，還是上海七十六號監牢好？」

我立刻便答道：

「當然是南京監獄好哇，南京監獄是馬青天管的嘛！」

千穿萬穿，馬屁不穿，他一聽，果然高興得呵呵大笑。然後他很親熱的跟我說：他私心很景仰杜先生，同時也早就聽知過我的名字。談著談著，他又把他的太太請出來，和我見面，當時更關照他太太說：

「等下叫廚房裡做四道小菜，送到萬先生那邊。」然後他回過頭來向我說：「碰巧我們見面不是時候，我不便留你便飯，替你接風。」

說老實話，那時候我對他確實非常感激，雖說他是一名大漢奸，但是以堂堂「偽部長」階級對我這個階下死囚如此禮遇，實在也是很難得的事。

談了十幾分鐘話，馬嘯天有事，叫我先回去，他吩咐獄「官」好好照拂我。又說：等兩天，他要親自帶我去見周佛海。

等了兩天，獄卒請我去理髮沐浴，換一身乾淨衣服，然後，一部汽車等好在門口，我要去見周「主任委員」了。

是人，見面就有三分情。周佛海的漢奸「官」做得再大，他也不好意思跟我搭什麼架子。何況還有馬嘯天相當的對我表示好感。不過，這個莊諧並作，令人猜不透他真心的大老爺，也不曉得是開玩笑，還是當真的，他一開口便劈我一斧頭，相當叫我吃不消。

周佛海像煞有介事的向我說：

「萬墨林，聽說你買了一部卡車，僱了一個司機，專門用來撞殺我，可有這個事？」

我聽了，心中一驚，表面上卻照樣嘻嘻的笑，我跟他打個哈哈道：

「哎呀，部長，我以為你主持特工會，情報一定蠻靈光格；怎麼你們也有這種不確實的情報呢？」

他聽我這麼說，倒也不以為忤，沉吟了一陣，忽然又問我：

「喂，萬墨林，你是喜歡打，還是喜歡和？」

「當然喜歡和。」我應聲答道，接著，笑哈哈的又添上一句：「不過，頂好是光榮一點的和。」

周佛海像個神經病似的，為這句話居然放聲大笑，他笑，馬嘯天也陪著笑，我呆了呆，然後也陪他們笑。三個人莫名其妙的笑了一會兒。周佛海首先打住，正正臉色，我就曉得他要點題了。

眼睛盯住我，他慢吞吞的說：

「萬墨林，你自家做的事情，自家曉得。七十六號那兩扇門，向來是進去容易出來難的。要釋放你，不是一件簡單的事情，不過，杜先生的面子我總是要賣。這麼樣，從現在起，你先在南京關一陣，我再把你送到上海關一晌，只要關節打好，我自然會放你。還有一層，我周某人說話算數，你也要給我保證，安心的等消息，不要到處託人，徒然增加我的困難，好不好？」

我懂得了，周佛海喊我來一趟，用意盡在於此。當著他和馬嘯天的面，我只好一拍胸脯，高聲說道：

「部長放心，我萬墨林閒話一句，絕無反悔！」

周佛海臉色又鬆弛了，他轉過臉去朝馬嘯天笑笑，說了句：

「你看，不愧是杜先生那邊的人。」

辭出了周公館，仍舊回到我的第二十五號囚室，這一住，又是二十天，閒來無事，吃飯睡覺數日腳。二十天後我又要起解了，一汽車坐到下關，被押上京滬路車。路上暗暗的向解差打聽，才曉得這一回是上海日本憲兵隊借提，他們向汪政府借我萬墨林三天。

抗日英雄金剛失手

什麼借提三天？我被押到上海，關在虹口日本憲兵隊監牢，一關就是三四個月！剛剛進門，還吃過東洋兵一頓拳腳，又將我打得死去活來。這一次，他們審問的重點，改了方向，他們要追查逐日行刺虹口東洋兵的「兇手」。

關在虹口憲兵隊監牢，二十多個人一大房間。我踱進去找個空檔一坐，同室難友表情冷淡，望我一眼，馬上又側過臉去。

正納悶，看守的皮靴橐橐走遠，於是有許多人一擁而上，把我團團圍住。內中有個青年人，體格魁梧，英氣勃勃，像是這一間房的龍頭，他見了我表現得十分親熱，他說：

「萬先生，我們久仰你的大名，抗日志士咬緊牙關，忍受非刑，不招不供不算稀奇。我們敬仰你是平民老百姓，自家出力又出錢，幹地下工作，有這麼大的功勞，又能表現出如此高尚的氣節！」

我聽他吐屬不凡，不覺肅然起敬，立起來請教他的尊姓大名。但見他一聲苦笑的說：

「實不相瞞，我就是王世雄，綽號金剛。朱學範是我的先生，因此，說起來我跟萬先生也有點香火因緣。」

原來他就是鼎鼎大名的「金剛」王世雄，我不禁又驚又喜。他的名號是虹口東洋兵聞聲喪膽的，這一兩年來，虹口日兵被他暗殺了的，正不知有多少，而方才請我吃過「生活」的日軍小隊長，還聲聲相逼的問我曉不曉得虹口游擊隊的事呢。

還沒有來得及向他備致仰慕，金剛嘆了口氣，說是：

「算他們東洋人吉星高照，這一次，我們陽溝裡翻船，三十六個兄弟，被他們一網打盡，統統捉到這裡來了。」

我聽了，跌足嘆息，心恨不已，可是事實如此，又有什麼辦法？我正長吁短嘆，金剛還在滔滔不絕的告訴我，東洋人對待他手段毒辣，水浸狗咬，什麼樣的刑法都受過了，他自稱還有什麼話說呢，只求早死而已。只是，他對於我也被關到這裡，深感痛心。

兩個人談得十分投機，他又說，他關在這邊已經兩個月了，一切都很熟悉，他好心的問我，要不要和家裡通個消息。

「好哇！」我高興得叫了起來，然而——「唉，既沒有紙筆，身邊又沒有請人送信的錢，這可怎麼辦呢？」

「不要緊，」他神祕的附耳告訴我：「讓我來替你想辦法。」

於是，在金剛的指導之下，我用草紙寫了一封信，信前附上幾句，請送信的人到八仙橋萬昌米店領取車資五十元。萬昌米店是我開設的，我出了事，米店由我家兄萬兆棠在主持。

第二天吃好中飯，金剛把我的字條貼在掌心，遞空碗出去的時候，我看見他對飯司務做了個眼色，我便曉得家書已經寄走，金剛轉回身，向我輕鬆的聳聳肩。

我這封信由飯司務交給金剛的一位表妹，而由他表妹親自送到萬昌米店。家兄和內人得到我又押回上海的消息，立刻採取行動，一方面託人到虹口憲兵隊打點，免得我再吃苦頭，另一方面請顧尚群、朱東山先生奔走營救，希望我能立即釋放，不過三天以後輾轉傳來，釋放無望。因為日本軍方和汪偽組織開過會，日方堅持萬墨林不許交保，因為我的案子已經鬧到日本天皇跟前了，傅筱庵的子孫向日本天皇告了御狀，說我萬墨林跟他們有殺父之仇。

每天深夜看守走遠些，金剛便和他的夥伴疊羅漢，人架在人上，偷偷的去撬動天花板。有一次我因為便急，半夜裡醒來，發現了他們的祕密：我正皺眉，金剛跳下地面，悄聲的告訴我：他們的越獄準備已屆成熟，鑽出活動的天花板，可以攀登屋面，然後——

「萬先生，」他十分誠摯的說：「你是我們敬佩的人，我們希望你能和我們一同逃出去。萬先生，你贊不贊成我們的計劃？」

「不贊成」我不假思索，斷然回答。

「啊？」金剛顯然大出意外，他驚異的問：「萬先生這樣說，一定有道理的。」

「道理很簡單，」我笑笑，緩和一下囚室裡的緊張空氣：「我和你們諸位，誰都不必冒這個險。就算登上了屋面，外頭還有圍牆、電網、警吠、哨兵，我們很難逃出去，這是其一。第二呢，我有把握，我這個官司頂多不過一年半載，等我放出去以後，我會想盡方法來搭救你們。」

他們聽了我的話，顯然是未便同意，可是他們素來尊敬我，又不願當場和我辯論。靜默中，我勸大家先去睡覺，反正來日方長，有什麼話何妨明天再說——終於算是平安的渡過了這一夜。

又隔了三四天，我們的囚室忽起騷動，東洋憲兵大批的來，開始大起解。金剛跟他的夥伴向我依依道別，他們那三十六條好漢，已經分別判了刑，如今不必再逃獄了，他們要押解到南市監獄去執行。

事後聽說：東洋人因為他們咬緊牙關，死去活來的不承認，暗殺證據又不充份。量刑總算還寬大，三十六條好漢一個不殺。金剛判了無期徒刑，他弟弟判十五年，其餘各判十年八年不等。

剃頭沐浴送我出獄

按照虹口憲兵隊監牢的老規矩，每天清早，犯人可以列隊出去，到小天井裡洗臉漱口。這是一天一次的大好時機，我們正好藉此活動全身筋骨，呼吸呼吸新鮮空氣。

突然有一天，虹口監牢氣氛緊張，如臨大敵，衛兵的長槍插了刺刀。東洋人出來鄭重其事的宣佈：即日起，取消犯人出來洗臉的規定，任何人未經許可，不得出囚室一步，否則的話，格殺勿論！

大家都在議論紛紛，一定是什麼地方出了事情，問題在於誰也不知道，究竟是何時何地，由那些人鬧出的事。隔了好些天，消息由耳語運動傳來──居然是金剛他們在南市越獄成功了。

他們一行三十六人，被押解到南市監獄以後，獄卒分配每十個人一間房，每間房有三名東洋兵負責看守。金剛和他房裡的九個人計議定了，某日凌晨，趁開門放出去漱洗的機會，就在一個小天井裡，十個人蜂擁而上，奪下東洋兵腰間佩掛的軍刀，轉眼間砍倒了三名守衛，於是一路呼嘯，逃出大牢。

正在為金剛額手稱慶，暗中佩服他們的膽量和勇氣，一日黃昏，時間不過五點鐘左右。因為囚室無門無窗，光線十分又黝黯。我正躺在床上假寐，頭頂心被人敲了幾下，我方待破口大罵，一睜眼，就像做夢一樣：金剛一臉苦笑，站在我的床前。

「咦？」我大吃一驚，翻身坐起，脫口便問：「你怎麼又來了？」

「唉！」一聲長嘆，連連搖頭，金剛愁容滿面的說：「時也命也，我看我是命中註定了要殺頭的。」

「究竟是怎麼一回事？」我急急的問。

金剛往我的床沿上一坐，先告訴我他們的脫逃經過，三個東洋兵，被他們殺得兩死一重傷，然後順利無阻，翻牆逃出。晝伏夜行，在上海市郊躲躲藏藏個把月，終由於東洋人搜查緊嚴，無法覓得掩護。今天下午，他又被日本憲兵捉回來了。

當時，由徐采丞先生、顧尚群先生和朱東山先生會同出面，找到了北洋政府時期，東北籍的國會議員金鼎勛先生，金先生是有名的日本通，跟日本興亞院的大亨坂田、岡田是好朋友，藉重他的力量，加以若干日本軍閥政閥對杜先生還存在得有雙方合作的癡心望想，因此，我的釋放已屬指顧間事。我唯恐金剛連累了我，我出不去，他更加無法得救，所以，我忙不迭的問他：

「你阿曾害我？」

「害了。」他坦白的承認，接下來又告訴我，那次我冒險寄付家書，實在是由他表妹代轉的。日方對他表妹，早感懷疑，自他們一行十人越獄以後，日方先就逮捕了那位小姐，嚴刑拷打，她已將一切的一切，全部招供出來。

聽他這樣講，我覺得情況還不嚴重，我進了虹口監獄，託人遞封家書，自是人情之常，這不至於影響我的獲釋。不過，為了防範萬一，我和金剛約定，往後要為這件事過堂的時候，我們倆要預先決定應對的方針，我說：

「萬一有這麼一天，爽性我賴，你承認。好哦？」

「好。」金剛一口答應，歇一下他又說：「不過還有一件事，萬先生你要替我報仇。我這次再進來，眼看著是活不成了，旁的事情我可以不問，唯獨華龍路金剛飯店的賬房某某某，不該見利忘義，出賣了我。此仇不報，我死在九泉之下，也不能瞑目。」

他傷心慘然，我也不免泫然涕下，為了給他最後的安慰，我很爽快的說：

「你放心，這件事包在我身上。」

談談說說，哭哭笑笑，不知不覺得渡過了一夜。翌晨，陽光刺目，我和金剛同時睡醒，東洋兵又來了一隊，單單把我們兩個喊了出去。

我還以為是昨夜東窗事發，東洋人要盤問我和金剛他們的關係呢。那曉得完全不是這麼一回事。九點鐘，東洋兵叫我去剃頭，剃好了便在口供間門外坐候。候到中午十二點，有人送飯來給我吃，我狼吞虎嚥的吃了一飽。下午三點半，叫我去沐浴，周身洗得乾乾淨淨，拿起浴缸旁邊的衣裳來換上，我愣了愣，咦？怎麼會是我家裡的舊衣裳呢？

顏面光鮮，衣冠楚楚，一百九十天的非人生活終於宣告結束。一位東洋軍官問我的話，他語意懇摯的說：

「王世雄（金剛）與你無關，這件事情我們不談，但願你放出去以後，再也不要破壞我們的工作。」

「你放心，」我振振有詞的答話：「我這一出去，身分反倒公開了。十目所視，十手所指，你何妨天天派人來釘牢我。」

於是，他笑了，我也笑，他揮揮手，我別轉身就往外跑。出了虹口憲兵隊的大門，親戚朋友家人，成千上百的舊識，正在熱烈歡欣的等著我呢。

一串不知幾十萬響的長砲仗，驚天動地的響了起來。

許也夫醫院被暗殺

從虹口日本憲兵隊釋放出來，上海同胞額手稱慶，親戚朋友熱烈祝賀，回到住所，電話不停的響，客人一批批來訪。各方好友邀宴的請帖，使我一日三餐，應接不暇。跑到任何地方，不論認不認得的，都會過來向我恭喜問好，翹起大拇指讚一聲：

「萬先生，你真了不起，替我們中國人揚眉吐氣！」

曉得我曾被特務漢奸和東洋兵施以酷刑，幾次三番死去活來的朋友，則往往在憤慨難過之餘，強顏歡笑的對我說：

「墨林兄，你大難不死，必有後福！」

其實，我這個人頗有自知之明，自我出獄之後，大家對我的隆情盛誼，並不意味我萬某人真有什麼特殊的表現；而是一種愛國家；嚮往重慶，和敬重、懷念杜月笙先生，感情上的自然流露。我萬墨林協助地下工作，被特務漢奸和東洋兵捉了去，飽經荼毒，拷掠無算，居然能夠保全一條性命，平安無事的正式釋放，在上海淪陷區同胞的心目之中，無疑是特務漢奸畏懼中央，以及日本軍閥忌憚杜月笙先生的關係。中央的勢力仍可達到淪陷後的上海，連東洋人都不敢招惹杜月笙先生，這兩點使陷於悲慘苦悶中的上海同胞大為振奮，他們因而激起了上海重光在即的新希望，所以會歡欣鼓舞，熱烈歡騰，把我的脫險當件大新聞，大喜事。我當然曉得，我不過是適逢其會而已。

出獄以後我搬到蒲石路，那幢嵯峨入雲的十八層樓公寓，其中有一層是杜月笙夫人杜姚谷香女士的寓所，佈置舒適，設備豪華。杜月笙先生挈眷赴港，後來又移居重慶共赴國難，他命我留守上海替他掌理家業，蒲石路的公寓洋房，當然也在我的照管之列。

在蒲石路住了兩個星期，天天大宴小聚，吃喝的是山珍海味，中外名酒，享受的是洋溢親情，真摯友誼。我每餐大快朵頤，談笑風生，覺得天理循環，一絲不爽，吃過那麼些苦頭，就能得到這許多的補償。

然而，好景不長，不久便又樂極生悲。兩星期後我生起病來了，發高燒，腹部絞痛，躺在床上大呼小叫，把我的家人和朋友，嚇得一個個六神無主，手足失措。

顧南群和朱東山兩位先生著了急，請上海最有名的外科醫生，南洋醫院外科主任任定桂來給我看病。他們兩位請外科而不請內科，那是因為他們曉得我身體一向健康，這一次出毛病，必定是在監牢裡窮「吃生活」，被那般東洋兵、漢奸打手硬「做」出來的。

任定桂大醫師來了，伸手往我身上一摸，我一身是肉，並無外傷，他當然摸不出個所以然。於是他又取出聽筒，從上到下，敲敲聽聽，末後，他眉頭一皺，大聲宣佈說：

「慢性腹膜炎，明朝要送到南洋醫院住院，準備開刀。」

住醫院，當時就有許多親友為我耽心。早在一年之前，民國廿八年的冬天，前任上海社會局第三科科長；杜月笙先生的高足；「恆社」十九位發起人之一的許也夫先生，抗戰初起帶了家眷回天壇，廿八年底獨自又回上海，想找個工作養家餬口，他和上海勞工醫院院長范適源是朋友，因此就假裝病人住在醫院裡，常常跑出來打電話和外面聯絡。他的行蹤引起極司非爾路七十六號偽特工總部的注意，派人釘梢，並且截聽電話，於是發現他所聯絡的都是我們這些老朋友，他們認定許也夫是重慶派來的工作人員。

有一天晚上，許也夫十一點鐘回醫院，剛睡上床，預先埋伏在房裡的凶手閃身出來，對準他的咽喉，砰的就是一槍。許也夫連發聲喊都來不及，就此倒臥血泊之中。凶手利用預先準備好的一疋黑布，作為繩索，縋窗而下，轉瞬之間逃得無影無蹤。范院長聽到槍聲，破門而入，只見許也夫一跤滾到地板上，人不曾死，卻是已經說不出話，瞪著兩隻眼睛，一臉痛苦恐怖的表情。

范院長立刻打電話通知我，時值深夜，無法出門，我便將此惡耗轉告了王先青先生。王先生翌日一早趕去，許也夫還在和死神掙扎，於是王先生安慰他說：

「也夫，你的傷勢可以醫得好的，你不必著急。至於你的家裡，朋友們自然會有安排。」

許也夫向王先生點點頭，眼睛一閉，死了。我和王先生為他在白宮殯儀館辦喪事，用了兩千多元，同時又募一筆錢安頓他的家眷。大殮時租界上的殮屍所格於規章，一定要尋出致命的彈頭，彈頭尋不出，割開腦門，掀起天靈蓋，拿鋼針去掏，掏也掏不著，後來再加解剖，才找到一顆彈頭嵌在鼻竇骨裡。許也夫是杜先生的學生中，死於抗戰的第一人。不過，他確實是冤枉死的，因為他和我們所做的工作並無關聯。

南洋醫院包六間房

許也夫死後，王先青先生悲憤莫名，他聽我說中央派的地下工作大員吳紹澍先生到了上海，他表示有意投效，我便介紹他去充任工商科長，不出三月，大有建樹，中央派他擔任上海市黨部委員。

由於許也夫的慘案記憶猶新，親戚朋友對我進醫院的事極不放心，於是他們在我入院以前，會同法租界巡捕房，作了必要的保護措施。先由法捕房通知醫當局，說我是個重要人物，倘若中了什麼人的毒手，或者再被敵偽當局暗中捉回去，即將釀成重大的事件。因此他們在醫院的充份合作下，派了巡捕，日夜輪班守衛，同時，杜家的保鑣，也在我的附近另開病房住。再加上我的太太和家人，這一個浩蕩的隊伍，足足佔據了六間病房，南洋醫院的整座三樓，算是被我一個病人包下來了。

搬進了南洋醫院，探病的親友絡繹不絕，最令我感激的是中央派在上海的負責人吳開先先生，吳先生冒險前來看我，帶來兩份最珍貴的禮物，總統蔣公送了我五千塊慰問金，黨國要人朱家驊先生送我兩千元，他們都託吳先生向我殷切的致慰。

杜先生接連給我三封信，大大的嘉勉我一番，這是我追隨他老人家幾十年裡，從來不曾有過的事情，最後的一封信寫得尤其懇切，家人讀給我聽的時候，我感動得眼淚水直流。

現在只記得這封信的大意是：

「墨林：你勞苦功高，寧死不屈，你不但對得起國家，也對得起我。今後，希望你能好好的休息……」

最妙的是東洋人也派代表來看我，來的兩名東洋人，一個叫岡田，是日本駐華憲兵司令部的參謀長，一個叫坂田，表面上說是做生意的，其實我也看他是個大特務。

岡田和坂田表現得極其熱絡慇懃，他們送我大量的水果和食物，非常關心我的病情。兩個人在我病床之前久坐不走，我摸不著他們的來意，只好嗯嗯啊啊，跟他們虛與委蛇。

談話的時候，我的光腳丫從毯子裡伸了出來，岡田一眼看見了，連忙就說：

「萬樣，當心著了涼。」

接著，坂田又告訴我：

「我們日本人夜裡睡覺，腳上總是穿著襪子，這樣可以避免受寒。萬樣，你在病中，此刻天氣又冷，何不試試看？穿它幾夜就習慣了。」

直到如今，我仍保有冬夜睡覺著襪的習慣，便是那兩位東洋朋友對於我的貢獻。

東洋人為什麼對我前倨後恭？關我的時候拳打腳踢，把我「做」得死去活來，釋放我後反而派他們的高級人員來探疾，親熱得像多年不見的老朋友。這一層道理，事後方始得知，原來當我關在虹口憲兵隊的那一段時期，有一位素為東洋人敬重的日本通，曾經對日方大員說過一席似是而非的話：

「我們中國有杜月笙，正如你們日本人有頭山滿。杜月笙和頭山滿都是大亨，將來中日戰爭如欲和平的解決，勢必要藉重頭山滿和杜月笙的力量，方始可以達成。這個萬墨林是杜月笙的至戚、總管、派駐上海的代表，你們殺了他，不久便會有第二個、第三個萬墨林出現。對於日本並無益處。因此，你們何不釋放萬墨林，藉此在杜月笙面前留個交情，將來雙方接觸起來，不是好說話得多嗎？」

我聽人家這樣告訴我，相當得意，也很開心，當時我曾經問過：

「照你這麼說，東洋人以後不會再來捉我囉？」

「不會不會。」

「他們也不會派人暗殺我囉？」

「更不會了。」

那時候我還真很相信呢。

人來客往，南洋醫院的三樓，居然門庭若市，醫院方面認為這樣不行，既打擾了我的休息，又耽擱我開刀的時間，因此由任定桂來和我商量：是否可以自即日起，暫時停止接見訪客。我說：

「好呀，我本來是來治病的麼！」

於是，任定桂再通知巡捕和保鑣，將整個三樓加以封鎖。

那一日我開刀，由於我腹部的脂肪太多，一刀開了五六寸深，六位大醫師擠來擠去，輪流的往我肚皮裡東張西望，張來張去尋不出明堂，只好由任定桂下命令，先把創口縫起來，明朝再講。

第二天又有一位洋醫生來「參觀」，赫然是寶隆醫院的外科主任，任定桂再叫我腆起肚皮由他到處敲。他敲了半天居然找到地方了，那個地方脂肪層薄得多，一刀下去計深三寸，病源出現，是一包膿，我受毒刑時「做」出來的內傷。一包膿吸出來足足有一玻璃杯，我曾親眼看見，濃得像煞漿糊。

任定桂脫下口罩，搓搓手，向我笑著說：

「蠻好，一個月以後，就可以收口了。」

好是好了，就是傷口難收。一個月，兩個月，始終不能收口，醫生心裡發急，同時苦於說不出道理。他從事一項試驗，把我傷口的膿和爛肉，注射到一隻兔子身上去。又是一個月過去了，我的傷口還沒有收呢，那隻兔子卻一命嗚呼，這一來，反而把我嚇了一跳。

三五個月不收口，不疼，也不發燒，除開要裡紗布棉花，就跟普通人一樣，我不耐煩了，開始行動如常，又在接上跑來跑去，幸虧任定桂醫師醫德好，肯負責，他每天來替我換藥，一直換到抗戰勝利為止，他不曾收過我一文錢的費用。

病因終於查出來了，我的傷口有結核菌，所以合口遙遙無期，但如用紗布棉花紮好，一樣的可以行動自如，我經過幾度考慮，長期住在醫院裡也罷，正好利用生病做掩護，暗中再去從事地下工作。

就這樣，我包下南洋醫院的六間房，一住便是一年多。

李士群吳四寶送命

在這一年多的期間裡，極司非爾路七十六號，偽特工總部刀光劍影，殺氣騰騰，他們的首腦因為私人利害關係，開始自相火拚，演出一連串的神祕謀殺案件。

七十六號的頭子，李士群漢奸官運亨通，他當到了偽江蘇省主席，特工機關卻仍然抓在手裡。當年他的「威風」，一出門保鑣汽車十多輛，前後都架機關槍。偽省府設在蘇州，李「主席」出來時不但要清道，家家戶戶還得關上大門。

他和吳四寶本來是拜把子的弟兄，起先李士群拉吳四寶進七十六號，當警衛大隊長，兩兄弟一丘之貉，無惡不作。除開幫忙敵偽清除異己，戕害愛國分子，私底下則在四出搶劫，利用黑夜，到租界裡去殺人放火，綁票勒贖，把上海租界鬧成了人間地獄，恐怖世界。外國人「看」他們實在太不像話了，便去向日本軍方提抗議，施壓力，而東洋人也覺得這般強盜土匪作風惡劣，使他們大坍其台。這時候，陰險毒辣的李士群便決定犧牲吳四寶，做替罪的羔羊，他先把吳四寶和他的一批學生子，排擠出七十六號，然後又使人密告，說是上海劫案盜案綁票案，統統是吳四寶搞出來的。

李吳二人學當年杜月笙、張嘯林兩位先生的樣，在愚園路比鄰而居，家裡有亭台樓閣，舞廳劇場，生活的奢侈更凌駕杜張兩先生之上。有一天，李士群說是要到南京公幹，當夜便有兩百名東洋憲兵，團團包圍吳四寶的家。吳四寶驚覺，翻牆逃走。

吳四寶的太太佘愛珍，去找汪偽政府的宣傳部次長胡蘭成，由胡蘭成出面請李士群向東洋人講情。李士群卻騙了胡蘭成，他誘使吳四寶出面，到日本憲兵隊自首。他說他可以當場把吳四寶保釋出來，假使他出賣弟兄的話，他當場罰咒：「燈光菩薩做見證，叫我日後一般不得好死！」

吳四寶一進日本憲兵隊，吃的苦頭比我更大，他體重將近兩百磅，十來個東洋兵把他當做練習柔道的活靶，像一袋棉花似的在水泥地上摜來摜去。他的學生子張國震為了營救師父，承認搶劫勒贖的罪行，跑到日本憲兵隊去投案。東洋憲兵把張國震交給李士群，李士群當天就把他綁赴刑場執行槍決。

胡蘭成和佘愛珍很要好，吳四寶關了兩個多月出不來，胡蘭成便逼著李士群實踐諾言，和他同到上海，進日本憲兵隊領出了吳四寶。當時，李士群約吳四寶夫妻到蘇州玩幾天。翌日下午，吳四寶便中毒暴卒。而李士群則又躲到南京去了，和胡蘭成佘愛珍避不見面。

周佛海手下的一員大將，偽稅警團長熊劍東，和胡蘭成是舊相識，在日本軍部和憲兵方面很吃香。李士群妒嫉他，兩虎不能並存，於是李士群開始和熊劍東明爭暗鬥，劍拔弩張。我那一次陷進七十六號，曾經幫過我大忙的林「司令」林志剛，這時候升到了七十六號的「行動大隊長」，林志剛和熊劍東私通款曲，給李士群曉得了，捕他下獄，準備把他殺掉。

李士群有個習慣，每逢要殺自家人，唯恐有人求情，牽絲絆藤，糾纏不清，他總是自己躲到南京去，等人都死了，方回上海，貓哭老鼠假惺惺。這一次，熊劍東便利用這個空檔，趁李士群一上火車，請日本憲兵開車衝進七十六號，把林志剛帶出來就跑。

雙方面的衝突越來越尖銳，熊李二人想派人行刺對方，於是七十六號戒備森嚴，熊劍東家裡，樓梯口架上了機關槍。

李士群指揮他的特務人員，雜牌軍隊，到處搶劫偷車綁票，騷擾範圍，由租界擴及鄉間，他搶到的東西，用大卡車一車車的往內地運。老百姓已為是東洋人指使他放槍，把日本軍隊恨之入骨。租界方面加壓力，鄉間百姓告狀子，熊劍東躍躍欲試，胡蘭成從旁煽火；因此，東洋人決定消滅李士群。

他們定的計策很巧妙，由上海日本憲兵首腦出面，要李士群、熊劍東吃飯，說是要替熊李二人調解，條件是熊劍東當李士群的副手，兩人衷誠合作。李士群呢，東洋人叫他一筆付給熊劍東三千萬元。

李士群還算機警，他不肯赴宴，東洋人便說是改喝咖啡吧。李士群不疑有他，欣然前往，當日到場的一共有四個人，熊劍東、李士群和兩名東洋憲兵首腦。他們前後談了三小時，談得非常歡暢，但是李士群什麼東西都不吃。

條件談好，等於成交，女侍最後一次送上一壺咖啡，四隻瓷杯。東洋人親自一一斟滿，自己先一骨碌的喝完，李士群眼見同一壺咖啡，在座三個人都喝了，他情不可卻，既怕失禮，又怕別人笑他膽怯，勉強的拿起杯子，送到嘴邊。

才喝了一半，他突然神色大變，頓時便說：

「對不起，我有點不舒服，先走一步。」

原來毒藥是放在他那隻咖啡杯的杯底。

一路催促他的司機，十萬火急，開回家裡，一進門，就告訴他太太說：

「我中了毒，快請東洋醫生來急救。」

東洋醫生匆匆趕到，抽出胃液，加以化驗，他望著李士群太太直搖頭，說是：

「毒藥裡摻了老鼠屎和老鼠尿，再怎麼也解不了。李先生已經毫無救藥，不過，他還可以拖一個星期。」

躺在床上的李士群，把這幾句話聽得清清楚楚，他忿忿絕望，拔出手槍要自殺。是他的太太和家人，拚命奪下他的手槍來。

為了使他壽終正寢，李士群太太把他送回蘇州去，在病榻上受了一星期的活罪，終於還是一命嗚呼，應了他那個「燈光菩薩做見證」的誓。他死時才得三十八歲。

李士群一死，林志剛便尋李太太說要報仇，後來被人勸住。熊劍東除去了眼中釘，威風凜凜，炙手可熱，黃浦灘上，有一段時期變成了他的世界。不過以手條子來說，他顯然不及李士群的陰狠毒辣。

早先，李士群便是一名共產黨，他當了大漢奸，共黨頭目仍舊暗中利用他，和他同流合污，沆瀣一氣，後來做到共黨偽上海市長的潘漢年，在李士群得勢的那些年裡，一直住在蘇州李家。李死後，他又潛赴上海，發展其所謂「民間組織」，不惜與敵偽特務人員合作，千方百計，專以對付中央地下工作人員為能事。這是在李士群死後不久，我所獲得的一項機密情報。

中央要員紛紛來滬

我把這個情報發到重慶去，報告杜月笙先生。這時，中央大員吳開先生反渝述職，不久中央組織「工作統一委員會」，由戴笠、俞鴻鈞、蔣伯誠、杜月笙、吳開先任常務委員，戴先生任主任委員。吳先生兼書記長，他抱著「不入虎穴，焉得虎子」的大無畏精神，又要到上海來了。

於是，杜先生又來命令，叫我協助上海的地下工作，在敵偽和共匪的環伺之下，要設立一個上海、香港、重慶之間的三角祕密電台網，要掩護吳開先、蔣伯誠、吳紹澍先生，並且聽從他們的指揮，安排他們的住處，祕密開會地點，以及其他。

那個時候「統一委員會」做了些什麼工作呢？說來真是了不起！重慶和上海隔得那麼遠，上海還在敵偽的控制下，但是重慶對於上海，可以說要人送人，要錢捐錢，東洋人和汪精衛只有眼看著吃癟，共產黨則更不用提了。從汪精衛組織偽政府起，上海金融界的知名之士，始終沒有任何人參加偽組織，甚至，中央在大後方發行美金勝利公債，杜月笙先生居然能在淪陷了的上海，勸募一大筆數目。國民政府資源委員會在西南各省開設工廠，需要上海的熟練技術工人，吳開先生募集了一百多名，攜家帶眷，如何走法，也是杜先生關照他留在上海的恆社同仁，分水陸兩途，穿越東洋人的防地和封鎖線，全部安然送到後方。

我在南洋醫院住了一年半，一面養病，一面工作，後來我還是搬了出去。出院的原因，是開銷實在太大，因為法租界的巡捕，杜家的保鑣，家人親戚和傭人，這一大群人佔了六間病房，一年多下來，光是病房費的數字，便已經大得驚人。何況保護我的巡捕們，多少還要意思意思，日積月累，即使有金山銀海也吃不消。於是我覺得反正傷口一時收不了口，何必儘躺在醫院裡做什麼？不如回家休息去吧。我把這個意思向任定桂一說，任醫師也表示同意。

辦好了出院手續，謝過了法捕房的朋友，我太太要我回家去我不肯，我說：

「有兩位朋友極需要我，我想搬到鄭子嘉先生家裡，暫住一段時期。」

鄭子嘉先生，也是黃浦灘上的聞人之一，他是杜月笙先生的親家，潮州人，相當有錢，他家住在西蒲石路一二二四號，那是一幢極考究的花園洋房，庭院遼闊，房屋幽深。我在上海可住的地方那麼多，為什麼要到鄭家去借住呢？當時，我太太並未加以追問，她懂得，我一定是因為「工作」上的關係，所以才這麼做的。

我以「業餘」身分，在上海從事地下工作，前後歷時將近十年。這十年之間，我太太不知為我擔過多少心司，吃過幾許苦頭，但是我和她有一項默契，那便是無論我在外面做些啥，我都絕不告訴她。這並不是我怕她隨便亂說，洩漏機密，而是我們謹慎小心，以防萬一，唯恐敵偽特務不擇手段，把我太太也捉去逼問。萬一遇到這種事，她百事都不知道，反倒好些。因此，每逢敵偽人員向她威嚇利誘，叫她吐露什麼的時候，她總是說：「墨林的事情從來不告訴我的，我實在是不曉得呀！」這樣，他們也就拿她毫無辦法了。

我搬到鄭家，對外宣稱是為了鄭家地點清靜，便於養病。實際上呢，我是去替吳紹澍先生做掩護的，因為我住在西蒲石路，吳先生、王先青先生，以及上海市黨部的一部分人員，也就同時和我搬了過去。我們在那裡建立了聯絡中心、活動機關，以及很隱秘的住處。

吳開先先生第二次到上海，因為敵偽方面已經在香港設立機關，專門偵查重慶地下工作人員的行蹤，他不敢經過香港，繞遠路，從菲律賓乘船來，我仍舊親自押一隻舢板，到吳淞口去接他上岸。這條平時走慣了的水路，真正是風聲鶴唳，草木皆兵，我們身上都帶好「傢伙」，準備隨時拚命，誰也不曉得何時何地，會湧出一批人馬，放出幾響冷槍。

杜先生在杜美路有一幢很考究的大洋房，他一直不曾搬進去住過，我正好利用那邊的傢具器皿，替吳先生佈置辦公室。吳先生在上海工作期間，我始終跟著他跑腿，我幾乎忘記東洋人和汪精衛隨時可以捉我，我非常熱中於那種出生入死、艱為煩難的地下工作。

我太太經過上一次我被捕的事件，早已成了驚弓之鳥，嚇傷了膽，如今見我大病初癒，又在「故態復萌」，她便無日無夜的為我擔心，夫妻倆在一道的時候，總是聲淚俱下的勸我自家性命要緊。我吃她嚕囌不過，一方面也為了工作上的方便，不惜花一筆大價錢，向日本陸軍總司令部，輾轉買來一張特別通行卡。我將這張卡拿給我太太看，騙騙她說：

「有了這個，我就跟東洋官兵一樣了。走遍上海，沒有人敢來捉我。」

蔣伯誠魔窟裡中風

不久到了民國三十年十二月八日，日本軍閥南侵，太平洋戰爭爆發，日本軍隊開進租界，這下子我們大糟其糕，因為所有利用租界做庇護的地下工作人員，和忠黨愛國分子，就此難逃被日軍和漢奸捉牢槍斃的噩運。中央急於匯款救濟，讓他們及早逃出虎口，回到後方，但是國家銀行都被敵偽接收了，有錢無法匯。於是杜先生義薄雲天，他打電報請徐采丞先生盡力設法，又命我將他所有的房產地契，拿到上海四行儲蓄會去抵押。當時我捧了一大包地契，心中著實有點躊躇，心想在這種時候四行儲蓄會怎麼敢借大筆的錢給我呢？要是他們通知敵偽方面把我捉了去又將如何？但是那麼許多人性命攸關，等錢走路，何況杜先生又有命令下來，凡此都使我不得不硬起頭皮走一遭。

不過，這樁任務到底是有驚無險，我很順利的替杜先生借到一大筆錢，分錢給亟待離滬的忠貞朋友，我們確實救了不少人。事後方知，杜先生並不曾叫我冒什麼險，他早在事前請錢永銘先生打電報給四行儲蓄會，通知他們火速辦理這筆押款。

一直忙著送錢救濟，送人上路，走不動的還要給他們安排祕密的住所，隱名埋姓，改頭換面，避免敵偽的搜捕。吳開先和吳紹澍先生重責在身，不肯撤退，蔣伯誠先生正在生病，動不了身。這三個中央大員事敵偽偵騎四出、志在必得的人物。為了掩護他們三位，真使我們精疲力竭，焦頭爛額。

三十一年三月十八，晚上，霹靂一聲，吳開先先生被捕了，旋不久，吳紹澍先生也被捉進了監牢。杜先生在重慶得到了消息，「不惜一切代價務盡全力營救」的電報，像雪片一般的飛來。我們正在到處打聽，四方奔走，接著，連蔣伯誠先生都中了敵偽的毒手。

蔣伯誠先生是前內政部長蔣鼎文先生的本家，彷彿當時他是總統蔣公的代表，駐節上海，監督並節制中央各單位派駐上海的工作人員。因此他的地位非常重要，我們為了對他表示尊敬，一致稱他「伯公」。

伯公祕密抵滬，事先我也曾奉到杜先生的密令，親自乘一艘汽艇，駛往吳淞口外迎接。他在上海的公館，我們為他佈置在福履理路的曲園，鬧中取靜，有一座花園，頗有池沼亭榭之勝。

在曲園前後住了一年多，伯公以簡馭繁，以靜制動，平時深居簡出，很少在人前露面。經常到他公館裡來的，只有刻在台灣的王先青先生和我，一切通訊連絡事宜，也由我們兩個負責。

就這樣，平安無事的渡過一段時間，我們還不曉得，東洋人早已得到蔣伯老坐鎮上海，指揮一切的情報，他們偵騎四出，敵偽雙方的情報人員，都以早日偵破伯老的行蹤，列為最重要的工作目標。

伯老的夫人杜麗雲女士，曾是平劇青衣祭酒，黃浦灘上，她的熟人很多，尤其平素好動成為習慣，不耐常年蟄居。她眼見一連多時風平浪靜，以為沒有什麼關係了，於是她開始美天出門，望朋友，買東西，有時候也看看電影聽聽戲，她經常不斷的在公共場合出現。

杜麗雲女士本身就有名氣，黃浦灘上，認得她的人不少。敵偽方面，終於發現了杜女士的行蹤，他們非常高興，立刻派人盯她的梢，一盯，便尋著了蔣伯誠先生的祕密住處。

起初，他們想利用蔣伯公的住處，偵查其他的重慶地下工作人員，但是接連守候了許多天，看見時常到蔣家去的，只有我和王先青先生兩位。

就在這個時候，蔣伯誠先生突然生了一場大病，他半身不遂，躺在床上不能動，我們一看，就曉得他是中了風。

蔣伯誠先生中風以後，使王先青先生和我，感到萬分的著急，他得了重病，必須趕緊延醫救治，但是，倘若天天帶醫生上他家，天長日久，他的祕密身分必將暴露，那到時候，不但蔣伯誠先生會有生命的危險，連我們自己恐怕也難逃敵偽的毒手，牽一髮而動全身，西蒲石路那邊的機關，說不定亦將因之暴露。

兩個人不勝憂急，再三商議，終於決定，不論在甚麼時候，我們兩個人決不同時在蔣家出現。這也就是說，由我們兩人輪流去探望蔣伯誠先生的病。如此這般，縱使敵偽派人來捉，他們只能捉到我們一個，審問起來，我們儘可以承認是以私人友誼的關係，偶然來探望他的。

請醫生，也是先就相熟的、靠得住的醫生中間選，選一位醫師，治療一段時期，病況如果沒有什麼進步，立刻便更換一位。這樣，勉強可使醫生覷破祕密的可能性來得小些。

王先青也中了埋伏

蔣伯誠先生被捕的那一天，正好輪到王先青先生陪醫生去看病，他們特地選了天不亮的時候，而且還落著大雨。兩個人一走進蔣家，早已埋伏在四周的日本憲兵一湧而出，王先青先生無法反抗，只好束手就擒。日本憲兵正想把蔣伯誠先生從床上拖起來，王先生高聲抗議的說：

「你們不可以這樣，他是中風的病人！」

東洋兵聽王先生這麼說，還不肯相信，因此有人跑過去，按住蔣伯誠先生，在他身上摸來摸去，其結果，認定他確實中了風，他們打電話，請憲兵隊派一位醫生來。

來的東洋軍醫名字叫香島，他的醫道和為人都還不錯，替蔣伯誠先生放過血，他向那批日本憲兵說：

「這個病人不能移動。」

日本憲兵沒有辦法，只好讓病人躺在原處，由他們派一小隊兵，日夜看守，嚴禁出入。福履理路曲園，變成了日本憲兵隊的臨時監獄。

當時我還被蒙在鼓裡，連自己都不知道，自從日本憲兵發現蔣伯誠先生的住處，每天都有人盯我的梢，我的行蹤，一直在他們的掌握之中，幸好在此以前我搬出了西蒲石路一二二四號，因此總算還不曾連累吳紹澍他們。

我又住回十八層樓，我的太太和我住在一起。那一天，東洋憲兵計劃把我們一網打盡，監視好蔣伯誠先生，便由四名東洋憲兵，押著王先青先生，直撲蒲石路十八層樓我住的那一層公寓。當時我還不曾起床，王先青先生一被他們押進來，便忙不迭的向我遞眼色，他唯恐我不曉得事態嚴重，甚至開口通知我說：

「墨兄，伯老出事哉！」

東洋憲兵破口大罵，其中之一，立刻便把他推了出去。

我自恃身畔藏有硬卡，倒還不怎麼驚惶，一面披衣起床，一面應付他們的盤問。我太太卻臉色蒼白，她穿好了衣服，仍然在簌簌的發抖。

東洋憲兵會說生硬的中國話，看起來，他們對我還算客氣，為首的那一個開口問我：

「萬樣，你還在幫蔣伯誠做事？」

我心想在他們面前低聲下氣沒有用，於是我不理睬他，眼珠一彈，瞪他一眼，那意思是說：

「怎麼樣？你管得著我嗎？」

我這樣倨傲其實是有用意的，接下來，我便從衣裳裡面掏出那張日本陸軍總司令部發給我萬某人的特別通行卡，大模大樣的遞給他看。與此同時，我洋洋得意的望望我太太，我是在想告訴她：

「妳看，他們膽敢把我怎麼樣？」

再也不曾想到，日本憲兵小頭目，接過上面貼有我照片的「硬卡」，拿在手上，眼睛略略的一掃，立刻嘿嘿兩聲冷笑，手一甩，不曉得把我那張護身符飛到那裡去了。

於是我們倆夫婦面面相覷，心知大事不好，不等日本憲兵頭目開口，我由太太相幫著，收拾帶進監牢裡去的衣服和用具。

收拾好了，我太太突然開口說了話，她真正把我嚇了一跳，因為她很鎮靜自然的對那三個東洋憲兵說：

「我要和我先生一道去。」

「為什麼？」小頭目和我不約而同的問。

我太太走近我身邊，掀開我的衣服，指著我的傷口說：

「我先生開刀的傷口，每天要換一次藥。」

三個東洋憲兵跑道我們房門口，嘰哩咯囉，用日本話商議了一陣，然後三個人大踏步的走回來，仍然由那個小頭目說：

「好的，妳可以去。」

於是，我太太也收拾了些衣物，跟著我們一道走。

這時候，日本軍隊早已接管了英法租界，他們在貝當路，設有一個憲兵隊，我們便被關在貝當路的東洋憲兵隊裡。

兩夫妻睡一隻破囚床，這倒是往常不曾聽說過的稀奇事情。平平安安的過了大半夜。翌日一早，看守打開鐵柵欄，叫我去過堂。太太表現得很硬氣，她不哭，不流眼淚水，僅只低聲的叮嚀我一句：

「身體要緊啊！」

「曉得了。」我裝著若無其事，大聲回答，照舊邁我的八字步，領在日本憲兵之前走去。

再度入獄朋友頗多

一進審訊室，陰風慘慘，殺氣騰騰，這邊的刑具，千奇百怪，花樣遠比七十六號多，我曉得東洋人講究武士道，佩服硬漢，縱使心中有十五個吊桶，七上八下，心驚肉跳，當時卻還力持鎮靜；當他無介事。我的眼睛在向那些猙獰可怖的刑具逐一瀏覽，彷彿我是被請到這裡來參觀的。

主審的是日本憲兵隊長，一名班長負責記錄口供。他們兩人以及在審訊室裡服侍我的七八個憲兵，臉孔都板得很緊。

隊長坐著，我立好，兩人隔一張大辦公桌。這位隊長真是小兒科，他把我當一名三尺童子看待，一上來，便嚇我一嚇，他聲色俱厲，斬釘截鐵的說：

「萬墨林，你的事情我們大大的知道，上海所有的重慶分子，政治犯，統統都由你領導，接洽。」

我決定緘口不答，讓他自說自話。

握緊拳頭，隊長在猛搥辦公桌：

「你說！蔣伯誠你認不認識？」

「認識的，」我抗聲而答：「我跟蔣伯誠只有私交，我們是朋友。」

「哈！你招了！」隊長好不開心，連連搓手，他一指那個記口供的班長，疾言厲色的下命令：「你給我寫下來，第一，蔣伯誠在浦東私設電台，和重慶祕密通訊，這個電台是萬墨林給他設立的。第二，蔣伯誠在上海的活動經費，統統由萬墨林幫他供給。第三，萬墨林還每月津貼重慶分子黃叔和五千塊錢。」

隊長快快的說，班長就振筆直書，迅速記錄，我看他們兩個一搭一擋，入人於罪，實在忍不住了，於是便連聲「喂喂喂」的喊起來。

「什麼事？」隊長瞪起一雙牛眼，虎視眈眈的緊盯住我。

我不慌不忙，伸手向那名班長一指：

「他記的是什麼？」

「你的口供！」隊長頓足咆哮的回答。

「你的口供好不好？」我輕飄飄的說：「我還不曾開口，那些罪狀，不都是你自家說出來的麼！」

這位隊長，受了我的奚落，頓時勃然變色，赫然震怒，氣的渾身發抖。這一著我倒不曾料到，他竟老羞成怒起來了，他頓足大叫：

「拖他過去！去上電椅！」

電椅？我萬墨林早就上過了的，電壓不足，電不死人，充其量，不過燒焦幾塊皮肉，廝上那麼幾陣。因此，當時我故意裝得從容自在，篤篤定定，不等東洋兵上來拉拉扯扯，我漂亮得很，自己跑過去，往那張滿佈斷電線的白木椅上一坐。

「哎唷喂！」一通電流，這下我才知道，扮英雄，充好漢，其結果是我自家吃足了苦頭。貝當路日本憲兵隊裡的電椅，電力要比七十六號強得多，它雖然不足以致我於死，但是那十幾條斷電線，彷彿化為千百條火蛇，儘往我的毛孔裡鑽，火辣辣的燙灼，頓時燒得我皮開肉綻，鼻孔裡陣陣傳來燒焦的惡臭。

最可惡的是，一時數不清有多少東洋兵在服侍我，他們為了避免我傳電，絕不直接觸我的肌膚，他們用些木棍子，抵住我的胸，壓牢我的肩，按定我的兩條腿，他們逼著我全身緊密的貼牢那些斷電線，忍受電之燒灼。

切膚之痛，逐漸的趨於麻痺，怪事來了，我突然覺得反胃，極想嘔吐，我想起我昨晚吃過一頓豐盛的酒席，如今肚皮裡多的是雞鴨魚肉，排翅烏參，既然我已非吐不可了，我迷迷糊糊的看到那位東洋憲兵隊長，也正直立在我面前高聲磔笑，這個可惡的東西！我受這些個罪，不都是他害的嗎？於是，怒從心中起，惡向膽邊生，衝撞他一下，大不了是死！何況我此刻正感活罪遠比死刑難受，不如激惱了他，拔出手槍把我打死了吧。心裡在這樣想著，哇的一聲，胃底的剩菜殘肴，恰似一道長虹，猛一下子噴出來了！我親耳聽到那位隊長發出一聲怪叫，親眼看見他雙手摀面，倒退三步，這下他可慘了，他被我吐了個一頭一臉和一身！

打算好他將暴跳如雷，下令把我拉下電椅，綁赴刑場槍斃的呢！不曾想到，這位東洋憲兵隊長脾氣還蠻好，在他的指揮之下，我被拖下電椅來了，卻是不曾槍斃，他下令還押。

這一還押，又讓我過了兩星期的平安日腳，和我太太朝夕相處，一天二十四小時並無一分一秒分離。如今回想，卻是我們兩夫婦結婚四五十年裡，從未所有的事哩。

監牢便是囚籠，除我例外，全是一人一間。住久了，耳聽八方，眼觀六路，經過送飯送水的中國獄卒祕密報信，我們兩夫婦欣然獲悉：王先青先生正好關在我們的隔壁，和我們同獄的朋友，還有曹俊、毛子珮兩位先生。

特高科主任是花田

有一天，王先青先生在隔壁敲牆壁，通知我說：

「明天，是特高科主任親自審問你，墨兄，你要好好的準備啊。」

特高科主任，是日本憲兵隊的首腦之一，他的地位不及隊長，但是很有權力，他是專門對付所謂政治犯的。

我聽到王先生的通知，並不怎麼在意，但是我的太太又著急，睜大兩隻眼睛，以焦灼憂惶的目光，緊盯住我。為時一久，我都有點不耐煩了，請她——

「不要這樣子盯牢我望好不好？管他什麼特高科主任呢？他總不能吃了我吧？」

話雖這麼說，自己心裡也是鑾著慌的，大約在下午三四點鐘的光景，東洋兵的皮靴聲橐橐的響。越響越近，不一會兒，兩名槍兵來提訊我了。

為了駭怕太太會哭，我狠狠心，頭也不回的跟著他們走。

進了曾經來過一次的那間審問室，一看高高在上的特高科主任，我呆了一呆。這個人不但不凶，而且相貌忠厚，他正滿臉笑容的看著我。

後來我才曉得，他的名字叫花田。花田對我確實很客氣，他請我坐在他對面，開口便說：

「萬㨾！我很佩服你。」

「不敢當。」是中國人，就要講究禮貌。

一面翻閱桌子上的卷宗，一面還在和我寒喧，花田說：

「萬㨾，你很了不起，真硬氣，你在虹口殺了我們不少的皇軍，七十六號和憲兵隊用了那麼多次刑，你一句話都不肯說！」

「花田先生，你只說對了一半，」我向他笑笑：「我平時很少到虹口，貴國的皇軍，我一個也沒有殺過。」

他也不和我辯，向我露齒一笑，又問：

「蔣伯誠和你有沒有工作上的關係？」

看他為人那麼老實，態度極為誠懇，我覺得用不著欺瞞他，他說我硬氣，我便硬氣到底。我決定一切責任自家負，工作內容不洩漏；在這兩個前提之下，我何妨凡事據實而答：

「假使說替他送送信，傳傳話也算工作上的關係，那麼，我告訴你：有的。不過，關於那些事情的內容，請你最好不必問，否則的話，我只有閉口不答。」

「你一定不肯說？」

我堅決的搖搖頭。

「好的。」再也沒有想到，他竟輕輕的放過，但是接著他又提起了第二個問題：「黃叔和跟你是什麼關係？」

「朋友。」

「你為什麼每個月津貼他五千塊錢？」

「他家累重，銀行裡拿的薪水不夠用。」

就這麼，簡單明瞭，容易輕鬆，三個問題問過了，程咬金的三斧頭以後，花田竟和我談起閒天來。我們互問對方的經歷，家鄉風土，人物趣味，越談越歡暢，越談越消除了隔閡，彷彿國恨家仇，全都拋開在九霄雲外，仇敵見面，會得這麼投機，真是我再也無法想像的事情。

花田問起我喜歡什麼書？

「水滸，三國志，」我不假思索的回答：「杜月笙先生也很愛看這兩本書，我們不但常常看，有時還請人到家裡來講呢。」

「哈，大大的好！」他很高興，說是：「我們日本也有三國志。」

並不是我小氣，我覺得唯名與器不可以假人，這句話必須更正，我當時就說：

「那是你們翻譯過去的。」

「當然是翻譯過去的。」他怔了一怔，又眉開眼笑的說：「不過，萬樣，中文本的三國志我也讀過啊，我會說中國話，也會讀中文。」

我本來想講：你們日本的語言文字，也是從我們中國搬過去的。然而轉念一想，這又何必？人為刀俎，我為魚肉，何況這也不是講大道理的時候。

特別優待四條毛毯

也不知道他是閒得無聊，還是他想向我證明他確實讀過三國志，或者是他偵對三國志有那麼熱中？總而言之，彷彿花田忘記了我在其接受審問，他竟高談闊論，指手畫腳，向我大講三國來了。他講著講著，不知不覺我的興趣也被提了起來，嗨！我們兩個談論三國，談得好不熱鬧，這一談，便是整整三個鐘頭。

忽然，他話鋒一轉，沒頭沒腦的問我一句：

「萬樣，諸葛亮是否很喜歡馬謖？」

「喜歡得很。」

「那麼，諸葛亮後來怎麼又會殺了馬謖的呢？」

「因為馬謖不聽諸葛亮的話，貽誤軍機，失守街亭。」

「對極了！」他兩手一拍，偃身向前，很神秘的對我說：「萬樣，你懂得這個道理就好。你要曉得，不聽話是會被殺頭的啊！」

我心裡在想，簡直是茄子纏到冬瓜藤上去了，信口開河，豈有此理，頓時我便板起了臉孔問：

「你叫我聽那個的話？」

花田反手一指鼻尖，他說：

「你們都在大日本皇軍的統治之下。我，花田，現在是代表皇軍在審問你！」

「你總不是諸葛亮吧，」我一聲冷笑，反唇相譏：「而我也不夠資格當馬謖。照你的說法，馬謖倒不該去聽諸葛亮的話，他該去聽司馬懿的呢！」

花田呆了呆，搔搔頭問我：

「你這話是什麼意思啊？」

「司馬懿不是帶領人馬去攻打蜀國的嗎？司馬懿跟馬謖是敵人，你叫我聽你的話，豈不等於喊馬謖去服從司馬懿的指揮？」

他聽了，嗒然無語，低頭思索了一會兒，重抬起來看我時，我常常的吁了一口氣。還好，看來他不曾生氣，他仍然和顏悅色的對我說：

「中國人都說日本人不講道理，其實，這都是反日分子的惡毒宣傳，故意破壞中日兩國的友誼。萬樣，你說：我這個人是不是很講道理的？」

我自己在心裡說，你倒是個講道理的，不過你講的都是歪道理。

他見我不答，又補充的說：

「自從我調到中國來，前後有一年多了。萬樣，不相信的話你可以去打聽，我花田從來沒有處決過一個政治犯。」

聽他這樣說，連想到自己的生命問題，心中不禁一喜，我連忙掇頂高帽子給他戴，我說：

「如果真是這樣的話，那麼，你就是大大講道理的人了！」

花田聽了，十分歡喜，為了表示他確實很講道理，他立刻關懷起我的病來：

「萬樣，聽說你有病，你有什麼病？」

我把我的病痛，誇大了一倍。他很仔細的聽，而且也很相信，聽完，他又對我一翹大拇指，他說：

「萬樣，你很硬氣，很勇敢，生這麼重的病，還咬牙切齒，忍住痛苦，連醫藥都不要求。」

說完，他一面吩咐衛兵去找香島軍醫官，一面再關切的問我：在下面住得舒服嗎？是否缺少什麼東西？

我說：坐監牢當然不比在家裡，無法計較舒服不舒服，只不過，天氣太冷一個人一床毯子，實在不夠保暖。

「這個容易，」他很爽快的說：「我給你特別優待，加發四床毛毯。」

「謝謝，」我向他點點頭，故意自言自語加一句：「這樣，我可以分兩床給太太了。」

這一次他很聰明，聽出來了，立刻又說：

「萬太太也是特別優待，我叫人也再給她另加四條毛毯。」

又道過謝，香島來了，兩個人嘰哩咯囉說東洋話，像在商議。商議定規，花田轉過臉來告訴我說：

「沒有問題了，你的病，明天我叫軍醫官給你開刀。」

天下會有這麼好的事，我喜出望外，當時真有點昏淘淘了。再三的向他稱謝，花田又笑瞇瞇的說：

「萬樣，你可以回去休息了。」

篤篤定定醫院坐牢

起先以為拎著腦殼受審的呢？那曉得會有這樣一個美滿的結果，談談三國志，發點小牢騷。現在呢，兩夫婦都能受到特別優待，而且，明天東洋醫官還要給我治病開刀。

香島陪著我，走向審訊室的房門，我突然想起事情不對，東洋醫生靠不住，吳佩孚在天津，就是被東洋人拔牙齒拔死的。花田這傢伙，莫非是在笑裡藏刀，陰謀毒害啊，他推說明天替我開刀，極可能叫他們的軍醫官，明朝一刀開殺了我。

驚出了一身冷汗，我立刻轉身，又走回花田的辦公桌前，我問他：

「憲兵隊裡有手術間嗎？」

「沒有。」他老老實實的回答。

於是我又緊接著問：

「這裡有護士嗎？軍醫官有足夠的助手嗎？」

花田愕然的瞪住我，連連搖頭。

「那麼，在這種情形之下，開刀是很不安全的。」

想了想，花田終於點頭承認，他說：

「嗯，這樣不能開刀。」側過臉，他去問香島：「你說怎麼辦？」

香島脫口而出的說：

「要開刀，就該住醫院。」

阿彌陀佛！

一說住醫院，花田大概是很為難了，他使勁的搖著頭，眼睛望著香島，眉頭皺得很緊，他遲疑不決的說：

「這個——必須得到杉原隊長的特准。」

我輕輕的說：

「打個電話試試看？」

他居然拿起電話聽筒了，這使我欣喜若狂，花田和杉原隊長，在電話中談了很久，我眼睛都不敢眨，凝神注意他的表情變化，——漸漸的，笑容浮上他的臉，他直在一聲哈伊！哈伊！我曉得自己出獄有望，也在心底發出聲聲歡呼。

「好極了！」放下電話聽筒，他起勁的搓著手，滿臉堆笑，告訴我說：「萬樣，杉原隊長答應送你住醫院。貝當路的大華醫院好不好？那裡有特等、頭等、二等和三等，你說你喜歡住那一等呀？」

我說：

「讓我住特等吧，住院和醫療費用，我可以寫信去家裡送來。」

當天，我便由四名東洋憲兵押著，住進了大華醫院。大華的特等病房很貴，要一千元一天，但有一樁好處，我的太太也能住在裡面，不時予我照料。

又住醫院了，有一位認得我的護士小姐跟我開玩笑，她說：

「萬先生住醫院的派頭真大，除了太太和傭人服侍，還要帶衛兵。住南洋醫院的時候是法捕房巡捕，和杜公館的保鑣，到我們大華醫院來，病房門口不分晝夜，都有東洋憲兵站崗。」

我聽了只有苦笑，我悄聲的回答她說：

「小姐，這不是開玩笑的事。妳那裡曉得，我在這兒性命攸關啊！」

大華醫院的醫生，公事公辦，要在我肚皮上開第三刀。我實在是開刀開怕了，讓他開吧，唯恐弄不好弄出大毛病，可能送命，不讓他開呢，東洋人看到了，馬上就會質問我：你不要開刀，住進醫院做什麼？還不火速給我回監牢去？左右為難，無可奈何，我只好趁東洋憲兵一個不注意，簡短而急速的知會他說：

「兩年前任定桂給我開的慢性腹膜炎，因為傷口有結核菌，收不了口，其實我並沒有病。」

大概是任定桂三個字引起了他的注意，他耐心的聽我說完，頓時就問：

「那麼，你要我怎麼辦呢？」

「再開刀，」我用極低極低的聲音說：「請任定桂來當顧問。」

「任主任肯來嗎？」

「一定肯。」

這位醫生漸漸的變得聰明起來，他在手術枱旁裝模作樣，再給我檢查。檢查過後，他跑去找那個在手術間裡監視的東洋憲兵，他直率的說：

「萬墨林病況很複雜，我們做不了這種手術，必須請上海外科權威任定桂主任主持，你們看是把萬墨林送到南洋醫院，還是把任主任請到這裡來。」

東洋憲兵怕麻煩，大概也有點不敢打電話回去向杉原隊長請示，他聳聳肩膀說：

「你去把任定桂請來吧。」

任定桂一來，我得其所哉，趁他替我作全身檢查的時候，跟他悄悄咬耳朵，他向我微微的點頭，檢查完畢他果然依計宣佈：

「病人身體很弱，目前不適宜動大手術。對他那個傷口，我們暫時只能給他晒太陽燈，打消炎針。」

至此，我的計劃完全成功，既不必再冒一次開刀的危險，而且，也不會又被他們帶回監牢去，我可以篤定泰山的在醫院裡納福。

連打十七八通電話

第二天，冬日的溫暖陽光，透過玻璃窗，照射在地板上。三國志同好朋友花田，親自到醫院來探訪，他送我一隻花籃，還有兩盒東洋點心。憑良心說，當時我確實是誠心誠意的向他表示感激。

接下來我還要進行第二步計劃呢，我很懇切的要求花田，請他允許我和外面的親戚朋友聯絡。

「這個大大的不可以，」花田的眉毛皺得很緊，他低聲的告誡我說：「你不要忘記，萬樣，你雖然住在醫院，但你仍舊是皇軍的政治犯啊。」

「我曉得，」我不願放棄最後的努力：「不過，花田先生，我請你也不要忘記，昨天我們說好，這裡的醫療費用，統統由我自己負擔。」

「那是當然的。」

「這家醫院的價格很貴，」我一本正經的說：「住一天一千元，照太陽燈和打針，外加請特別護士，一天要花一兩萬。花田先生，如果你不許我和親戚朋友連絡，你叫我從那裡拿錢來付醫藥費呢？」

花田搔頭想想，醫藥費的問題必須解決，看上去他還非得依我不可，否則這筆賬叫誰付呀？——於是，他又答應了我，可以用電話和外面聯絡，「不過，」他鄭重其事的警告我：「萬樣你在電話裡不能談政治問題啊。」

我心花怒放，應聲作答：

「那怎麼會呢？莫說我根本就不是什麼政治犯。即使我是，我也不會這麼傻，給你們從電話裡捉到了憑據，或者，牽累了別人。」

花田偏著頭想了想：大概是認為我說的話不錯，他很滿意，站起來，吩咐衛兵幾句，向我告辭，走了。

這一下我算是百事順遂，得其所哉。特等病房，病床旁邊的小木櫃上，本來就裝有電話，我拉起電話聽筒，先撥給兩位親眷：佘太太和王太太，我請她們立刻送五萬塊錢到大華醫院。她們聽到我的聲音，歡喜得叫了起來。——難怪她們這麼歡喜，誰都以為我第二次進東洋憲兵隊，不是被槍斃，便是手銬腳鐐，天天在十八層地獄裡受苦刑，吃生活的呀。

從這一通電話開始，我接連打了十七八通電話出去，接通了，我總是這麼興高采烈的跟對方說：

「喂，你猜我是誰？……我是萬墨林！……哈哈！嚇了你一跳吧？……我很好，很好。……我住在大華醫院，特等房間第三十一號。……你要來看我？可以呀！不過千萬不要買東西來啊，此地花也有，點心也有，都是東洋憲兵剛才送來的。他還留好兩位東洋朋友，從早到夜的在我病門口站崗呢！……」

末一句話我總是說得特別清楚，因為我想始接到電話的親友都能曉得，我仍然在日本憲兵的，監視之下。

一連串想打的電話都不曾打完，頭一批朋友滿頭大汗的趕到了，上海人和日本人打交道為時已久，摸得透他們的脾氣和性格。在病房門口跟那兩位憲兵鞠個躬，然後手一伸，一小捲鈔票塞過去，東洋兵傲慢的把臉一揚，朋友們趁此空檔便鑽進病房來。

從此以後，我病房門外的東洋憲兵，差點變成了戲院門口的收票員，山陰道上，應接不暇。我的朋友一波波的來，門裡談笑風生，聲震屋宇，門外甲士肅立，臉孔板起。無論我們在房裡笑什麼，談什麼，做什麼，幹什麼，東洋衛兵總是置若罔聞，視若無睹。他們不管我們，唯一要防備的是花田，或者憲兵隊的其他官員，而我和我的朋友，也正因為外面有人在把風，越發的輕鬆自在，百無忌憚。

討厭的是花田對我過於熱情，他把我當做好朋友，深怕我在醫院裡太寂寞；間日一趟，他必定要抽空前來看我。談談水滸，講講三國，他來的次數一多，東洋憲兵難免偶或耳目不周，被他闖見了我房裡正是高朋滿座。於是乎，花田漸漸的起了疑心，有一天他開門見山的告訴說，由於職責攸關，唯恐鬧出亂子，他想把我移送到大西路的宏恩醫院。宏恩醫院早經日軍接管，普通人是不能進去的。

我因為和他已經很熟了，仗著彼此很有點感情，大聲的向他抗議，我說我不願意搬到宏恩醫院去，事實上我在大華醫院住得很舒服，治療經過頗為良好。我滔滔不絕的傾訴，花田滿臉苦笑的聽著，最後，等我把話說完了，他才語重心長的說一句：

「萬樣，不要忘記你目前的處境。」

一句話堵得我啞口無言，我只好聽從他的安排，由大華醫院搬到了宏恩。

搬這次場，等於搬走了我的歡樂和自由，病房門口的衛兵換了些新面孔，他們執行任務嚴肅認真，顯然是受過東洋人嚴厲的命令，對我還算保持冷漠的禮貌，對於我的訪客卻一律嚴峻的謝絕。我又孤獨了，白色的病房形成囚牢，整天閒著無事可做，無人可談，我只好拉開喉嚨，大唱其：「我好比，籠中鳥……」

在宏恩醫院，我和我太太仍然住特等病房，請特別護士，而且根據任定桂的處方，打針、照太陽燈。在我們所在的那一層樓上，除了我門口的兩名東洋憲兵，統統都是中國人。我搬進宏恩醫院的頭一天，中國同胞就曉得我來了，不論醫生、護士、雜役，或是爬得起來的病人，每每藉機在我門外走來走去，看我一眼，或者暗地裡打個招呼。

所必須瞞過的只是兩個東洋兵，整個宏恩醫院的中國人一致聯合起來，人人都想為我做點事情。於是一個曲折蜿蜒的通訊網開始建立，如果我想和那一位朋友連絡，或者是想某人去為我辦某件事，只要我趁著醫生給我把脈搏，護士為我量體溫，以至老媽子近來清理房間或掃地，我撥撥嘴唇皮，將人名、電話號碼和所要說的話交代清楚，他們自會耳口相傳，輾轉的為我辦到。

住在宏恩醫院的那兩個星期裡，我只有一位訪客，那就是花田，這位在東洋憲兵隊裡極難碰得到的好好先生，他很看重友情，而且心腸極軟，可能他在從軍之前出身貧寒，他十分注重金錢，在此我必須聲明，花田在我身上儘有大發洋財的機會，但是他對於我唯予不取，他不曾得到我一分好處，但是他始終為我的「經濟問題」耽心，他曉得我在大華醫院花了不少的錢，那筆開銷數額之巨大，曾經令他為之咋舌。如今我搬到宏恩醫院來了，最使他念茲在茲，時刻不忘的是：宏恩的用度比大華尤為驚人。

這使他在每次前來探疾的時候，每每旁敲側擊，殷殷探問，我知道他確很為我耽心，他耽心我能否長此以往的維持下去。

人心總是肉做的，起初我對他的熱心關懷，確是由衷感激，但是當他提及金錢的次數越多，而且越來越為我著急時，我突又想到，這又是一個扭轉乾坤的大好良機。——花田是個好人，遺憾的是他和我置身兩個國度，站立在截然相反的敵對方向。

牢獄之災自由痛快

當時，我最牽記於心，無時或忘的事，唯有蔣伯誠先生以中風沉疴而陷身縲紲，我不曉得他的生死存亡，更無法想像他處境怎樣？及在大華醫院時有位朋友暗地裡告訴我一些事體，提到蔣伯誠先生時他說：

「伯老的病還沒有好，東洋人現在把他拘禁在西蒲石路鄭子嘉先生的公館。」

那時候我還有點不相信，東洋人會對他們的死敵如此優待？後來我轉彎抹角，誘使花田露了口風：蔣伯誠確實是在西蒲石路養病，從那一天起始，我一心一意想去看看伯老。

於是有這麼一天，機會終於來了。花田又帶了些吃食來看我，我和他談著談著，就談到了蔣伯老的頭上。花田十分感慨的說：日本憲兵隊的負擔未免太重，譬如說：在西蒲石路善為優待蔣伯誠，日常開銷，醫藥花費，每一個月都是所費不貲，這些花費應該如何出賬，他們隊上真是傷頭了腦筋。

花田的苦惱給了我很好的啟示，他使我靈機一動，不再跟這位「小兒科」兜圈子、說廢話，我直接了當的建議他說：

「蔣伯誠先生在西蒲石路養病，我在宏恩醫院住特等房間，這兩處的開銷都很大。而且，使你們報銷起來也很困難。花田先生，我有一個意見，」我儘量使自己的語氣委婉一點，「你是否可以把兩個辣手的問題合而為一，我本來就住在西蒲石路，你就讓我搬回那邊去，我跟蔣伯誠先生一道住，一切開銷由我負責。」

花田起先不敢答應，禁不住我一再慫恿，他又去和杉原隊長商量。杉原一向很聽花田的話，只要花田堅持，他就必定讓步，因此，我這次坐監牢，前後三易其地，末了竟回到老地方去享福了。

看見東洋憲兵押著我搬去，蔣伯誠先生大為振奮，他說墨林你真有辦法，簡直是把東洋人哄得團團轉麼！我笑著說那裡那裡，無非運氣好而已。那裡想到日本憲兵隊裡也有花田這樣的老好人呢。

和蔣伯誠先生住在一起，花田照常兩天一次來看我，伯老見他對我執禮甚恭，見面離去必定九十度鞠躬，一天晚上他悄悄的跟我說：

「喂，墨林！你想想辦法，再在花田面前用點工夫，把王先青、曹俊、毛子珮他們也弄過來，大家住在一起。」

我說好的。第二天花田來了，我便向他懇託，花田是說：「那怎麼可以呢？」但是我釘牢了他不肯放鬆，一而再，再而三，花田終於又被我說動。王曹毛三位都搬過來了，這一下我們真是悠哉游哉，每天高談闊論，旁若無人，興趣來時，更拉開枱子打打衛生麻將，趁東洋兵不注意，還暗暗的和外面朋友通電話。

負責看守我們的，有一班日本憲兵，總共是十四個人，我們不惜和他們攀交情，大家相處得非常好，因此我們也就格外的得到便利。記得某次在電話裡聽見朋友說：上海來一位算命先生劉洪聲，算命算得準極了，於是便由我說服了東洋憲兵，把劉洪聲叫到西蒲石路來。

劉洪聲一到，我為了表示籠絡，先叫他給東洋兵算命。這傢伙不愧為走江湖的，一眼便著看穿了我的用意，他先排憲兵班長的八字，排著排著的突然高聲叫了起來：

「唉呀！你這個命好得不得了嘛！簡直是奇命！我包你不出三年，就要官升六級！」

關在西蒲石路，談談笑笑，麻將搓搓，地方寬，伙食好，要吃什麼就有什麼，照說是蠻寫意了，不過時間一久，我又覺得難過，一心只想出去走走。

於是我得寸進尺，又在花田面前作文章，我先給他暗示，坐吃山空，我的錢快用光了。這位好好先生，聽了就替我著起急來，往後兩次我故意不再提起這件事，反倒是他非常關切的來問我：

「萬樣，你錢用光了，怎麼辦呢？」

裝著愁眉苦臉，我嘆口氣說：

「有什麼辦法呢？我又不能出去。假使我能出去的話，還可以到朋友那裡去挪動挪動，或者是做兩票生意。」

漸漸的，花田和我商量細節問題——他終於決定，我可以在白天出來，不過，必須派一名憲兵陪著。

「請他換穿便衣好不好」我進一步的要求：「他穿軍服陪著我，朋友一看見就嚇跑了。」

花田想想，這話也對，又答應了。東洋兵一穿便服，跟我的保標跟班又有什麼兩樣？再說，他們不懂中國話，我儘可跟外間的好朋友在他面前暢所欲言。

坐監牢熬到了這個待遇，事實上等於已經釋放，於是我又恢復了往日的太平日子，每天早出晚歸，吃館子，會朋友，自家店裡，和杜先生的幾處公館，不時走走，睽違久矣的孵混堂，沐沐浴，如今又已成為我的日課。東洋朋友不曾嚐過那種全套享受，一聽說我要帶他們混堂裡去，人人都眉開眼笑，反過來巴結巴結我。

附帶說明，在這一時期裡，太平洋戰爭已近尾聲，日本海空軍幾乎全都毀滅，大陸戰場，我軍奮勇反攻，「皇軍」節節失利。以至每一個日本人都深感悲觀失望，他們的士氣日趨低落，辦事散漫疏忽，跟初初發動侵華戰爭的時候，何啻有天淵之別。同時，他們眼看戰敗在即，對我們這些「政治犯」，反倒增添了幾分敬畏。因此，我這次被捕之能夠享受種種的優待，倒並非完全由於花田的老實，以及我擺的噱頭，這是其理甚明之事。

鑾自由，挺痛快的「牢獄之災」，歷時計為半年整，民國三十四年抗戰勝利前夕，周佛海到上海來，專誠拜訪過我們一次，三天後，我們全體都被日本軍部下令釋放。

戴笠將軍請我坐席

那些寡廉鮮恥、罔顧氣節的漢奸，群魔亂舞，才只幾年？鞭炮一響，勝利來臨，他們逃不了也跑不掉，一個個驚惶失措，岌岌不可終日。從前慘遭他們戕害荼毒的所謂重慶分子，如今都成了他們乞憐求救的日標，曾幾何時，連我這個業餘地下工作者，也被他們列為對象。第一次被捕曾經幫過我大忙的李先生，有一天代表周佛海深夜過訪，他一疊聲的問我：

「你要錢嗎？要房子嗎？要做押款賺兩票嗎？要白相白相嗎？周佛海說了的：只要你開口，他可以一一為你辦到。」

「謝謝，我不要。」當時我很坦白的告訴他：「我自小追隨杜月笙先生，杜先生交代過我，除了他以外，不可以隨便拿人家的錢，我靠杜先生的招牌，這一輩子夠吃用的了，我不會為錢財上的事，毀了我跟杜先生的關係。」

後來，周佛海又託他的阿舅，復興銀行總經理沈先生，送兩百根大條給我，我當面請他把這二千兩黃金收回去。自此，前後總有十多名漢奸把金條送上我家門，假使我照單全收，撈他個黃金二萬兩可以說是毫無問題，但是我一文也不拿，我心裡明白得很，漢奸們在這時候送錢，無非想我幫他們的忙，讓他們逃避國法的制裁，設若幫不上忙呢？那時候他們就會哇哩哇啦的喊出來了，莫說杜先生面前，就算在我自己家裡，我也不能做人呀。

勝利了，杜先生從浙江淳安，凱旋歸來，我和他八年離亂，一旦重逢，回憶種種，恍同隔世，當年杜先生因為不耐重慶山居，霧大濕重，他染患了喘症，身體益形虛弱，我比從前更盡心的服侍他，一日，在他的病榻之側，杜先生把我叫過去問：

「墨林，你弄了銅鈿沒有？」

「沒有。」

「勝利前後，阿有人要送錢給你？」

「有的。」於是我據實報告，誰要送我幾百條，誰又要送我多少，「但是我統統不要，我不曾忘記爺叔交代我的那些話。」

「好！」杜先生很高興，他瞿然坐起，一拍大腿，向我一伸大拇指：「墨林，你很好！」

就這麼一句話，對我來說，已經足值黃金若千萬兩。因為杜先生有生之年，除開抗戰的那幾年裡，我一直在他的身邊侍候，他的脾氣，我敢說早已摸得很清楚了。說老實話，杜先生在聽到我肯定的答覆以前，心中未始不在疑惑，他是在為我耽心，像那種千載難逢的發財機會，我能夠抗拒得了嗎？倘使我真的藉此機會撈一票，取了大筆的「不義之財」，憑我一介平民，不做官，不拿餉，歷經艱危，出生入死，從事「義務性質」的地下工作，如今苦盡甘來，國土重光，我收了漢奸走狗的奉獻，杜先生又怎忍對我加以深責！難怪他聽到我在抗戰八年之內，始終保持這條清爽坦白之身的時候，會高興成那副樣子了。

不久，戴笠先生蒞臨上海，他是杜月笙先生最愛重、要好的朋友，他在杜先生杜美路公館成立總部，特地把我調過去，擔任總務。我曉得戴杜之間的交情，絲毫不敢怠慢，像對杜先生一樣的服侍他，但是戴先生卻要和我平起平坐，他搬進杜美路頭一次請客，一定要我入席，並且特地當眾對我加以表揚，說了許多我在協助地下工作時的事蹟，如今戴先生和杜先生俱已作古，而我以七十之年執管為父，紀錄前塵往事，兩位先生的聲音笑貌，猶仍不時在我面前出現。

周佛海的風流故事

中外雜誌的讀者，看起文章來真是細心。筆者的《諜戰上海灘》第一篇在中外雜誌發表，接連幾個月裡，收到不少讀者的來信，朋友之中也經常提出一個問題——汪精衛、周佛海脫離抗戰陣營，潛往上海組織偽政府，陶希聖、高宗武雙雙逃離虎口，公開發表「日汪密約」，那一樁抗戰八年期間，震撼國際，轟動中外的大新聞，內幕之錯綜複雜，過程的曲折離奇，真正是抗戰期間有聲有色的連台好戲。我在上海奉杜月笙先生之命，曾經插手參與，盡過一點點微力。但是，大家都認為那是《諜戰上海灘》中最值得和盤托出，公開出來的一件大事。因此有不少朋友認為我避重就輕，正是不想發表這一樁「最高機密」。紛紛要求我在事過境遷之餘，毫無保留的寫出事實經過。我自己想想，也覺得這一件大事若干年裡固然有過不少的報導，卻都是一枝半葉，略而不詳，難以使讀者瞭然全盤情況事實真象，似乎應該由我這個也曾側身期間的人來說個清楚明白。留下一些史料，同時也能使陶希聖、高宗武兩位先生當年冒險犯難，出生入死的事蹟不致湮滅。至於汪系漢奸的群奸嘴臉，卑劣行徑，亦有加以揭發的必要。因此，我便下定決心，繼續再往下寫，以報中外讀者的雅意。

不過，與敵偽相周旋，我當時雖然置身上海最前線，但卻僅只是一方面，所見所聞不足於概其全。所以，文中的若干資料，也有不少是我事後得聞於杜月笙、陶希聖、高宗武等諸先生的口述，這是在文前必須鄭重聲明的。

一般人都以為汪精衛和周佛海臭味相投，一鼻孔出氣，其實他們是各懷鬼胎，一拍即合。周佛海比汪精衛早十一天脫離抗戰陣營，逃出重慶。早一個半月潛抵上海，著手籌組偽政府，進行「和平工作」。實際上，反倒是汪精衛走的「周佛海路線」。

當然，他們事先早有聯絡，一道去幹那出賣國家民族的勾當。照他們的預定計劃，乘蔣委員長巡視桂林的時候，分批逃跑。民國二十八年十二月七日，周佛海從重慶坐飛機倒了香港，汪精衛、陳公博一行，則預定八號動身。但是七號那天，委員長從桂林提前回重慶，使汪精衛吃了一嚇。他拍急電到香港，轉告日方，展緩行期，那時節，東洋人還以為他們受了騙哩。

十二月八日，汪精衛逃到河內，發表豔電，提出中止抗戰對日求和的荒謬主張，引起國人一致聲討。二十九年元旦，國民黨中常會決議，永遠開除汪精衛黨籍，撤除其一切職務。元月六日，日本近衛文麿內閣總辭，平治騏一繼任日本首相，跟汪精衛勾搭的對手自己先垮了台，使汪精衛困守河內進退兩難，茫然無所適從。這個時候，周佛海不甘寂寞，決心走他自己的漢奸路線，投向日本懷抱，組織偽政府，將汪精衛與近衛文麿前此密商的協議一概推翻。二十九年三月二十一日，汪精衛在河內遇刺未中，當汪精衛險些挨槍的前一天，周佛海並沒有知會汪精衛一聲，就從香港出發，坐輪船到上海，開始進行他的「周佛海路線」了。

汪精衛的漢奸組織偽政權開張，照這批大漢奸自家的說法，連汪精衛在內，計有十二金釵，總共只有十二個賣國賊。一張十二金釵名單開出來是汪精衛、周佛海、陳公博、林柏生、褚民誼、陳春圃、胡蘭成、梅思平、樊仲雲、李聖五、朱樸和周隆庠。就這麼十二金釵居然還分做了「公館派」和

「周佛海派」兩系。「公館派」是汪精衛的，比較起來，「周佛海派」當然顯得勢力孤單。因為，周佛海的脫離重慶，跑到上海，他的身邊就只有一個梅思平。他的親戚和老部下，大都沒有帶出來。

老早在民國十六年國民革命軍北伐，上海清黨時期，我就已經認得周佛海了。但是直到最近，我為了要寫《諜戰上海灘》，到處找老朋友打聽，拿好些人的話對證一下，這才弄明白了他的身世和歷史。周佛海是湖南沅陵人，也是窮人家子弟出身。不過他絕頂聰明，同鄉人都說像他這樣有出息的小孩子，如果不給他讀書，未免太可惜了。他家裡才勉勉強強的讓他進了私塾。

小師太也遭了毒手

民國六年（一九一七），周佛海都已經讀到辰郡聯合中學二年級了，突然之間，被學校裡掛牌開除。據說，他是因為色膽包天，東窗事發。因為他借住的地方，隔壁是座尼姑庵，周佛海居然膽敢夜裡翻牆而入，抱起一位小師太，參起歡喜禪來。這實在是荒唐大膽，作孽之至。此外他在做這樁玷污佛門的採花案之前，也有過強暴少女，沉緬煙花的前科。如今回想，當年我所見所聞的周佛海，對於女色一道，的確也是相當的迷戀放縱。「八歲看終生」，我對這個說法認為多半不錯。

但是周佛海畢竟是個能幹腳色，他在家鄉闖了窮禍，竟然能夠因禍得福，靠朋友幫補，湊了筆旅費到日本去留學。家中原已迎娶進門的元配，也丟下不要了。他這位元配夫人後來改嫁，嫁給當地黃草尾一個種菜的農夫，每天幫她後孵種菜，還挑起擔子到沅陵城裡去賣。不論她的前夫周佛海如何飛黃騰達，擁資億萬，在我們上海迤東的川沙，就擁有良田兩萬餘畝，財產達到驚人的程度，他那位改嫁夫人還是一點也不後悔。

他抵達日本的第二年，北政府和日本簽訂「中日陸軍共同防敵軍事協定」，說要共同出兵西伯利亞，其實是馮國璋、段祺瑞引狼入室的頭一步。各地學生、民眾群起反對，留日學生更是群情激昂，決定全體罷學歸國，還組織了「留日學生救國團」。周佛海起先加入，後來又臨陣撤退，私下留了下來。乘大批中國學生回國以後，日本各校空出不少公費生缺額，他去投考日本第一高等學校。

正好有一個跟他同住一家旅館的同鄉，花了日幣四十圓的代價，跟保管油印題目的工友，買到了全份試題。周佛海依樣畫葫蘆，考取了第一高等學堂，取得公費，一路順風的唸到京都大學畢業。學成歸國，周佛海輾轉的到了廣州，投身國民革命軍，和那位秀外慧中，精明能幹，交際手腕極為靈巧的楊淑慧同居，而楊淑慧自此也以周佛海夫人聞名於世。

等到北伐將近完成，寧漢分裂，武漢被共產黨和左派分子所盤踞，周佛海就搖身一變，成為武漢方面的要員。十六年五月二十一日，許克祥發動馬日事變奮起反共，何鍵旋即由鄭州大舉南下，又有楊森、夏斗寅兩軍兩路夾攻，武漢岌岌可危，共產黨和左派分子東逃西竄。周佛海一看，分明是個樹倒猢猻散的局面，大勢不好，連忙逃跑。他銷聲匿跡，搭乘一艘英國輪船，打算人不知鬼不覺得溜到上海躲起來。

周佛海不曾想到，他在輪船上，被幾位黃埔軍校出身的軍官認了出來。一到上海，便向公共租界捕房檢舉，當場逮獲，送進捕房。湊巧那一天是星期六，捕房下班休息，他要等到第三天——星期一才被送到楓林橋的清黨委員會。清黨委員會由楊虎、陳群擔任正副主任員，而由陳群主持。依陳群的作風，抓到像周佛海這樣惡性重大的共產黨徒，非殺不可；而且會立刻處決，絕不遲緩。然而就因為多出了這一天半的時間，使楊淑慧能夠乘快車趕到南京，輾轉往求總政治訓練部副主任陳銘樞，總算救出了他的一條性命，往後不久，他又風雲際會，當上了總司令部祕書。

一聲向右轉，周佛海從此一帆風順，青雲直上，抗戰以後，甚至於一度代理宣傳部長。照道理說，他毫無理由逃離抗戰的司令塔——重慶，去搞出賣國家民族的「和平運動」。周佛海之所以成為罪在不赦，死有餘辜，留下千秋萬世罵名的大漢奸，歸根結底，還是由於「財」與「色」所誤。周佛海搞錢的本領高人一等，而且膽子大得嚇壞人。他位居要津，卻連失意軍閥政客私下送的紅包都敢拿，所以他在民國二十七年十二月七日，先汪精衛十一天由重慶潛赴香港，幕後的真正原因，是他所有的積蓄數十萬元，一向存在日本正金銀行，他唯恐這一大筆作孽錢，被日本人視作「敵產」而沒收，不得不跑一趟香港辦交涉。另外還有一件「性命攸關」的事，那是他在楊淑慧未到重慶的時候，軋了一個女朋友，聽說楊淑慧已經得到情報，正在趕赴重慶大興師問罪之師途中。楊淑慧的火爆脾氣，周佛海心裡有數，他想暫時避過這一關，就只有悄悄的溜開了。

周佛海貪財好色，不自檢點，終於自己把自己逼上了梁山，步入了窮途末路，足為貪財與好色者戒。他到香港以後，一下子便被日本人套牢，由他們牽著鼻子走，後來他也比汪精衛早一個半月到上海，展開對日交涉，倡呼組織偽政府。等汪精衛一行抵達，他們再同流合污，多半也是日本方面的意思。就由於這前後一個半月之差，周佛海除開必須「擁戴」汪精衛為大頭目之外，他著著佔先，囊括實權。不過，在汪記偽政府開鑼以前，周佛海為唱這齣小丑戲，缺乏狼狽為奸的班底，早年合作已久，前已分道揚鑣的羅君強，就又被他拖出來了。

羅君強荒唐娶族姑

羅君強我也見過，他和周佛海是湖南同鄉，據說周、羅兩家邊是世交，羅君強不曾讀完上海大夏大學，就到廣東去投奔周佛海。他只比周佛海小幾歲，兩人之間的交情是亦師亦友，如子如侄，很有點像汪精衛和河內代死的曾仲鳴，因為羅君強也是周佛海一手提拔，當作心腹親信的。周佛海在南京當到總政治部主任兼政治訓練處長，羅君強是他的主任祕書。大概是在民國十八年，由於羅君強的色心比周佛海更重，又缺乏周旋調和的功夫。他娶了一房妾，就此妻妾失和，爭風吃醋，花邊新聞不時傳出。終有一天，姨太太吵過了架，一時想不開，竟會一根繩子上了吊，爆出了轟動朝野的大新聞。羅君強飽受輿論指責，無詞自解，周佛海凜於人言可畏，只好將羅君強降級外放，薦他去當浙江海寧縣長。杜月笙先生的祖籍，正是浙江海寧，因此我們對那個地方，相當熟悉。

羅君強一到海寧任上，仍然繼續荒唐胡鬧如故，他竟「同姓再婚」，和他的一位同族小姑姑，在海寧縣政府公開舉行結婚典禮。這一來鬧得太不像話，使周佛海跌足太息，懊惱得很，卻又不得不安排他的「退路」。於是再薦他權充總司令部南昌行營祕書，其後又調行政院簡任祕書一職，然而他在民國二十六年抗戰爆發，樞府播遷，國難嚴重聲中，又娶了一位武漢名交際花孔慧明，作為他第四位平頭夫人。就由於這一次的結婚再度引起物議，連周佛海都無從庇護，他得了個「查辦」的處分。從此以後，周佛海決定不再受羅君強的牽累了，他跟羅君強逐漸疏遠，使得羅君強唯有聊以解嘲，不時低吟：

「不遭人忌是庸才！」

把自己的風流罪過，荒唐胡塗，一概歸諸於人家的「忌」了。

羅君強跟著國民政府，由武漢而重慶，始終鬱鬱不得志，所以當周佛海到上海，亟需人手，很容易的就把他叫了出來。周佛海在「蜀中無大將，廖化充先鋒」的情形之下，一方面以羅君強為他的心腹智囊，一方面命他招兵買馬，吸收未來的漢奸幹部。於是，羅君強便在威海衛路租了一層公寓，掛起「藝文研究會」的招牌，派羅君強當總祕書，再由羅君強拉攏上海新聞界很兜得轉的一位朋友金雄白，擔任總幹事。「藝文研究會」原來是周佛海在漢口代理中宣部長時期，跟陶希聖先生合辦的一個團體，曾經獲得各方面的支持，聯絡武漢報紙，創辦了幾種週刊，成立了初版的機構，還做一些資助學術文化界人士播遷大後方的工作會以「一面抗戰，一面建國」為口號，提出「軍事第一，勝利第一」，「內求統一，外求獨立」的綱領，在後方各大都市，也設得有分會。一個宣傳抗戰的機構，便被周佛海移花接木，在上海掛起了招牌來，一變而為大小漢奸招收站了。

周佛海到上海，和羅君強的在威海衛路招兵買馬，有所蠢動，上海地下工作人員並不是毫無所悉，相反的，還摸得相當清楚，只是他們的真面目還不曾顯現，不曉得他們葫蘆裡賣的是什麼膏藥？尚有待更進一步的瞭解；同時，自亦有相當的應付部署，據我所曉得的，參加他們的小組織，一概名之為入會，入會者有的經人介紹，有的自動投效。入會手續也相當的簡單，只要寫一份簡歷，填一紙自願書。不過，准否入會卻必須周佛海親自許可，這便是周佛海當漢奸，第一批漢奸幹部的由來。上海的地下工作人員，就曾發動一些外圍人士，抗日分子，設法通過關係，打進藝文研究會去臥底，趁此機會探聽他們的祕密。例如洪幫大哥徐朗西，他一個人就介紹進去三名會員，都是戴笠先生軍統局的好角色。

一進藝文研究會，在分配工作之前，即日起薪，坐領一份相當不錯的薪水，有事無事，照領不誤。當然，這也是周佛海招兵買馬的一種手法。

土肥原賞識李士群

周佛海有了羅君強這個幫手，在人事部署方面，確實進展迅速。他把招收班底的工作交給羅君強，自己則傾全力於拉攏特務。黃浦灘的特務首腦，首推丁默邨和李士群，所謂陰風慘慘，殺人如麻的極司非爾路七十六號，成立遠在周佛海、汪精衛潛抵上海活動組府之前，而並非汪偽政權成立之後，才由汪精衛一手建立的。原來，在民國二十七年武漢大會戰期間，日本在華的特務首腦土肥原賢二，抗戰初期原已改任日本第一軍第十四師團師團長。徐州會戰後，他的同期同學老搭擋板垣征四郎因台兒莊慘敗被召回國，可是不久便出任陸軍大臣。板垣在東京宮城設立日本大本營，下設一個特務部，要遴選第一流的「中國通」當部長。派到中國，完成由陸軍獨家全部「佔領」中國的重大任務。當時板垣認為土肥原不失為最佳人選，便命他暫卸征衫，來到上海。

同時，日本又成立了「興亞院」，任務是「加強管理中國事務」，下設政治、經濟、連絡等部，分支機構遍佈北平、青島、上海、漢口、廈門、廣州各地。興亞院不久歸於軍部的控制之下，仰承軍部的鼻息，把我國淪陷區劃分為南北兩區，而以長江為界。北部中心為北平，南部中心為上海。規定南北貨幣不許交流，鐵路各有所屬，所有中國方面的漢奸偽組織，都要接受興亞院連絡部和日本軍部的雙層監督，也就是說上頭有兩個老板。

土肥原根據日方「以華制華」的惡毒策略，他就任特務部長以後，先到上海。當時，他積極從事南北兩個漢奸傀儡偽組織，北方，他想抬出北洋直系吳佩孚吳大帥來，南方原先是想由袁世凱的第一任國務總理唐紹儀做漢奸首腦。當時，他就以虹口六三花園的重光堂為根據地，奔走於上海、南京、北平、東京之間，積極促成以華制華的策略實現。同時，他也在上海建立了一個小小的，由中國漢奸主持的特務機關，那就是往後無法無天，無惡不作，使上海人為之談虎色變，天怒人怨的極司非爾路七十六號了。

「七十六號」的首腦，一開頭就是丁默邨和李士群。丁默邨原是中統的第二處長，李士群則是一個共產黨員，他在抗戰爆發以前，就已經在跟東洋人勾勾搭搭，且曾一度被捕下獄，僥倖保全性命，釋放出來。往後就搖身一變，也成為中統的一員。不過，只到他變節附敵以前，只不過相當於中尉階級。丁默邨和李士群一對唯利是圖，罔顧國家民族大義的奸細，被土肥原拉到上海，建立了「七十六號」所為特工總部。論資歷，丁默邨高出李士群多多，論跟東洋人的交情、淵源，李士群卻又要高出丁默邨一籌。所以，七十六號的首腦，只好以丁默邨為正，李士群為副，漢奸「官銜」，稱作「主任」與「副主任」。

李士群這個作惡多端的殺胚，當年不過二十來歲，大處精明，小處糊塗，心腸既黑，手條子更辣，小人得志，再猖狂也有限。所以儘管他往後在汪政權裡「飛黃騰達」，「名利雙收」，他還是人前人後搭不起架子來。他說話七搭八搭，衣著隨隨便便。當年黃浦灘有個笑話：李士群常常一覺醒來找不到褲帶，忙得太太、姨娘團團轉。一進沐浴間，卻又自家發起了噱。因為他自己發現，一根根的褲帶都縮上去了。

吳四寶的裙帶路線

丁李二奸的「特工總部」設在極司非爾路七十六號，那裡原先是我國故軍事參議院院長陳調元將軍的滬宅，佔地寬廣，花木扶疏，亭台樓閣，層層疊疊，是黃浦灘有名的大宅院。陳調元將軍在世的時候，我也不知道去過多少次。但是卻到後來身陷囹圄方才曉得，那幢宅院大到什麼程度——除開「七十六號」的特務、警衛人員以外，還可以關兩千名以上的無辜囚犯。

土肥原在當日本大本營特務部長的時候，丁默邨、李士群一來有點畏憚，二來規模也小，人手不多，三則「七十六號」雖然在滬西「歹土」，然而一開門就是越界築路，跟租界靠得太近了，所以還不敢多大為非作歹。不久土肥原扶植南北兩傀儡的計劃相繼受了挫折，唐紹儀被我地下工作人員一斧頭劈死，吳佩孚堅持要他「出山」，除非日軍全部退出中國。土肥原不免倒抽一口冷氣，連他自己也打了退堂鼓，辭卸特務部長，改任師團長帶兵打仗去了。上海的特務工作，就交代他的副官毛晴少佐負責。

失去了最牢靠的後台老板，丁默邨、李士群正在不勝惶恐，走投無路。我們的地下工作人員又再掀起鐵血鋤奸的高潮，每隔幾天，黃浦灘必定會槍聲連響，倒下若干漢奸走狗來。就在這丁默邨、李士群惶惶不可終日時，周佛海來了。

早在二十七年七月武漢會戰期間，上海就有汪精衛派的文化人傅式說、趙正平等開始活動，他們由文化而政治，以「全民主義運動」作幌子。當周佛海決定自香港北上，他不是不曉得國民政府上海地下工作人員的厲害，深知日本皇軍並不足恃。如果他自己找不到保鑣，那就休想在上海活下去。因此，他先通知傅式說、趙正平他們，命他們盡快組織一支武裝的青年行動隊，名義上說是擔任抵滬後的汪精衛保護之責，實則是給他自己保鑣。

但是傅式說之流「秀才造反，三年不成」，費盡九牛二虎之力，總算把一支「青年行動隊」組織起來了。等周佛海到達上海的時候一看，似乎一個狠角色也沒有，焉能以這支薄弱的力量去對抗所向披靡的我方地下工作人員。周佛海為此非常之著急，就在這個時候，毛晴少佐介紹丁默邨、李士群來見。使周佛海喜出望外的發現，上海還有這麼一個土肥原創辦的特務機關。他對丁默邨、李士群曲盡綢繆，盡力拉攏。湊巧丁李二人也為著冰山已倒，無所歸宿正在發愁。一聽說周佛海是代表汪精衛前來組織偽政府的，當然心甘情願，竭力討好，從此周佛海先將特務一把抓住手裡了。往後偽府開鑼，丁默邨和李士群，也就分別成為周佛海派僅次於梅思平、羅君強的第三、第四號人物。

「七十六號」原本束手束腳，無從發展。自從丁默邨、李士群雙雙投在周佛海的名下。周佛海想先從特務擴張自己的實力，向丁李連拍胸脯，保證全力支持，叫他們放心大膽，大幹特幹。於是「七十六號」也就開始儆聚嘍囉，招徠各方強盜殺胚起來了。李士群本來是清幫中人，他的「先生」是清幫最末一個「大」字輩的季雲卿，按照清幫「大通悟覺」的輩份排行，他也算是「通」字輩。季雲卿的太太當過捕房的女監首腦，說得上是黃浦灘鑾有名氣的白相人嫂嫂之一。她收了不少過房女兒，其中之一便是吳四寶的太太佘愛珍。

論清幫輩份，吳四寶要比李士群低一輩。因為他的「先生」是「通」字輩的榮炳根。榮炳根起先有個正當職業，他是無錫榮家各爿紗廠的總工頭。後來他不做工頭了，以白相人的身分，在鴉片煙生意裡吃「俸祿」，也就是支領津貼，以此渡日。到也悠哉悠哉。閑來無事上俱樂部賭賭錢，我跟他便是經常碰頭的賭朋友。

吳四寶敗榮炳根做「先生」，在清幫裡算是「悟」字輩。他的「先生」榮炳根有部汽車，他就當「先生」的司機兼保鑣。二百來磅重的身胚，方頭大耳，相貌倒不錯。尤其是跟在榮炳根身邊久了，場面見得多，朋友也交了不少，言行舉止倒也彬彬有禮，規規矩矩，還有個往上爬的本錢；真人面前能夠服小，馬屁十足，動作敏捷，能把你服侍的週週到到。

汪精衛漫天扯大謊

「七十六號」嘯聚嘍囉，一派瓦崗寨，梁山泊的作風，有人有槍有力量，就可以在分金廳上佔一席。吳四寶輩份小，人頭卻熟，同門兄弟，徒子徒孫一拉就是一大堆，尤其是他還有一名學生子叫張國震，正帶了一批狠客在上海近郊做殺人放火，打家劫舍的無本買賣，他們早已垂涎上海市區這個天下第一的肥地盤。由吳四寶出面一招，立刻就組成了一支強盜隊伍，連人連槍一投過來，再由佘愛珍央求季太太，跟李士群一搓合。李士群就此建立了他的第一支武裝，他們把吳四寶的部下編成第一警衛大隊，小司機變成了大隊長。

周佛海的基本力量就這樣建立起來了。不過，他委實饑不擇食，錯不該把窮凶極惡的強盜土匪引進了上海地界，他們仗著「七十六號」的名義，殺人越貨，綁票勒贖，一概當做家常便飯，鬧得上海雞犬不安，民無寧日，十里洋場成為恐怖黑暗世界，全上海五百萬市民，就此陷於水深火熱之中。

民國二十八年三月二十一日，汪精衛在河內遇刺，第二天日本東京即已接獲情報，當天召開五相會議，決定派影佐禎昭、犬養健駛往河內，把汪精衛接到上海，汪精衛一行在四月十二四日動身，但卻直到五月六日方始駛抵吳淞口外。陳公博、林柏生、胡蘭成等「公館派」人物或先或後，陸陸續續的被他召到上海去。

汪精衛他們十二金釵大小漢奸分批到上海，上海的地下工作人員隨時都在密切的注意之中。汪精衛以為憑他過去的歷史和資望，淪陷在敵騎踐踏之下的上海人聽說他來，會得興高采烈，雀躍三千，如同救星來臨般的歡迎他，那完全是他在白晝作夢。我就可以證明，淪陷區的中國老百姓，因為他們曾經身受侵略戰爭的切膚之痛，又長時期的不見天日，飽受欺凌壓迫，他們對日本皇軍和漢奸走狗同樣的切齒痛恨，大有食其肉而寢其皮之概。所以，當汪精衛一行踏上黃浦灘後他目睹處境悽慘，無以自慰，還特地編了個謊話來充充面子，汪精衛說他到上海時曾經派褚民誼去法國駐滬總領事館辦交涉。他說那褚民誼問法國總領事：

「假使汪先生要來法租界住一陣，你們是否可以保護他的安全？」

當時，法國總領事就直淌直的回答他說：

「很抱歉，我們不敢負這個保護之責。」

褚民誼乞求保護，自取其辱，碰了一鼻子灰回去了。汪精衛卻為此大發脾氣，他罵褚民誼交涉辦得不好，汪精衛說：

「你應該只去通知他們一聲，我要住在法租界，請他們保障安全。」

其實呢，褚民誼果真照這樣說了，他還是會碰釘子回去的。法租界決不歡迎汪精衛，不肯惹火上身找自家的麻煩，容許一群國人皆欲殺之而後快的賣國賊進法租界當槍靶，釀成血案，這是我所可以斷言的。何況，事實上根本就沒有這一回事呢！

汪精衛一行由河內潛抵上海的狼狽情景又是如何的呢？原來他是在日本憲兵嚴密保護，駐滬日軍戒備森嚴之中，驅車直使虹口，暫時先在重光堂安頓下來。當年上海淪陷以後，蘇州河成為租界與日軍佔領區的楚河漢界，租界裡的中國人絕對不過北四川路橋和外白渡橋，意思就是不見皇軍的嘴臉，不受敵人的欺壓，保持中國大國民的尊嚴。「過橋」成為了一句很惡毒的罵人的話，等於罵人家是漢奸走狗。受之者無不勃然大怒，甚至要揮以老拳。但是汪精衛他們卻甘冒上海忠貞同胞的大不韙，一到上海就住到了虹口去，連汪精衛自己都有點不好意思，他曾經在他的親信之前聊以解嘲的說是：

「其實，住虹口也沒有甚麼不可以。試著庚子那年（一九〇〇），八國聯軍之役，李鴻章到北京議和。八國聯軍還在佔領北京，北京也是淪陷區，李鴻章不是也住在淪陷區裡，跟敵方談判的嗎？」

到上海不敢下輪船

民國二十八年五月六日汪精衛他們乘日本船北光丸駛到吳淞砲台，就接到了負責在上海接應的塚木少佐拍來一個電報：

「上陸地有變異，請在吳淞稍等。」

這一個電報還真把汪精衛他們嚇了一跳，耽心不知道又出了什麼意外。等了一歇，日本政府派來迎接汪精衛的參謀本部第八課課長影佐禎昭，看見有一艘小汽艇駛近，來人正是塚木少佐。他登上北光丸，影佐到船尾密談。這才曉得所謂「上陸地有變異」原來是日本朝日新聞得到了汪精衛潛赴上海的消息，朝日新聞上海支局的全體人員已經在虹口碼頭齊集，等著採訪新聞，塚木認為在防衛設施尚未完成以前，朝日新聞的佈置可能會使消息外洩，送了汪精衛他們的性命。所以他主張汪精衛的行蹤和住所必須嚴守祕密，妥善安排，他說：

「說不定汪先生今夜還要在船上過夜哩。等北光丸停泊虹口碼頭，讓我去支開朝日新聞的人。你們等到天黑以後再下船。周佛海、梅思平他們，此刻都在虹口重光堂等後咧。」

當北光丸在虹口碼頭停妥，塚本也設法支開了朝日新聞的採訪人員。塚本為免我地下工作人員的狙擊，還要了一手金蟬脫殼，李代桃僵之計，他用汪精衛的表弟和外甥當槍靶，叫他們坐在一輛轎車上，三面窗簾全都垂下來嚴密遮掩。然後吩咐司機以最高速度直駛重光堂。和塚木捉迷藏佯裝撤走，其實仍然守候在旁邊的朝日新聞四五部汽車司機覘狀，以為一定是汪精衛坐在車子裡，他們加足馬力急起直追。詭計多端的塚木這才坐上他自己的車，好整以暇的也到重光堂去。這時候，汪精衛他們都在北光丸的船艙裡等著，要到第二天早晨，他們才在日軍嚴密保護之下直奔重光堂呢。

由上面的這一段汪精衛祕密抵滬的真實情況，足可證明汪精衛要住法租界，派褚民誼跟法國總領事辦交涉的一段，完全是他作賊心虛，自說自話。妄想表示他到上海之初，還沒有下定決心淌混水當漢奸，事實上他是老早就被東洋人一根繩子拖了走的。

果真如汪精衛自欺欺人之談，他到上海是要住在法租界，相信我們的地下工作人員必定可以將他繩之以法，阻止往後禍國殃民直到抗戰勝利的汪記偽政權出現。我在本文之前早以說過了，民國二十八年夏天是地下工作人員展開鐵血鋤奸，制裁敵偽的最高潮。連名聲響亮，聲勢煊赫的法租界捕房副探長曹炳生，都因為被日方收賣，而在汪精衛到上海的當天，在金神父路雙龍坊他家門口被槍殺。

汪精衛到上海起先住在重光堂。重光堂在上海應該是跟極司非爾路七十六號齊名的地方，不過它的防範更嚴密，知道內幕的人極少而已。重光堂在閘北寶山路北，係日本人六三亭主所築的一座東洋房子，庭園很大，全都日式，還種了一百餘株櫻花。上海人都稱它為六三花園。那裡是日本軍閥侵華主角，特務首腦土肥原的官舍，地點僻靜，在日軍佔領區的核心地帶，周圍好幾百公尺的範圍以內，中國人一律禁止通行。多少年來，重光堂一直是日本在華最隱祕的特務中心。

十二金釵在上海住了不到一個月，深居簡出，天天開會，最後決定了依照「周佛海路線」，也就是說在南京建立偽政權，粉墨登場當漢奸。當漢奸必定要向日本方面辦交涉，於是汪精衛請求到東京。日本方面答應了，派了一架陸軍飛機，由上海大場機場起飛，路過九州灣加油，再飛到橫須賀追濱機場降落。二十八年六月四日黃昏，汪精衛和周佛海便在東京出現。

中央大員來去自如

周佛海、汪精衛的相繼抵滬，住在日本人的特務機關部，與日方接觸頻繁，天天開會，其後又飛赴東京，繼續活動。同時，又利用他們的爪牙，在上海散播謠言，誑稱汪、周的赴日謀和，曾經中央默許，俾求中日戰爭的早日結束。這個彌天大謊，在一時之間還真能夠擾亂視聽，惑人耳目。上海人一向熱烈擁護中央，衷心愛戴蔣委員長，這從嚮應北伐、協助清黨、一二八、八一三抗日諸役中可以很明顯的看得出來。但是，上海人同樣的也由於平時關懷政治動態，相當瞭解中央的政治行情。汪精衛是國民黨的副總裁，周佛海，時正代理位居要津的中央宣傳部長，陳公博是四川省黨部主任委員，梅思平、林柏生、褚民誼等都是中央機構的要人。他們的份量相當之重，其一派隻手遮天的胡言閫語，由於重慶、上海消息阻隔，自難免為一般人士所輕信，或者抱著將信將疑的態度。

這一個混沌的局面如何澄清，如何能使上海人不受汪精衛、周佛海的欺瞞蠱惑，瞭解中央抗戰到底的決心，遂而形成了一個迫切嚴重的問題。我們正在憂心忡忡，忽一日，杜月笙先生設在上海的專用電台，送來一份急電，吩咐我下列六件要事：

一、吳開先先生某月某日搭乘某某號輪船來滬，負有重要使命。

二、抵步時應妥善部署，並負責保護嗣後吳開先先生在滬時期之安全。

三、所有恆社社員，相關同人，從今以後必須服從吳開先先生指揮。

四、同仁所開設之公司行號，茶樓酒館，戲院旅社，得由吳開先先生隨時指定作為交通站、居住地，或祕密聯絡機關之用。

五、應使吳開先先生儘量避免公開露面，由我代負交通聯絡之責。

六、另已有密電分致黃金榮先生、金廷蓀先生。

接到這封密電以後，我就隱隱約約的有點意味到，吳開先先生的這一趟冒險入滬，多一半與汪精衛、周佛海在上海、東京間的活動有關。因為吳開先開先是中央要人，前任上海市黨部主任委員，當時正在軍事委員會第六部擔任要職。

滿心以為吳先生是到上海來匆匆打一轉，任務完畢，立即回重慶去的。由於杜先生的密電條分縷析，指示得非常詳細，而且還在電文之後再三叮嚀，一切謹慎將事，切勿掉以輕心。我覺得自己肩膀上的這副擔子實在太重，也曾有意多找幾位朋友來商量商量，通力合作。但是繼而一想，曉得吳先生要來上海的人一多，就怕萬一風聲走漏。所以我決定一語不發，不在任何人面前提起，到吳先生所乘輪船抵達上海的那一天——如今回想真是十分抱歉，當我們必欲置之於死地的頭號漢奸汪精衛抵滬，佔領了上海的日本皇軍，不但全體出動，宣告戒嚴，還使上了調虎離山、李代桃僵之計，拿汪精衛的表弟與外甥當槍靶，轉移目標，而命汪精衛在船上多住一夜。而我呢，恭侍負有重要使命的中央要人吳開先先生，竟只帶了我的兩名保鑣，出動一批弟兄，沿外灘碼頭到吳先生的住處暗中保護而已。

一葉扁舟衝過封鎖

那是一個月黑風高，伸手不見五指的深夜，我帶兩名保鑣，乘一艘汽艇，準時準刻駛入吳淞口。輕車熟路，很容易找到了停泊江心，準備翌晨入港停泊的洋船。我知道吳開先先生必定已在甲板上守候，船上也有我們的人服侍保護。果然不久便看到了燈光暗號，指明吳開先先生所在的地方，用不著我下一聲令，汽艇自會向那裡駛去。而且，小汽艇剛剛駛到船舷，船上的自家人立刻放下了繫船纜繩和船梯。

汽艇上的探照燈，跟著我的腳尖一步步的往上移，我親自上船迎接吳先生。吳先生正伏在船欄干上，一看見我，便歡聲叫起：

「墨林，你來了！」

然後，扶著吳先生，再由船梯下汽艇。吳先生的行李很簡單，由船上的自家人送了下來。撤梯，解纜，突突突的駛向外灘而去。兩岸黯黯寂寂，吳先生和我在艙中歡聲笑語，就在兩岸上，成千上萬的日本皇軍，和「七十六號」的狗腿子們都在睡夢裡。

汽艇駛到外灘，進入租界地界，我鬆了一口氣。岸上停著我為吳先生預備好的汽車，吳先生約我同赴他的住處。

他那個滬上祕密寓所，也是我預先替他安排好的。當然，我還派得有一隊機智大膽，身手矯健的保鑣，日以繼夜，輪班護衛。由杜公館派出來的保鑣還有一層好處，黃浦灘上各路道的人物誰不認得他們，那會有人在太歲頭上動土？退一萬步說，即使碰到了什麼緊急情況，他們的火力抵得上一支小型部隊，槍法準得儘夠以一當十。還有，不論是在什麼地方遭受狙擊，到處都有自動赴援的自家弟兄趕來助陣，迅速的將吳先生送到安全地帶，再回過頭來聚殲凶頑。與此同時，附近的自家弟兄還在紛紛的趕赴發生槍戰的地點，務使凶徒全部殞命或被擒而後止。換句話說，不論是誰要向杜先生所要保護的人下手，他本人就必死無疑，這就是杜先生一手建立的防衛體系，隨便那個都惹他不起——我所以要寫出這些來，主要的原因是在說明像吳開先先生那麼重要的中央大員，何以能在敵偽環伺，暗探密佈的淪陷區上海，處處化險為夷，一住經年而安然無恙。

一路護送吳先生到他的寓所，豐盛的宵夜早已準備好了，這算是我個人在向他表示由衷的敬意。吳先生命我坐下，和他一道邊吃邊談，我不曾問過他這趟到上海來的任務，吳先生卻坦率無隱的告訴了我。乍聽之下，可真把我嚇了一跳，方才接船時，還以為他所帶的行李很簡單呢，那裡曉得，就在他的身上，就藏有著千百萬斤的份量，勢將有如泰山壓頂般震撼黃浦灘，使黃浦灘上擁護中央，支援抗戰的熱浪，又掀起一個新的高潮。吳開先先生是代表中央，向淪陷區的上海市民殷切慰勉來的。他將以雷霆霹靂，大地驚蟄之勢，正告上海市民一項鐵的事實，中央決心抗戰到底！

傲視敵偽明爭暗鬥

吳開先先生隨身所攜的有蔣委員長致上海巨紳「洽老」虞洽卿等五位先生的親筆函件，行政院孔院長祥熙寫給滬上金融工商界領袖李馥生、秦潤卿等十餘位的致候函，請他們轉告上海市民，抗戰到底是全國同胞的一致願望，國民黨中央的既定決策，無論在任何險惡的情況之下，決不更變。國民黨中央在上海敵偽合污，汪為政權正密鑼緊鼓籌備聲中，派吳開先先生冒險進入上海，正是要他粉碎汪精衛、周佛海之流所散步的謠言，使他們的陰謀詭計無法得逞。當時真聽得我熱血沸騰，幾乎就要忘其所以的雀躍歡呼起來。

可是，緊接下來吳先生又聲色不動的告訴我說，前述種種，只不過是他此行的任務之一。在完成此項任務以後，吳先生還要在虎穴定居，他將留在上海，繼續領導並加強上海的黨務工作。聽到這裡，方才激動的歡欣興奮倏而減退，臉上不由自主的浮現出躊躇不決的神情，被吳先生發現了，他笑著問我：

「墨林，阿有什麼為難？」

我的心事被他一語道破，自己知道隱瞞不住了，只好陪笑的答道：

「沒有。」可是，話說出口，我又決定在吳先生面前應該實話實說，於是我又改口說道：「只不過，起先我以為開公這趟到上海，不過是打一轉，住不了幾天，就要回重慶去的。」

「嗯，我懂得了。」吳先生頻頻頷首的說：「墨林，你是在為我的安全耽心？」

想了想，我終於還是決定直淌直，毫無保留的答道：

「以開老的地位，要長期留在上海，偏偏上海的情勢又越來越複雜。俗話說：『道高一尺，魔高一丈。』我們不怕敵偽多得成千上萬，就唯恐自家萬一有個疏忽，讓敵偽乘虛而入……」

「好了好了，墨林，你不必再往下說。」吳先生像我伸手搖頭，又道：「你的一片心意，我都曉得。不過，上海的情勢越複雜，我就越該在上海留下來，何況我又奉命留在上海加強黨務哩。墨林，這一層道理，即使我不說，你也應該明白。」

當夜談話，到此為止，因為我確已無話可說了。我唯有配合吳開先先生留駐上海的艱危使命，儘量設法協助他達成任務，施汪精衛、周佛海之流的漢奸迎頭痛擊。我除了承吳先生之命奔走聯絡，保護他的安全，還要密切注意大漢奸們的動態，隨時隨刻蒐集情報，做成摘要報告，提供吳先生參考。再替他在黃浦灘上傳達命令，指揮一切。總而言之，在吳先生坐鎮上海那一年多裡，杜月笙先生留在上海所有的關係，所有的力量，都歸於吳開先先生的名下。

愚園路滬西稱歹土

汪精衛那一邊呢？當大小漢奸們在東京見到了平沼首相，板垣陸相和近衛文麿公爵，又拜訪了松岡洋右和日本浪人黑龍會領袖頭山滿。六月底，汪精衛悄悄的又回到了上海。因為日本人還要跟汪精衛繼續從事投降的條件，也就是所謂的日汪密約談判，由日本方面派影佐禎昭當代表，在上海成立一個「梅華堂」，以影佐主持，主要人員有陸軍中佐矢荻以下四人，海軍方面派了須賀少將和扇少佐，這就是所謂的梅機關。日本外務省也派出席興亞院的矢野和清水兩名書記官參加。犬養健則以興亞院囑託的名義，擔任影佐的助手。

「日汪密約」在上海祕密進行談判，汪精衛一行從東京回到上海不久，上海地下工作人員就已經得到了可靠情報，汪精衛他們要從重光堂搬到滬西愚園了路了。「滬西」係指公共租界越界築路的那一帶地方，老上海都稱之為「歹土」，有三不管地帶的意味。不過，上海淪陷以後，日本憲兵便開始在那一帶活動，終於一步一步的成為日軍勢力範圍區。

我對那一帶地方相當的熟悉，譬如，汪精衛他們搬到愚園路一一三六弄以前，先就勒令那一條弄堂裡所有的住戶即刻搬走，又在弄堂設了一個日本憲兵辦事處，專司保鑣之責。弄堂裡有五幢獨立洋房，都小有庭園。其中以汪精衛住的那一幢頂大，那是國民政府前交通部部長王伯群先生的住宅。其餘四幢，住的是周佛海、陳春圃、梅思平和刻在台灣的陶希聖先生。

陶希聖的當頭棒喝

在汪精衛的一行之中，有兩位立場不同，地位特殊的重要人物，一位是刻在台灣的陶希聖先生，一位是旅居美國的高宗武先生。他們兩位根本就不贊成「和平運動」、「組織偽政府」，而且時刻都在諷勸汪精衛夫婦迷途知返，脫離虎口。陶希聖先生曾經在重光堂會談將近結束，「日支新關係調整綱要」亦即「日汪密約」的打字油印本印出來以後，在汪精衛之妻陳璧君跟前指明了說：日方所劃分的五個地帶並未包括外蒙、新疆、西北、西藏和西南，那正是上列五個地帶老早已被蘇俄和中共劃了出去。他說日汪密約就是繼德蘇瓜分波蘭以後，再由日蘇瓜分中國的大陰謀。他認為日汪密約等於是一個侵略大藍圖裡面的小藍圖。大藍圖是德、義、蘇、日瓜分世界，小藍圖是日本把我們的東北、內蒙、華北、華中和華南分做五層，最深的一層是偽滿洲國，第二層是偽蒙疆自治政府、第三層是華北、第四層是華中、第五層是華南。而海南島和台則同被列為日本的軍事基地。

第二天一早，吃過早飯，陳璧君再邀陶先生談話，她跟陶先生說：

「昨天我把你的解釋轉告汪先生，我說得不完全，也不詳細。不過，我一面說，汪先生卻在一面流淚。他聽完之後對我說，日本如能征服中國，就來征服好了。他們征服中國不了，要我簽一個字在他們的計劃上面，這種文件說不上什麼賣國契。中國不是我賣得了的。我若簽字，只不過是我的賣身契吧！」

於是汪精衛、陳璧君兩夫妻私底下商量。汪精衛本來在上海法租界福履理路有一幢房子，他決定搬過去住，同時發表聲明，停止一切活動，然後離開上海到法國。陳璧君因為有一支偽軍葉蓬所部是聽汪精衛指揮的，她主張命葉蓬把部隊開到廣州，在廣州自求生存。她請陶先生跟葉蓬商量，陶先生就到法租界金神父路去看葉蓬，葉蓬表示把偽軍開到廣州去是辦不到的事。第一他的部隊太小不成其為力量。第二，部隊移動必須日方協助。第三，到了廣州依然還是寄人籬下抬不起頭。

以上的這些事情，很快的就給梅機官長影佐禎昭曉得了，他到愚園路求見汪精衛，直接了當問汪精衛可有這些打算？汪精衛說他即將遷往福履路並且發表聲明，停止一切活動。汪精衛說話的時候，影佐便掏出小筆記簿來摘記，到記最後一段話時，兩行眼淚奪眶而出，都落在簿子上。然後他說：

「我協助汪先生遷居，請法租界捕房佈防。並且我立刻回東京，報告近衛公，請求他出面干涉。」

近衛文麿是日本前任首相，在他的任內日本曾經和高宗武先生達成祕密協議，日本在兩年以內撤兵到長城以北，但為共同防共起見，限以內蒙為日軍駐紮區域。汪精衛便是抱著這個幻想逃出重慶來的，不曾想到他剛逃抵河內，不出半個月，近衛內閣垮台，平治騏一繼任日本首相。汪精衛上了東洋人的大當，火中取栗之舉，居然變成「偷雞不著蝕把米」。東洋人的條件越來越苛刻，拖他下水也就越來越急迫。

汪精衛被影佐的眼淚迷惑了，他以為這位原經手人能守大信，很講義氣，衷心同情他面臨進退維谷，身敗名裂的處境，從而又激起了天真的幻想。當影佐知會法捕房，出動了二百名巡捕保護汪精衛搬場，汪精衛便召集幹部，說明他和影佐談話的經過。說到影佐當他的面，眼淚落在筆記本上時，他低聲的說：

「看來影佐還是有誠意。」

陶先生立刻就站起來發言，他問：

「汪先生是不是相信影佐的眼淚？」

他下一句：「那是鱷魚的眼淚。」還不及說出來。眾人即已高聲喊道：

「希聖，你太刻薄了！」

於是，會議到此也就一哄而散。第二天，陳璧君告訴陶先生說：

「影佐動身回東京去了，等他到上海再說。昨天的話暫時擱起。」

漢奸群裡又有內奸

從此陶先生認定汪精衛夫婦已經無可救藥。陶先生自己的處境，實在是非常的危險，所以他開始作出走的打算，派他的學生鞠清遠到香港，和住在香港的陶夫人一商量。陶夫人認為，要使陶先生脫險，第一步必須讓他離開愚園路。而離開愚園路的唯一方法，便是陶夫人帶著五個兒女，冒險入虎穴，搬到上海，免卻敵偽方面的疑心。然後，再以全家住在一處為由，使陶先生自然而然的搬出愚園路來。

這實在是很好的一個計策，只不過，一個弄不好，會連陶夫人和五位男女公子，全都陷身魔窟，很難逃得出來了。

不久，陶夫人一行到了上海，在法租界環龍路租了一幢房子，陶先生也順順當當的搬出愚園路，闔家團圓。

「日汪密約」談判，前後進行了一兩個月。談判期間，日方人員即已牢牢抓住周佛海這一幫人的弱點，急於做漢奸官，巴望偽政府早日開張。同時，利用談判之暇，徵歌逐舞，沉溺酒色。那周佛海是出了名的「無孔不入」，他一見到女人，就彷彿是貓兒見腥，人都會得酥掉的。他因為整天忙於混在脂粉堆裡，又怕太太發覺，所以他自己從不上麻將桌，而他太太每天必定打到深更半夜。漢奸群裡的這幾位色中餓鬼，經常開色情派對，又把幾家長三堂子，逛成了個「貴族屠門」的新名目。甚至於三五成群，參觀妖精打架，捉對肉搏。他們私生活的糜爛，使東洋人都看不順眼，於是每每在雙方爭執的時候，拿這些當殺手鐧，訓得周佛海等面面相覷，啞口無言。有一次，梅機關的理論家矢狄和矢野，便在會議席上，公開揭他們的瘡疤，逼他們非讓步不可，他們振振有詞的說：

「重慶時代，汪先生方面的同志，是拚命做事。而轉移到上海後所集結的同志中，與前者相比，只能說是獵官行動者，也就是說純為做官而來。汪政府和救濟事業不同，民眾的眼睛是雪亮的，他們的批評更是毫不留情，汪派同志正在日本軍保護之下，他們的私生活，我們有權要求其清淨，並且排除享樂。倘若不負擔義務而只享受權利，我們在這方面有責任，因之殊感困惑。諸君應該看看，中國民眾的生活是何等的痛苦？現在使諸軍感到痛苦的是興亞院提出的原案，把汪政府當做了『戰時過渡期處置』的畸形兒。但是，追究其由來，多半在汪派同志的實行力不足，這還不夠使諸君反省嗎？」

斥責教訓，兼而有之，足使周佛海之流羞慚得無地自容。自己被人家捉牢了小辮子，就隨時有吃耳光，挨屁股的可能，其實，對方不過是日本的皇軍中佐（中校）階級而已。周佛海就由於自己有弱點，怕揭穿，自貶身分，俯首貼耳，比隻狗都不如。

此所以，日本人的交涉對象，就漸漸的轉移到周佛海身上，因為他甘於被鞭策，甘於受驅使。影佐的助手犬養健，曾經在戰後發表他的回憶錄《長江還在流著》，他便坦然自承，有一天，影佐跟他說：

「我們在辦理日華交涉之前，必須先辦好日本人對日本人的交涉。以現在的形勢而論，汪精衛對蔣介石、對中國國民，都不能不成為亡國奴了！我要開始我的防衛戰，必以孫子所謂：『知己知彼，百戰百勝』的方式。我的軍旅生涯能由此告終，所以有一件重要事件相委託。請你在每日交涉終止後，回府用過了飯，再到周佛海家，跟他交換意見，看他要怎樣才能妥協？你把結果向我報告，次日我就按照周佛海的妥協意見提出新方案，那麼一切問題必可迎刃而解。」

高宗武覷破了機關

試看梅機關長影佐禎昭的手段有多麼厲害，他抓牢周佛海的弱點，迫使他成為漢奸中的內奸。這也是往後日本人寧願跟周佛海多打交道的原因所在了。犬養健接受影佐的委託以後，開始每天上周佛海的家裡密談，他為便利起見，特地遷往南京路國泰飯店，獲得上海租界的市民權，再用盡方法，從上海工部局領了五個汽車牌照，每一次到周佛海家裡，就把汽車牌照換過一遍，避免我方地下工作人員的注意。同時，他在回憶錄中也寫著，他經常為遭受突擊而緊張，他說：

「這是每晚例行的事，我由南京路西行到靜安寺路盡頭，將入愚園路，汽車行駛需三十分鐘。夜間行車頗靜，我為備突擊，不免緊張。周佛海太太一聞車聲，即到門口相候，我和周佛海夜間折衝，雖感困難，但亦獲得相當效果。」

然而，周佛海的甘為內奸，和犬養健每夜祕密勾結，終於被高宗武先生發覺了。有一天深夜，他和犬養健在回教館洪長興會晤，便假託周佛海透露，當面將這個祕密加以戳穿。以下對話便由犬養健所自承：

「高說：『周佛海告訴我，你每晚跟他辦交涉，以你的努力，使原有的百分之三十提高到百分之五十八，不過還差兩分，仍不能達到不做漢奸的標準。縱然如此，周佛海已經在抱樂觀態度。但是社會輿論是嚴酷的，且已認為他們已經陷入賣國的絕境。我倒希望你能督促周佛海，叫他自重些。』

「我說：『我也常常對周佛海說：你把事情看得太容易了吧。』

「高說：『我看周佛海急於組織政府，反而是你慎重。不過，以中國人的立場看事情，我和陶希聖在會議席上將發表主張。』」

這位和陶先生一致努力，冀能在這一般「亂流」之中挽狂瀾於既倒的高宗武先生，他便是日本犬養毅首相之子犬養鍵的日本東京帝國大學同學，抗戰初期任職外交部亞洲司長，當年只有三十三歲。他是上了周佛海的當，誤上賊船，以為汪周所從事的，和他一貫主張中日和平的夙願不謀而合，甚至於和中央決策也並不違背。這當然是周佛海必欲借重他這位「日本通」，不惜昧著良心說了漫天大謊，誘惑高宗武成為汪周對日交涉的要角。西義顯在他所著的《悲劇的證人》一書中，曾經很肯定的敘述高宗武先生的初衷：

「他要日本放棄其帝國主義政策，以中國為日本對等國家待遇，這是中日和平實現之絕對的條件，亦為其前提。他要日本以事實表示，有實踐此等條件之誠意。」

犬養健在他的回憶錄裡，也記載了他們為和平運動第一次談話時的紀錄，充份證明高宗武先生上了時任代理宣傳部長周佛海的大當。犬養健說他也曾提醒高宗武先生：

「『蔣委員長不動，汪副總裁出面。這樣的和平運動，不會成為反蔣運動嗎？』」

「高說：『當然需要嚴予戒備，不過，據周佛海說：絕對不會有這種事的。』」

於是，犬養毅便不勝欣幸的說：

「和平運動若變成反蔣運動，那就將喪失一切了。」

當時，高宗武先生還曾強調他的立場說：

「我決不做漢奸，我的和平運動界限極其明顯，即做漢奸與不做漢奸的分別。如果是不做漢奸的和平運動，雖極困難，我亦不辭。但若要我做漢奸，我就撤手，雖中途逃脫，被人目為反叛，亦在所不計。因為你是可靠的人，所以先加聲明。」

東京行險些被謀害

高宗武先生劍及履及，實踐諾言，當他發現自己受了周佛海的欺騙，再加上他參加談判，憬覺汪精衛、周佛海所倡呼的「和平救國」，所將簽訂的「日支新關係調整綱要」，實際上就是在將整個國家民族命脈斷送，他當然悲憤交集，痛心疾首。就在汪精衛一行潛抵上海，汪精衛不敢下船，留宿北光丸上的那一夜，高宗武就跟梅機關長影佐禎昭險些發生衝突，他堅欲保持行動自由，不受日方的拘束。在犬養健的《長江還在流著》一書中，對於這一幕，有很生動翔實的描寫，犬養健說：

「在重光堂晚飯後，因為汪氏這晚宿在船上，眾人各自回家，高宗武向周佛海、梅思平等說聲：『少陪』的時候，影佐能聽中國話，便問：

「『高君歸向何處？』

「高說：『回法租界我兄長家中。』

「影佐說：『這不方便，我們都是同志，此刻應該住在一處。』

「高說：『家兄家裡，也有很周密的戒備。』

「影佐說：『今夜還是請在這裡住。』

「高說：『不行，我要回家。』

「影佐便發了脾氣，大聲的說：

「『你是要破壞同志間的團結嗎？周君梅君不都在這裡。啊，大概是你不願意在日租界吧？不過，以汪先生為中心，我們都應該忍耐，徒求一己之清高，那又有什麼價值呢？』

「這時周佛海趕緊的說：

「『高先生還是請回法租界吧。』

「於是，我便和周佛海同送高宗武到門口，宗武氣憤的說：

「『那影佐究竟有何權利？對我這個中國人發脾氣！我為和平運動，不惜以性命相拚，絕不能接受影佐禎昭的命令！』

「言迄，他氣沖沖的上車而去，我（犬養健自稱）感覺這是不祥之兆。」

早在民國二十八年六月四日，汪精衛一行從上海飛往日本，作初步的接洽，同行者有周佛海、梅思平、高宗武、周隆庠和董道寧。到東京後，日方即有趁此機會謀殺高宗武先生的預定計劃。因為，高先生曾阻止日方人員赴河內迎汪，且有洩漏日汪勾結之嫌，此一謀殺計劃幸由犬養健的機敏與仗義執言，方告打消。

實際經過情形是：當汪精衛一行到了東京，日方安排他們住在古河男爵別墅，但卻單單的把高先生摒諸於外，請他獨自一人，住到隅田川西岸林場町的大谷米太郎家中居住。所以，當犬養健前往古河別墅探望時，他發現那裡並沒有分配給高先生的房間。

犬養健大為訝異，他向接待人員探問究竟。據告：那是因為高先生「患有肺病」，為免傳染，特地把他安排到隅田川下榻。犬養健越想越不對，便趕緊前往會見「負責當局」。犬養健說，他抵步時——

「見有五六人正在那裡舉行祕密會議，一見我來，立刻緘口不語。然而眉宇之間，卻仍流露得意亢奮之色，我便問道：

「『可有什麼重大事故？』

「『並沒有什麼重大事故，我們只不過在討論高宗武的氣色而已。』

「『他的氣色很好呀！』

「『聽說他需要長期休息。』」

犬養健仗義救好友

犬養健當然懂得此一回答的弦外之音——高宗武很可能會被他們毫不容情的加以暗殺。事態緊急，間不容髮，他不得不快刀斬亂蔴，直截了當的問：

「昨晚我聽到有人談論，要叫高宗武喪失自由，又有人主張將他毒斃，果真有這樣的事嗎？」

座中有人回答他道：

「是有兩三個人，曾經這樣說過的。」

犬養健登時就板下臉來說：

「這不是好玩的事。退一萬步講，萬一有這種不祥的事件發生，和平運動必將因而宣告破產。我不否認，汪先生的左右，雖然也有對高宗武表示懷疑的，但是我可斷言，萬一高宗武被謀害，那麼，懷疑者立將全部起而擁護高宗武，從心底憎恨我們日本人。而一般中國人尤且較此為甚。尤其全中國人將視日本人比納粹德國更為惡劣，自茲以後，決不可能再有一個中國人贊成汪先生跟日本講和。我只希望你們能為日本人的名譽作想，再加考慮！」

犬養健的這一席話說得義正詞嚴，慷慨激昂，兼以他當時的門第聲響，和所處地位之重要，終於將日人謀殺高宗武先生的陰謀詭計一筆勾銷。次日，犬養健還不放心，他親赴隅田川大谷米太郎家探望高宗武。高宗武一見面便向他道謝。使犬養健胸中瞭然，高宗武先生亦非弱者，他在古河別墅也有其部署。若非如此，他便不會毫無因由的謝他一謝了。

那一次高宗武隨汪精衛去東京，即已心知自己處境的危險，簡直已經到了千鈞一髮的地步。然而，最令他悲憤莫名，困擾不堪的，還在於他將如何脫離虎口，把他忠黨愛國，矢志靡他的心跡表白於天下。因此，他巧妙安排，得個機會，上長崎曉濱村去走了一趟，謁見他的同鄉父執黃群（溯初）。黃溯初是早期留日學生，民初曾任南京臨時參議院議員，係進步黨、研究系的一位要角，跟梁啟超、湯化龍關係很深，曾是梁啟超財政經濟的首席智囊。當袁世凱洪憲稱帝，陰謀竊國，梁啟超搭乘煤船由滬駛港，入越轉桂，與廣西督軍陸榮廷會晤，籌組護軍府、軍務院，大舉討袁。黃溯初便是偕行的六要角之一。抗戰前夕，黃溯初因經商失敗，遯居日本，在長崎從事日本語源研究。他和徬徨歧途，岌岌不可終日的高先生見了面，一席長談，曉得了高先生的內心苦悶，處境艱危，黃溯初不假思索，慨然挺身而出，他要為高先生想個衝出藩籬，保全身家性命的辦法。因此他和高先生約定：高先生先回上海，他緊跟著就來。

高先生果然平安無事，仍然跟隨汪精衛回到上海以後，黃溯初先生旋即翩然抵滬。汪精衛得到了消息，還曾柬邀黃溯初跟他見過了面，一心一意想挽他出山，在即將建立的汪記政府，財政經濟方面「不吝多多指教」。黃溯初則虛與委蛇，跟汪精衛敷衍敷衍，打了幾手太極拳。由於他和高宗武，上海市商會會長徐寄廎，都是浙江永嘉同鄉，他只好去找徐寄廎暗中商量。徐寄廎問明白黃溯初的意思，他想託一位吃得開，兜得轉的大亨，一手包辦高宗武脫險離滬，並且和重慶方面取得聯繫，徐寄廎當下就對他說：

「目前能夠順順當當辦好這兩件事的人，就唯有杜月笙先生了。」

黃溯初雖然去國已久，長住日本，但是杜先生的鼎鼎大名，他也是聽說過的。所以他毫不游移，立刻就請徐寄廎幫忙，跟杜先生接洽，問他可有意思，承攬這件大事？徐寄廎辦事非常機密，他不曾通過我，和杜先生連絡，請剛從香港回到上海的徐采丞先生，再走一趟回頭路，風塵僕僕的重到香港，當面跟杜先生一說。杜先生曉得此事非同小可，便專程飛往重慶，晉謁蔣委員長，得到委員長的指示以後，旋又匆匆返港部署一切，他親自訂定周密的計劃，一份份的密電，再拍回上海來。

高陶事件舉世震驚

從民國二十八年十月初到十一月初，「日汪密約」談判了整整一個半月。汪精衛手下的第一員大將陳公博，經不起汪精衛的再三催促，也從香港抵達上海，由於他的參與談判，使雙方進度為之加速。十二月三十日黃昏，「日汪密約」正式簽字。出席簽字的，偽政權方面有周佛海、梅思平、林柏生和周隆庠。日方則為影佐禎昭、須賀、矢野、犬養健。圖窮匕見，面臨攤牌。黃浦灘上魔影幢幢，刀光霍霍，高陶二位先生，就此危機四伏，朝不保夕了。

當時，我奉到杜先生的命令，護送兩名重要人物，離滬赴港，我既不知道那兩位先生？也不曉得內情究竟是怎麼一回事？我所做的，只不過是預備兩張民國二十九年元月四日，由上海駛香港的「胡佛號」輪船船票，按照杜先生指定的方式，交到這兩位先生的手裡，從接過船票的一剎那起，出動弟兄，保護他們的安全，直到胡佛號離開上海為止。胡佛號上，則杜先生另有安排。所以二十九年元月初轟動世界的高陶攜帶日汪密約脫險抵港事件，最重要的一個階段，擺脫敵偽的嚴密監視，完全是高宗武、陶希聖兩先生，憑他們的機智與勇氣，所獨力完成的。等到他們兩位一腳踏上胡佛號，我的任務即已終了。實際上我只代買了兩張船票，在碼頭上作了一次嚴密的戒備而已。後來，方始由高陶兩位先生告訴我，他們都是用的金蟬脫殼之計，舉重若輕的完成了脫險的第一步。譬如陶希聖先生，他就是在那天早晨，算準了時間，由家裡乘汽車到國泰飯店，叫司機在外面等一等，然後走進前門穿出後門，再僱出租汽車到黃浦灘碼頭，神不知鬼不覺的登上胡佛輪，平安出海。

「日汪密約」原件，是經由高先生的內弟沈惟泰先生，拍成了照片，攜來香港的。但是到高宗武、陶希聖兩先生脫險抵港後，仍還不能公開發表，使世人獲知日本軍閥的猙獰面目，和汪偽政權的賣國罪證。因為，陶先生的一家，包括陶夫人和大小姐琴薰、大公子泰來、三公子恆生四公子晉生和五公子范生，都還留在上海。密約遽然發表以後，她們母子六人必定性命難保，所以必需在密約發表之前，把她們先救出來。然而，元月四日高陶二先生離滬，五日清晨汪精衛他們就算著了消息，當時他們還不知道密約已被攝影帶走，可是已經嚇得魂飛天外，大為驚惶失措。陶先生的寓所，立刻就加派便衣偵探監視封鎖，廚子被調開，傭人不許出門一步，在陶宅四周戒備嚴密，如臨大敵。汪精衛他們分明是在以陶先生的家眷作人質，箝制他不得發表不利於他們的談話，洩露密約的內容。在他們來說，這便是唯一阻止密約外洩的手段，「亡羊補牢，猶未為晚」，事實上他們也不能一錯再錯。在這種情形之下，要想把陶先生的一家大小毫髮無損的救出來，那豈不是比登天更難？

寫到這裡，真不禁為杜月笙、高宗武、陶希聖三先生的從容部署，密切配合深感由衷的敬佩。難怪「日汪密約」公布，高陶脫險的全部故事傳遍世界各國，駐重慶的英國外交官，首先盛讚中國情報工作的巧妙，實已表現國際大間諜的最高技能。往後各國訓練諜報人員，也都以此一事件列為專題研究。

首先是高宗武先生的妙手盜約，由於在「日汪密約」逐日磋商時期，敵偽雙方早已對高陶二先生採取防範措施。雙方指定專人，日方矢荻，汪方梅思平，負責保管文件，而且每次開會都有雙方特務多人嚴密監視，不容有一張小紙片攜出會場之外。所以，參與會議的日酋與群奸，沒有一個人相信密約原件會得外洩的。直到元月二十三日香港大公報發表「日汪密約」，日酋群奸當時在青島舉行分贓會議，犬養健、矢野、清水、扇、和朝日新聞記者神尾茂，正在青島市郊海光寺餐廳午餐。周佛海先通電話旋即趕到，他一見那幫日本人就說：

「我對不住你們！」

當場便放聲大哭，矢野拿起大公報略略一閱，還很自信的說：

「這不是真正的全文，不過是他們每天根據會議情形，回家去寫下來的。我們何妨公佈其真相，有以對抗！周君，你只是哭，豈不等於自己承認失敗了。」

三連環的脫險妙計

由於磋商密約當時，戒備無懈可擊，方使矢野在密約公開以後，都還以為是高陶二先生憑記憶所筆記。在他們看來，負責保管密約原件的只有兩個，一個是梅機關的第二號人物矢荻中佐，絕對不會有問題，一個是周佛海派的第二號頭目梅思平。梅思平跟周佛海一樣，澈頭澈尾的一心要當大漢奸，他們對日本人一面倒，唯命是從，一切決無異議。而且他還是汪偽政權中最機警權變，精明幹練的一員，他的才幹和歷練汪記集團無人可及。梅思平行事有派頭，說話極得體。曾有一次，由「周派」更上層樓，跳槽「公館派」的李士群，時正一手掌握軍政大權，很想施梅思平以致命打擊，特地在汪精衛跟前，報告梅思平經辦的某一件事，已經引起外間輿論的非議。梅思平本人也在座，像這樣不提其名的當面指控，手條子是相當毒辣的，因為控方和被指控都在，汪精衛就不能不裁定是非，當場攤牌。所以汪精衛聽後只好一個熱馬鈴薯拋給梅思平去，轉過臉來問他道：

「你看這件事怎麼辦呢？」

任何人碰到這種場面，不是抗聲答辯，便是俯首認罪，兩者俱將導致不利於己身的後果。唯獨梅思平，他能若無其事的答一句：

「請先生以不變應萬變。」

「以不變應萬變」，恰是汪精衛不久以前所發表的一篇文章裡的得意警句。當下聽了，汪精衛竟是連連的點頭，一場劍拔弩張的風波，被梅思平輕易的渡過。連李士群也唯有在事後語人：

「那梅思平果然厲害，我說了十句八句，也敵不過他一句哩。」

像這樣精明厲害的角色，也只有時年三十三的高宗武先生才鬥得過他，把他奉命保管的日汪密約，一頁頁的拍成照片。

前文說過，因為陶希聖先生一家六口陷身虎穴，「日汪密約」遲遲未能發表，必須等到陶夫人她們脫離了龍潭虎穴，方克功德圓滿，漂漂亮亮的打這一次大勝仗。照說，在敵偽嚴密監視之下，把陶夫人母子六位救出，實在是難於上青天。然而，杜先生卻自有他三連環的錦囊妙計，陶夫人尤其有膽有識，智勇兼備，她打電話到愚園路，跟陳璧君直接通話，要求見一次面。陳璧君答應了，她便如時前往，和陳璧君侃侃而談，她說她平時只顧家務，不懂政治，對於陶先生的事向不過問。又否認陶先生起先有離開上海的打算，理由是陶先生果真要離開上海，為什麼會在兩個星期以前，把她們大小六口從香港接了來？當陳璧君擔憂的說：

「香港是是非之地，他這一去，難免不說話。等到他一篇文字發表，那就遲了。」

陶夫人立刻因風煽火的答道：

「我相信他不會輕易發表什麼的。我決定自己到香港去，連勸帶拉，要他回上海。」

果然陳璧君當面就推托了，她說：

「這要看汪先生的意思。」

陶夫人便似有意若無意的說：

「我這趟到香港，只帶兩個小的孩子去。留下三個大的，免得耽誤他們的功課。」

陳璧君何等機伶，她一聽就懂得，陶夫人是自願留下三個孩子，充作人質。自古有道是：「虎毒不食子」，普天之下沒有做娘的割捨兒女，自家去逃生的道理。陳璧君居然中計了，陶先生的六口家眷，放三個走，留下三個，陶先生陶夫人決不能捨下孩子不要。那麼，陶先生多半會跟陶夫人一道回來，偽政權尚未開鑼之前的一大危機，說不定將會順利解決。因此，她請陶夫人坐一坐，自己起身上樓，過了一歇，她和汪精衛一齊下樓進了客廳。

陳璧君吃了洗腳水

見過了禮，重新落座，陶夫人便向汪精衛再度提出她的要求，汪精衛起先還不肯答應，雙方正在討論——我們那邊卻算準了時間，一封急件送到汪公館。內定偽宣傳部部長林柏生拆開了一看，大吃一驚，立刻跑進客廳交給汪精衛。

汪精衛接過信來，一瞥之下，頓時臉色大變，他把信遞到陶夫人手上，說：

「請妳看看。」

陶夫人故意的搖了搖頭說：

「我不識字，看不來信的。」

汪精衛點點頭，頓時就改了口說：

「好的，妳帶兩個孩子，到香港去走一趟。見到了陶先生，妳跟他講，只要他回上海，任何條件都可以辦到。還有，請妳在一個星期之內，給我一個確定的回信。」

陶夫人如願以償，大喜過望。他當天就買好船票，帶著最小的兩位公子：晉生和范生，乘法國郵輪赴香港。三連環的錦囊妙計已經有兩條奏效，八個人之中救出來了五個。

——汪精衛在會晤陶夫人時所接到的那封信，設計之巧，安排之妙，令人拍案叫絕。原來，那是陶先生的一封親筆函，請汪精衛保障他留滬家屬的安全，倘若敵偽方面膽敢陷害他的家屬，那麼陶先生就唯有走極端。汪精衛頂怕的就是這一著，「日汪密約」公布與否這張王牌，始終還是捏在高陶兩位先生手裡的啊。

三連環的錦囊妙計用到最後一計，香港那邊比較輕易，上海這頭可就要費點手腳了。杜先生給我來了一個電報，盡速設法營救陶先生的三位男女公子離滬赴港。陶先生派了一位曾資生先生到上海，和我聯絡，如何將三個孩子救出虎口。

我先打聽汪精衛方面的動靜，獲得確悉，汪精衛、周佛海已經離開上海去青島。事後方知，汪精衛一行離滬之前，陳璧君收到陶夫人的一個電報：「希望即可偕返上海。」他算是吃下一劑定心丸，就此和周佛海北上。當時，在淪陷區裡，早由土肥原一手包辦，成立了兩個偽組織，北平有王克敏的華北臨時政府，南京有維新政府梁鴻志。汪精衛不甘寂寞軋一腳，日方乃在青島召集三方面開會，協調「統一」，所以汪周是到青島出席很重要的群奸分贓會議的。

汪精衛周佛海一走，上海的大小漢奸鬆了口氣，乏人監管，自然鬆懈，正是展開行動的大好良機。我坐了汽車，親自到環龍路陶公館附近一帶查勘，發現陶公館門前正在修馬路，壓路車機聲隆隆，日夜不休，驀的想出了一條計來。

再打聽清楚了陶先生在上海有妹夫一家，住在滬西開設煤鋪，是三個孩子的姑父姑母，心中想起的這一條計就更有把握。我定好一條義大利郵輪的一個房艙，買好四張票，然後把曾先生請來，兩個人咬次耳朵，我告訴他如此這般行事。

曾先生立刻就跟陶大小姐通電話，叮嚀她如何按部就班，從容出走。陶小姐又跟她的兩位弟弟密議一番，事畢，泰生和恆生兩位公子聲聲的說外面壓路機太吵，無法做功課也睡不著覺。陶小姐被他們吵得「沒法」，便跟監視人員講明了，把她兩個弟弟送到滬西姑母家住一天，明日由姑丈姑母派人送他們上學。監視人員聽她說她把弟弟送去就回來，當夜由她看家，果然不疑有他，命司機開車子到滬西兜一轉。陶小姐絕不耽擱，交代清楚立即原車回到陶公館。

一夕平安無事的渡過，次日一早，我調集一批弟兄暗藏槍械，化裝為各色人等。再叫祥生汽車公司準備三部出租汽車，一部由我用，兩部停在杜月笙先生的杜美路公館圍牆外，一爿煤球工廠的前後出口，司機一律用我們自己帶槍的弟兄。我們當日出動的弟兄分成三批，二十個人在十六舖碼頭，二十個人在煤球工廠。我那部出租汽車上，有兩名槍法最好的保鏢。

陶氏三姊弟突圍記

我當時的盤算是這樣的，那天一大清早，我便帶兩名保鏢，叫司機把車子開到霞飛路西段陶小姐學校的後門口，等陶小姐由汪精衛派的監視人員護送她上了學，她會按照曾先生昨天所傳的話，不進課堂，學陶先生的樣，走進大門穿出後門，坐到我等好了的車上，飛車疾駛。萬一被汪精衛的人發覺，我們就一路且戰且走，直駛杜美路，那邊我埋伏好了二十名槍手在等他們，不難一舉解決。然後，再去滬西接陶泰來和陶恆生。「七十六號」縱使聞訊急起大隊來追，他們決不會想到我們突然來個向後轉，不去碼頭而去滬西。

接到了陶小姐果然平安無事，我們便直趨滬西，接陶泰來與陶恆生，再度前往十六舖碼頭並不彎路的杜美路煤球廠。倘若有追兵，我們就藉煤球廠的煙霧騰騰，近在咫尺，不辨面目，用二十名槍手擋住追兵，不許越雷池一步。前門進後門出，後門進前門出，反正兩頭都備得有接應的車輛，儘可保著三個孩子換車上碼頭。如果根本無人察覺；我決定也在煤球廠換車，三個孩子一人一部。至於為什麼要「多此一舉」？攤開來說：無非防個萬一，我不能讓三個孩子一齊犧牲於亂槍之下。換言之，也就是逃得出一個是一個。

托天之幸，杜美路換車也能過關的話，那就三部車各載一個孩子，直奔十六舖。碼頭附近，也有二十名槍手隨時備戰，擋住追兵。然後，三個孩子分乘三隻舢板，各有三名保鑣，獲送上義大利郵船。

那一天行事順利已極，我假想中的四處槍戰全都沒有發生。陶氏三姊弟，真是有其父必有其子，一個個都那麼沉著鎮靜，匕鬯不驚，就這麼一路無阻的衝出天羅地網，逃到了駛往香港闔家團圓的郵船上。最後的囑咐，是上船以後人各一處，相互裝做不認識。不論發生任何情況，也不能將內心的感受，流露於神色之間。

義大利郵船啟碇了，我和我的兄弟們長長的吁了一口氣，肩上的千斤重擔，暫且卸下。

元月二十日，陶家三姊弟歡天喜地的到達香港，元月二十一日，日汪密約正式發表。中央通訊社社長蕭同滋先生，親自從重慶飛到香港主持發稿事宜。

密約發表，舉世震驚，成為抗戰時期轟動一時，影響廣遠的重大事件。汪周兩派人物的懊喪，日本政府的尷尬，自屬不難想像。「日汪密約」原本是東洋人吃牢汪精衛簽訂的，其中最大陰謀，便在於將基本和約與戰時協定混而為一，所以「條件」會得那麼苛刻。等到我方把「密約」發表以後，東洋人飽受國際輿論的抨擊，他們迫不得已，只好照汪精衛他們起先的意見，把基本和約跟戰時協定分分開。汪精衛賣國，總算挽回了不少利權來，淪陷區的同胞，因此不知少吃了多少苦頭！

民國二十九年元月二十三日，蔣委員長為揭佈「日汪密約」發表告友邦人士書，正告友邦：「中日新關係調整綱領」之日汪協定，將根本取銷各國在東亞之地位。美英法等國立起的響應，紛紛發表聲明：決維護九國公約，否認汪偽政權。尤其抽調部隊，增強遠東地區防務。美國且兩度貸我美金四千萬元，開始支持我國對日戰爭。算算收穫，著實不小。

不過，在私人方面，高宗武先生英年有為，不愧浙中健者，但是他卻自此絕跡政壇，飄然去了美國。陶希聖先生在香港住了將近兩年，太平洋戰爭爆發，香港陷於日軍之手，指名逮捕，遍市大索，經歷了不少的艱難危險，方始全家突圍而出，輾轉而到重慶，繼續在中央供職。

杜月笙先生也為高陶事件付出相當的代價，首先是他僕僕風塵，兩度飛渝洽商。第一趟由重慶飛香港時，座機猝遇日本飛機襲擊，機槍猛射，險象環生，幸虧駕駛員鎮定異常，技術高超，他使飛機攀高到八千公尺，方始逃過了這一關。然而高空氣候驟降，杜先生就此得了嚴重的氣喘病，痼疾纏身，直到他病逝之時為止，那份病苦之罪，真是很不好受。

李士群到香港刺杜

其次是經此事件後，汪精衛把杜先生恨之入骨，他口口聲聲的說：

「我跟他有什麼難過，他竟這麼樣來對付我！」

他曾交代周佛海，叫「七十六號」的第二號頭目，「狠客」李士群，專程赴港，指揮所部暗殺杜先生，叵耐李士群再狠，終究鬥不過安居香港堅尼地台，冠蓋畢集，勝友如雲的杜先生。幾次三番下手都不得其門而入，終於廢然而返黃浦灘。

第三是汪精衛、周佛海一計不成，再生一計。賄買香港差館還曾一度派人上杜公館搜查，使杜先生相當光火。

故行政院長俞鴻鈞，抗戰以前當過上海市長，當時他正以中央信託局局長的身分留港公幹，聞訊即以國民政府非正式代表之名，向香港總督提出備忘錄。說明杜先生時任行政院賑濟委員會常務委員、中國紅十字會副會長、交通銀行常務董事、中國通商銀行董事長，分明是中國政府高級官員，享譽國內外的社會領袖，據而指斥香港警察的非法、無禮舉動，香港總督接到俞鴻鈞的備忘錄後，立刻表示道歉，並且保證今後不致再有類似情事發生。汪精衛的人又落個沒趣而回。

至於奉命跑腿，出點微力，在高陶事件中卑不足道的區區在下我哩，承蒙陶希聖先生在他的一篇文章裡面提起過，使我得著莫大的光榮。尤其他還情詞肫摯，令我極為感動得這樣寫著：

「……當然，我更關心萬墨林先生在上海的情況。二十九年十一月三十一日，他在大馬路金山飯店門口被捕，他被帶到四馬路捕房，虹口日本憲兵隊，極司非爾路七十六號。他被灌開水，上老虎櫈，受盡各種殘酷的刑訊。他始終不肯供出蔣伯誠以及其他地下工作同志的住址和姓名。」

「墨林的腦子裡，記住很多朋友的住址和電話，他是地下抗戰工作者的總交通。若是他放鬆一句話，不知有多少同志被捕。」

陶希聖先生又說：

「當時，杜月笙先生著人帶口信，給『七十六號』一班人，說了這樣的三條：

「一、我們總有一天要見面，你們應該留下見面之情。

「二、你們要幹，大家幹！

「三、銅鈿麼，好講。

「這三條果然有效，墨林的朋友們花了法幣十六萬，以後墨林便免於拷打。最後由金鼎勛奔走說項，交五十三家商店聯保，才獲保釋。

「這是他第一次被捕，第二次是在三十一年之冬。當時，蔣伯誠先生在上海中了風，住在福履理路。伯誠的太太首先被捕，墨林和曹俊、王先青等十幾位同志同時被捕。墨林被帶到貝當路日本憲兵隊。因為他患慢性腹膜炎，轉大西路宏恩醫院，再轉西蒲石路，與伯誠們住在一起，便於養病，經過了六個月，才被釋放。」

陶先生的溢美之詞，我真是感激之至。不過，我在上海為地下工作人員跑腿，隨時都有被捉殺頭的可能，我的兩度牢獄之災，並不一定就是為了高、陶二位先生的事件所引起。而且彼此都為國家民族，引頸一快，死而無憾。時在美國的高宗武先生，刻在台灣的陶希聖先生，和他的公子千金，對我來說，只有讓我分享一點點光榮的大德，絕對沒有欠我的情。我的兩度被捕跟高陶事件稍有關聯的，充其量，不過敵偽雙方早曉得我沾過「高陶事件」一些些光，想起當年他們自己的狼狽情景，在修理我的時候，手腳來得重一點罷了。

第二部　汪偽政府內幕

松崗洋右登台亮相

二次大戰前後，上海被稱為東方的卡薩布蘭卡，全球各地的冒險分子，投機人物，國際間諜，政客策士，不約而同的到這十里洋場，黃浦灘上來集中。爭權奪利，成群結黨，勾心鬥角，狼狽為奸，把大上海鬧成一個腥風血雨，烏煙瘴氣的罪惡世界，名符其實成為冒險家的樂園。在黃浦灘上進行的掠奪競爭，連台醜聞，最多姿多彩，最影響世局的，當莫過於汪精衛、周佛海背叛黨國，出賣國家民族，而以上海為中心，勾結日本軍閥組織汪偽政權了。汪偽政權的成立，以及它的滔天罪刑，筆者在中外雜誌第十二卷第二期，和第三期上，已經以「群魔亂舞」、「高陶事件幕後」的篇名，寫過了汪精衛、周佛海秘密抵滬，與日方洽訂賣國條約，以及高宗武、陶希聖兩先生攜帶密約抵港，公開發表，引起世界各國一致震驚，掀起軒然大波的經過。因此，近時以來，便經常有朋友、讀者，要求我乘此機會，把汪精衛、周佛海叛國降敵的全盤經過，因由結局，毫不保留的和盤托出，也好使這一樁三十多年前轟動全球，中國歷史上最大的一宗賣國罪刑，赤裸裸的呈現在讀者面前，讓中外雜誌的高明讀者，都能揭開這宗驚人巨案的謎底，豈不是很有意義，很有價值的一件是嗎？

我自己也認為這個說法非常之對，因此，就從這一期的中外雜誌開始，我也來以絕對客觀，保證事實的立場，再寫汪精衛偽政權。

然而，要寫汪精衛偽政權的前因後果，就不能不寫汪精衛叛國降敵以前，中日之間私底下秘密進行的「和平運動」，同時也需由中日雙方的兩位主角，高宗武先生和西義顯寫起。

西義顯是日本前軍訓總監，陸軍大將西義一的胞弟，在抗戰以前，只當作南滿鐵路駐京辦事處主任，通過外交部次長唐有壬的介紹，認識了高宗武。戰前的日本憲法，把國務權交給內閣，軍令權則由參謀本部和海軍軍令部執掌。換句話說，日本軍部想打仗，根本就無須買內閣的帳，這才有人稱他們為雙重的政府。往往軍部侵略，內閣謀和，形成極矛盾的現象。西義顯這位東洋朋友很有眼光，也很有正義感，他對日本皇軍在上海南京的殘暴屠殺，非常憤慨，所以他是真心真意謀求中日兩國和平的，他認為中日衝突應該緩和，有以減少雙方的損失。所以七七事變爆發，平津迅即淪陷，西義顯就跟高宗武有過聯絡，他自告奮勇跑一趟大連，求見滿鐵總裁松崗洋右，想利用他的力量，策動日本首相近衛文麿，中止戰火，挽救亞洲危機，也是想用日本內閣的力量，箝制軍部，中止對華侵略。

民國二十六年八月九日午後，西義顯到達大連，立即乘快車趕赴瀋陽。當夜十二點鐘，他住進了松崗洋右寓所所在之地，瀋陽大和飯店。翌日一早，他晉謁松崗洋右，松崗默默聽完他的建議，兜頭潑他一盆冷水說：

「你真多事！」

不過，這位後來出任日本戰時外相的滿鐵總裁，聽說西義顯跟我國外交部亞洲司司長，三十二歲的高宗武，具有一致的中日和平見解時，他又語氣改為緩和的加以解釋，他說當時中日戰火已起，無可挽回，接下去他又一聲長嘆的道：

「唉！事到如今，實在是中日兩國的宿命所定。不過，將來也許會有機會促使兩國恢復和平。你能夠獲得中國人的信任，很不容易，以後你不妨伺機行事，我准許你任意選擇居住地，暫時不管滿鐵的事務，專心一志的進行和平運動。」

說罷，松崗給了西義顯一筆錢，這筆錢數目相當的大，然後又寫了一封長信，叫他先到東京晉謁近衛文麿。然而，西義顯見到近衛的時候，八三一上海之戰早已打的如火如荼，西義顯的謀和計畫，也就不能不暫且擱置。

西義顯從東京鎩羽而歸，他回到上海，住在大馬路皇宮大飯店，到了二十七年一月十四日，上海、南京俱已失陷，日本軍部委託德國駐華大使陶德曼調停中日之戰，已因日方條件過於苛刻，而被我國斷然拒絕，西義顯然的和平幻想似已破滅。可是，忽又呈現柳暗花明，峰迴路轉的幻影。有一天，我國外交部亞洲司第一科科長董道寧，突如其來的出現在西義顯的房間。

周佛海在幕後策動

董道寧，浙江寧波人，自小在日本橫濱長大，又在東京讀中學，名古屋讀高等學校，到京都讀到大學畢業，不用說，他的日文很好。董道寧比高宗武大十歲左右，因為高宗武肺病未癒，身體孱弱，常請病假。他請假時，董道寧便以第一科科長代行司長職權。其實，董道寧和高宗武的關係並不夠，他是繼楊雲竹之後，出任我國駐日大使館參事，後來又在考試院任職，再調到外交部去的。在外交部亞洲司裡，他可以算是個孤立分子。所以西義顯也曾說過：董道寧的好朋友不在外交部，而在滿鐵公所，也就是他主持的滿鐵南京辦事處。

西義顯一見董道寧，頗出意外，同時也驚喜交集，他殷勤招待，開門見山的說：「以你閣下的身分，以時此地在上海出現，實在是意義重大，非同小可。」

董道寧起先還掩飾的說：「我對於世事，實已厭棄。聽說你在上海，所以來找你聊聊天。」

西義顯便再點破了題說：「你所說的，我只承認一半。那另一半呢，多半是你為陶德曼交涉的讓步而來。」

既然說穿，董道寧便直淌直的說了實話：「不錯，這是事實。我向來被人家認作『日華人』，如今大局如此，除開希望陶德曼交涉成立以外，世事也就無可為了。不瞞你說，我曾驚見過川越大使，努力促成交涉，但卻毫無結果。」

於是，西義顯石破天驚的說：「既然你已經到了上海，何不趁此機會，到東京去走一趟呢？」

說得董道寧一呆，驚異的問：「什麼？你叫我到東京去？」

西義顯便侃侃然的下說詞道：

「你閣下以交戰國外交官的身分，既以秘密來到上海，會見了敵國的大使。那麼，百尺竿頭，更進一步，為什麼不可以直接到東京去，設法說服敵國政府，義理相同，效果則更大。假設你肯走這一趟的話，對於你的行動保密，我願意負絕對責任。其實到東京跟你在上海，前者還更容易保密些。」

董道寧有點動心了，他猶豫不決的說：

「這……叫我怎麼去法呢？」

西義顯便妥為策劃的說：

「如果你閣下有此決心，我就先去東京，遊說日本首要，為你先容，你在以個人名義前往。由於你是中國外交部亞洲司第一科科長，東京方面一定會很感激。你這趟的東京行，並不是去辦交涉，而是以中國民族的誠意，去打破日本民族的頑固，使民族與民族血脈相通。今日亞洲的悲劇，係因中日兩民族缺乏互信而起，你到東京適足以表示中國人信任日本人，這是建立信用的第一步。中日兩民族能夠互信，自能產生共感，亞洲社會才能步上逐步完成之路！」

董道寧終於被西義顯說服了，決心跑一趟東京。他並且向西義顯透露，他這次到上海會見日本大使川越茂，是奉了高宗武之命，其實呢，這又是周佛海的一次大騙局，他耍了一手瞞天過海的把戲。高宗武後來說過的，國民政府遷往漢口時，周佛海以汪精衛為中心，聚集一些意志不堅定的低調同志，從事他們所謂的「和平工作」。董道寧在我國嚴峻拒絕德國大使陶德曼的斡旋以後，置國家民族立場於不顧，潛往上海會晤日本大使川越茂，「要求」日本將條件放寬，正是由周佛海所指使，高宗武不過「參與機密」而已。

影佐禎昭決心要幹

西義顯和董道寧計議既定，立即著手進行。然而，不曾想到，兩天以後，給他們兩個來了一記晴天霹靂。抗戰爆發，蔣委員長號召全國軍民，決心抵抗到底，爭取最後勝利，日本數度謀和不成，老羞成怒，在民國二十七年（一九三八）一月十六日悍然發表聲明：今後不以國民政府為交涉對手，期待新傀儡組織成立，與其調整關係。於是，董道寧赴日謀和與日本政府聲明兩者一相加，使得汪精衛、周佛海的賣國降敵之舉更趨積極。

當時，西義顯本人猶仍認為「和平之門」並未關閉，因此一切仍照原訂計畫進行。一月十九日，他搭乘「中日聯絡船」，從上海到長崎。他的如意算盤是自日本軍閥內部入手，轉變日本對華的錯誤政策，促使中日停戰，恢復和平。所以，他自長崎抵橫濱後，立即往訪參謀本部第八課長影佐禎昭。

民國二十四、五年間，影佐禎昭曾任日本駐華副武官，武官則是太平洋戰爭爆發後出任日本香港總督的磯谷廉介。磯谷對蔣委員長極為欽佩，影佐則是對華強硬派的主要人物，正副武官之間主張截然相反。不過，後來影佐受到參謀本部中心人物作戰部長石原莞爾的影響，漸漸的從強硬派變成理性派，認為唯有援助中國民族主義的完成，使為日本國防的第一義。因此，七七事變後，石原莞爾便將他從仙台聯隊調到東京參謀本部，先任支拿課長，後任第八課長的。日本參謀本部第八課的職掌，即在於處理中日問題，使中日之戰迅獲解決。

影佐禎昭是汪偽政權成立的幕後頭號人物，八年抗戰勝利，他更是我國要求盟軍總部引渡的第一名戰犯，他在從仙台赴東京途中，曾經和西義顯同船，他向西義顯表白過自己對華態度的全盤轉變，這才使西義顯決定先走影昭的這一條路線。

在日本橫濱會晤，影佐禎昭的家裡，一間樸素的客廳，西義顯和影佐相對而坐，西義顯先問：

「影佐君，你知道董道寧這個人嗎？」

「不知道。」

西義顯便單刀直入的說：

「現在『漢口政府』內部產生了第三勢力，很想做『日華和平』的媒介。董道寧是第三勢力的代表，他已經到達上海，正想到東京來。」

這個「消息」實在來得太突兀了，影佐不敢置信，他疑惑不定的問：

「你莫非是在說夢話吧？真有什麼第三勢力，真有董道寧這個人嗎？」

西義顯言之鑿鑿，並且用上了激將法說：

「我在上海已經跟董道寧見過了面，他本想和我一道來的，就怕東京方面不夠瞭解，所以由我先來為之先容。這是目前促進『日華和平』唯一的線索，如果你不能抓住，那麼，影佐禎昭也就沒有生存的意義了。你能夠下定決心幹嗎？」

影佐禎昭卻試探的再問一句：

「這個人真能來嗎？」

西義顯斬釘截鐵的答道：

「他一定來。」

影佐禎昭矍然而起的說：

「好，我一定幹！」

獲得影佐肯定的答覆，西義顯欣然辭出，他到熱海旅社訪晤伊藤芳男，請他立刻到上海去，用最機密的方式，把董道寧迎往日本。伊藤抵滬後，由於董道寧此行必須嚴予保密，假使正式通過日本官方，董道寧可能會被日本當局扣押。因此，他在上海一住半個多月，千方百計，想盡辦法，方使董道寧逃過上海——長崎間日本水上警察的查詢，二月十五日，悄悄的偷渡到長崎。

大二三郎開始搭線

二月十七日，董道寧由伊藤芳男護送到橫濱，一下火車，便進旅館，使影佐禎昭為之驚喜交集。當時，西義顯扁桃腺發炎，他到大磯去養病，董道寧即由影佐和伊藤負責接待，他在橫濱住了半個月，與影佐禎昭頻頻密議，最後，則由影佐禎昭以影佐大佐（上校）的署名，寫了一封信，交給董道寧帶回漢口去，這封信是這樣寫的：

「中日兩民族不幸交戰，致有帝國政府一月十六日帝國政府聲明之結果，東洋命運，將瀕窮途末路，為打開僵局，冀望貴國能有偉大人物如王倫者出現，有以化除敝國朝野之誤解，現董君道寧來日，親身傳達貴國之誠意，使我當道大為感動。至盼有人繼之而起，啟我之蒙，俾貴國之誠意與敝國之感動得以相互交流。……」

明眼人一望可知，這封信通篇廢話，毫無意義。信末不列官銜，不具全名，不倫不類的自署「影佐大佐」，令人無法揣測他是什麼用意？尤其信上用了「偉大人物」王倫，那王倫是個「狎邪小人，市井無賴」，他家貧無行。屢次犯法，都倖免治罪，金人入侵，宋欽宗逃到汴京（今之開封）宣德門，兵荒馬亂之中，王倫自薦其才，欽宗立刻受他兵部侍郎。那王倫挾持數名惡少，傳旨制止騷亂，使汴京暫時安定，宋高宗時他奉旨使金，金人要他作漢奸官，王倫不幹，因而被迫死離。影佐用上王倫的故事，稱他為「偉大的人物」，對於汪精衛、周佛海跟他們的同路人來說，真不知是挖苦，還是詛咒？

然而，董道寧卻興沖沖的，懷著這封嬉笑怒罵兼有之的信，遄返國內。他由西義顯和伊藤芳男陪同，自橫濱登車，轉長崎，大連。火車升火待發，影佐趕來送行，算是虛應一番故事。三月七日，一行三人在神戶上船，在駛赴大連的途中，兩個日本人，一個「日華人」居然結拜起弟兄來了，「大郎」西義顯，「二郎」董道寧，「三郎」伊藤芳男。而且從此以後，他們便大郎、二郎、三郎的這樣相稱呼了。

大二三郎到達大連，會見了松崗洋右，作了一次長談。然後西義顯回到東京，董道寧和伊藤去香港。與此同時，汪精衛和周佛海因為董道寧一到上海即無下文，派高宗武到上海查問一下。高宗武到上海後找不到董道寧，卻遇見了日本朋友松本重治。松本名義上是日本官辦同盟通訊社的上海支局兼華中、華南總局長，號稱民間大使，實則他是日本政壇新興勢力近衛文麿的智囊團之一，等於近衛文麿首相私人駐華代表，搞中日「和平運動」，他是日本方面的重要人物，其後因為他實在忙不過來，方才命犬養健代理。

松本重治告訴高宗武，董道寧已經到東京去了，倒是把高宗武嚇了一跳。他要回漢口必須過香港，而松本居然願意抽空伴他同行，可見得這就是日方的早有安排，因為，高宗武和松本重治相偕抵港前，伊藤和董道寧先已在香港淺水灣酒家候駕，而三月二十六日，西義顯也從日本「湊巧」到香港來了。於是，三月二十七日遂在淺水灣酒家舉行五人會議。會中，日本人又戲稱「四郎」高宗武，「五郎」松本重治。

會後分道揚鑣，兩地搭線，高宗武、董道寧回漢口，伊藤芳男返東京，松本重治有他自家的事逕赴上海，只留下西義顯在香港，負責居中策應，靜待「和平綸音」。

董道寧揣著那封日本參謀本部第八課課長的信回到漢口，自以為建立了「和平殊勳」，影佐禎昭的一封信有如「奇貨之可居」，他逐日請謁蔣委員長，蔣委員長嚴峻拒絕之外，再下一張條子，將董道寧免職。

高宗武啞巴吃黃連

做賊心虛，董道寧便去向汪精衛、周佛海乞援。汪精衛時任國民黨副總裁，他立刻接見他當大漢奸的牽現人董道寧，和他接席長談，至為親暱，並且對他冒險赴日，搭上了線，備予嘉勉。據說：汪精衛曾以「極強烈的言詞；奬勵董道寧的賣國行動」。周佛海則耍了一個大噱頭，他收下影佐禎昭的那一封信，然後，他編一套謊話，把高宗武害的直到如今都「啞巴吃黃連，有苦說不出」。

上了汪周二奸大當的高宗武和董道寧，四月十六日又到香港，由高宗武出現，向日方提出了下列的條件——高宗武在他和西義顯單獨晤談時，背誦一遍周佛海刻意揣摩的中日「和平」要點：

一、中國認定日本侵華之真正意圖，在於下列兩點：

1對俄關係之安全保障。

2對華經濟發展及依存之確保。

二、東北四省（遼寧、吉林、黑龍江、熱河）以及內蒙古，可以留待來日進行協議。

三、河北與察哈爾必須絕對的交還中國。

四、長城以南，中國領土主之確立，與行政之完整，日本必須予尊重。

當時，無論高宗武、董道寧和西義顯，都誤信上列條件釋出自蔣委員長的授意，而由周佛海轉達高宗武，命高宗武向日方提出的。一方面，兩國交兵，遣使議和，這是何等的大事，有誰想得到會有汪精衛、周佛海賣國求榮者流，在這種軍國大計上要噱頭？另一方面也由於汪精衛是國民黨的副總裁，周佛海身兼侍從室副主任，中央宣傳部代部長兩要職，他所說的話，在當年確有一言九鼎的份量。難怪高宗武、董道寧要被他騙得死脫，西義顯也一路相信到底了。只有日本民黨領袖，故首相犬養毅的兒子犬養健，因為父子兩代，都跟我國政要交往密切，淵源甚深，對於我國政情有相當的瞭解，所以他才會有所懷疑，而在往後高宗武去日本的時候，旁敲側擊的問過他說：

「蔣先生周圍的人，譬如說陳布雷、周佛海，對於和戰問題所採取的態度，究竟如何？」

高宗武便曾毫不保留的，就他所知的情形，回答犬養健說：

「陳布雷是侍從室主任，居於微妙的地位，不論任何事情，他都是輕易不發言的。但是周佛海就和他不同了，他表現得非常積極，事實上他卻站在第一線，周佛海的意思，中日謀和，以汪精衛為中心，也未始不可。蔣先生方面，由他負責應付。」

再推究當時的情勢，蔣委員長堅持抗戰到底，決不受軍閥支配的日本為交涉對象，日本也有不以國民政府為交涉對手的狂妄聲明，中日和議，殆無可能，汪精衛、周佛海早已有意另創一個「第三勢力」，叛國降敵，甘為日本軍閥的傀儡了。所以，日本方面一眼就看出高宗武所提和平條件是假的。不過，汪精衛、周佛海的移花接木之計，騙不了日本政府，卻能唬得住西義顯之流。所以，當西義顯聽高宗武說了上列假條件，他頓時就興高采烈的說：

「你的意思我已經完全瞭解，我一定會轉達日本政府，此外，我還有一個建議，不曉得你願意聽嗎？」

當高宗武表示願聞其詳，西義顯便提出了一個荒謬絕倫的意見，他說：如果蔣委員長肯於和日本參謀總長閑院宮戴仁親王見一次面，相信一切問題都可以順利解決，接下來他又說道：

「不過，親王已經七十多歲了，蔣委員長卻還在五十二歲的英年。以年齡而言，似乎該由蔣委員長首先提議，當然，這決不是戰敗國向戰勝國求和，而是雙方對等的一次會談。」

高宗武立刻率然拒絕，他認為這是絕不可能的事。但是西義顯卻滿懷熱望，極力促成，他娓娓不絕的講了一個多鐘頭，力陳會談的實現將如何對雙方有利。高宗武屹然不為所動，他既不願也不敢向蔣委員長提出這樣的建議，西義顯無奈，只好放棄他說服高宗武的企圖，和高宗武約定，他將在四月十九日乘靖國丸離港赴日，向日政府傳達高宗武帶來的假條件。

西義顯帶去假條件

四月二十七日，西義顯抵達東京，在參謀本部的次長室，他和多田次長、參謀本部第二部長本間雅晴，陸軍省軍務課長柴山四郎舉行會談，列席的還有影佐禎昭、伊藤芳男。其中多田次長向為日本所謂的「中日事變不擴大派」的首領，本間雅晴少將則被稱為日本軍部的自由主義者。他們兩人對於中日之間的「一線和平希望」，理應感到極大的興趣。然而當那天西義顯帶來了假條件，彷彿中日和平業已顯露曙光，這兩個人聽完西義顯興奮熱烈的娓娓敘述以後，反倒臉色凝重，默無一言。原來，不論是真議和也好，假議和也罷，這一回的時機太不湊巧了，三月十八日，日本皇軍精銳之旅，板垣征四郎的第五師團，向山東臨沂發動猛攻，被我第二十七軍團第五十九軍軍長張自忠施以迎頭痛擊，復由於第三軍團第四十軍龐炳勛的第三十九師馬法五部支援，將不可一世的板垣征四郎第五師團打得落花流水，狼狽潰退，一舉殲滅日軍兩個大隊。這是抗戰爆發後我軍首度報捷。繼臨沂大捷後，廣德方面捷報傳來，殲敵五千餘名，四月七日尤有台兒莊大捷，板垣師團的餘部，和磯谷廉介的第十師團全部就殲，日本皇軍在台兒莊戰場遺屍三萬餘具，這是日本立國以來從未有的重大敗績。日本軍部丟盡了顏面，皇軍無敵的狂言被英勇國軍擊成粉碎，日閥正羞愧交併，懊惱萬分，大量調集準備應付蘇俄的關東軍，企圖再逞。倘若在這二度慘敗以後跟中國議和，那麼，瘋狂黷武的日本軍閥，不是永遠都抬不起頭來了嗎？所以，西義顯這一趟東京行，其結果是絲毫不得要領。

他懷著高宗武的假條件，向日本參謀本部下說詞，由於時機不巧，因而徒勞無功。他先遣伊藤芳男赴香港，知會高宗武東京方面對假條件的反應，告訴他和議又告絕望。然而，伊藤剛走不久，在西義顯心目之中新的希望又度出現，由於日軍的三度重大挫敗，使近衛文麿痛下決心，斥免對華政策強硬派的陸相杉山元帥，以及陸軍省的梅津次官。他接受了「不擴大派」首腦人物多田次長，和石原莞爾的推薦，以「不擴大派」的板垣征四郎出任陸相。同時尤將以陸軍大將宇垣一成取代外相廣田，三井系財閥首要池田成彬出任藏相兼商相，皇道派軍官領袖荒木貞夫出任文相、木戶侯爵出任厚生相。近衛內閣大改組，所推出來的都是極一時之選的一流腳色，顯示日本政治有步上正軌化的可能，尤其是杉山、梅津之去，依稀掃開了和議的主要障礙，乃使西義顯認為又是一次大好機會，他便再赴香港，竭力勸促高宗武，請他去一趟日本，以大改組後的近衛內閣為對手，遊說日本當局，謀求中日和平的實現。

很湊巧的，由於周佛海也在搞以汪精衛和他為中心的第三勢力，他很大膽的決定要再耍一次花槍，利用高宗武直接去跟日本政府進行勾搭。他在高宗武由香港折返漢口以後，收集作戰情報為理由，請准派高宗武再去香港。當時委員長曾有一個命令，為蒐集情報，准許高宗武和日本人來往，但是除了這一件事以外，其他一切接洽在所不許。這個命令由周佛海傳達給高宗武的時候，赫然變成了派他赴日洽和。

所以當西義顯從東京趕到香港，跟高宗武再度碰頭，兩個人的打算不謀而合，高宗武赴日的行程，就此順利的展開。二十八年六月中旬高宗武回到香港後，西義顯在六月十九日便乘墨洋丸返日，替高宗武鋪路，他請伊藤芳男和松本重治兩人，負責安排高宗武赴日事宜。

西義顯一到東京，便去和影佐禎昭會晤，告訴他高宗武即將抵日，請他安排高宗武和近衛文麿首相、板垣征四郎陸相晤談。因為近衛內閣這一次的大改組，板垣出任陸相，東條英機出任陸軍次官，東條初到陸軍省任職，處處小心謹慎，一時還難以有所展佈。在他之下的軍務局長中村明人，也是爆出冷門的人物，而影佐禎昭以參謀本部第八課長兼任陸軍省軍務課長，原本就是軍部最有權勢的人物之一，再加上板垣就職伊始，東條和中村尚未進入狀況，於是影佐便在中村的借重之下，代為負起軍務局長的主要業務，儼然成為陸相的最高政治幕僚長。尤其板垣出任陸相是由石原莞爾所推薦，影佐又是石原一手提拔的新銳，板垣對他當然絕對信任，一力支持，因此影佐水漲船高，地位越來越重要了。

近衛文麿插手期間

影佐頭一次跟董道寧搭線謀和失敗，想不到不旋踵間大好機會又再度來臨。高宗武是中國外交部亞洲司司長，地位比董道寧更高一級，他肯到日本來移樽就教，即使不曉得他的真正意向是什麼，但對影佐來說都是必須大大利用一番的。因此他很鄭重的跟內閣官房長官風見章聯絡，請風見章負責推動近衛首相，讓他對高宗武的東京行發生興趣。

民國二十八年七月五日，高宗武搭乘日本皇后丸由香港抵達橫濱，在橫濱碼頭上有相當規模的歡迎場面，他旋即與影佐禎昭舉行會談，高宗武表明他的立場，傳述他得自汪精衛與周佛海的如下幾點和平主張：

一、日本應放棄其帝國主義政策，予中國以日本對等國家的待遇——這是中日和平實現絕對的條件，同時亦為中日和平的前提。

二、日本應以事實表示其有實踐上項條件的誠意，最低限度，對中國內部以汪精衛為首的和平勢力，即刻停戰，調停兩國等執，開始做恢復全面和平之運動。

三、日本應發表聲明：昭告天下，日本決心實行上項條件。

四、近衛文麿應以其親筆函致汪精衛，保證日本政府院以汪精衛為和平運動中心。

當年高宗武只有三十四歲，他太年輕，太過信任汪精衛與周佛海，以至於上了他們的圈套。事實上，往後的大漢奸如陳公博、梅思平……，乃至千千萬萬誤信汪精衛是中國對付日本的一種政略運用者，上過他們大當的人實在太多了。因為當年擺在眼前的事實是，蔣委員長和日本近衛文麿內閣堅持表示不以對方為交涉對象，中日雙方已無轉圜的餘地，由國民黨副總裁，兼國民參政會主席汪精衛出現尋求中日戰爭和平解決，乍看起來並不顯得突兀。殊不知汪精衛、周佛海卻正利用這大煙幕彈，幹起了他們賣國求榮的勾當。

高宗武在日本勾留時期，他的老同學、好朋友犬養健，正應影佐禎昭之請，參加中日「和平運動」，同時犬養健又接受日本「民間大使」、近衛文麿私人駐華代表松本重治的請託，在此一和平運動中擔任他的代表，犬養健很了解中國政情，他在跟高宗武初次晤談時，首先就提醒他說：

「蔣委員長並不介入，而由汪副總裁出面，像這樣的和平運動，會不會變成反蔣運動呀？」

高宗武當下答道：

「這一點當然需要嚴加防範。不過，據周佛海說；絕對不會有這種事的。」

他說的是由衷之言，這也是他上了汪、周大當的一項證據。

那一次會談中，犬養健還語重心長的說過一句：

「和平運動如果便乘了反蔣運動，那就會喪失一切了。」

由於影佐禎昭和風見章等人的安排，高宗武在東京見到了近衛文麿首相和板垣征四郎陸相，高宗武所提出的汪周要求多半被接受。唯有一點，近衛文麿認為他身為日本首相，叫他寫親筆信給汪精衛，保證日本政府願以汪為和平運動中心，未免過份，同時也嫌為時過早。因此，他命板垣征四郎代他寫了這樣的一封信。

梅思平和今井武夫

就汪精衛、周佛海而言，被騙上當的高宗武確已達成「任務」，滿載而歸。他自東京赴橫濱，乘船到神戶，再坐火車到長崎，登輪駛往上海。犬養健、伊藤芳男都曾到橫濱送行，當伊藤辭去，高宗武所住旅館房間裡，只剩下犬養健和高宗武時，犬養健以好朋友的立場，向高宗武提出忠告說：

「萬一華北和滿州一樣，也成為在日軍支配下的特殊地區，你就應該退出和平運動，免得失去你身為中國人的立場。同時，我也會辭卸此項參加和平運動的任務。這對影佐來說誠然不無遺憾，但這僅只是大失敗前的小挫折而已。影佐也大可以這種無視中國人愛國心的交涉我辦不來為辭，宣告退出，回到參謀本部去；比較妥善得多。」

高宗武回答他道：

「這一點我早已抱定決心了。關於撤兵問題，我知道蔣委員長的心意。健君，我再一次的希望你能做到，無論如何，在中日協定的第一頁第一條就訂定：『日本軍隊全部撤至長城以北』，關於這一條，不要加任何但書，這是我深心的願望。」

像這一類的要求，高宗武對影佐表露得尤其清楚明白，影佐也確能瞭解高宗武的意向，因此，當高宗武離日後，影佐快馬加鞭起草「日華關係調整方針及要領」，其中最主要之點，即在日本放棄帝國主義，承認中國為對等國家，以求結束戰爭，進行善後。方針及要領完稿，他又四處奔走，多方斡旋，徵得參謀本部、陸軍省、海軍省、外務省當局人士的同意，成為共同一致的見解。

軍部當局因為影佐的斡旋，態度漸趨緩和，於是，繼我國廣州、武漢相繼失陷後，二十八年十一月三日，近衛文麿首相發表第二次對華聲明，倡議建設「東亞新秩序」，尤日本、中國、偽滿州國三國相提攜，樹立政治、經濟、文化等互相連環關係。骨子裡，卻是在給汪精衛、周佛海之流以煽惑與鼓勵，他算是應允了高宗武所攜往日本的「條件」，因為近衛在聲明中說：

「日本所希求者：以更生的民族主義中國為對手，為確保東亞永久之安定，建設東亞新秩序，其內容係以日華平等之原則上實現善鄰友好，共同防共，經濟提攜。日本所求於中國並非區區領土，亦非戰費之賠償。日本尊重中國主權，固不待言，並進而撤銷為完成中國獨立之治外法權，且對於交還租界，亦不惜積極的考慮。」

這一帖裹以糖衣的毒藥，足以使對抗戰前途悲觀消極，且亦不滿現實，野心勃勃的汪精衛、周佛海，霍然心動，迫不及待的了。因此，近衛二次聲明發表後，在上海的高宗武，迅即接獲汪精衛、周佛海的通知，命他立即照會日本：汪、周方面已由梅思平做成條約草案，即將攜來上海，請日方即派要員來滬。倘若雙方結論一致，當作非正式的簽署，然後再俟近衛與汪精衛同意，雙方承認後，再以近衛首相名義，發表和平聲明，汪精衛亦以聲明響應。汪、周並且透露，他們為實現「和平運動」離開重慶，時間當在十二月中旬。

日方接獲高宗武的通知，由參謀本部開會，推定中國班班長今井武夫為交涉員，由伊藤芳男加以協助，雙方會談地點則決定在虹口六三公園重光堂。今井一行抵達上海，汪精衛所指派的交涉員梅思平已到，高宗武在滬列席，汪精衛還派了一名外交部情報司科長周隆庠擔任翻譯，日汪雙方的人統統搬到重光堂去住。

二十七年十一月十五日，重光堂日汪交涉結束後，日方交涉員今井武夫抵返東京，他帶回去一份雙方交涉節略，要點如次：

一、承認偽滿州國。

二、日本撤兵（依治安之恢復，兩年內撤兵）。

三、防共駐兵（為防衛共產主義之侵略，內蒙由日本駐兵，其期限為日華防共協定有效期間）。

四、外國租界交還中國。

五、法外法權交還中國。

六、向中國要求賠款（尚未決定）。

重光堂裡魔影幢幢

影佐禎昭看完了汪精衛的降敵賣國條件節略，頗生疑惑，因為汪精衛的代表梅思平過於讓步，遠超過高宗武在東京時所提的條件。他打電話給犬養健，約他次日早晨到參謀本部會同研討，由影佐和犬養健當時的對答，即可以明顯看出汪系人物的內心猴急，與高宗武的誠心謀和挽救大局，期間有多大的距離。

影佐一見犬養健便說：

「今井和梅思平大大的努力奮鬥，總算以收到相當的成果。不過其中有兩三點，我還要問問你的意見。首先，就是承認滿州國一項，由高宗武所表是的主張來看，梅思平又怎能做此項重大的承諾？我覺得這一的成立，大有疑問。」

犬養健當然也很瞭解高宗武的立場，所以他審慎的回答影佐說：

「這恐怕是將來的事吧？並非他們希望能在近衛公的聲明裡發表，近衛公的聲明，仍以不觸及這個問題為妙。」

影佐又說：

「其次是日本撤兵的這一項，這是最大的問題，撤兵在兩年內完成。但是節略上卻附有條件，需待治安之恢復。」

犬養健想起高宗武臨別的叮囑，便說：

「這一條協議是一大成功，因為公佈撤兵時間，對中國人的影響很大，所以這一條是此會議的第一重大收穫。只不過，簽訂正式條約時，對於『治安之恢復』，需加附屬文字解釋，要不然，中國人將會起懷疑，只要日本駐軍之中有一個人負傷未癒，也就可以被認為治安尚未恢復，因而不撤兵了。」

影佐點點頭，又說：

「關於賠償問題，那是藏相提出的要求，昨天閣議，大多數閣員都不贊成。」

犬養健便提醒他說：

「不要領土，不要賠款，原是最初和平運動的口號啊。」

「我知道，這些都交給我辦好了。」影佐從犬養健的口中，證實了高宗武的立場以後，又向犬養健要求的說：「十九日，我和今井乘飛機到上海，做最後的決定，這份節略上的各條款，該訂正的便予以訂正，然後再交涉文件上做同意的簽字。我很想你同我一道去，你沒有簽字的義務，只不過是去會會高宗武。」

犬養健答應了，十一月十九日，影佐禎昭一行飛抵上海，會晤梅思平和高宗武。果然，高宗武一見面便表露了他的憂慮，他說：

「對於承認滿州國的承諾，近衛首相在他的聲明中將如何措詞，使我極為擔心。假使近衛首相不善處理，中國民眾必將堅決反對，到那個時候，汪先生也就唯有亡命國外之一途了。」

影佐立即表示，請他不必擔心，他將促請近衛文麿竭力避免，此外，對於撤兵問題「依治安恢復」的解釋，以及日本願意放棄賠款要求，影佐都做了肯定的答覆，同時並當場修訂文字，用中日兩國文字做成協議，雙方簽字如儀。

重光堂日汪會談「正式」達成協議後，高宗武便對影佐說：

「目前由香港赴重慶的機票很難買到，所以要等到十二月初，才能曉得汪先生對此協議同意與否。屆時，家兄自會在香港通知伊藤，此刻最重要的問題是，近衛首相的聲明，將在什麼時候發表？」

影佐回答他道：「這要等我回東京後，跟風見長官接洽以後才能決定。大概總在十二月十日左右，屆時近衛公將赴大阪旅行，而以接近記者的方式，發表和平的構想，同時廣播到全球各地。那應該是在汪先生離開重慶以後吧。」

西園寺公也曾備案

影佐並且派今井武夫赴香港，與伊藤芳男切取聯繫，靜候汪精衛方面同意與否的回音。十二月二日，高宗武的令兄如約往訪伊藤，當面告訴他說：

「汪先生對重光堂會談所達成的協議，全部承諾，他將在十二月八日飛離重慶。」

十二月七日，高宗武派周隆庠到香港滿鐵公所，會晤西義顯，傳達高宗武的意見，他說：

「汪先生的目的地雖然尚未確定，但是高先生已經準備接他來香港，可能需要日本總領館的保護，現在的日本駐港總領事，我們都不認識他，臨時請託，不大方便。可否代向東京交涉，以我們都比較很熟悉的田尻愛義暫代，並且務請田尻君在十二月十日以前蒞任。」

西義顯不敢怠慢，一個電報拍到東京外務省，日本外相有田立刻電召正在湯河原溫泉埋頭著述外務省長田尻愛義，趕回東京，用陸軍飛機把他送到廣州，史無前例的由廣州乘坐砲艦，趕到香港如期履新，就任日本駐港總領事。

然而，重慶方面，一心急於開溜的汪精衛，他原本想乘蔣委員長在南嶽召開軍事會議，便道巡視湘粵桂戰區的機會逃離暫時陪都重慶的，他不曾想到，周佛海在十二月七日離渝飛港，當天，蔣委員長便自桂林飛蒞重慶，使作賊心虛的汪精衛大吃一驚，他嚇得不敢如期動身，急電香港，轉知日方，請近衛文麿暫緩發表聲明。這一來，又叫近衛文麿吃了一驚，設局誘騙汪精衛脫離抗戰陣營，充任日本傀儡的近衛文麿，以為反倒是他上了汪精衛的大當。十二月八日，他向日本政壇唯一元老西園寺公望的機要秘書原田熊雄，很著急的說：

「我到大阪的計畫業已放棄，從今晚起生病了。」

實際權力高於日皇的西園寺公望，他的唯一耳目原田熊雄訝異的問：

「為什麼？」

於是，近衛文麿在詳述日方對於汪精衛的「謀略」，以及汪精衛突然來電說他十二月八日不克如期逃離重慶之後，懊喪的道：

「我不以為這就是被騙，不過，如果朝壞的方面想，也許是被汪精衛所騙了，因此我極為不安。高宗武是一位政治家，梅思平也是一個了不起的人物，說不定是他們叫我上的圈套。這一項謀略，國民雖然毫無所悉，我和陸相仍有重大責任，內閣自亦不能不負其責，此時此際，只有更換內閣之一途。外相也曾勸過我，不要以這些人為對手，政府只需按照既定政策執行。現在汪精衛要求我稍微等待，不等又不行，這是一場大賭博，我的處境殊感困難，務必請你向公爵（按指西園寺）詳為說明。」

近衛文麿因為汪精衛的逃脫展緩延期而稱病，他一連耽了十天的心。十二月十八日，汪精衛逃離重慶，抵達昆明。二十一日潛赴河內。近衛文麿忙不迭的在二十二日變發表了他的「中日兩調整關係之基本政策」聲明，猖言：「徹底擊滅抗日之國民政府，與新生之政權相提攜，已建設東亞新秩序。」然而，這一次的近衛聲明，對於在抗戰中間強壯大起來的中華民國，其勢有如蜻蜓之撼石柱，絲毫不能產生效力，反而是對汪精衛、周佛海以次的漢奸賣國賊，兜頭澆下一桶冰水。因為，近衛聲明將重光堂日汪會談所達成的「協議」，幾於全部推翻。此處試行做一簡明的對照：

一、承認偽滿州國、語氣之強硬，大出群奸意表。近衛說：「新中國應清算過去一切謬誤之政策，而與滿州國攜手，換言之，及日本所希望者為率直要求中國進而承認滿州國，與滿州國開始國交。」

二、兩年內撤兵——一字不提。

三、防共駐兵——由內蒙擴及華北。

四、外國租界交還中國——不提之外，反倒加上「對帝國臣民在其領土內應予居住，營業之自由權」。

五、治外法權交還中國——遙遙無期，「他日即撤離在華治外法權亦所不惜」。

六、放棄賠款要求——卻換上了更厲害的「在華北及內蒙地區，對日本臣民予以特別開發上之便利」。

三路人馬相繼晤汪

事實證明，近衛文麿對汪精衛，根本就是一大騙局。他在這場大賭博裡，獲得了徹底的勝利。早在二十七年十月二十六日，武漢失陷之前，有一次，原田熊雄到近衛文麿的家裡，問起近衛，攻佔武漢以後，日本政府的合戰方針如何，近衛文麿便胸有成竹的告訴他說：

「五相會議決定，漢口攻佔以後，國民政府若繼續存在，當用謀略而使之崩潰。」

由此可知，日本企圖分化我抗戰陣營，誘使汪精衛等叛國降敵，就是近衛文麿策劃已久的「謀略」了。因為日本軍部認為，汪精衛的投降，將會促使蔣委員長軟化，中日之戰，終需達成日勝我敗的和平解決支局。詎料他們的判斷大錯而特錯，汪周群奸出走，唯有使全國軍民一致唾棄，等於從戰時首都，大後方心臟地帶割除了全部毒癌，解決了心腹大患。忠奸之辨，涇渭分明，反而使大後方呈現一片清新光明的氣象。而蔣委員長十二月二十六日在中央黨部國父紀念週上發表「揭發敵國陰謀與闡明抗戰策略」的重要演說中，以及同日發佈的「駁斥近衛聲明宣言」裡，將日本軍閥妄圖吞滅我國，稱霸東亞，進而征服世界的狂妄野心揭露無遺。五天後，美國首先照會日本政府：不承認「東亞新秩序」，聲明現行條約絕不容許片面廢止。近衛文麿連續遭受重創，又六天後的民國二十八年元月六日，近衛內閣宣告垮台。

另一方面，已上賊船，噬臍莫及的汪精衛，則於二十七年十二月二十九日被迫發表通敵求和的豔電，其後的河內遇刺，近衛內閣總辭，奉命迎汪的影佐禎昭和犬養健中途折返，使汪精衛困在河內進退失據，以及汪精衛潛抵上海，改走周佛海路線，俯首稱降，商訂密約，和高陶事件經過詳情，先已在中外雜誌第十二卷第二，第三兩期發表過了。以下要補寫的，則是多數朋友，讀者所最感興趣，垂詢最多的一段，汪精衛在河內被日方棄之如敝屣以後，究竟是怎樣離開河內，到達上海的？這確實是一段曲折離奇，波譎詭秘的內幕故事。

三月二十一日，汪精衛在河內被愛國志士制裁，倖免一死，第二天，東京方面的平沼騏一郎內閣即已獲悉經過原委。當天日閣舉行五相會議，認為汪精衛仍有利用價值，決定再度派遣影佐禎昭前往河內，把進退失據的汪精衛接到上海來。在這一件事上，日本政府又表現了他們的各行其是，異徒殊歸。外務省派駐香港的矢野書記官搶先前往，伊藤芳男自行乘船趕去，影佐禎昭則推薦犬養毅同行，此外還攜有軍醫大鈴中佐，憲兵丸山准尉，和隨從三人。日本政府特地為他們僱了一艘載重五千五百噸的北光丸。影佐唯恐我方地下工作人員再度狙擊，舉止異常詭密，他事先下令北光丸船長，必須在啟碇一小時以後，始可向他請示航向何方？

於是，北光丸駛出九州大牟田港整整一個鐘頭以後，船長方使請示此次航行的目的地。影佐告訴他說：「直航海防。」然後又嚴格規定，船上的無線電通訊，絕對不准提及海防二字。

北光丸自此駛往萬里迢遙的海防。

民國二十八年（一九三九年）四月十六日，巧合之至，三路迎汪人馬同日抵達海防，矢野第一，伊藤稍後，影佐最晚。這三個日本人在往晤汪精衛之前，先聚在一處，互相交換情報，商談合作。矢野書記官首先發言，他說：

「我在香港啟程之前，高宗武先生得到了消息，他特地來見我，極力勸我不要到河內去。高先生指出，汪精衛的和平運動，已經步入歧途，比蔣介石先生的堂堂正正，相距不可以道里計。」

犬養毅無限低喟，影佐禎昭一聲浩歎，他們很發了一些感慨，結論是汪精衛之步入歧途，他們也應該負同等責任。當初他們曾一再的提醒高宗武說：中日和平運動切切不可變成反蔣運動，如今果然被他們不幸而言中。

經由日本派駐河內人原用暗號電話跟汪精衛約好，十八日下午一時半，在汪精衛的河內住宅碰頭。

雙方會商逃出海防

屆時，影佐、矢野、佐藤偕同前往河內住宅，汪精衛很機伶的派周隆庠在中途迎候，三個日本人改成周隆庠預先備好的汽車，直駛汪精衛的住處，車一道，門就開，駛入後，門關上，具見汪精衛在河內也有蠻好的防衛措施。周隆庠引導他們拾級登樓，步入二樓客廳。略後片刻，強顏歡笑的汪精衛自內室出來見客。

影佐禎昭首先起立自我介紹，他簡短的說明他們三人此行的任務：

「我等係奉敝國政府之命，前來協助先生，遷往安全地點。」

緊接著，他便介紹犬養健和矢野，汪精衛和他們一一握手為禮，語調誠懇，推心置腹的說：

「諸君遠道來訪，不勝感激。如今我在河內，時深感危險，同時也毫無意義，早已在作脫離的準備。且幸恰在此時此際，貴國政府派遣諸君前來援助，隆情高誼，銘感之至。」

影佐禎昭迅即點入正題的問：

「自從上次不幸事件之後，重慶方面，是否還有襲擊計畫？」

汪精衛眉頭緊鎖，急於「傾訴」的答道：

「有，有的。譬如在兩三天以前，和我住處相鄰的三層樓房突然被人租了去，還有很像暗殺團的人員，在遠處監視，此間法國當局對我個人頗有好感，但對我的任何政治活動。仍採取禁止態度，那無非是他們唯恐捲入政治漩渦，還有一層，我住在此地，想跟香港、上海的同志們聯絡，也是相當的困難。」

三個東洋人當然聽的出來，說來說去，汪精衛無非急於離開河內而已。因此，便由影佐禎昭再問他道：

「先生想要遷往何處居住呢？」

汪精衛向三名日本人詳加分析的說：

「關於這一個問題，我也曾做過多方面的考慮。廣東是我的故鄉，但卻已由貴國軍隊佔領，我若回到廣東去，會令人產生一種我在日本皇軍保護之下主張和平的感覺，香港呢，則英國當局監視綦嚴，陳公博、林柏生，現在都在香港，他們正一籌莫展，我若去時，唯恐活動困難。所以我考慮至再，最後決定還是去上海。固然上海也在日本軍的佔領之下，好在公共租界地面很寬，市政由外人管理，裁判權也操諸外人手中，中國人仍然可以自主自由的活動。尤其目前上海的國民黨地下工作者相當活躍，幾乎已經成為一個暗殺城市，我到上海去主張和平，可以使國人感覺到我從事和平運動的誠意，無論從哪一方面看，上海都比廣東、香港較為適宜。所以周佛海和梅思平，已經到上海去做準備工作了。」

影佐禎昭等三人，裝模作樣的一研究。三人一致同意，汪精衛確以遷往上海為宜。

於是，影佐再問汪精衛：

「汪先生從河內出發的事，是否已經和法國當局接洽好了？」

汪精衛避重就輕的回答：

「這一個問題，當然要以穩妥的方法，進行商洽，目前仍在研究之中。不過，法國當局視我為危險人物，他們一定贊成我遷移的。」

影佐便說：

「汪先生離開河內的交通工具，我們已有所準備。現在有一艘五千五百噸的貨輪，隨時都在待命之中。」

他不曾料到，汪精衛竟會回答他道：

「盛意頗感。不過，我已經租好一艘法國船了。」

影佐頗出意外，善意的提醒汪精衛說：

「中國政府已經對汪先生下了通緝令，在中國沿海航行，必須特別小心。」

犬養健插進來問汪精衛：

「這艘船是多少噸的？」

「七百六十噸。」

乍一聽，三個日本人都怔了怔，面面相覷，神情錯愕。汪精衛察覺到了，便自動解釋的說：

「這艘船噸位太小，諸君的擔心是必然的。不過，倘若我乘日本輪船到上海，將會使我所從事的和平運動，受人誤解，所以我決定乘坐這艘法國船，從海防出海以後，在跟你們的船相會合。相會後請你們的船在我船稍後航行，倘有危險，再以無線電聯絡。我已經命周隆庠在編此行通訊聯絡的密電碼了。至於兩船聯絡方式，各種細節問題，請你們和陳昌祖君接洽。」

說罷，他命陳昌祖上前，和影佐等三人相見，汪精衛便離座起立，暫且告退。讓留在屋內的四個人，從長計議，妥與籌商。

這便是汪精衛在河內，寡婦臨上花轎前的一幕，忸怩作態，自炫身價，也不怕東洋人笑掉了大牙。兩個小時候，一切細節商議以定，由陳昌祖再進去把汪精衛請出來，殷殷送客。

兩天後，四月二十日晚間，影佐一行即已獲得陳昌祖的通知，法國警察將大舉出動，沿途保護，使汪精衛一干人等平安無恙的登上七六〇噸的「凡・法列哈芬」輪。不過，陳昌祖說：由於辦理出境許可，海關檢查，裝儎淡水等等事項，尤其重要的是：一心為全中國同胞「謀求和平」、「造福大眾」的汪精衛，竟然連一個中國人都不敢信任，他要把「凡．法列哈芬」輪上的中國籍船員，統統解僱，另行僱用安南籍的。因此，陳昌祖估計汪精衛在三四天後始克離開海防，他和影佐約定：四月二十五日正午，兩船在海防港外五海里處的無人島會合。

這位汪精衛左右的親信人物陳昌祖，正是汪精衛之妻陳璧君的胞弟，汪偽政權成立第三年，他曾出任偽空軍署長。乃姐陳璧君一生以精明厲害，潑辣凶悍聞名於世，這位舅爺辦起事來卻像個沒腳蟹。那一天，影佐一行初見汪精衛，他便奉命和影佐三人籌商計議了兩個鐘頭，事後又曾多次聯絡，就這麼一件小事，他居然也會辦得其糟無比，叫汪精衛一行差點送了性命，和影佐他們的北光丸失去聯絡，計達四日之久，還累的一船的人大暈其船，性命攸關，迫使汪精衛不得不放棄他的漢奸「尊嚴」、傀儡顏面，早早的在汕頭東南方的碣石灣，就放棄了「凡．法列哈芬」號，生一場大病似的搬到北光丸上去了。

原來，頭一椿，陳昌祖便估計錯誤，在海防辦理各種手續，「凡．法列哈芬」號啟碇的時間，言遲了三個鐘頭，一直到晚間方始在無人島旁停泊，也恰好天降大霧，遠近莫辨。而北光丸則準時在正午抵達，他們在無人島周圍繞了四五圈，始終不見「凡．法列哈芬」號的蹤影；迫於無奈，影佐只好命無線電人員不斷的發出密電碼，頻頻發射的電訊不曾被「凡．法列哈芬」號收到，反而引起了法國海軍巡邏艦隻的注意，法國兵艦發電制止，倘若北光丸在亂發電訊的話，法國兵艦即將派艦前來搜索，嚇得北光丸不敢再發訊號，天色漸黯，月黑風高，海浪越來越大，北光丸足足等了六七個鐘頭，海面一片漆黑，在無人島會合的計畫遂成泡影，影佐怕「凡．法列哈芬」號駛過了頭去，只好下令不再等待，按照商訂航線，繞海南島南端而走。

天下事就有這麼湊巧，北光丸剛剛駛離無人島，七六〇噸的「凡・法列哈芬」偏就衝過驚濤駭浪，急急趕來。他們找不到北光丸，又被大霧所困，風高浪急，把船上的汪精衛一行顛簸的七暈八素，滿天星斗，人人大嘔大吐，遍地奇臭撲鼻。這也許是汪精衛一輩子最狼狽的一次旅行了。然而，災難猶不止此，風浪逼著這艘小船往東北走，於是北光丸隔了一座偌大的海南島繞圈圈，一在島南，一在島北。更糟的是，由於海南島上有黎嶺橫亙於其中，最高五指山，海拔一八七九公尺，兩船的電訊就此被遮斷。

汪精衛海南活受罪

一連四天，兩條船隔了一座海南島往東航，連連的發出電訊，始終不得回音。風大浪急，七百六十噸的「凡・法列哈芬」號被急遽的升起，又驟然的落下。汪精衛、陳璧君等人便只有滿艙打滾，打跌牙齒和血吞。心中還在擔憂害怕，十五隻吊桶七上八下，一會兒怕巨浪翻船，一會兒怕觸礁沉沒。起先約定走海南島南端，正是因為唯恐通過雷州海峽、粵南等地，汪精衛會被國軍或游擊隊捉去槍斃。何況從海防到汕頭七百二十八海里的航線上，多的是殺人越貨的海盜。就在那四天裡面，汪精衛他們所受的罪著實難以形容。

第二樁，陳昌祖除了時間估計錯誤，他連「凡・法列哈芬」的船速都不曾弄清楚，明明是時速七海里的，他卻告訴影佐禎昭他們能走八海里，因此北光丸在預定航線上按著時速八海里航行，每過一個鐘頭，「凡・法列哈芬」便落後一海里的距離。

如此這般，「凡・法列哈芬」號在東京灣和海南海域裡瞎摸亂闖了整四天，四天之內和北光丸始終聯絡不上。北光丸上的影佐禎昭、犬養健和矢野一致認為苦命的汪精衛必定命喪黃泉了，只是不知道他究竟怎樣死法而已。三名迎汪人員垂頭喪氣，黯然無語。尤其是影佐禎昭，他為山九仞，功虧一簣，心裡有說不出的悶悒，整天躺在床上休息。

四月二十九日是日本裕仁天皇的生日，北光丸已經駛近汕頭東南、陸豐正南方的碣石灣。船上懸滿了太陽旗，全船人員都分到了罐頭和啤酒，準備慶祝慶祝。下午三時，無線電人員驀地發出歡呼：

「收到訊號了！」

眾人爭相趨問，無線電人員欣然色喜的告訴他們：他收到了「凡・法列哈芬」號上發出的密碼，一聲聲微弱的「平安，平安……。」

全船的人都大為興奮，無線電人員還在凝神傾聽，漸漸的聲音越來越大。斷絕通訊四天後，兩艘船終於取得了聯絡，計算過方位和時速、距離，雙方約定翌日中午在碣石灣會合。

當夜，北光丸便在碣石灣的港口停泊。

四月三十日正午，果然看見了多災多難的「凡・法列哈芬」號，「凡・法列哈芬」號駛近北光丸，相鄰相並，立刻放下了一艘救生船。

來的是周隆庠和陳昌祖，兩個人都神色疲憊，面無人色，著實受夠了罪。他們向影佐等人說明失卻聯絡四天原因，又道：

「汪先生和夫人暈船暈的很厲害，已經躺了四天，非常難受，他們想搬到北光丸上來。」

影佐頓時表示歡迎，汪精衛、陳璧君等都由人扶持著坐救生船搬上北光丸，連汪精衛在內，一共是十個人，「凡・法列哈芬」號路程只走了一半，就此完成租約，原船駛返海防。

當天晚上，汪精衛接受船長的建議，掙扎起床，坐到甲板上納涼，呼吸呼吸新鮮空氣，中日雙方人員都在甲板上奉陪。汪精衛經由清涼的海風一吹，精神振作了些。他便急巴巴的提出了組織偽政權的問題來，他向日方人員徵詢意見的說：

「我本來想以國民黨為中心，組織和平團體，運用言論的力量，和重慶的抗戰理論相鬥爭。但是我看往後情勢的發展，如果僅僅靠言論的力量使渝方轉向和平，非常困難。不如在這時組織和平政府，日華兩國真正攜手，豈不是反而比較容易進行嗎？事態演變至今日為止，我認為作事實的表現，始為上策。關於這一個問題，希望諸君毫不客氣的表示意見。」

影佐辣手當頭一棒

汪精衛居然想要組織偽政權，以與重慶相對抗。至少對影佐禎昭來說，卻屬事出意外，因此，他一臉茫茫然的神情，啟齒回答：

「汪先生方才所提的，誠然也是一種方案。只不過，事實上我所奉到的命令，只是把汪先生移到安全地點而已。因此，在公務上，我沒有回答汪先生此一問題的資格。但若以和平運動同志之一的立場，和汪先生討論。那麼，我認為最重要的先決條件，還在於切實研究日本政府是否將實行近衛聲明的各點。假如日本政府在這一方面會有所變更，汪先生方才所提的意見，勢將全盤失敗。汪先生，我以日本人的身分說這種話，你也許會覺得奇怪，卻是我仍認為這件事情必須謹慎將事。」

影佐的回答，很明顯的是在給汪精衛一記當頭棒喝。他們此行任務只不過救汪精衛的命，置他於日軍的保護之下。而近衛文麿內閣已於元月六日垮台，平沼騏一繼任日本首相，對於近衛聲明中的「與新生之政權相提攜」，平沼首相會不會認賬，肯不肯實行，都還在未定之天。怎麼談的上另組偽政權，對抗重慶呢？所以，當汪精衛挨了這一棒後，難免臉上訕訕熱熱，很有點當場下不了台，於是他便指桑罵槐的說：

「影佐君的高見，我也有同感。譬如重慶當局的並不信任貴國，他們認為貴國口裡在說好聽的話，實際上卻並不如此。我們各地希望和平的同志，至今猶在躊躇，也是出於同一個理由。如此看來，近衛聲明的實行與否，便是我們和平運動的分歧點了。」

言訖，居然沒有一個日本人再搭腔，汪精衛徵詢日方人員意見，便在極尷尬的情形下，打斷了話題，自此不再有反應。

在此之前，在汪精衛遇刺之日，從香港飛往上海的周佛海，同樣的也在這一個問題上，受到了西義顯的當面奚落與非議。周佛海臉皮之厚，西義顯詞鋒之銳，使他們這一段對話，成為周佛海遺臭萬年的鐵證，同時，也證明了汪精衛和周佛海早有成議，他們所謂的和平運動，只在於爭取一個日閥卵翼下的傀儡政權而已。

民國二十八年（一九三九）三月二十一日，汪精衛在河內遇刺，同一天，周佛海自港飛滬。然而，直到四月上旬，留在東京的西義顯，方應「和平運動同志」之請，到上海會晤一次周佛海。西義顯在初次見面的時候，便彰明昭著的正告周佛海說：

「汪先生的和平工作，不論如何，應該始終保持高宗武的原意——只做第三勢力的工作，我方名之為『高宗武路線』。高宗武路線的第一策，不幸被我方拒絕，但卻仍有第二策、第三策繼續提出，關於這一點，不知尊見如何？」

他不曾想到，周佛海竟會毫不知恥的，開門見山說出了他和汪精衛的願望，周佛海說：

「日本方面既然拒絕了高宗武案，這條路線已經行不通了。雖然我們的本意並非如此，但事情既已演變到這種程度，那我們只有獲得日本軍方的諒解，在南京建立『中央政府』，以政府的力量實施和平工作。」

周佛海臉皮賽城牆

跟影佐禎昭同樣的大出意外，尤且多了一份驚駭。西義顯用不能置信的口吻說：

「這實在是出人意料之外，我一向認為閣下是三民主義的理論家，是對於中國民族主義一步不讓的純理論家和理想主義者。照閣下的意見，進入日本軍佔領地區，由日本軍庇護建立政府，又怎能獲得中國民族主義者的贊同呢？如果要走閣下說的路線，那又何必勞煩偉大理想主義者汪先生出馬，乾脆叫臨時政府（指王克敏的傀儡組織）和維新政府（梁鴻志的漢奸機關）去做和平工作，不是更為直接了當嗎？」

挨了這麼重的一巴掌，周佛海仍若無其事，他強詞辯解的說：

「閣下反對，誠然可貴，但是，如果要講純潔的理想主義，那就什麼事情都不能做了。高宗武的第三勢力路線，不也是請求日軍牽制作戰，跟進入日軍佔領區，組織政府，又有什麼分別呢？毋寧說我所主張的，理想更為徹底咧。」

西義顯斷然的搖頭回答：

「大不相同！」

「怎麼大不相同？」

西義顯便侃侃然的答道：「我並不主張純潔的理想主義，我只主張事物應有其限度。高宗武所想像的第三勢力根據地，係置於中國西南方日軍並未佔領的地區，要求日軍作戰，是為了建立中立地帶的獨立，並非放棄行動的自主性。比之在日軍佔領區組織政權，在維持自主性這一點上，兩者之間的差別，何啻天淵？尤其最後的自由行動權益不可受侵害的全部保留。你閣下所提的在日軍佔領區組織政府，那就完全不是這麼一回事了。不但生殺予奪之權全部握於日本手中，而且還得成為日軍的俘虜。試問，你們自己感到有成為日軍俘虜的必要嗎？依在下的意見，倘若高宗武路線行不通，那就要完全放棄組織政府的想法，你們應居於第三者立場，以徹底的言論，進行啟蒙運動。否則當你們一旦成為日軍的俘虜，那麼，有心肝的中國人，就決不會倒向你們這一邊。何況你們能否組織一個像樣的政府，都還是很大的問題呢？」

周佛海還在飾詞狡辯的說：

「以言論進行和平運動，本來就是汪先生的原案，汪先生對此一原案至今並未放棄。只不過我以為只有言論還不夠。至於你怕我們成為日軍的俘虜，事實上，我們成為俘虜與否，不是日本方面的問題嗎？換言之，只要有以我們為俘虜的日本政府，那麼，不論用什麼方法，都不能獲致和平。」

西義顯一聲冷笑的道：「誠如尊論，我們同志努力促使政府變成如你所期待的政府，可是，事實上到這一步還很遙遠呢。這一點，務必請你認識清楚，假如日本能有這樣如你所理想的政府，日華事變早解決了，已無須勞動汪先生出馬的必要，我相信早就有和蔣先生直接談話的機會了。」

周佛海還在一廂情願的說：

「我很懂得你的意思，也很感謝你的忠告。但是我們已經進到這裡了，近衛首相早在十二月二十二日發出了聲明，我們組織政府，對有效的實現近衛聲明反有便利，只要日本政府忠實的實行近衛聲明，我們就能成立強而有力的政府。可是，近衛聲明友好的程度還嫌不夠，例如最重要的撤兵協定，聲明中竟拋棄不提，使其價值以減其半。倘若近衛聲明能夠恢復到我們所提原案的程度，並且忠實履行，那麼，事變的解決，可能已大致就緒。汪先生既然出馬，只有百尺竿頭，更進一步。他將單刀直入，飛往東京，徵求日本最高當局的意見，假如日方以為不可，他將回復到國民和平運動，否則就進入日軍佔領區，組織政府，只要日軍保證尊重我們的政治獨立，我將向汪先生進言，組織政府於南京。」

汪精衛親暱喊大郎

當日談話，到此為止。因為西義顯認清了周佛海的真面目，覺得與他已無話可談。他擔心「和平運動」果真步入旁門左道，那就顯然違背他和高宗武的初衷。他急於在汪精衛抵達上海，和周佛海會合之前，與汪精衛見一次面，切實規勸，徹底討論。因此，他算準了時間，由上海赴基隆，等候北光丸過港。果然，五月二日，北光丸因為要加米加水，在基隆停泊。西義顯從基隆碼頭登上北光丸，汪精衛一眼瞧見他時，滿面堆笑，趨前迎迓，特地用日本話，喊了他一聲：

「大郎！」

大二三郎，原是西義顯、董道寧、伊藤芳男三人間的秘密暗號，給汪精衛這麼親暱的一喊，倒是使西義顯頗受感動，寒暄過後，接席長談。西義顯十分懇摯的提出了他的幾點忠告：

一、如果近衛聲明是日本民族可資信任的標幟，那麼，敢於脫離抗戰組織的汪精衛，就應該是中華民族可信任的證人。

二、近衛聲明是日本民族在現況下最低限度的自律規範，汪精衛卻不必拘於此一最低標準，他應該再討價還價，要求日本無條件歸還我國長城以南的領土。

三、和平運動的奮鬥目標，與其對重慶，毋寧對日本。勇敢的發表主張，收回長城以南中國領土以外，更進一步的要求日本歸還所侵佔於我國的全部領土。

西義顯最後顯得有些激動的說：

「倘若日本政府聽你的話，當然很好，若不聽，也沒關係。汪兆銘可以再度遊法或遊美。對重慶方面，固然有話可講，對於日本政府，也大可以堂堂正正的攻擊。必須如此，汪兆銘的和平工作，方能回復到正確的路線。否則，進入日本陣營，徒然給參謀本部報導部做宣傳材料，那就不是中日和平運動同志所願見的了。」

然而，聽完西義顯的長篇大論，懇切陳詞，汪精衛反倒噤若寒蟬，默無一言。因為，利欲薰心，無可救藥，汪精衛已經甘於認賊作父，決心要做中華民族天字第一號，空前絕後的大漢奸了。

民國二十八年五月五日，北光丸抵上海吳淞口。

神秘飛機抵橫須賀

民國二十八年六月四日，有一架神秘的飛機，從上海大場機場起飛，直飛日本。起飛前後，機場附近十步一崗，五步一兵（東洋兵），臨時斷絕通行，戒備非常嚴密。事後我們方始獲知，那是汪精衛親自赴日接洽賣身投靠，成立偽政權。在那架飛機上有六個中國人：汪精衛、周佛海、梅思平、高宗武、周隆庠和董道寧。三個東洋人：影佐禎昭、犬養健、清水董三，這一架飛機是由日本陸軍所派來的。

汪精衛一行抵達日本的時候，場面之冷落，情景之凄涼，委實是出人想像。那架日本陸軍飛機先飛到九州大村灣加油，然後再飛橫須賀追濱機場。在追濱機場迎接的，既不見日本官員，也沒有東洋群眾。只有幾名汪精衛「和平運動」的日方「同志」，包括西義顯和伊藤芳男，他們簡單明瞭的告訴汪精衛等人說：

「下榻之處，預定在東京北郊瀧野川古河男爵的一幢別墅。」

汪精衛心中應該明白，「寡婦上花轎」，原是見不得人的事。因此，日方既無盛大熱烈的歡迎場面，而且給他們安排的住處也是夠隱密的。

從橫須賀追濱機場到那一幢隱密的住所，還有八十公里的路程，要坐兩三個鐘頭的汽車。為什麼不由上海直飛東京，再驅車前往？當然這又是必須偷偷摸摸，掩人耳目的關係。十來個中國漢奸、東洋政客上車時，汪精衛和西義顯同乘第一輛，兩人都坐在後座，中間夾了一個充任翻譯的周隆庠。

汽車列隊奔馳，在絕塵行駛途中，西義顯似有意無意的提起：

「民國二年，國民黨二次革命失敗，中山先生由上海經台灣抵達東京，和敝國政要接觸頻繁。當桂太郎公爵（曾經三任日本首相，係英日聯盟、日俄戰爭、兼併朝鮮的主謀者）內閣總辭以後，中山先生和他有過一次重要的會談，汪先生是否知道？」

汪精衛反問他說：

「是否對中日問題，對英外交，雙方交換意見的那一次會談？」

「是的。」

汪精衛點點頭說：

「孫先生曾經告訴過我，雙方交換意見的經過。」

西義顯立刻就問：

「汪先生還記得詳細內容嗎？」

汪精衛沉吟了一下方說：

「大致是這樣的：中日共同對英，日本在東北最多只能維持現狀（民國三年的現狀），日本勢力絕不可入侵長城以內。」

西義顯便忠告汪精衛說：

「這一次汪先生到敝國，和敝國政要洽談的時候，應該以中山先生二十五年前和桂太郎公爵所交換的意見為依據，拋開對英問題不談。中日之間，日本必須確認長城以內中國的絕對主權，必須如此，始可超越近衛聲明，使中日兩國獲致真正的永久的和平。否則的話，汪先生的和平運動便唯有宣告失敗。」

汪精衛當時嗯嗯啊啊，表示他很感謝西義顯的一片感情。他們一行住進了瀧野川古男爵別墅，從六月四日到十日，焦灼緊張，百無聊籟的等了一個禮拜，方才在西義顯等人的奔走聯絡下，展開了一連串的「拜會」日程。頭一個去訪晤的是日本首相平沼騏一郎，當汪精衛想起西義顯的忠告，企圖突破近衛聲明的範圍，保住長城以區內中國的絕對主權，作為此行談判的基礎。殊不知東洋人好詭，平沼忙不迭攔住了汪精衛的話，大發議論的說：

「從第一次世界大戰以後所簽訂的凡爾賽和約，充滿勝敗偏見，功利思想，其結果是招致今日歐洲二次大戰的糜爛局面，連一次大戰戰勝國所創設的國際聯盟都無法戢止戰爭，維持下去。日本這次的和平條件，不但沒有勝敗偏見，尚且有同樂安享，憂患與共的誠意。只要依照此項和平條件解決中日問題，東洋始可奠立永久和平之基礎。」

近衛一語金科玉律

這等於是當頭一棒，把汪精衛打的瞠口結舌，呆若木雞，所準備突破近衛聲明的「要求」，一個字也說不下去了。他嗒喪氣沮的告辭離出，平沼騏一郎當然是跟近衛文麿一鼻孔出氣的，他三言兩語，一番議論，便使近衛聲明成為汪精衛的「金科玉律」，這也就是說：汪精衛斷然沒有討價還價的餘地，要想當中國天字第一號的大漢奸，就只有乖乖的給東洋人牽著鼻子走。

汪精衛赴日所遭受的重大打擊上不止此，他所見的第二名日本權勢人物是侵略中國的急先鋒，日本少壯派軍人領袖板垣征四郎，那是一個不折不扣的典型軍閥，他悍然的面告汪精衛說：

「近衛聲明雖然不曾明確指出，但是日本係以蒙疆為防共特殊區域，北支為中日國防之經濟域，中支為中日經濟的提攜領域！」

糟了，這一下更是大糟特糟，汪精衛不惜靦顏賣國，板垣便給他來上個照單全收，不留餘地。所謂蒙疆，那是日本人對我國內蒙古，包括熱河、察哈爾、綏遠三省所用的專用名詞，九一八事變以後，日本早已攫奪我熱河。照板垣的說法，那叫要汪精衛在承認滿州國之外，還要割讓察綏兩省。不但如此，北支——華北，和中支——華中，尤將成為日本的特殊勢力範圍區。平沼強迫汪精衛承認近衛聲明，亦即他所謂的和平條件。板垣更進一步的強壓著汪精衛，吞下一碗毒藥。彰明昭著的說：日本勢將鯨吞中國。

兩相對照之下，難怪汪精衛要在他當日的日記中感激涕零的說平沼：

「其言極為懇切而真摯。」

然而擔任穿針引線之職的東洋人西義顯，卻在他的回憶錄中感慨繫之的說道：

「日本政府的真正意向，非但近衛聲明不容更改，尤將過去的帝國主義權益思想向汪精衛強行出賣，迫其接受。平沼內閣以及以板垣為代表之日本軍閥，根本無意就近衛聲明做絲毫讓步。準此，接受此項近衛聲明之汪精衛，其『度量之大』，誠屬遺憾之至。汪精衛到了這種地步還在大言不慚其繼承國民黨法統，援用青天白日旗，簡直是胡鬧之至！」

汪精衛在東京又曾會見了日本前任首相近衛文麿，極右派的黑龍會首領頭山滿，前滿鐵總裁時任外相的松崗洋右，以及日本政要米內、石渡、有田等人。他為了取得東洋人支持他組織偽政權，已經背叛祖國，甘為虎倀的接受了日方極其嚴苛、曠古未聞的投降條件，但是他畢竟也怕東洋人居心叵測，可能一變再變，步步進逼。屈膝以求的汪精衛只提出了一個相對的要求，他希望晉見日本裕仁天皇，而由裕仁親口向他保證，「中日合作方針」可以貫徹到底。然而連他這個小小的要求也受到日方的峻拒，平沼毫不容情的回答他說：

「依照帝國慣例，天皇向不過問外交政策，貴方此一要求，無法接受！」

日本方面已經無話可說，不庸贅言了。汪精衛和周佛海便開始了他們的「自我安慰」之舉，一連幾天，在古河別墅舉行降敵會議，向日方提出下列的五點願望：

一、由汪精衛出組偽中央政府。

二、偽中央政府「繼承原國民政府之法統」，而以「還都南京」的姿態出現。

三、以三民主義為「立國」方針，「採用」青天白日滿地紅國旗。

四、日本佔領軍的撤退日期，前已獲致結論，但仍希加以明確答覆。

五、中國國人暨個人在日軍佔領區內之鐵路、工廠、礦山、商店、房屋，希能從速交還。

搖尾乞憐醜態百出

一切條件都照日方「近衛聲明」的開價，汪精衛毫無討價還價的餘地，他經由會議提出這五點最低限度的願望，在提交日方時，還裝模作樣的做了聲明說：倘若連這五點願望都不能得到日方的同義，那麼，汪精衛就唯有放棄組織偽政權，而回到以民間人士身分，促進「中日和平運動」。

日方迅即提出答覆，不僅兜頭潑了汪精衛他們一盆涼水，且更施以猛烈的打擊，這完全是汪精衛奴顏婢膝，自取其辱，令人除了對他鄙夷唾棄之外別無話說，以平沼騏一郎為首為日本內閣在他們三點回答中，充滿嚴詞反駁的意味，日方的三點答覆是：

一、三民主義是現今排日，抗戰的源泉，汪精衛等應做理論的修正。

二、在重慶抗日的國民政府，現在仍用青天白日滿地紅國旗。此一旗幟因而成為前線日軍之「攻擊目標」，為免混淆，請改圖案。

三、日軍佔領區內的中國國民工廠、商店、住宅的「交還要求」可予承認。但是鐵路營運與軍事作戰具有密切關係。在戰事進行期中，仍應委諸日本管理，俟全面和平實現後始予歸還。

平沼內閣的這三項答覆一到，連幕後策動「中日和平運動」的日方人士都為之大吃一驚。犬養毅之子「中國通」犬養健即曾憤慨莫名的說：

「關於政府答覆之內容，我雖然早自影佐處獲得警告，但是當我讀到要求『修正三民主義』、『變更國旗圖案』兩項時，我驚倒了！自古及今，戰勝國干涉對方之基本國策，建國原理與國旗圖案之舉，從無先例，何況是不分勝負之兩國的和平運動呢？」

他甚至還公開的大聲疾呼說：

「三民主義早已成為中華民國的立國根基，即連中國共產黨亦不批評三民主義。三民主義是孫中山先生倡導中國獨立，反抗外國政治、經濟侵略之主張；與明治維新後之日本同其步調，為中國建國之根本。即使將來三民主義的理論必須修訂，那也是中國人自己的事，與鄰國日本絕不相干。」

談到日方所提出的「相對要求」，變更汪偽政權偽幟的圖案，犬養健亦曾仗義執言的說：

「青天白日滿地紅國旗，與中國革命有不可分割的關係。揆諸世界歷史，任何戰敗國，縱有元首退位，或者亡命海外之情事發生。但由戰勝國要求其變更國旗則從未之聞。何蔣介石先生仍在重慶領導全國軍民繼續抗戰，汪先生亦從未自承戰敗。」

這是日本方面顧全大局的敢言之士所做的嚴正抗議，然而，一心想出賣國家民族以求沐猴而冠的汪精衛，卻就沒有這份勇氣與膽量，他連聲響屁都不敢放。早先強調的五點願望倘若無法達成，即將放棄組織偽政權的說法就此不提，他召開會議「妥籌對策」，其實是順從東洋主子之命俯首貼耳，搖尾乞憐，汪精衛忝不知恥的自找台階下，他指出：

「日方要求修正三民主義理論，那是因為他們不曾熟讀三民主義所提出的。此刻我們暫時不與日方作理論上的爭辯，而由我個人以中山先生的『忠實子弟』的立場，提出回答。」

走南到北協調群奸

汪精衛自說自話，明為三民主義中華民國的叛徒，卻厚顏無恥的以中山先生的「忠實子弟」自居，我們試看國父的這一名不肖子弟，向東洋人做的答覆，究竟是什麼呢？原來他說：

「本人從事『和平運動』的唯一資本在於本人係屬中山先生的『忠實繼承人』。中山先生於逝世之前，曾在神戶停泊，強調：『無日本則無中國，無中國則無日本』。本人不敏，但仍係以中山先生之子弟步其同一路線。此次中日『和平運動』並非出自日本之壓迫，然而，中山先生盡其畢生心力所完成之國是主張，厥為三民主義，而其象徵則為青天白日滿地紅國旗。萬一本人承認修正三民主義並變更國旗圖案，是即違反師承中山先生之弟子之道，同時亦為建立『中央政府』出自日方壓迫之證據，無異中日『和平運動』自殺之舉，因此希望日本政府再加考慮。」

一副哀哀上告，涕泣以請的可憐蟲姿態，更可惡的是汪精衛自甘賣國，竟敢滿口胡言，斗膽編造國父說過「無日本則無中國，無中國則無日本」的話。事實上，民國十三年十一月二十八日，國父途經日本神戶，曾經做了兩次演講。一次是警告日本人勿做西方霸道的鷹犬，應為東方王道的干城。一次則以中日兄弟之邦做譬喻，忠告日本人說：

「就幾千年的歷史和地位講起來，中國是兄，日本是弟。現在講到要兄弟聚會在一家和睦，便要你們日本做弟的人，知道你們的兄已經做了十幾國的奴隸，向來是很痛苦，現在還是很痛苦，這種痛苦的原動力，便是不平等條約，還要你們做弟的人替兄擔憂，助兄奮鬥，廢除不平等條約，脫離奴隸的地位，然後中國同日本，才可以再來做兄弟！」

國父的這一番話，委實是意味深長，足以使日本人有所猛省的。可是十五年後，日本這位老弟，不但不替兄擔憂，助兄奮鬥，反倒掀起瘋狂侵略，全面大戰，乘為兄的之危，妄想使做哥哥的當亡國奴了。

經過汪精衛的反覆陳詞，一再力請，平沼總算放棄他那「修正三民主義」的狂妄荒謬要求，但是變更汪偽政權『國旗』圖案的爭論，卻持續了整整二十天。那時候，沐猴而冠的汪精衛，又一度的顯露了他的猴急，他來不及等待懸案解決，便在六月底自東京返抵上海。東洋「和平運動工作者」方面，首先便是西義顯眼見「和平運動」步入旁門左道，他跟汪精衛一系列的漢奸正式脫離關係。戰後，西義顯曾追憶這一段經過，他說：

「我和汪精衛之『和平工作』至此分道揚鑣，僅只保持私人情誼而已，嗣後我每赴南京必往晉見汪氏，頻頻予以鼓勵。汪氏則輒以前途將更艱苦為虞，到民國三十一年時，汪氏且曾向我自承：『和平建國』反不如抗戰建國了。汪政府成立之際，雖然承其邀請我前往參加，惟我仍加以辭謝。」

中國人心甘情願當大漢奸，頭一個看不慣奴才嘴臉，悄然退出中日「和平運動」集團的反是東洋人，僅此一點，也可以看出當年的汪精衛，都賤到了何種程度？

一幅偽幟的圖案問題討論了二十天，最後卒由周佛海與日方議定，雙方讓步，汪精衛仍然僭用莊嚴神聖的青天白日滿地紅旗，只不過為表明那是漢奸用的，在國旗的右上端加一條黃色的豬尾巴，而且，還不倫不類的寫上「和平反共救國」六個字。

汪精衛一回上海便僕僕風塵，往返南北，因為當時的日軍佔領區內，還有兩個老牌漢奸傀儡組織，北平的王克敏，南京的梁鴻志。北平叫「新民會」，南京叫「維新政府」，汪精衛要成立偽政權，勢須與北王南梁談妥如何分贓這個大問題。但是以過去的資歷而言，北王南梁都不能跟汪精衛分庭抗禮。王克敏是浙江錢塘人，字叔魯，清朝末年當作留日學生監督，一生狂嫖爛賭，花錢如流水，由於斲喪過度，使他兩眼畏光，不得不常年戴一副墨茶眼鏡，因而綽號「王瞎子」，他是北洋軍閥的夾袋人物，親直系，曾經在民國六年，十二年七月和十月，三度出任北政府財政總長，曹錕賄選，他出了不少的力，所以二次直奉大戰直系失敗後，王克敏曾被北政府明令通緝，在那時候他就已經托庇於東洋人了。

玄武湖魚都斷送了

民國二十年前後，王克敏回到上海來，昔日揮金如土的財政金融巨子，落魄到住進弄堂房子亭子間，暴富驟貧，心裡自然很不是滋味。直到民國二十三、四年，他才搭上日本特務頭子土肥原賢二的線，再去華北，充任冀察政務委員會的政務委員，七七事變，抗戰爆發，他便混水摸魚，一躍而為北平新民會的會長。

如果說王克敏是因為私生活不檢，以生計所迫而落水當漢奸，那麼南京「維新政府」的頭目梁鴻志便是由於意志不堅，糊裡糊塗的誤上了賊船。梁鴻志是世家子弟，書香門第出身，詩文書法俱佳，他本人在清末中過舉人，因為清廷廢科舉而失去了中進士、點翰林的機會。入民國後，在段祺瑞當臨時執政那年當過一任秘書長。梁鴻志的一對眼睛長相很怪，按相法上來說叫做「睃刀眼」，命中注定非上殺場挨刀不可，這個說法後來果真應驗，抗戰勝利後在上海第一個伏法的漢奸就是梁鴻志。

汪精衛和北王南梁打交道，劈壩分贓，可想而知的是，梁鴻志這邊最容易，王克敏那頭難談。所以往後梁鴻志只撈到了個毫無實權的偽監察院長，王克敏確有土肥原撐腰，他能使汪精衛的漢奸勢力，很難擴展到北方去。

與汪精衛奔走組織偽政權的同時，在上海重光堂開始了歷時兩個多月的所謂內約談判，其實正是汪精衛賣身投靠將與日人簽訂的「正式條約」，日汪內約談判的經過詳情，筆者已在前文敘及。不過在此可資補充的還有兩點，那便是所謂內約係由日本興亞院的一名堀場中佐所起草，提供汪系漢奸與日方代表逐項商討。日本「梅機關」負責人影佐禎昭曾經透露過「內約談判」前的一段內幕。有一天，堀場中佐私底下告訴他說：

「請你注意，我們提出的內約原案，條件非常嚴苛。依常理揆度，汪方勢難接受。」

影佐禎昭反問堀場中佐道：

「我只問你一句，假使汪精衛能照原案全盤接受，對於促進全面和平會有效嗎？」

堀場中佐毫不猶疑的答道：

「我敢保證，即使汪氏按照原案全盤接受，和平亦絕無可能。」

於是影佐再問：

「可否請你進一步的說明？」

堀場中佐便打個比方說：

「讓我們姑且假定，倘若要使汪精衛不當漢奸，他將在內約談判中爭取到六十分，那麼，興亞院的原案就給他打了個對折，充其量只能得到三十分而已。汪君若竭力爭取，一步也不退讓。那我們所給他備下的原案，北起滿州，南迄海南島，就地理順序劃分，一共給他列了若干條。汪君若能每天修正一點的話，務使他們獲得六十分不當漢奸的標準，大概要花一年的時間。」

這個命意即在套牢了汪精衛，使他非當漢奸不可的「內約」，汪精衛若要擺脫桎梏，逃出樊籠，「談判」將有多大的困難，從堀場的比方裡以不難想像，何況，汪精衛他們力爭「修正」，答不答應，承不承認，大權還操在東洋人手裡呢？

另一項可資補充的是，由於談判兩月有餘以後，汪精衛、周佛海等終於無可奈何的讓東洋人套上了枷鎖。汪精衛答應了日方所提出的投降條件，原本北平王克敏，跟南京梁鴻志和東洋人所簽訂的協定自將廢除，汪精衛見到了北王南梁跟東洋人所簽的密約，曾經一再「痛心疾首」的公然語人：

「原來他們連玄武湖裡的魚，都斷送給日本人了！」

言下之意，彷彿只有他「挺身而出」當頭號漢奸，方始挽回了許多先前由兩名二號漢奸所出賣了的國家民族利益，五十步笑百步，汪精衛臉皮之厚，心腸之黑，由此可見一斑。

影佐禎昭一記噱頭

「內約談判」好不容易卒底於成，緊接著便發生了舉世震驚的「高陶事件」，日汪密約全部揭露，使日本軍閥的猙獰面目，和汪精衛那一群漢奸的醜惡嘴臉，無所遁形的暴露於世人之前。這一個打擊，無論對日本人和對汪精衛都是至為深鉅的，然而，在尷尬萬分，欲哭無淚的情形下，汪偽政權的連台悲劇還是要繼續扮演下去，不但如此，汪精衛本人還得隨時接受日方人員的明令和暗示，替他們做破壞抗戰，以及全國團結禦侮的工作，例如在「內約談判」進行之前，民國二十八年七月十四日，汪精衛即曾以「中日關係的根本觀念」為題，公開發表了一場荒謬絕倫的演講，立此存照，作為他認賊作父，甘為漢奸的一項鐵的證據。汪精衛在那篇演講裡竟然提出「冤仇宜解不宜結」的主張，「以鼓勵同憂之士，共謀和平」，甚至批評中國抗戰是「以卵擊石」之舉。他的謬論引起了國人一致的抨擊與唾罵，令汪精衛羞慚交併，無地自容，他的主子卻在暗中竊笑不已。

「內約談判」最初與議的雙方人員，汪精衛的代表有周佛海、梅思平、林柏生、周隆庠。日方則為須賀海軍少將、影佐陸軍上佐、矢野外務書記官與犬養健。後來又陸續的有其他人員參加，從十月初談到十月底，將及一個月裡，談判一直形成僵局，無從獲致進展。就在這一月之間，我方工作人員，業已費盡一切努力，從重光堂戒備森嚴，日汪雙方絕對保密，守口如瓶的情況下，稍微偵悉了一些所謂內約的內容。當時，我方所採取的對策是盡量予以揭發，汪逆降敵賣國的真實情況，並且運用國際輿論，以及租界之內我方報紙的言論制裁，施日汪雙方以重大的壓力。這一項對策，其後證實果然奏效，使汪精衛都深切感到輿論壓力越來越重，各方的批評指責，尤其嚴厲已極。汪精衛迫不得已，只好邀請「內約談判」日方的主要代表之一，「梅機關長」影佐禎昭當面懇談，汪精衛告訴影佐說：

「我曾細讀『內約』原案，發現與近衛第一次聲明相去甚遠。在此種情況之下，即使在我們的和平陣營（即指漢奸群）中，已經有人在做悲觀論調，甚且大有退出的可能。同時，我也曉得閣下和梅機關的諸君，每天都在為我們向貴國政府要求讓步，閣下肩荷此種促進東亞和平的重責大任，用心良苦，我亦不忍坐視。事到如今，唯有放棄組織政府的企圖，仍舊退到原有之計畫，自民間促進『和平工作』，這是我不得已的苦衷，希望閣下能夠有所諒解。」

汪精衛一打退堂鼓，日方籌備經年的猴戲也就唱不成了，影佐難免吃了一驚，他先問明白，這是汪精衛所做的最後決定，倘使日方堅持維持內約原案，一步也不退讓，那麼，汪精衛只有中止談判，下堂求去之一途。然後，影佐方再解釋的說：

「閣下的苦衷，我自能諒解，不過我唯恐閣下對於敝國官僚政治的內容不盡瞭然，不得不向閣下稍加說明。自大正時代（大正元年亦為民國元年）起，敝國官僚組織即以形成一種莫名其妙的習慣：在政治上不論發生何種重大問題，俱由課長級的事務官員，釐訂國家方針大計。內閣諸大臣，反因事冗或無實際經驗，智不及此，只好盲目的加以核准。我個人即有擬訂國家方針大計而使大臣無異議核准的經驗。不過，這種事務官的決策，倘若發生了大問題，還可以由部務會議決定予以修改，再提出內閣會議討論。關於『內約原案』，我想當亦不難經由此種方式予以修訂。我準備即日返回東京，謁見陸軍大臣，問他『和平運動』究竟如何處理？要求畑大臣表示決心。我相信，目前雙方交涉已瀕破裂，畑大臣一定完全不知情。」

陳公博在上海出現

做了這樣一番巧妙的解決，先把汪精衛下堂求去的那顆心給定下來，然後，「梅機關長」影佐禎昭在十一月初飛返東京，請謁陸軍大臣畑俊六。不數日後他又回到上海，帶給汪精衛一顆定心丸，但在實際上卻是裹有糖衣的毒藥，影佐滿面春風的說：

「畑大臣閣下對於『內約談判』瀕臨破裂果然毫不知情，他聆悉我的報告以後大為吃驚。他向我當面指示機宜：他說他將促使興亞院讓步，以使汪先生的『和平政府』順利成立，他還期勉我務必要作最後的努力。」

影佐從東京帶回來的「佳音」使汪精衛夫婦以及其左右大為振奮，汪精衛尤其欣喜自己以退為進的策略果然奏效。他怎料想得到這又是東洋人的騙局，有如一場春夢。因為事實上影佐謁見畑俊六晤談的結果，是畑俊六負責出面調停，使興亞院「讓步」到「內約談判」可免於破裂的程度，意思也就是說：汪精衛能嚥得下多少，興亞院就得強行摀下去，直到汪精衛忍無可忍的時候為止。除此之外，他還帶回上海一封堀場的密電，基於作戰的需要，堀場請影佐幫他的忙，將「內約」中的若干條，迫使汪精衛提前承認。

汪精衛卻一廂情願，自作多情，誤以為影佐給他帶來了黑暗中的一線曙光。早先在「內約談判」觸礁擱淺期間，汪精衛食而無味，夜不安枕，幾乎夜夜失眠。每夜樓上樓下跑來跑去繞室徬徨，影佐的「東京佳音」一到，他臉上出現了笑容，談吐也顯得輕鬆，簡直就變成另外一個人。尤其湊巧的是和汪精衛淵源最久，關係頂深的陳公博：「千呼萬喚始出來」，他不忍捨棄他的老上司老搭檔汪精衛，因私而害公，寧願跟著汪精衛淌渾水，當漢奸，也從香港到了群奸亂舞的黃浦灘。陳公博抵步，汪精衛更是手舞足蹈，樂不可支了。

那一天，就為介紹陳公博與日方要人見面，汪精衛特地邀請影佐禎昭，和犬養健到他的愚園路滬寓。當影佐、犬養相偕到達，汪精衛偕陳公博、周佛海出迎。陳公博居左，周佛海在右，汪精衛居中略前，哼哈二將到齊，難免流露出一臉的躊躇滿志之色。

汪精衛向兩名東洋人，鄭重其事的介紹他手下第二號人物，棄職潛逃，通緝在案的四川省黨部主任委員陳公博，語氣之間對陳公博的才幹、學識與為人十分推崇。就陳公博而言，這原是一個相當重要，而且備覺榮寵的場面，偏偏影佐禎昭大為掃興，由於他方才接到堀場的一封急電，請他促使汪精衛立即答應「內約」中的幾點日方要求，以應「戰事的需要」。因此他迫不及待的請汪精衛和他坐在客廳一隅，竊竊私議。這一頭，則犬養健和陳公博相鄰而坐，陳公博意味深長的和犬養健攀談起來。

陳公博也淌了渾水

陳公博首先閒閒的問起——

「犬養君，你認識王寵惠先生嗎？」

犬養健很恭敬的作答：

「由於先父的關係，我曾拜見過王寵惠先生，聽說他最近當選海牙國際法庭的法官，計算時日，他應該啟程赴荷蘭了。」

陳公博說：

「他是最近才動的身，我從香港啟程來滬以前，王先生曾來過訪。他曾談起他擔任外交部長時，對日外交有過痛苦的經驗。所以他說他來訪我並非為了道別，而是表示和我永訣的。」

犬養健訝異的問：

「王先生竟會當你的面，說出這樣的話？」

陳公博不勝感慨的說：

「其實，說起這樣意味蒼涼的話，還是我先開口的。我說我現在到戰勝國的軍隊裡去玩政治，絕對不會有好結果。只不過因為汪先生左右人手寥寥，未免過於寂寞，我去幫幫他的忙，倘若他有什麼不便拒絕的事，我還可以代他打回票。犬養君，我確是抱著這種決心而來，假使你有什麼為難的問題，儘可拿來和我談談看。」

這是陳公博到上海，初次見到東洋人，所表現的挑戰態度。事實上，在最初一段時期，亦即「內約談判」最艱難、最後的一個階段，他倒是劍及履及，充分做到了的。就在同一天的同一時刻，汪精衛、周佛海、影佐禎昭和犬養健，曾經就汪方所堅持的各點，做了長達兩個小時的討論。汪周力主下列五點汪方絕不讓步。是即為：

一、日本撤軍，近衛所謂「須治安確立」一語，必須在附屬文書中加以解釋，以免日軍隨便可以製造展緩撤兵的藉口。

二、長江下游不設「日華經濟協議會」之類的特殊機構，任由汪偽政權自主，並且承認中國資本，尊重經濟原則。

三、不同意在海南島設日本海軍根據地，只可由雙方協定，准許日本海軍臨時使用。

四、華中鐵路在名與實上均應歸於中國所有，不再由日方獨斷指揮。但副站長與機車司機可用日人，並使與日軍鐵路警備隊緊密聯繫。

五、汪偽政權與現存地方政權之人事配置，應由汪精衛主其事，多方妥協，盡速辦理。

三天後，東京方面送來急電，日本海軍大臣直接向須賀少將下達命令，以海軍大臣代表資格，與汪方指定代表交涉海南島基地問題。同時，陸軍大臣也來電告誡影佐禎昭，他說海南島問題已進入微妙階段，影佐及陸軍人員不得干預此事。換言之，海南島問題已被日方指定專案辦理，須賀少將也暫時脫離了「梅機關」的範圍，交涉亦以列在「內約之外」。

上海方面，情勢因而越趨緊張，汪精衛尅日邀請影佐禎昭和犬養健，到他滬寓緊急磋商，到達時，仍由汪周陳三巨奸相偕出見，但這一次會晤卻與前次顯然不同，因為陳公博一開頭便以單刀直入之勢，觸及問題的核心，使兩名日本人很明顯的看得出來，陳公博確實以取代周佛海，而為日方主要的談判對象。陳公博突如其來的問：

「日本究竟是要北進呢，還是南進？」

面臨這樣一個犀利的問題，犬養健只好支唔以對的答道：

「似乎兩者都很著重。」

陳公博卻抓住了他這句模稜兩可的話，著著進逼的問：

「那麼，日軍要在海南島設立根據地，就不僅僅是日本海軍單方面的要求了？」

犬養健果然被逼出了真話說：

「是的，這次陸軍也同意了。」

陳公博一聲苦笑的道：

「如此說來，貴國陸軍對於貴國海軍，還蠻客氣的哩。」

悲酸痛苦此生僅有

犬養健唯有自我解嘲的道：

「或許是陸軍北進時，希望海軍協助，所以才會有這種交換條件的吧。」

這時候，汪精衛審慎的插進嘴來：

「那麼，貴國海軍勢將南進，已經是毫無疑問的事了。」頓一頓，他又若有憾意的說道：「我一向聽說，日本海軍是很能瞭解世界情勢的。」

犬養健只好做更進一步的說明：

「敝國海軍的南進策略，目前還有人力持異議。不過，假使海軍過於持重，敝國右翼團體的活動必將更趨激烈，連米內光政、山本五十六等海軍核心人物，俱有可能發生危險。」

陳公博故意大惑不解的問：

「我一向聽說米內、山本都是偉大的海軍將領，就不知道在政治方面，他們是否同為有力人物？」

犬養健竭力強調的說：

「米內大將和山本大將在敝國具有絕對的人望，只要他們兩位覺得此際南進對日本不利，敝國海軍必定一致服從，取消南進之舉，這是敝國海軍與陸軍截然不同之處，不過，倘若兩位大將在目前陸海軍關係並不太好的時候，說起了這樣的閒話：『陸軍那幫傢伙真可悲，他們把所得的好處統統拿走了，一點都不分給我們海軍』，那就萬事皆休，海軍非南進不可。」

陳公博略帶嘲諷意味的說：

「犬養君，我聽了汪先生和你所說的話，覺得貴國海軍縱使是很能瞭解世界情勢，似乎還有欠徹底呢。」

犬養健爽性坦然露骨的答道：

「敝國海軍一向就有這種毛病，他們很懂得如何把握原則，對於世界大事也肯悉心研究，有所瞭解。可是，只要一涉及海軍的具體利害問題，他們立刻就會變成極端的海軍本位主義者。」緊接著他又點入正題來說：「例如汪先生所從事的『和平運動』，倘若對海軍毫無利益，那麼，即使汪先生的『和平政府』不能成立，他們也毫不在乎。敝國海軍曾經毫無保留的表示過：連在華的敝國陸軍強硬派，當他們和海軍辦交涉的時候，也會覺得非常之吃力。」

犬養健的末一段話，顯然是在表示一旦要跟海軍辦交涉的時候，日本陸軍的立場是何等的為難，藉以表示日本海軍態度的一向強硬，非常難纏，從而促使汪精衛隊海南島問題讓步，但是陳公博頗有偏才，辦起交涉來亦非弱者，他立刻便將犬養健的一枚熱馬鈴薯拋到奉命唯謹，好大半天不曾開口說話的「梅機關長」影佐禎昭少將手裡，讓他熱烘烘，燙兮兮的拿也不是，拋也不可。陳公博兩眼定定的望著影佐禎昭說：「如此說來，難怪連影佐少將也無能為力了。」

一句話，果然激惱了日本駐華陸軍首要，大權在握的「梅機關長」影佐禎昭，他怒沖沖的站了起來，彷彿立誓一般的說：「只要是對帝國有利的事，即令要我開罪海軍，也在所不惜！」

然而，犬養健卻拉住他的衣袖，請他坐下，勸他稍安勿躁，然後提醒他道：「此刻我們要談實際問題，這才是最關緊要之舉。」

「要談實際問題，」影佐沉思俄頃，方始一聲浩歎的說：「一言以蔽之，倘若我此刻對海南島根據地問題有所意義，那麼，『內約談判』必將陷於四分五裂，莫所適從之困境，不只犧牲我影佐一人而已。海軍南進若被阻止，則自近衛公以次，所有日本政要，即使倖免暗殺，亦必辭職求去。繼起者必定是強硬已極之軍人內閣。到那時候，南進北進戰略尤將加速猛烈進行——這便是我這一次奉陸軍大臣之命，不許干預海南島問題原因之所在，然而是我痛心疾首的卻是：偏偏在這關鍵重大的時刻，我有力無處使，唯有接受命令，不惜逃避責任。憑良心說，此刻我內心之悲酸淒苦，實為有生以來第一次。」

在場日汪雙方諸人，無不為影佐的真情流露，慷慨陳詞而深切感動。沉默了好半晌以後，方由汪精衛打破了一片難堪的寂靜說：

「我們今天所做的討論，談到這裡也可以告一段落了。姑且讓我們將日方的海南島海軍根據地要求，作為一項實際問題，而此項實際問題卻必須與日本海軍代表須賀少將談判，所以，我們此刻需要決定一位談判的人選，我建議由周佛海先生擔任。」

猴戲開鑼醜態百出

詎料，周佛海聽到以後，立刻雙手直搖的說：「千祈恕罪，要我去虐待須賀那樣一位好好先生，我辦不到。」

陳公博不由一怔，忙問：

「此話怎講？」

仍還是由犬養毅代為解答，他告訴陳公博，須賀是一位「純潔高尚」的日本海軍老將，他半生以中國長江為「家」，對長江沿岸地理形勢瞭若指掌，至今仍保持獨身。須賀一向深獲日本海軍當局信任，但他卻拙於言詞，不善辯論，是一位並不被中國人厭惡的日本將領，簡而言之，須賀是日本海軍一個出了名的老好人，所以周佛海不願跟他辦交涉。

然而影佐卻在點醒三巨奸說：

「也許是因為海南島問題絕無理由可言，海軍方始抬出須賀老人當此重任。」

周佛海還在嘻皮笑臉，若無其事的道：

「這不是開玩笑的事啊，假使有人要冒犯菩薩似的須賀老人，那是要遭天罰的。」

陳公博便自告奮勇的說：「須賀既然是這樣一位老好人，那麼就讓我來跟他辦這場交涉吧。我和須賀從前並不相識，辦起交涉來，反而方便些。」

這是往後繼汪精衛而為偽組織首腦的陳公博，參與賣國求榮勾當之始。事實證明，須賀並不老好，陳公博和須賀之間的交涉尤其難辦。因為日本海軍過於蠻橫，他們無理可喻，要定了海南島作他們的南進基地，陳公博很堅持了一段時期，使得日本海軍老好人和汪偽組織二號頭目之間的交涉面臨破裂，影響汪偽政權遲遲不能粉墨登場。最後，則又是在汪精衛「猴急」，力促陳公博讓步，將海南島戰略要地拱手送給日本海軍。到這時為止，所謂「內約談判」，包括日本的額外要求，業已全部完成，汪精衛賣國，從東三省賣到了海南島。二十八年十二月三十日黃昏時分，日汪雙方簽字於汪精衛的賣國文件——內約，汪方代表為周佛海、梅思平、林柏生、周隆庠。高宗武、陶希聖二氏藉口生病未曾出席，實則他們已將「內約」原件一一攝好了影，旋即逃出龍潭虎穴直抵香港，將汪精衛賣國真相大白於天下。日方簽字代表則為影佐、須賀、矢野和犬養健。

從「內約」簽字到組織開鑼，其間經過兩個多月的籌備，東洋人給汪精衛吃到的第一項甜頭，是每月撥支經費四千萬元。照汪精衛的自說自話：這筆錢是他向東洋人交涉得來的關稅餘金，而關稅餘金本來就是中國人的，所以不能算他拿東洋人的錢，被東洋人所收買。四千萬固然不是什麼了不起的大數目，但是供給一小撮漢奸的開銷畢竟綽綽有餘。因此周佛海、羅君強那一幫人才能在黃浦灘上花天酒地，一擲千金了無吝色。汪精衛飛南飛北，到處聯合交際，開銷也是相當的可觀。到了民國二十九年二月二十三日，汪精衛、王克敏和梁鴻志在青島舉行最後一次分贓會議，總算談出了一個結果，亦即所謂「新政權成立協議」的達成。三月二十日汪精衛再在南京召開一個偽中央政府會議，決定了偽國民政府的陣容，紫金山下，龍蟠虎踞的南京城裡，又是群魔亂舞，奔走鑽營，鬧出了數不清的漢奸「官場」醜劇，三月三十日汪精衛厚起臉皮發表一個所謂「還都南京宣言」，他居然堂而皇之的叛國降敵「還都」起來了。這一天，距離汪精衛自重慶開溜出走，為時已歷一年又三個月，汪精衛當漢奸，真說得上是：「一把辛酸淚，滿紙荒唐言。」民國二十九年三月四日汪偽政權開鑼，大後方和淪陷區的同胞，不約而同的加他們以惡謚：是為偽組織。

滸墅關上驚人爆炸

八年抗戰，我國地下工作施予日軍，漢奸的打擊是重大深鉅，往往具有毀滅性的。恐怕有很多人直到如今還不曉得，早在民國二十八年十月初，日本軍方負責起草汪精衛投降條件的堀場中佐，把投降條件和相關文書全部帶到上海來，日汪雙方再指定代表展開「談判」，汪精衛即已決定他的漢奸偽組織不妨先開張，投降條件盡可慢慢談。汪精衛心急到這種程度，日本人方面當然是求之不得。寡婦上了轎，新人進了房，那他們不是儘可以予取予求，大開條件？

所以，汪精衛一行興沖沖的，起先決定在民國二十八年十月十日，鑼鼓一響，粉墨登場，在南京舉行所謂的汪偽政權「還都典禮」，日方立即表示贊成。於是在二十八年九月間，汪精衛便在上海召集大小群奸，擠擠一堂的開偽全國代表大會，議決「和平大計」，改選偽總裁和偽中央委員，成立偽中央黨部。實際上只設立了宣傳、外交和警衛三部門的偽機構偽宣傳部長×××、副部長林柏生，以上海中華日報為偽組織的「言論機關」，為主管偽政府的宣傳方針，還設了一個「社論委員會」，「社論委員會」的偽主席由汪精衛親自擔任，偽總主筆是胡蘭成，撰述則為周佛海、×××、林柏生、梅思平、李聖五、樊仲雲和朱樸之。「警衛工作」由極司非爾路七十六號負其責，主任是周佛海、副主任丁默邨、李士群，警衛大隊長吳四賢，外交、宣傳的負責人都是汪精衛，在汪精衛之下再設一批交涉委員，是為周佛海、陶希聖、高宗武、林柏生、褚民誼、李聖五和周隆庠。此外則周佛海「主持」財政，陳春圃、林柏生和胡蘭成分任秘書之職，這三個人頂了死鬼曾仲鳴的缺。

就用這樣一個最原始的偽組織班底，密鑼緊鼓，忙忙碌碌，進行汪記偽組織開張揭幕，日本人也很捧場幫忙，汪偽組織「還都典禮」定在十月十日舉行，請柬已經發了出去，但是接受汪精衛邀請的卻只有德國、義大利和日本三國的外交「使節」，其他各國駐在上海的外交官和僑民，莫不對這一個滑稽可哂，不倫不類的「還都典禮」嗤之以鼻，對敵偽雙方莫不敬鬼神而遠之。除了德義日這三個軸心國家以外，就沒有任何一位洋人接受邀請，專程前往「觀禮」。

二十八年十月九日，汪精衛一行大小群奸都已經先期由上海抵達南京，準備登台亮相，大過漢奸官癮。那一天，在上海方面，以日本外交官和僑民為主，德國、義大利領事、外交官員、僑民，成群結隊的到上海北站搭乘專車，走一趟南京城，去看一場熱鬧，日本軍方和汪精衛的七十六號特工機構，都派出了大隊軍警護衛，專車自上海北站向南京進發，一行人等歡聲盈耳，喜氣洋溢，殊不知我上海方面地下工作人員早擬定了周密的計畫，決心製造一項轟轟烈烈，懾服敵偽的壯烈之舉，他們在火車上埋好了定時炸彈。當專車抵滸墅關車站，定時炸彈轟然爆炸，被炸燬的車廂碎木紛飛，驚呼駭喊，頓時一片大亂。德義日三國的外交官及僑民，還有護送的日本皇軍，汪偽特務，直被炸得斷脰決腹，血肉模糊，所有的列車全部被炸毀，滸墅關車站附近死傷纍纍，滿目狼藉，也不知道有多少洋人呻吟於血泊之中。這一次火車爆炸案傷亡人數，由於敵偽雙方吃了大虧，守口如瓶，嚴密封鎖新聞，因而不知其詳。不過，據我方地下工作人員統計，當數應該數百名以上，全列專車上的人，只有極少數獲得倖免。

就由於滸墅關車站上驚人的一次爆炸，不但使德義日三國對於汪偽政權的估價急遽降低，認為汪偽政權是個不祥之物，沾上了便會倒楣。更重大的收穫，則為此舉迫使汪精衛的「還都典禮」不得不宣告延期，而且還得無限期的展延下去。這使汪精衛那一幫漢奸丟人現世，出乖露醜，汪精衛迫不得已的重回到談判桌畔，所謂「還都」，為此延遲了五個月之久。

一部偽府史從頭說

一直到民國二十八年十二月三十日，汪精衛在苛刻無比的賣身契——投降條件上簽了字，他又急急於著手籌備「還都典禮」，主持「組府工作」，僕僕風塵，南北奔走，剛有了一個頭緒，霹靂一聲，高陶事件發生，日汪之間所簽訂的密約，一字不遺的出現在民國二十九年元月二十三日發行的香港大公報上，這又是給汪精衛、周佛海之流的當頭一棒，使汪精衛狼狽萬分，奇窘無比。周佛海嚇得魂不附體，當著幾名東洋人的面失聲痛哭。高陶事件引起軒然大波，遂使汪精衛勢需將他自說自話的

「還都典禮」再度展期，一直拖到二十九年三月十四日，英美兩國正式通知日本，決定維護九國公約，不承認有什麼汪偽政權。汪精衛在國際上再遭受一次迎頭痛擊，二十日方才在南京召開偽中央政治會議，二十九日國民政府主席林森痛斥汪精衛的偽組織，汪偽組織卻反倒一不做，二不休的在南京靦顏無恥的開了張，還厚起臉皮說什麼遙奉林森為國民政府主席，汪精衛在南京混混不過代理而已，妄圖一手掩蓋天下耳目。

汪精衛成立偽組織，從他民國二十八年五月潛抵上海，直到二十九年三月二十九日舉行「還都典禮」的漢奸生涯，期間歷時十多個月。在這十多個月裡，汪精衛不但一波三折，而且受盡委屈，歷盡滄桑，汪偽組織「猶抱琵琶半遮面，千呼萬喚始出來」，陣痛難產，使大小漢奸受夠了罪，汪精衛嚐到辛酸苦辣的滋味，套句俗話：那種日子真不是人過的。當漢奸的誠然是自取其辱，挨得一點也不冤枉。

要談汪精衛的偽組織成立的內幕曲折，必須先自一部八年抗戰漢奸醜史從頭說起，才可以使讀者瞭然全貌，有更透闢的瞭解。這一部日本傀儡、漢奸醜史的主角，除了汪精衛、周佛海一幫丑角之外，還有在他們之前就認賊作父的王克敏、王揖唐和梁鴻志。王揖唐、王克敏二王在北平，他們的地盤是華北五省，梁鴻志所組織的維新政府在南京，地盤不過江浙皖贛一小部分。這三名大漢奸都是北洋軍閥餘孽——並非軍閥，而係軍閥所豢養的政客。他們毫無國家民族觀念，唯利是圖，不惜朝秦暮楚，反反覆覆。但是，無可否認的，他們很會耍弄政治權術，比汪精衛、周佛海之流，更懂得如何巴結東洋主子，揑牢地盤不放。因此，汪精衛和這一些北洋餘孽的勾心鬥角，明爭暗鬥，也形成了汪精衛漢奸生涯中最關重要的一部分，全部漢奸醜史，無非以此為中心，向外輻射發展。

早在八一三淞滬戰役結束後，國軍從容撤退，日軍進攻上海，分布要津，淞滬一代立刻成為亂雜雜，鬧烘烘，而係日本皇軍所絕對控制不了的地帶。從這個時候起，日方就已經定下了「以華制華」的陰謀詭計，利用上海的奸商市儈，罔顧國家民族大義之徒，組織了一個偽上海市民協會，出來負責維持秩序。偽上海市民協會的主要人物，如偽常務委員會主席顧馨一、委員楊福源、重要負責人尤菊蓀，乃至虹口偽東方民族協會會長、偽護法建國軍總司令伍澄宇，及其幫辦鄧少屏等，均已在民國二十六年六月底以前，被我地下工作人員先後擊斃，繩諸國法。

日方一計不成，又生一計，利用上海不肖之徒，再組織一個所謂的黃道會，以周樹人為會長常玉清為頭目，將日軍佔領地區全部納入「黃道會」的管轄範圍。同時，更利用「黃道會」的殺人越貨，無惡不作，使黃浦灘淪為暗無天日的鬼域境界。日本軍方更乘此機會，將虹口劃為戒備森嚴的禁區，尤將蘇州河以北，全部圈在鐵絲網裡，列為嚴重警戒地帶。在那一段日軍大肆淫威的時期，上海居民只要一腳跨過北四川陸橋，就唯有到鐵絲網外的郵政總局一帶而已，其他地方，一概都是寸步難行的。

與黃道會同時成立的漢奸組織，又有以蘇錫文為首，傅筱庵為副的上海大道市政府。然而不久以後，傅筱庵便扶了正，成為所謂的上海大道市政府市長，再進而成為上海特別市市長了。

唐紹儀死梁鴻志繼

南京方面，則當首都陷落，日軍入城，曠古未聞，空前慘烈的南京大屠殺過後，金陵古城，遍地血腥，城裡城外，惟聞鬼聲啾啾，即使在光天化日之下，都是行人寥寥，滿目蕭條。一到日薄崦嵫，夕陽西墜，亦更路斷人稀，陰風淒淒。入晚尤其槍聲響起，全城頓成恐怖世界。日本皇軍通城淫掠，鋌而走險的老百姓或搶或竊，得來的贓物便在新開闢的上海路兩畔擺起地攤。洋式浴缸每座三元，全套百科叢書，萬有文庫，帶同柚木箱也只售五塊錢，書籍不論珍本絕版，定價一律一元百斤。地攤銷贓，價錢便宜得出人想像之外，但是若非食物，仍乏人問津。劫後南京，真是連做強盜小偷都無法維生。尤其大街小巷，被日軍集體屠殺的屍體堆如山積，即使在隆冬之際，屍體擱置日久也會發臭生蛆，高樓華廈，深宅大院，如非移為一片平地，也是門窗卸盡，室徒四壁。商店民居斷垣殘瓦，殘破不堪。一般而言，南京市民生活以瀕絕境。何況電廠停電，自來水悉遭破壞，日本兵尤亟亟於搜查我國官兵，乃至於開娼演戲，恢復市面繁榮。因此，佔領首都南京的日本軍方，更急於找到一批漢奸，成立傀儡組織，否則的話，南京簡直維持不下去。

然而南京大屠殺血跡猶新，日軍的暴行仍在繼續，全南京的同胞，都認清了日本皇軍的真面目，人人把他們恨之入骨。因此日本人接連找了一兩個月，始終無法找到一個肯當漢奸的。日方無可奈何，便使用強硬手段，硬逼著陶寶慶出任南京偽自治委員會會長，陶寶慶是南京土著，湯山陶廬的業主，曾經當過南京市議員，也曾辦過慈善事業，在地方上頗有聲望。日本人用打鴨子上架的方式，把陶寶慶拖下了水，捧上了台，立刻便命令他完成兩項任務。第一次解散難民區，使萬千難民脫離國際委員的保護，第二是迅即安民，恢復市面。這兩項任務為陶寶慶所絕難辦到。於是日本人便擺出一副主子姿態，大罵陶寶慶辦事不力，陶寶慶被日本人逼得走投無路，他稱病辭職，被日本人峻詞拒絕，一度乘機逃跑，又被日本人追上來抓了回來。

南京偽自治委員會，始終是個無公可辦，陰陽怪氣的場面。日本人一看，長此以往，不是辦法，便動腦筋動到唐紹儀的頭上來。唐紹儀是廣東中山人，袁世凱的要好朋友，民國元年袁世凱繼任臨時大總統，唐紹儀曾膺命組閣，出任國務總理。在日本人的心目之中，如果能把唐紹儀抬出，那當然是最「理想」不過的了。然而，正當日本人派溫宗堯和住在上海的唐紹儀勾勾搭搭，頻頻密商。上海地下工作人員，很快的就得到了唐紹儀即將下水的情報。派一名同志，托詞兜售古董花瓶，請唐紹儀親自鑒定，其實花瓶的底座設有機關，暗藏著一柄斧頭，乘唐紹儀聚精會神的看古董，取出斧頭一斧，將他砍死在地。然後從日本軍隊警衛森嚴的上海唐公館，揚長而出，當日逃的無影無蹤。

唐紹儀一命嗚呼，日本人的一團高興，又落了空。南京日本佔領軍方，急得雙腳直跳，逼牢溫宗堯再去找一批二等腳色，就算是次貨也好。溫宗堯吃日本人逼不過，這才找到了梁鴻志。

梁鴻志是福建長樂人，原字仲毅，後來改為眾異。他是遜清嘉慶進士，歷任廣西、江蘇巡撫，頗有政聲，著述亦豐的梁章鉅之孫。早年失怙，幸由他的母親守節撫孤，機紓課讀，成為苦讀成名的一名貧士。十九歲中舉，晉京應試，他的房師看到他的卷子，大為激賞，譽為異才，但卻薦而不中，使梁鴻志名落孫山，頹然南旋。他那位房師在他臨行之前還特地邀見，執手慰勉，替他抱屈，又以身攜的一塊漢玉相贈，梁鴻志感激知遇，終生對這位房師執弟子禮。

王揖唐是雙料進士

光緒三十一年，清廷廢科舉，興學校，梁鴻志再度北上入京，進了北京大學前身，當年全國最高學府的京學大學堂，又從陳石遺學詩。畢業以後，做了一任學部小京官。辛亥革命，民國肇建，他又進了唐紹儀所主持的國務院，公餘之暇，便在袁世凱的機關報——亞細亞報兼個差，充任新聞編輯，寫寫政論文章。亞細亞報是客死台灣的薛子奇所辦，丁佛言、劉少少、黃遠生、李猶龍都在報館裡任職，跟梁鴻志不時詩酒唱和，成為了很投機的朋友。

梁鴻志諳熟史事，能詳本末，他寫的政論引古證今，夾議夾敘，文筆尤其恣放，嬉笑怒罵皆成文章，同時他的舊詩也作的很好，頗為文人墨客所欣賞。就這樣，民國初年，在北京城裡，梁鴻志的名氣漸漸響亮。

到了民國五年，袁世凱病卒，黎元洪繼任，段祺瑞當國務總理，大權在握，聲勢煊赫，大量延攬幕府人才，福建人曾毓雋向為段祺瑞的親信，又有一位陳徵宇，也在國務院充任秘書，便由於曾陳兩位福建老鄉的推轂汲引，多方提拔，梁鴻志也入了段祺瑞的幕府。而且還在春風得意，步步高升，當皖系極盛時期，他便當上了段祺瑞麾下第一員大將——段芝貴段總司令的秘書長。

當年皖系主政，軍要政客頹靡奢侈，群相徵逐聲色犬馬。每到禮拜六一下班，各自搭乘北寧路快車，從北京到天津去享受一番，業已成為風氣，梁鴻志是皖系新貴，當然也不例外。有一回，他在車上和一位皖系紅人王揖唐同座，互相寒暄。王揖唐也是皖系小有才具的一名人物，原名王賡，光緒三十年中的進士，又留學日本，在日本士官學校肄業，由於文弱書生，操練不來，經常的受教練、班長體罰。最後一次，一名日本教練把他一腳踢倒，受了骨傷，只好黯然退學，改入法政大學攻讀。課餘學詩，竟由軍人變成了頗負時譽的詩人。

兩年後，王揖唐中途輟學回國，但卻趕上了清廷的「考驗遊學畢業生試」，與民元第一任財政總長陳錦濤同榜，成了三十位洋進士之一，王揖唐遂時為時人不勝豔羨的「雙料進士」。

王揖唐和段祺瑞是安徽合肥小同鄉，因而段祺瑞之大力推介，投在袁世凱的門下。民國初年，他對袁世凱刻意巴結，竭力報效，他辦統一黨，包領黨費，代袁世凱收買議員，一心排除袁世凱的異己，有以討得袁世凱的歡心。因此，當他在袁世凱身邊最走紅的時期，連袁世凱的心腹親信，總統府秘書長梁士詒都因此吃癟。北京城裡乃有王揖唐「雙手抓住袁總統，一腳踢開梁士詒」的謠諺，由而可知他手段的厲害。

迨至徐世昌出任國務卿，王揖唐曾經得了一筆錢，赴歐洲遊歷。他在德國研究軍事，學成歸國，仍在袁世凱幕府效力。袁世凱洪憲稱帝，他也是勸進最力的一員。嗣後又曾任過吉林巡按使，內務總長。袁逝黎繼，段祺瑞在當北洋系的家。王揖唐又歸附於皖系，成為皖系「元勛」之一。民國五年六月，段祺瑞正任國務總理兼陸軍總長，他很想把陸軍總長一席讓給王揖唐，和王揖唐一商量，王揖唐真是喜從天降，滿口應允。但是他卻驀的心血來潮，辭出後便去找到一位北京城裡頂有名的算命先生汪九如，請他看一個相。汪九如仔細端詳，方始告訴王揖唐說：

「先生，直言休怪，就尊相的格局來看，應該是以文官出任，文官下場，其貴可至一品。」

王揖唐好不納悶的問他道：

「可是，鄙人卻是習武的，難道我習了武還不能夠領兵嗎？」

汪九如當下便回答他說：

「啊，原來閣下是習武的，那倒是失敬的很了。不過，就相論相，尊駕縱使是武途出身，也萬萬不可再綰兵符。即使是掛個軍銜，也得慎重，否則的話，就怕會有殺身之禍，性命之憂。」

就這「殺身之禍，性命之憂」八個字，不但兜頭澆了王揖唐一盆冷水，十萬火急辭掉了陸軍總長一職，而且還改變了他一生的命運。王揖唐留起絡腮鬍子，一輩子都在做文人打扮，就此成為皖系政客，進而為安福系的罪魁禍首，終於當上了大漢奸。

秘書長分贓五十萬

那天梁鴻志在軍中巧遇王揖唐，倒是梁鴻志的運氣來了，因為當時王揖唐正在給段祺瑞組織安福俱樂部，身為黨魁，後且為安福議會議長。王揖唐操縱選舉，宰制國會，他聲望如日中天，炙手可熱。王揖唐眼見梁鴻志帶在車上看的詩本都是珍本，見獵心喜，便借來披覽，一時詩興大發，援筆作詩一首，就夾在詩集裡，忘記取回。當梁鴻志在他鄰座看到這首詩時，他也不甘示弱，依韻和詩一首當面呈請指教。王揖唐一看梁鴻志的和詩，驚喜交集，兩人從此訂為文字交。

民國九年北洋系內鬨，終至兵戎相見，直皖戰爭爆發，一場鏖戰，直勝皖敗，段祺瑞垮台，梁鴻志反倒發了一筆橫財。原來在段芝貴的總司令部裡，尚存有待發放的軍餉三百萬大洋，一打敗仗，部隊潰散，這筆鉅額軍餉就被司令部的幾名高級官員所瓜分了。梁鴻志是秘書長，他獨得五十萬，在直方首要曹錕、吳佩孚虛張聲勢的通緝安福系禍首聲中，一火車逃到了天津，進入租界，當上寓公。又用半騙半賣的方式，弄到手一幅唐朝名畫家閻立本的「少夷朝貢圖」，轉手賣給日本富商岩崎，一賺便是三十萬的暴利，貧士出身的梁鴻志驟成為大富翁，梁鴻志一度悠哉悠哉的走大運，又結識了一位富家棄婦，戀姦情熱，甘願作他的姨太太，這一票生意，居然更是人財兩得。

民國十三年直奉二次大戰，馮玉祥倒戈，曹錕被囚，吳佩孚敗走，段祺瑞再度出山當上了臨時執政。執政府的秘書長一席，他原本屬意王揖唐，可是王揖唐卻是個聰明人，明知段祺瑞本身並無實力，夾在張作霖、馮玉祥當中，這「烤鴨子」的滋味很不好受，他寧願當安徽省長兼軍務督辦，把秘書長一席讓給了「文字交」梁鴻志。這一下梁鴻志可神氣了起來，他從天津入北京，賃居西城。由於那一幢房子袁世凱的智囊楊度也曾住過，他變得意洋洋的自撰一副門聯：

「旁人錯認楊雄宅，」

「日暮聊為梁父吟。」

妙在梁鴻志把「楊」、「梁」二字都嵌了進去，而且還借用「梁父吟」，自比諸葛亮。

不幸的是「烤鴨子」段祺瑞那張執政寶座坐不長，終被馮玉祥的部將鹿鍾麟所迫，通電告退，回到天津重為寓公。他的梁秘書長當然也唯有下台一鞠躬，仍回津寓，閒來無事，陪著段祺瑞來上一局圍棋，八圈麻將。

民國二十二年，段祺瑞因為不堪日本特務土肥原逼他出山當傀儡，間關南下，住在上海霞飛路前安徽、山東省主席陳調元的公館，國民政府每月致贈三萬元生活費，段祺瑞卻將其中的一半分贈給他的老部下，曹汝霖、王揖唐、吳光新每月兩千元，梁鴻志、曾毓雋、魏宗瀚、姚震、姚國楨、陸宗興、章宗祥、段宏業、段宏剛一月一千。段祺瑞在民國二十五年十一月二日病逝，皖系人物從此勞燕分飛，各奔前程，梁鴻志要算是還能過的去的一個，他的生活應該不至於發生問題。但是做過官的人終歸難免「官癮」之發，他自以為失時兼又失意，常年悶悶悒悒。中日戰爭爆發，汪精衛一系的人物黃秋岳在當行政院秘書，由於接受日本特務賄賂，竟至通敵賣國，罪證確鑿，被捕槍決，受到國法的制裁，當時全國同胞無不人心大快，就唯有梁鴻志哭以詩云：

「青山我獨往，白首君同歸，樂天哀天涯，我亦銜此悲。

王涯位宰相，名盛禍亦隨，秘書非達官，何事而誅夷？」

看他的口吻，簡直是向政府質問了。漢奸而不該殺，世間焉有此理？可見得在梁鴻志的心目之中，根本就沒有國家民族思想。此所以，當南京大屠殺舉世震驚，三十餘萬同胞屍骨未寒。溫宗堯奉日本主子之命，拉人出來當漢奸，他跟梁鴻志一商議，居然一拍即合，梁鴻志不甘寂寞的要當賣國賊。

陳群下水掌握實權

起先他還有些忸怩作態，跟溫宗堯說：最好多拉幾個人下水，以免他單槍匹馬，勢孤力單。然後他又向上海三大亨之一的張嘯林張「大帥」探口氣，送秋波，目的厥在於取得避往香港，矢志抗戰到底的杜月笙先生諒解，留一點退步餘地，殊不知杜先生和張「大帥」早已志趣不同，分道揚鑣。杜先生在港渝兩地支援抗戰不遺餘力，張「大帥」卻一心一意想當一位浙江偽省主席。杜先生在走他的陽關道，張「大帥」則過他的獨木橋，兩位把兄弟早就風馬牛不相及。所以張「大帥」因風搧火噓了梁鴻志一記，照杜先生的牌頭，謀他自己的私欲，他答應和梁鴻志隨時暗通聲息。

梁鴻志以為自己已經腳踏兩頭船，可以左右逢源，無往不利。又有溫宗堯積極奔走拉攏，多方勸駕，使得坐處愁城，心憂如焚的陳群先生，也答應了參加梁鴻志的漢奸行列。陳群是杜先生的結拜兄弟，在黃浦灘上曾經是風雲際會，不可一世的人物，卻一觔斗從九霄雲裡直栽下來，杜先生講道義，重友誼，請他擔任他所斥資創辦的正始中學校長。當杜先生擺脫日本人的監視，挈眷赴港，參加抗戰。陳群先生驟失憑依，頗感惶恐。他和梁鴻志本來就是同鄉，再經由溫宗堯「見人說人話，見鬼說鬼話」，利用雙方的苦悶心情，矛盾心理，從中一撮合，於是梁鴻志和陳群都上了他的大當。一個以為杜先生的把弟都參加了，那還會有什麼問題？一個則在想：與其等死，何不來個山窮水盡疑無路，柳暗花明又一村？

已經答應當漢奸，決定應「日方之請」在南京組織偽維新政府了。可是梁鴻志明知南京城裡群情憤慨，民心激昂，他還是不敢即日就到南京去。梁鴻志以「茲事體大，必須妥善籌備」為詞，他要在上海預先籌劃到南京就職的事。日本人暗自匿笑的應允了他這個要求。於是，由梁鴻志指定，在上海虹口新亞酒店成立南京維新政府籌備處，梁鴻志帶著他的妻子兒女，姨太太和家人傭樸，一齊搬進東亞酒店，接受日本的嚴密保護。日本人對梁鴻志起先倒很優待，除了日軍佈崗，把東亞酒店視為禁區，還特別允許梁鴻志自備警衛。梁鴻志的偽維新政府籌備初期，各部門都分別設在旅館裡，所以京滬一帶的同胞都謔稱其為「酒店政府」。「酒店政府」首先就因為旗幟圖案問題，和東洋主子有了歧見，日方主張用黃道會旗，黃底，上綴一八卦圖，梁鴻志認為不倫不類，他起初「提議」竊用青天白日滿地紅國旗，為日方所峻拒，又「決定」用民國初年的五族共和旗，日本人還是不答應。這時候梁鴻志卻發了急，他說你們不答應我就不幹，東洋主子方始勉強同意。

梁鴻志拉幫手，參加他的維新政府，七搭八搭，東拼西湊，好不容易湊成了一盤大雜燴。梁鴻志為表示遙奉重慶中央的正朔，他不敢作偽主席，只當偽行政院長。和他平行的，僅有偽司法院長溫宗堯，偽立法院長林旭，五院只備三院而已。行政院之下，有偽內政部長陳群，聚集了一批小政客如張秉輝、鄧祖禹、陳光中等，門路既多，相當活躍，根本就不賣梁鴻志的賬。軍事抓在實力派任援道、高冠吾等偽將軍將領手裡，梁鴻志也無權過問，還有兩個比較重要的偽機構，亦即俱有直接收入的偽交通部和偽實業部，偽交通部長江鴻杰，原任駐日領事。偽實業部長王子惠，台灣人，是日本皇民會的重要分子，他們都有東洋主子撐腰，在偽維新政府中形成半獨立狀態，兩部部務，偽行政院長梁鴻志休想過問。梁鴻志的親信幹部如嚴家熾、朱履龢等只好備位閒曹，陪著空頭偽院長長吁短嘆，一籌莫展。梁鴻志誤上賊船，反倒無權無勢苦惱不堪，為了維持偽政府的經費，他迫不得已的向東洋主子借了一筆基金，開設了一爿規模不大的「復興銀行」。

上海市長是特別的

南京歷經浩劫，無「行」無「事」，等到梁記偽政府由日軍保護，進入南京，不久以後便發現坐吃山空，難以為繼，把梁鴻志逼的無路可走，他便動腦筋到花花世界黃浦灘。某次，藉口赴滬渡假，坐火車到了上海，仍舊住進東亞酒店，偽上海特別市長傅筱庵是個精明已極的銀行老板，他深知梁鴻志來者不善，善者不來，一定是垂涎上海這塊最肥的地盤。但是偽維新政府行政院長蒞臨，他又不能不接，傅筱庵佯裝他並不知梁偽院長何時抵步，叫梁鴻志一腔熱望落了空，傅筱庵並不曾到車站迎迓，反而妄自託大，裝瘋賣傻，直接了當的給梁鴻志掛起一面擋駕牌。他到東亞酒店會晤梁偽院長，排闥直入，劈頭就說：

「院長，你可知道我這個市長是不同的嗎？」

梁鴻志被他問得一怔，張口結舌的不知如何回答是好，他嗯嗯啊啊幾聲。於是傅筱庵乘此機會從衣袋裡掏出他的名片來，走近梁鴻志的身邊，伸手指指點點，意味深長的說：

「喏喏喏，你看看，我這個上海市長是『特別』的啊。」

梁鴻志差一點被他當場氣昏，傅筱庵的用意很明白，他是偽上海『特別』市長，既然特別，那就不歸維新政府管。他公開表示上海『特別』市與偽維新政府毫不相干，梁鴻志休想到上海來撈點油水。

碰了傅筱庵一個大釘子，這以後還不好意思再到上海去，梁鴻志怏怏折返南京。抗戰時期全國同胞都罵：「刀口上舔血的漢奸」，淪陷區群奸是狗搶骨頭。唯有梁鴻志當了南方漢奸首腦，他舔不到血，連骨頭都舔不到，成了名符其實的雙料傀儡。難怪他牢騷更多，時刻都有深沉的悲哀，所以他曾作了一首詩，道盡自己的無限懊惱，滿腹辛酸，詩云：

「拋卻文書即酒杯，駸駸佳日去難回，身疑春繭重重縛，心似勞薪寸寸灰。階下弓刀類兒戲，眼中幢節幾人才？鞭笞六國尋常事，只惜秦人不自哀。」

因次我們也可以說，梁鴻志當大漢奸，一旦上台便發覺他實已「悔之晚矣」。

南方的梁鴻志情況如此，北方的王克敏又如何呢？遠在民國二十五年，日本提出所謂之「華北特殊化」，冀察風雲，瞬息萬變。冀察政務委員會委員長，兼二十九軍軍長宋哲元，為了應付嚴重局面，請王克敏和王揖唐分任經濟、內政兩委員會主任委員。安福系失意政客遂由二王汲引，紛紛北上，彈冠相慶。二十六年七月七日抗戰爆發，平津淪敵，日本人在同年九月即以設立漢奸組織「偽京津治安維持聯合會」，二王立即率領群奸搶先參加，出而「負責」。十二月十四日，日本華北駐屯司令官寺內壽一遽將該會解散，另在北平設置偽臨時政府，劃河北、察哈爾、綏遠、河南、山東五省為偽政府管轄地區。寺內壽一老謀深算，詭計多端，他指定在北洋軍閥餘孽，失意政客王克敏、王揖唐、湯爾和、高凌霨、董康、齊燮元諸奸之中，選擇其中一名為漢奸頭目，命人分別約談，看看各人「開價」如何，再作最後決定。另一方面，唯恐二王這一幫人會沆瀣一氣，搓圓仔湯，又故作姿態要力挽段祺瑞的「師爺」，屢任北政府國務總理的靳雲鵬，和困居北平的前直魯豫三省巡閱使吳佩孚出來當漢奸，有以挾制二王之流的二流政客。但是靳雲鵬已患瘋癲，長日捽桌砸椅，吳佩孚則大義凜然，誓死不屈，日本人費盡心機也請不出這兩員大將。

王瞎子是日系頭目

群奸為了爭奪這個華北組織最高職位，人人施展渾身解數，削尖了頭來鑽營活動。不過最後漢奸頭子一席，仍還是落到了王瞎子王克敏的身上。王克敏能夠脫穎而出，躍登群奸之首，厥在於他所開出來的賣國條件最徹底，對日本人最有利。王克敏和日本人簽訂了一項密約，內容包括下列四點：

一、凡偽軍之調動指揮，以及行政、教育設施權，一概交予日方。

二、華北五省之礦產、棉業、交通、水電、森林等一應經濟事業，聽由日方開採經營。

三、北平近郊，以及冀東二十二縣，全部劃為日本移民區。

四、偽政府所任用之人員，須經由日方調查鑒定，方得錄用。

偽臨時政府採行三權分立制，因此設立了如下的三個偽機構：

一、偽議政委員會，設委員長、常委、委員等偽職，負責審議決定偽政府重要施政事項。

二、偽行政委員會，設委員長、常委、委員等偽職，執行偽議政委會之決定事項。

三、偽司法委員會，設委員長、常委、委員等偽職，掌管司法事務。

事實上，三個偽機構的實權，全部操諸日本顧問之手，連人事任免升黜也不例外。大小偽官，不過略過官癮，有機會時撈點油水而已。

王克敏不但在華北群奸之中熬出了頭，而且他還搭上東京方面的線，彷彿直接聽命於東京似的，因此形成了華北偽府的「日系」。廿七年元月，冀東偽組織也併入了偽臨時政府，由日方指派關東軍方的善多誠一負責監督，於是偽府中又有了接近關東軍的「滿系」。復由於群奸爭奪權利，群犬爭食，經常為了分贓不勻而發生摩擦傾軋，王揖唐早先就是安福系的黨魁，他雖曾一度自甘雌伏於王克敏之下，對王克敏極為恭順。然而，時日一久，矛盾重重，王揖唐在偽府終究人多勢大，所以他也建立了以他為中心的偽府「皖系」。三系群奸互不相讓，內鬨日烈，華北偽府始終都是個狗打架，其亂如麻的局面，只不過，表面上群奸仍尊王克敏為首罷了。

王克敏的一生頗富浪漫色彩，傳奇意味，他和黃浦灘也很有淵源。在汪精衛的四年有半的漢奸生涯中，王瞎子王克敏可以稱的上是他最難應付的人物，最感棘手的問題。這位一輩子貪淫好色，揮霍無度的北洋政客大漢奸，字叔魯，浙江錢塘人，但卻生在廣東，前清時代中過舉，由於家境貧寒，中舉以後反而進退兩難。幸虧有一位潘姓友人送了他一筆錢，始克晉京活動官職，他用潘某的錢捐了一個候補道，再走東三省總督趙爾巽，山東巡撫楊士驤的路線，等缺不久便分發直隸視察使，滿清末年還曾奉旨赴日，當了一任留學生總督。

一任財長鬥垮老師

民國初年，王克敏曾經聯絡各國在華銀行的華洋經理，向財政部和其他接洽外債事務，使他在華北財政金融界嶄露頭角，尤其獲得各大軍閥的刮目相看。果然到了民國六年十一月，「北洋之龍」王士珍奉命組閣，王克敏竟然一躍而為財政總長，又在民國七年二月初步達成了當時國人對「關稅自主」的殷切期望，公佈國定關稅條例。同年三月王克敏奉代總統馮國璋之命赴安徽，與安徽督軍倪嗣沖面商軍事、財政問題。那時候他身為馮國璋的代表。不過當他一回到北平，國務總理王士珍即因病辭職，內閣改組。「北洋之虎」段祺瑞四度出山，財政總長換了皖系的曹汝霖，王克敏只當了三個月的財政總長，他卻做了下列四件重要工作：

一、為整頓中國銀行，向日本的正金銀行貸款一千萬元。

二、自兼中國銀行總裁，聘張家璈為副總裁，開了財長兼任國家銀行總裁的先例。

三、向日本三井銀行，訂借財政部印刷局貸款日幣二百萬元。

四、公佈國定稅則條例。

因次，這三個多月，也可以說是王克敏對國家貢獻較多的一段時期了。

先是，滿清末年，北洋直系領袖曹錕還在保定尼雅河當營長，王克敏則已貴為直隸觀察使，他認識了曹錕，折節下交，頗有往還，因而成為曹錕的知己好友。民國九年直皖之戰，直勝皖敗，曹錕攆走段祺瑞，掌握北府中央大權，王克敏借步高登，遂而聲譽鵲起，炙手可熱，成為曹錕的心腹股肱。民國十二年五月，財政總長劉恩源因為無法支付軍費，請准辭職，國務總理張紹曾命張英華署理。張英華也不敢挑起這副重擔，曹錕便使王克敏重為馮婦，勉任艱鉅。賴曹王的特殊關係，以及吳佩孚對他也很器重，總算渡過了這次難關。而且還暗助曹錕，幫他完成賄選，當上北政府大總統。所以，後來內閣改組，張紹曾去，孫寶琦繼，王克敏便獲得蟠聯。

孫寶琦是一位前清老官僚，曾經奉李鴻章之命，出任河北開平武備學堂總辦（校長），北洋軍要，都得要稱他一聲老師。然而，王克敏恃寵而驕，卻不把這位北洋眾家老師放在眼裡，由於金佛郎案，德國債票案和國務總理孫寶琦苦苦纏鬥，鬧得不可開交。其後雖然在各方斡旋之下，勉強合作下去，但是為時未幾，孫寶琦即已不堪忍受王克敏跋扈囂張為理由，施出了他的撒手鐧，向曹錕呈請辭職。

照道理說，閣揆與閣員意見不合，相處不洽，竟使閣揆掛冠求去。當總統的，必定會或予協調，或者挽留閣揆而諷示閣員去職，斷乎沒有反其道而行之的做法，殊不料，孫老師的這一寶押錯了，曹王關係不同，王克敏的腰桿子太硬，曹錕竟在孫寶琦的辭呈上，批了「照准」二字，而命外交總長顧維鈞兼代國務總理。孫寶琦求榮反辱，就此垮台。王克敏卻依然坐在財政總長的金交椅上，歷經顧維鈞代閣，和顧惠慶內閣，直到二次直奉戰爭，直系戰敗，曹錕被囚為止。

曹錕對於王克敏，始終信任不衰，一力支持。除了兩人之間淵源深、交情久以外，更重要的一點，厥在王克敏的拍馬功夫，高人一等，能把賣布出身、行伍起家的曹錕曹三爺，奉承的樂不可支，暈頭轉向。他認為王克敏公私界限，分得清楚明白，決不拖泥帶水，不會把曹錕鉅億的家當，轉到他的荷包裡去。

王克敏從直系倒台後，栖栖皇皇，逃往日本，段祺瑞的臨時執政府，還曾下令通緝。不過，他跟日本人的關係，卻也在這一段時期建立。民國二十年後，王克敏從日本返抵上海，當年揮金如土，時已窮途潦倒，正在衣食維艱，無以維生的時候，宋哲元將軍委他和王揖唐以要職，王克敏欣喜若狂，立即北上，殊不知就此一步步的邁向漢奸絕路。

有名豔妾叫小阿鳳

華北臨時政府，自始至終，都以王克敏和王揖唐，二王為中心。可是，二王雖說同為北洋政客，王揖唐卻為皖系中堅，王克敏則為直系權要，直皖戰爭以後，二王分明已成冤家對頭，政壇死敵。這二王又怎會沆瀣一氣，合作無間，而且私交還不錯的咧？說起來，這其間確有一段穢史。原來，王克敏和王揖唐是嫖字號上的朋友，甚且還由嫖而產生親戚關係。認真的說，王克敏居然還是王揖唐的女婿呢。

早年，王揖唐有個小老婆顧氏，原是南邊某姓人家的童養媳，還沒有來得及圓房，她那位名分上的丈夫便得病亡故。顧氏的婆婆，有意把她賣到堂子裡，得幾個錢，彌補「損失」。可是，顧氏卻很有志氣，她隻身逃到上海，幫人家洗衣服，賺幾文錢養活自己。

顧氏長到二十一二歲，倒也相當的出色漂亮。可是，他一不能嫁人，二不能多賺兩文改善生活，依舊還是一個包洗衣服的青年女子。便有同鄉人覺得她可憐，幫她出面，給了她婆婆一點錢，讓她恢復自由之身。顧氏從此拼命的積蓄，只是苦於高不成低不就，始終找不到合適的對象。兩三年後，她已經二十三四歲了。早年的女孩子，到了這個年紀，要想出嫁，更是難上加難。

於是顧氏便把心一橫，乾脆多賺點錢，圖個下半世的生活安定吧。她進入一家妓院，做一名「帶擋娘姨」，也就是伺候嫖客與姑娘的小老媽子。收入一多，她全存著。有一天被她買到一個俏麗秀氣的女孩子，顧氏心知她是奇貨可居，便悉心調養，加意培植，在她身上下了很大的本錢。等到那小姑娘亭亭玉立，已經可以接客做生意了，顧氏便給她取個花名叫小阿鳳，又打聽出北平城裡闊佬多，生意好，她就帶著小阿鳳上北平去。

安福系的頭號人物

當皖系安福俱樂部成立初期，那幫未來的安福系要人、安福系議員，支領段祺瑞的豐厚津貼，徵歌逐舞，花天酒地。不是捧角兒，便是逛窯子。顧氏和小阿鳳兩母女到了北平，在八大胡同韓家潭搭了班子，自此讓小阿鳳投懷送抱，高張豔幟。小阿鳳是南國佳麗，麗質天成，兼以訓練有素，活潑乖巧，所以生涯鼎盛，短暫期間，就給顧氏賺了不少的錢。

王揖唐是安福系的黨魁，也是八大胡同的貴賓、常客。那般花容月貌，豔光四射的紅姑娘他見得多了，反而欣賞起顧氏徐娘半老，風韻猶存，居然還是個女兒家身來。顧氏呢，自份婚配無望，居然交了「老」運，獲得總長大人的青睞。不用說，她是千肯萬肯，百依百順的。就這樣男貪女愛，顧氏心甘情願給王揖唐做小，帶了她的小義女阿鳳，和全部積蓄，就此搬到王公館去。

顧氏成了王揖唐的大姨太，決心洗心革面，力求上進。不但主持家務井井有條，而且還由王揖唐教她習小楷，做舊詩。兩三年下來，居然字也可觀，詩也可取，行動舉止還有了那麼一點書卷氣。王揖唐對她越來越寵愛了。當王揖唐合肥家鄉傳來噩耗，他的元配夫人病逝。王揖唐便在北京城裡辦了一場喜事，請國務總理段祺瑞主婚，把顧氏給扶了正。

顧氏成了當朝一品的王夫人，虧她還有良心，首先便想到她女兒小阿鳳的婚事，他請小阿鳳她爺王揖唐代他物色佳婿對象。王揖唐私底下說：小阿鳳縱然年輕貌美，但卻由於她在八大胡同名氣響亮，人人都曉得她的出身，要找個有財勢的朋友，除非是做偏房。這一層，顧氏和小阿鳳兩母女倒也並無異議；當時正值金佛郎案和三一八屠殺學生慘案發生，空氣對段祺瑞極為不利，直系曹錕、吳佩孚趁機崛起，王揖唐深知王克敏在曹錕跟前一言九鼎，最有影響力，為求王克敏進一言而緩衝局勢，便使了個美人計，願將小阿鳳雙手奉送給王克敏做妾。王克敏好色若命，又久聞小阿鳳的豔名，真是喜不自勝。因此，小阿鳳變成為王克敏不可一夕無此豸的妾侍，王揖唐和王克敏，就此成為歪打正著的「翁婿」。王克敏心感之餘，也曾投桃報李，在皖系面臨重大危機之際，使之暫且穩住些時。只不過，直皖大戰槍聲一響，皖系兵敗如山倒，十萬大軍潰敗無餘，從此以後，王克敏便一直騎在他老丈人的脖子上了。必得汪精衛費盡心機，清除異己，方使王揖唐鬥垮了王克敏，稍微的揚眉吐氣。

給汪精衛當頭棒喝

汪精衛在奔走南北，加速成立偽組織的民國二十八九年間。他所面臨的態勢就有這麼複雜，交手的對象更是如此其難纏。如若說汪精衛當漢奸是在從事他一生之中最艱難的一次政治鬥爭，似乎也並不為過。明治維新以後，日本朝野之間最不願見之事，惟在中華民國的統一，抗戰以前如此，抗戰以後亦不例外。日本積極侵華，日方對於其所攻佔的廣大淪陷區，唯一目的厥為搞成一個四分五裂的局面，然後分別駕馭，統而治之。所以日本人自始至終便不願見華北、華南統一於汪精衛的漢奸旗幟之下。這一點，王克敏看的比汪精衛更清楚，同時，汪精衛又比他的「前輩」梁鴻志明瞭得多。

起先，當王克敏的偽臨時政府，和梁鴻志的偽維新政府相繼開張以後，日方曾予規定：南北兩偽府每月舉行一次聯合會議，尤且硬性規定雙月在北平，單月在南京。因此，第一次南北二偽府聯席會議乃在漢奸資格較老的北平舉行，地點係在北洋政府時期的外交大樓。屆期梁鴻志親率他的偽維新政府首要一體北上，移樽就教，這首次會議係以王克敏為主席。

第二個月逢單，於是王克敏又帶領所部大舉南下，參加以梁鴻志為主席的第二次南北群奸聯席會議，卻是這一次會議和上一次一樣，雙方既無權利牽涉，亦無意見衝突，傀儡聚會，就唯有吃喝玩樂，犬馬聲色。像這樣的會而不議，議而不決的群奸會議一連開了六次，連日本人都認為是勞命傷財，多此一舉了。

等到汪精衛脫離抗戰陣營，二十八年五月方由日本人迎來上海，一度赴日洽商該如何賣身投靠，又急吼吼的籌組偽組織。一開頭他便煞有介事，要召開什麼「全國代表大會」，擺出來就是淪陷區歸於一統的架勢。汪精衛為了這個偽全代，著實是苦苦經營，煞費心機。他派陳允文、周化文二奸秘密北上，到處活動。再使李景武、焦瑩兩奸分頭拉人，這四名巨奸居然拉到四十二位準漢奸，偽代表地域包括遼寧、吉林、黑龍江、陝西、甘寧、青海、寧夏、新疆、熱河、察哈爾、綏遠、山東、山西、河南、河北等省。以及北平、天津、青島三市。南方各省市當然更不用說了。汪精衛一手導演的偽全代會在極司非爾路陳調元舊宅揭幕，選舉偽中委，組成偽中委會，宣佈汪精衛即將「組府還都」，但卻加上了一個無可奈何的尾巴：「必須先與日方成立一基本諒解」，因為日汪密約猶在逐日洽商之中。

北有王克敏，南有梁鴻志，倘若這兩重障礙不除，汪精衛的偽組織又怎能出現？因此，汪精衛在訪問北平和南京，盡到了「禮數」以後，便藉日本人規定的南北兩偽府聯席會議之便，在南京首度列席，準備和梁鴻志、王克敏從長計議，分一分贓。殊不料，就在頭一天的會議席上，王瞎子王克敏絲毫不講情面，兜頭就給了汪經衛一悶棍，他虛張聲勢，語語恫嚇的說：

「汪先生，溫院長，二位一定早已曉得，滿州國皇帝移鑾北京城，早就是關東軍的預定計劃，既定決策，什麼細微末節，全都預備好啦，只要是關東軍部一聲令下，宣統皇帝就要回到北京城裡來。除此之外，如今住在北京城裡的吳子玉（佩孚）吳玉帥，他是關東軍的次一目標，利用對象。吳玉帥一旦出山，日本人也就不必跟你汪先生打交道了。此所以，時至今日，我王克敏只不過是皮，汪先生你倒是毛。汪先生，你總該懂得皮之不存，毛將焉附的道理吧？」

汪精衛聽了王克敏所說的這些話，語語威脅，十分狂妄，他自比為「皮」，把汪精衛視為「皮」的附屬品——「毛」，心中當然是憤恚莫名，極其懊惱。卻是以偽組織的「大局」為重，也只好顧左右而言他，忍下來了。然後，汪精衛一向氣量狹小，王克敏挾日之勢，睥睨群奸，盛氣凌人，汪精衛卻是一旦吃虧便永難忘懷的。因此，在這一次的會議席上，便種下了往後汪精衛用九牛二虎之力，整垮王克敏的張本。

噱垮了偽維新政府

就在汪精衛的偽組織開張之前，汪精衛透過他的後台老板：日本特務梅機關長影佐禎昭的關係，從東京方面對王克敏施壓力，必欲組成一個至少在表面上統一的漢奸機構。王克敏迫不得已，才有第二次南京之行。這一回，他不能不雙手讓出漢奸中的「老大」地位了，因為新成立的偽組織將以汪精衛為首，那是日本人的意思，主子的吩咐，王克敏焉有不遵之理？可是，當他率領漢奸嘍囉抵達南京，依然擺出一副拒汪於千里之外的嘴臉，在會議席上，王克敏不讓能說會道的汪精衛專美於前，他滔滔不絕，搶著發言，一再強調「華北特殊化」。弦外之音，就在於他的北五省地盤，不容任何人侵犯。汪精衛召開這次三奸會議的主要目的，正是要商討如何解決華北政局，他甚至暗示，只要王克敏肯予合作，他不惜讓出最有實權的偽行政院。汪精衛希望華北漢奸首腦大舉南下，參加他的偽政府，王克敏的偽臨時政府從此撤銷，華北五省歸於汪偽政權的「統治」。然而，王克敏卻口口聲聲的拿「華北特殊化」作擋箭牌，力阻汪精衛的班底北上。尤且暗示，日本政府的對華政策，原則上走的就是「個別統治」路線，所謂使汪精衛組織統一的政府云云，無非表面文章而已，那能假戲真作，認得了真？王克敏抱牢他的華北五省淪陷區不放，汪精衛也就無法越「金湯鐵池」一步了。會議多日，仍舊還是毫無結論，不歡而散。

第二次預定的「還都」日期越來越近，汪精衛急的一佛出世，二佛涅槃，日夜焦思，到處奔走，甚至還再跑了一趟東京，分頭哭訴，這才博得東洋主子的同情，決定再一次對王克敏大加壓力，迫使他自動取銷偽臨時政府。於是，這才有群奸畢集，連他們的後台老板都一體出席，臨場監督「指導」的青島會議出現，汪精衛的重重阻礙，天大困難，終告暫獲解決。王克敏和梁鴻志當眾表示，願將華北的偽臨時政府，和南京的偽維新政府同時取銷，南北兩漢奸機關，一併歸到汪精衛的豬尾巴旗之下，正式建立汪偽政權。

汪記嘍囉額手稱慶，雀躍三千，連汪精衛也是放下心裡的一方巨石，長長吁了口氣。但是接下來還有一台漢奸首腦的重頭戲，也可以說是三奸青島會議的延續。王克敏應汪精衛、梁鴻志之邀請南下，帶著他的豔妾小阿鳳，重溫一番秦淮風月。白天開會分贓，入晚飲宴連連，尋歡作樂。在那幾天裡面，汪記嘍囉卻在日夜籌商，拿出了縱橫捭闔，威脅利誘的看家功夫，叫梁鴻志挨了當頭一刀，卻又使王克敏吃下了慢性毒藥，在這一回合裡，汪精衛的政治權術，簡直發揮到淋漓盡致，心腸之狠，用計之毒，誠堪令人拍案叫絕。

汪精衛自承戰敗，投降「還都」，大封功狗，漢奸群狗搶骨，互不相讓，群奸人事安排真正教他傷透了腦筋。日本的「梅機關長」影佐禎昭首先當上了他的後台老板，阿部信行特使尤其是高高在上的太上皇。汪精衛為了拆散梁鴻志的偽維新政府，曾經唆令周佛海和梅思平，透過岑德廣的關係，極力拉攏偽維新政府的兩名實力派漢奸：偽內政部長陳群、偽軍政部長任援道，果然逼得梁鴻志焦頭爛額，走投無路，他只好向汪精衛宣告投降，表示他只想當個院長，其他一切都好商量。汪精衛一想，梁鴻志的弦外之音，當然是要求汪偽組織的偽行政院長一席，只不過這個偽組織的權力機構又決不能拱手讓人。於是他跟梁鴻志耍了一記噱頭，哄那北洋餘孽，老牌漢奸梁鴻志，他說：

「北京方面臨時政府的王克敏，始終沒有和我們達成協議，未來如何，殊難逆料。這行政院長一席，必須虛席以待王克敏那邊的人，以免夜長夢多，又起什麼變化。因此我想暫時兼攝幾天，請梁先生以顧全大局為重，屈就一任監察院長，不知梁先生意下如何？」

匆匆登台舉目淒涼

梁鴻志本來就是一個胸無大志，庸庸碌碌的老官僚，論勾心鬥角，爭權奪利，他當然不是汪精衛的對手，何況他的哼哈二將陳群、任援道，早已投入汪精衛的陣營。梁鴻志既無骨架，又乏實力，也無可奈何，只好點了頭來，當了個投閒置散的偽監察院長。

偽維新政府的頭兒一解決，接下來就輪到兩名實力派大漢奸，陳群和任援道。汪精衛把陳群放在原來位置上，繼任偽組織內政部部長。任援道亟於抓兵權，擴充實力，汪精衛便投其所「好」，派他當綏靖軍總司令，叫他自己去跟東洋人打交道，任援道的綏靖偽軍，只要東洋人答應，能募多少便多少。

任援道直接領軍，汪精衛便順利自然的由偽組織代理主席，兼偽行政院長，再兼偽軍事委員會委員長了。必須有此偽職，往後他才能大過其癮的穿上偽陸軍上將戎服，偽海軍上將軍裝，招搖過市，經常「巡視」，到處亂跑，而大拍其照。

汪偽組織以下的五院，除了偽行政院以外，其他四院全部都是空架子一個，一無實權，二無編制，唯獨偽行政院長要充充場面，替東洋人跑跑腿，辦辦事。當年以汪精衛為首的公館派，和周佛海當家的周佛海派競爭激烈，互不相讓，幾經磋商調處，方始決定兩派平分秋色，各有所獲。「公館派」得其名，周佛海派則小有實惠。其中「公館派」五員大將，陳春圃當偽行政院秘書長，褚民誼當那時並無外交可辦，尸位素餐的偽外交部長，林柏生當偽宣傳部長兼偽青少年團團長，胡蘭成任偽宣傳部政務次長，兼汪記機關報上海中華日報總主筆，陳公博尤以一副候補偽行政院長的姿態，暫且退居閒曹，他所發表的漢奸官職是偽軍事政治訓練部長。

包括周佛海本人在內，「周派」的幾員大將就比較踏實得多了。周佛海先當偽財政部長，繼而又兼任偽中央儲備銀行總裁、偽特工委員會主席、偽警政部長。「周派」要角梅思平，當上了偽工商部長兼偽糧食部長，這兩個偽機關，在日軍厲行物資統治的情況下，著實是大有油水可撈的。羅君強則身任偽中央政治會議秘書長，丁默邨當偽社會部長。

那時節汪偽組織勢力可伸展的地盤，說起來真是可憐之至。在日本皇軍佔領的淪陷區裡，華北王克敏的偽臨時政府，後來雖然被改稱為偽華北行政委員會，但是，由於王克敏根本就不買汪精衛的賬，整個華北淪陷地區依舊還是王克敏的「天下」，為汪偽組織權力所望塵莫及。此外如湖北、江西、福建、廣東四省猶在日本皇軍的佔領之下，汪精衛早就探聽過了，日方全無將上列四省行政權交還給汪偽組織的打算，因此這四省地盤也就可望而不可即，唯有期諸來日日方大發慈悲，分一杯羹而已。

華北各省和鄂贛閩粵四省之外，日本皇軍所攫奪於我國地區，就只剩下了江蘇、浙江、安徽三省。其中安徽一省日方並未打算「移交」給汪精衛，浙江亦情形相仿，浙江省偽主席一職正捏在日本駐華特務首腦土肥原賢二手裡，上海三大亨之一的張大帥張嘯林削尖了腦殼往裡鑽，結局是一命嗚呼，死於非命。江蘇省偽主席一職由偽維新政府的老牌漢奸陳則民擔任，汪精衛他們要想打陳則民的主意，那還早的很哩。

開門迎敵紅顏銷兵

所以汪精衛出盡洋相，上得來台，前後左右一望，自難免有一場春夢，兩手空空之憾，除了一座經過屠城血洗，姦淫燒殺，變成鬼市廢墟一般的南京城，「公館派」也罷，「周佛海派」也好，兩者一般兒的是海市蜃樓，一無所有。當時兩派鷹瞵虎視，夢寐以求的唯一指點，厥在富甲天下，美盡東南的黃浦灘，偏巧，黃浦灘上就有一個漢奸資格比偽維新政府梁鴻志更老，名氣也比梁鴻志更大的傅筱庵。

傅筱庵名宗耀，和杜月笙先生也算得上是老朋友了，他在上海辦通商銀行，在存戶擠兌，緊急萬狀的時刻，杜月笙先生曾經仗義相助，救過他和通商銀行的命。只是他為人處事的方針和杜先生大不相同，總喜歡拉拉扯扯的搞上些政治關係。民國十六年國民革命第一期北伐成功，底定京滬，在東南兩壁民眾額手稱慶，熱烈歡呼聲中，傅筱庵反倒因為資助北洋軍閥，與國民革命軍為敵，一時作賊心虛，逃到了大連港去，就在滯留大連的那一段時期，傅筱庵開始和東洋人搭上了關係，後來使他成為了偽上海特別市長。

用釜底抽薪之計，拿那本來就毫無實權的梁鴻志開刀祭旗，叫他當無公可辦的偽監察院長，伴食之餘，無所事事，梁鴻志便唯有寄情於搜集古書字畫，研究食譜，刻意一飲一饌的烹調製作。有時牢騷滿腹，無從排解，也寫幾首帶有一股無可奈何之情的舊詩，由而可以測知他的心境，例如他的一首「懷人感舊」，即曾有云：

「世故挽人殊有力，餘生相見且軒眉，一鳴何地容吾喙？萬事輸人勝以詩。閱報攤書真兩失，聽香讀畫鬱千悲，何當共子謀娛野，盡意看山快暫時。」

又如下列的一首，便大有悔不當初的意味——

「懶說金源入獨松，開門延敵事成空，紅顏自足銷兵氣，青史何嘗罪寓公？四塞丸泥蒙叟篋，三邊甌脫楚人弓，君王自割燕雲地，雞狗何曾是董龍？」

這位在三巨奸之中列其一的偽維新政府首腦，汪偽組織「監察院長」梁鴻志，他那一任偽監察院長，一坐便是六年半，既無「建樹」，亦乏收穫。他的最後結局是直到民國三十四年八月，日本無條件投降，抗戰勝利，他卻在舉國同胞一致肅奸聲中，悄悄兒的，帶了丁慧貞和趙慧珍兩名姨太太，跟一個女兒，藏頭匿面，隱姓埋名，溜到蘇州租了幢房子，足不出戶。然而天網恢恢，疏而不漏，梁鴻志姨太太某次喬裝改扮到上海，在火車上被偽維新政府的一名小職員發現，行藏敗露，被治安人員跟蹤到蘇州，一舉擒獲，梁鴻志的叛國罪二審定讞，被判處死刑。民國三十五年六月二十一日執行令下，他寫了三封遺書，一共有十幾張紙，還想再往下寫時，看一瞥時鐘，發覺為時業已不早，便強作笑容的說：

「都快十二點了，不敢耽誤法官用飯。」站起身來，招呼兩名負責執行的法警說：「我們走吧，謝謝你們。」

兩名法警挾著梁鴻志，步向上海提籃橋監獄刑場，繞場走了一周，方始到刑場草坪中央的一張椅子上坐下，梁鴻志仰臉看了看天，一聲長嘆，一名法警拔出駁殼槍，瞄準梁鴻志的腦袋便放，可是咔嗒一聲響，卻並未有子彈射出，原來是子彈卡住了，梁鴻志驚了一驚，回過頭去探望一眼，一時槍聲響處，槍彈貫穿了他的後腦，由他口中射出，擊碎門牙兩顆，梁鴻志向前仆倒，鮮血汩汩，流向草坪，但見他身子還抽慉了兩三分鐘，方始一命歸陰。

自三十四年十月中旬被捕，從蘇州押到上海，梁鴻志在伏法前曾經羈獄八個多月，其間他寫了不少懺悔自悲的詩篇，後來竟積了三百餘首。梁鴻志編了個詩題，題名「待死」。

想當年，汪精衛組織偽政府，南北群奸粉墨登場，喜氣洋洋，其實也是在「待死」而已。汪精衛輕而易舉的解決了梁鴻志那一邊的問題，對待王克敏，可就要傷透腦筋，煞費心機。首先，是王克敏出爾反爾，翻然變卦，置東京方面的煌煌嚴令於不顧，他要成立一個「華北行政委員會」，取代業已決定取銷的偽臨時政府。此一大出意外之舉，幾乎使汪精衛手足失措，無從應付。雙方相持不下，一連磋商多日，最後的結果竟又是王克敏堅持己見，一步不讓，「新瓶裝舊酒」，「換湯不換藥」，華北五省，依舊還是不容汪精衛染指沾邊的「特殊化」地盤，汪精衛徒呼負負，無可奈何，被迫允了王克敏的要求，只不過，他的殺機已起，汪王鬥法自此而始了。

王克敏的氣令智昏

汪精衛左右多的是陰謀詭計的政客，策士，他們私下一商議，認為華北的漢奸局面，誠然是王揖唐、王克敏二王合作之局。可是，二王前為政敵，後為「翁婿」，兩者之間矛盾叢生，不時的有權力衝突，利益爭執。二王都是朝秦暮楚，有奶便是娘的無恥之徒，因此，正可以利用他們之間的矛盾。

於是，汪精衛一面派人向王揖唐送秋波，一面和王克敏打商量，可否派王揖唐南下，出任偽考試院院長，王克敏不知是計，他認為王揖唐自願放棄和他爭奪權利的機會，參加汪偽組織，反倒給他自己解除了心腹大患，因此欣然應允。

轉眼間，到了三十年四月，汪精衛在南京召開群奸會議，王克敏依舊是趾高氣揚，誰也不肯賣賬的模樣，湊巧汪精衛安排三奸席次，他自居主席，那是三方面一致承認的，第二把交椅，在汪精衛看來，南京那原是梁鴻志的地盤，梁鴻志且「貴」為偽監察院長，理該由梁鴻志坐。王克敏呢，只好委屈他坐第三位。

然而王克敏卻根本不作此想，他覺得論漢奸資格他頂老，論管轄地區他最大，主席一席讓給了汪精衛，在他已是莫大的委屈，三奸的第二把交椅，那就該輪到他坐才對。詎料，王克敏率其嘍囉一到會場，便發現梁鴻志先已坐在第二席上了。當時王瞎子的這一怒，真是非同小可，他當場給汪精衛、梁鴻志難堪，臉色陡變，拂袖而去，決心鬧個捲堂大散。

這一來，使群奸大驚失色，王克敏的左右親信：汪時璟和殷桐等人，唯恐局面鬧僵，難以收場，便死氣擺裂拉住王克敏，苦苦相勸，何必為個席次問題，鬧到這個地步？王克敏倒也從「善」如流，仍然回到第三把交椅上坐著，卻是板緊了臉，滿臉怒容，坐在會議席上生悶氣，自始至終一語不發。

殊不知汪精衛的手法，何等毒辣！他心知驅除排斥王瞎子的有利時機，業已來臨。一年多以前，他調王揖唐出長偽考試院長，那是他在給王克敏下的一劑毒藥，離間這兩「翁婿」，遠克敏而親揖唐，反正只要對王揖唐啗之以利，他斷無不與自己合作的道理。當日的會議上，王克敏「氣」令智昏，他便把握機會，將早已準備好的淪陷區各省市辦理「移轉管轄」，所有行政人員一律準備辦理交代，聽候接受的一案，乘王克敏氣得根本就沒聽清楚的時候，三言兩語，報告了個概梗，就此全場無異議的予以通過。

當天一散會，汪精衛便召見他的心腹爪牙李景武，這李景武是四川人，他的父親，便是戕害革命黨人最多的前清廣東水師提督李準。他是汪精衛的爪牙，卻和王克敏、王揖唐私交很好，因此，他在華北行政委員會任職，其實是在給汪精衛做工作。

汪精衛當面交代李景武，命他立即通知偽考試院長王揖唐，以「全國高等文官考試」即將於北平舉行，王揖唐以偽典試委員長的名義，尅日北上。偽典試長主持偽高考，不是要入闈的嗎？汪精衛就叫王揖唐在中南海入闈，不許輕離一步，切勿與外界接觸。表面上看，似為順理成章的事，然而，王揖唐和李景武，都互作會心的微笑，山雨欲來風滿樓，可知華北將有大變局了。

頭天會議席上草草通過的準備交代，聽候接收令，汪精衛快馬加鞭，第二天一早便以「明令」發表，「通飭」淪陷區各縣市，當日群奸會議繼續舉行，討論其他「案件」，汪精衛卻又裝得不動聲色，若無其事，一個勁兒的跟王克敏有說有笑，親親熱熱，使王克敏怒氣全消，又有點沾沾自喜，神采飛揚起來。一連多日，會議結束，王克敏興沖沖的和李景武飛回北平。他方抵達，一班「僚屬」便憂心忡忡的告訴他說：汪偽組織的「準備交代，聽候接收」明令來得大有蹊蹺。

華北五省各地大小漢奸，全部都在阢隉不安，擔心自家飯碗難保。

罵王揖唐不夠朋友

王克敏自己被矇在鼓裡，反而以為他的部下疑神疑鬼，庸人自擾。為了使大小漢奸安心辦「公」，抵平次日，他便在北平外交大樓，召集所屬訓話，講了些南京會議經過，又斬釘截鐵的說：「列位儘管安心任事，這一次南京會議所決定的『準備移交，聽候接收』令，只不過是為了『轉移管轄』，所必經的一道手續而已。全『國』各縣市的人事，依然一仍舊貫，絕對不會有所更動。」

然而，當天晚上，就有王克敏的心腹，前來報告，和王克敏同機飛平的李景武，是日輕車簡從前往中南海「高考」闈場，會晤王揖唐，有所密談，而且竊竊私議，為時甚久。

王克敏一聽到這個千真萬確的情報，當下不覺大吃一驚。他訝異的說：王揖唐以偽典試長的身分北上，主持偽高考，入闈「典試」，奉汪精衛之命不得擅離，不許與任何人接觸，原就是李景武告訴他的。王克敏正因為王揖唐一到北平便寸步難行，一人不見，所以才對這名勁敵絲毫不加防範。怎的李景武到北平後反會弁髦「法令」，自干「罪戾」，跑去跟奉「令」不准見客的王揖唐，私自晤面，接席密談起來了呢？汪精衛心黑手辣，王揖唐老奸巨猾，李景武詭計多端，莫不是王揖唐這一趟的北平行，果然有什麼不利於他自己的題外文章？這麼想時，竟使計謀深沉的王克敏，驚出了一身冷汗，看來那「轉移管轄」很可能會得弄假成真，自己部下的驚擾恐慌，尤非空穴來風，毫沒來由。一著急，王克敏便連夜召集他的心腹幹部，漏夜籌商，如何肆應這突如其來的大風暴。揣測汪精衛、王揖唐所可能採取的行動，密籌緊急應變之方。

殊不知，汪精衛排斥王克敏，籌畫已久，面面俱到。王克敏一旦警覺，急籌對策，已是來不及了。那一天，李景武秘密訪晤王揖唐，正是向他宣佈汪精衛的那一記殺手鐧命王揖唐以偽考試院長兼任偽華北行政委員會委員長，王克敏逕予免職。然後，兩人便交頭接耳，喊喊喳喳，商量如何接收，如何逐走王克敏。果不其然，第二天報上，汪精衛組偽政府，當大漢奸，最關重大的一項「人事任免任」就發表了。

事起倉促，使王克敏措手不及，如中晴天霹靂，坐了將近三年的北五省漢奸首腦「寶座」，便這麼糊裡糊塗的讓給了自己的「老丈人」。王揖唐在漢奸群裡「平步青雲」，夙願得償，顯得好不躊躇滿志，彷彿一身的骨頭都輕了。汪精衛和王克敏鷸蚌相爭，漁翁得意的反是王揖唐。他甚至於比爬到他上頭的「女婿」王克敏更為「體面風光」，因為他比王克敏還多一個漢奸頭銜，他是以偽考試院長兼任偽華北行政委員長的。

王克敏氣得發暈章第十一，他為了表示自己的「硬氣」，其實是茅坑裡的石頭，又硬又臭。王克敏一辦好移交，即日遷出他的石老娘胡同京寓，帶著他一刻不可輕離的豔妾小阿鳳，直飛青島，對外宣稱他從此靜心養痾，杜門謝客。其實，他時刻都在暗中活動，圖謀「東山再起」。有一次，偽膠海關監督秦通經以朋友身分往訪，王瞎子便不勝唏噓的說：

「想不到王揖唐那小子這麼不夠朋友，我一時小覷了他，竟然敗於他之手！」

其間並不一字提及處心積慮，踢他下台的汪精衛，正是他為往後再整垮王揖唐，重作馮婦，盤踞華北，預先埋下了的伏筆。

王揖唐是汪精衛籌劃年餘，費盡心機，不惜開罪王克敏及其後台，一手提拔起來的。在汪精衛的用意，抬出王揖唐，逐走王克敏，固然是為了報王克敏當年諸多驕妄，妄自託大的一箭之仇。但是，更重要的還在於藉王揖唐之手，而將北五省的淪陷區地盤抓到自己手裡。所以他派李景武以偽考試院銓敘部長當他的私人代表，長駐北平，目的即在於負監視監督之責。

恭敬為服從之本

可是王揖唐原為北洋政客，安福巨子，落水當了漢奸以後，積習難改，暮氣更深。他所需要的就只漢奸臭名位，和白花花的大洋錢，除此之外便遇事推諉，諸多敷衍。汪精衛在南京據報：王揖唐就任偽職以後，頭一件事便是設置八大廳，不過他那八大廳卻不是吳佩孚聞名全國的八大處，而是八間大會客廳之謂。八大廳設好，他便每天早晨八點半準時上班，八大廳裡擠滿了賓客，王揖唐就忙忙碌碌的週旋於八大廳的眾賓客之間。他一不辦公，二不批公文，到了中午便邀若干訪客，同席進餐，行政委員會的西餐得免費供應。而王揖唐在席間旁若無人，高談闊論的，若非風花雪月，便是他的得意詩篇。

一頓午餐吃得太久，於是下午照例不見客，不辦事，如有緊急公務且待明日，而明日復明日日日皆如是，連日本人對他這種顢頇弛廢的作風都看不慣了，因而發出傳誦一時的慨歎：

「王克敏肯做事而不聽話，王揖唐肯聽話而不做事。」

王揖唐豈只能「聽話」而已，他對日本人的恭馴，著實令人看了感到肉麻而有氣。有一次，日本華北駐屯軍參謀長渡邊中將來訪，辭出時，王揖唐親自恭送到外交大樓大門口，用清朝官吏謁見上司的禮節，撣下長袍捲袖，垂手肅立，再行日式整整九十度的鞠躬禮。這個醜態百出，大失身分的鏡頭，次日在報上赫然出現。李景武實在看不過，拿起報紙公然示王，質問他說：

「您這九十度的鞠躬禮，未免有失我們中國人的體面了吧？」

怎料得到，王揖唐竟會恬不知恥，當著眾僚屬的面，大發一段謬論，他振振有詞的答道：

「景武老弟，你有所不知，現在是日本人的世界，人家說是圓的，你敢說是扁的嗎？我告訴你，我一向認為：恭敬為順從之本！咱們表現得越恭敬，就越能討好日本人。只要日本人對咱們滿意，咱們把腦袋瓜子低下個尺兒八寸的，又有什麼關係？管他體面不體面，只求於我無損便了。亂世為人，本來就不容易，何況處在咱們這樣的環境裡？有誰像我這樣，方可苟全，這便是大智若愚，笑罵由他，你怎想不透這層道理哩！」

連同為漢奸的李景武，都幾乎為之氣結。

偽華北行政委員會下設偽秘書、政務二廳。王揖唐的班底是偽秘書廳長李梅庵，合肥相國李鴻章之孫，為人溫柔，對王揖唐唯命是從。偽政務廳長夏肅初，貴州顯宦夏同龢之子，留學德日，懦弱無能，奴性尤深，和王揖唐是臭味相投，一丘之貉的奴才。政務廳之下有個事務處，堪稱權力機構，掌管警衛、會計、庶務等等，處長羅韻蓀，是王揖唐的心腹，專門為他聚斂掊克，搜刮錢財，他是直接聽命於王揖唐的。事務處可以管任何部門，任何部門卻管不到事務處。

您也會有個誠字嗎？

除此之外，還設有一批偽督辦，在汪偽政權開鑼以前，這些督辦都是偽臨時政府的偽總長，汪記登台，方始更可職銜。王克敏當家時代，偽督辦還各有所司，王揖唐一旦挑了「大樑」，他們也就跟王揖唐一般的無事可辦了。這一幫人的地位起先和王揖唐不相上下，到王揖唐取代王克敏，成為華北行政委員長，由於王揖唐人物委瑣，斯文掃地，任誰也瞧他不起。某次王揖唐循例招開行政會議，各督辦一體出席。王揖唐在眾人嬉笑怒罵聲中忽然正色的說：

「我王某人素來以誠待人，尤其是列位好友，希望各位也能以誠待我。」

一語方畢，座上的偽建設督辦殷桐，登時就接口問道：

「殷院長，您也會有個誠字嗎？」

說罷，繼之於縱聲大笑，聲震屋宇。當時便有偽治安督辦齊燮元應聲說道：

「這話說得對！殷院長您素來就缺少一個『誠』字，反不如同僚之中；以誠待人的還大有人在咧！」

於是大笑鬨堂，歷久不歇，照說這情景對於王揖唐委實難堪已極。然而他卻絲毫不以為意，在眾人轟笑不已之中慢聲的說：

「那裡那裡。」

王揖唐只知要錢，一事不辦，反以交際應酬，搪塞敷衍為要務，搜刮錢財，到處揩油當正業，使所有的人都對他大起反感，王揖唐成為抗戰期間群奸之中笑話鬧得最多的一個。消息傳到南京，汪精衛很著急了，他命令李景武，對王揖唐言詞規勸，多方約束。因此，有那麼一天，李景武向王揖唐攤牌般的質問他說：

「只聽說您一天要見多少客，從沒聽見您批過一件公事。像您這樣勞神耗時，不及正務，就行政效率而言，是否背道而施？」

然而，王揖唐的回答，卻能讓李景武瞠目結舌，無詞以對。他說：

「勞神耗時，不及正務，正是我目的之所在。如今我所求的，也就是要一事無成，在我的手裡解決不了任何問題。老弟台，我在宦海之中打了幾十年的滾，論行政經驗，我也得算是夠豐富的了。根據我這好幾十年的閱歷，我早已參透了一點：不論認真辦事與馬虎了事，都一般的是『苦恨年年壓金線，為他人作嫁衣裳』。歸根結柢一句話：何苦呢？此所以，我的作風是官不妨做，辦事就不必太認真。必得這樣，才不至於吃虧。」

李景武實在是拿王揖唐無可奈何，他只好找個藉口，南下述職，當面向汪精衛報告種切。汪精衛聽後，雙眉緊皺，隨即召集親信幹部舉行會議，商討華北問題，究該如何使王揖唐幡然悔改，知所警惕，早日達成汪精衛賦予他的重大任務——把北五省納入汪偽政權掌握。當時，有人建議先給王揖唐一記當頭棒喝，免去他偽司法院長的職。於是，便由汪精衛私下作如下的表示：

「王揖唐先生就任華北行政委員長新職已久，原有之考試院院長一職，理當自行讓出，俾便位置他人。」

照理說，這幾句話傳到王揖唐耳中，態勢已經是相當的嚴重了他必定會知難而退，自動請辭，有以保持顏面。然而，汪精衛的手條子一項相當的辣，他唯恐王揖唐對他的這一番話裝聾作啞，置若罔聞。另外又採取了兩項措施，其一是命李景武直接了當的通知王揖唐，偽考試院長一職非辭不可，其二則放出空氣，他已內定陳中孚繼任偽考試院長。

腐敗之最無恥之尤

李景武也認為茲事體大，唯恐汪精衛的三斧頭，劈不開王揖唐軟綿綿的牛皮糖，那麼他的負責監視華北任務也就要宣告全盤失敗了。迫於無奈，他只好越俎代庖，按照汪精衛的指示，急電北平。卻又霸王硬上弓，偽託王繼唐曾經「給過他委任狀」，赴京（南京）後代王揖唐請辭偽考試院長一職，示意王揖唐，這偽考試院長一職非辭不可。照李景武的想法：汪精衛是狐狸精，王揖唐也是老油條，只要點上一點，必然一點就醒。所以他想「刀切豆腐兩面光」，自己夾在中間，但求雙方保持顏面，李景武拍給王揖唐的電報說是：

「鈞座請辭考試院長一職，經職向主席（按指汪精衛）剴切陳明，已獲主席勉予允准，且已決定由陳中孚先生繼任，乞即來電正式請辭，以全手續。」

然而，李景武用心良苦，想給王揖唐保留一點面子。王揖唐卻偏偏好官我自為之，不買他的這份人情。他把李景武的電報遍示左右親信，老大不高興的說：

「景武真是荒唐，糊塗！荒唐糊塗到了極點。我幾時託他代辭考試院長的？」

王揖唐用上了裝聾作啞的施刀之計。南京那邊就不得不大張旗鼓，跟他拉下臉來攤牌了。首先，由汪精衛直接打電報給王揖唐，絕不容情催促他說：

「頃據李次長（按指李景武）面述尊意，決辭去司法院長一職，如何盼迅覆。」

急電去後，王揖唐仍舊老起臉皮置之不理。因此，汪精衛又命李景武再去一電，意思是加以催促，告訴他去職已成定局，休想靦顏戀棧。這一封電文是說：

「頃奉主席（按指汪精衛）面諭，囑轉達鈞座即辭考試院院長職，如何盼覆？詳情快郵另報。」

第一封電報還給王揖唐留點面子，命李景武代他辭職。叵耐王揖唐不要面子只求裌裡，來個不理不睬，置若罔聞，所以汪精衛命李景武拍發的第二封電報，便扯破了臉說是他下了「命令」叫王揖唐捲鋪蓋。這一下王揖唐再想假癡假呆已無可能，他只好乖乖的照辦，吩咐秘書廳擬稿請「辭」偽考試院長。不過，他連王克敏「皮之不存，毛將焉附」的道理都不懂，還想辭去兼職繼續再撈那幾文實惠，他打個不花錢的公電給李景武，請他轉陳汪「主席」，讓他保留偽司法院長原所支領的一筆「機密費」，電去以後宛如石投大海，毫無反響。王揖唐正在跟的左右嘀咕，難道汪「主席」連這一點點面子都不賣？不上十天，王揖唐奉召飛京，出席會議。他在尚未請見汪精衛之前，先上了個簽呈，仍還是為了偽考試院長機密費的問題，哀求苦惱，只要能月月領到錢就好。連汪精衛一看忍不住無名火起，援筆在原簽呈上甥了兩個大字：

「無恥！」

次日，李景武因事謁汪，批了「無恥」二字的簽呈仍在桌上，汪精衛便順手遞給李景武看，一面直在搖頭太息，對王揖唐的「棺材裡伸手要錢」頗生感慨。李景武也覺得顏面無光，無詞以對。談好公事告辭，他一腳就到王揖唐的京寓，將他簽呈上的批語毫無保留的告訴了他。可是，王揖唐卻匕鬯不驚的反問李景武：

「你以為我曉得了汪『主席』的批語之後，心中作何感想？」

李景武淡淡然的答了句：

「高深莫測。」

王揖唐卻呵呵直笑的說：

「人家稱我們為『前後十八漢』（筆者註：十八名大漢奸也。）你，我，他，只怕全在其內。此所以，對這『恥』字之有無，也就大可不必斤斤計較了。我從前清混到現在，幾十年來，做人和做官的經驗敢說不弱於誰，照我的看法，無恥二字亦頗不易得，無論如何，無恥也是做人的手段之一啊。」

「主席」有令請你辭職

又次日，李景武見到了汪精衛，把王揖唐的一篇「無恥為做人之本」論和盤托出，汪精衛聽了唯有搖頭苦笑，他說：

「像王揖唐這樣的人，真可以稱得上天下腐敗官僚之最，古今無恥之尤了。」

李景武鑒於汪王晤面在即，就怕雙方鬧得太僵，他自己夾在中間沒法打圓場，於是順水推舟的提出了建議：

「他這麼死皮賴臉，一時之間也拿他無可奈何。好歹他還是『華北行政首長』，終究也得敷衍敷衍。關於『院長』機密費的問題，橫豎不過多給他兩文罷了。還請『主席』破格恩准。」

汪精衛當時倒是點過了頭，卻是想想又有點不大甘心，批上「無恥」的簽呈留中不發，王揖唐作賊心虛，終究不敢再講。只不過，汪精衛為了免使李景武左右為難，他自掏腰包，在他自己的「特別費」中，每月撥二千元給王揖唐了事。

開完了會回到北平，王揖唐寒日飲水，點滴心頭，自己也曉得他的漢奸官職必定難保。於是，「怕只怕，孤的江山不久長」那句戲詞，就經常的掛在他的嘴上，哼唧哼唧。與此同時，王揖唐出乖露醜，為汪精衛所深惡痛絕的消息，蟄居青島，靜觀自得的王克敏，焉有不知之理？他自己報仇雪恨，捲土重來的時日業已來臨，立刻把握機會，上下活動。「皖系」的王揖唐得不著汪精衛撐腰，「日系」的王克敏可就顯得比他強多了。北平方面，偽華北行政委員會裡不乏王克敏的舊幹部、老班底，這一幫人都是鬱鬱「志」不得伸，對王揖唐啣恨甚深的。一旦得到老上司王克敏的指示，馬上就緊緊的攜起手來，散傳單，發快郵通電，種種手段，不一而足，紛紛向東洋主子揭發王揖唐的諸多罪狀。再加上王克敏在東京的後台老板推波助瀾，倒王揖唐的風潮頓起。明明是二王政爭第二回合王克敏反敗為勝，佔盡上風，日本官方還像煞有介事的來上一次調查。

日本派興亞院北平機關長水磨，負責調查王揖唐被控貪污瀆職，廢弛公務一案，其結果當然是調查屬實，建議汪偽組織加以撤換。水磨機關長命李景武南下請示，徵求汪精衛的同意。李景武向王揖唐辭行，雖然不曾說明此行目的，可是王揖唐亦已得了風聲。自出任偽華北行政委員長後便對昔日好友李景武散而遠之，避面猶恐不及的王揖唐這時節卻一改常態，跟李景武稱兄道弟，親熱之至了。他殷殷的拉李景武到他堂子胡同平寓「便飯」，親自把盞，頻頻勸飲，乘酒酣耳熱，逸興遄飛，王揖唐方才開門見山的說：

「景武老弟台，你此行任務重大，事關華北全局，咱們哥兒倆全都心裡明白，只不過，做哥哥的對你只有一個要求，你瞧瞧，如今已是瑞雪飛舞、歲聿雲暮，轉眼就快過年了。就算是個縣市級的小衙門吧，也沒有在過年時候辦交接的道理？所以我求你代我向南京方面美言幾句，交接的事，等過了陰曆年，開了春以後，明年二三月間再辦，好嗎？」

機密任務已經給王揖唐一語道破了，李景武無從否認，更是不便作肯定答覆。他只得支支吾吾，說他也一定盡力設法轉圜。

李景武說話算話，確曾「受人之託，忠人之事」，可是王揖唐待他去後，左思右想還是放不下心。他派偽政務廳長夏肅初跟蹤南下。這夏肅初本來就是個窩囊廢的角色，他專程赴京替王揖唐活動，根本就起不了半點作用。反是李景武在汪精衛跟前極力陳詞，多方緩頰，讓王揖唐等過年開春之後再辦交接。汪精衛當時唯恐王揖唐一旦戀棧會生波折，他堅決拒絕，不肯答應，他說：

「你最好勸揖唐趕緊辭職，免得舊事重演徒然給自己難堪。」

被捕受審大出風頭

心知華北二度改組已經無法挽回，李景武便退而求其次，代王揖唐提出另一請求：

「可否給他一個差使，或竟是一個名義，讓他面子上好看些？」

汪精衛以王揖唐取代王克敏時，給他的是雙料的特使官，以偽司法院長兼任偽華北行政委員長。這一回，他要王揖唐下台，卻連一個差使、一個名義也不肯給了。汪精衛一味拒絕如故，但是禁不住李景武再四要求，磨到最後，他總算應允了給王揖唐留一點餘地，下令改派王揖唐為偽府委員。

偽華北行政委員會改組的電令剛剛發出，汪精衛便領略到了王瞎子王克敏的手段厲害，「神通廣大」，一封日本華北駐屯軍司令官寺內壽一大將的電報送到他的桌上，寺內壽一措辭婉轉，推薦王克敏繼任華北行政委員長，這無異是給汪精衛一項打擊，莫大諷刺。三年半以前汪精衛千方百計，好不容易撵走了王克敏，三年半以後他又要自摑耳光，前倨後恭的請王克敏重作出岫之雲了。答應吧，不但攫奪華北五省地盤的巴望全部落空，而且自己也是大蝕面子。不答應呢，寺內壽一大將是日本皇軍佔領當局，即如汪精衛這樣的大漢奸也是惹他不起的。於是，汪精衛就唯有忍氣吞聲，噍下這一盅苦汁。總而言之，統而言之，從汪精衛成立偽組織到他一病不起，華北五省地盤始終跟他風馬牛不相及。

王揖唐在北平聽說王克敏即將重任偽華北行政委員長，又想起他跟王克敏既為密友，復有「翁婿」關係，王克敏會得盡棄前嫌，讓他臨去秋波被起身砲大撈一票的。就由於抱著這樣的心理，王揖唐一面急急忙忙把偽華北行政委員會的公款公物往自己的家裡搬，一面跟東洋主子窮蘑菇。辭職批准了以後，日方通知他在三天以內辦好交代，王揖唐卻死氣擺裂要求給他三個禮拜的期限，磨來磨去，總算在第七天上交代清楚。只是，華北行政委員長早已被王揖唐搬空了，公款一個子兒不剩，凡能值錢的公物一件也不留，連廚房裡存的米麵油鹽，庫房裡貯藏的煤油汽油，全都給他搬了個一乾二淨，點滴不存。

王揖唐做了三年又半的偽華北行政委員長，他所搜刮的財產，是個天文數字。民國三十四年二三月間，他以垂暮之年得了病，住進醫院，苟延殘喘。抗戰勝利，薄海同歡，肅奸令下，王揖唐被捕下獄，接受審判。這頭刁鑽狡猾的老狐狸，居然還能製造轟動全國的大新聞，使他又多活了兩年。原來他在受審時期，一味假裝病重，每次開庭，都用帆布床抬上法庭去。王揖唐就那樣在帆布床上躺著，既不起身，也不答腔。如此這般一連數月，法官竟拿他無可奈何。

後來，主審當局終於做了決定，再開一庭，決不讓王揖唐重施故技，倘若他再不開口答訊，也要作視同缺席裁判的判決，確定他的叛國之罪，然而不曾想到，王揖唐在獄中廣結善緣，消息靈通。主審當局的決定他竟能「未卜而先知」。因此，在這一次受審的時候，他竟出人意料之外，突來驚人之筆，當承審法官何承焯問第一句話，王揖唐頓時便欠身而起，語音響亮，振振有詞的反詰庭上道：

「何承焯，你不配審我。華北淪陷時期，你在我的手下任過事，尚且你又不是地下工作者。你是我的部下，就是小漢奸，哪有小漢奸審大漢奸的道理？你趕快給我迴避，讓政府另換法官前來審訊，我王某人自會語語吐實，有的是話要說！」

王揖唐這麼一嚷，庭上庭下一概為之驚駭莫名，主審法官更是臉上紅一陣，白一陣的，囁囁嚅嚅，宣告退庭改期再審。大漢奸居然斥退主審法官，簡直是天下奇談。新聞記者，大批旁聽者都鬧不清楚這究竟是怎麼一回事？爭先恐後趨詢王揖唐，老狐狸王揖唐卻唇角匿笑，躺回帆布床上答道：

「明日列位看報，自知分曉。」

野玫瑰影射王克敏

果然，第二天在上海、天津兩地的「大公報」上，刊出了一則「王揖唐啟事」，有謂：

「查主審王揖唐案件之審判長何承焯，曾任偽華北政務委員會所屬之法官訓練所教務主任，如謂揖唐係大漢奸，則該審判長為揖唐統治下之小漢奸。今以小漢奸而審大漢奸，天下後世其謂今世如何如世耶？」

啟事與新聞連日刊登，真是轟動遐邇，舉國皆知。何承焯曾在偽政府任職確為事實，因而給王揖唐抓住了把柄，兜心射了他一支冷箭。其後何承焯在受辱當庭之外，還遭到了停職的處分。王揖唐的死刑判決竟因法庭組織未能合法，經由最高法院予以撤銷，發回更審。這麼一拖，便是兩年之久，所以舉國的大漢奸之中，唯有無恥之尤王揖唐，能夠拖到民國三十七年中秋節前方始伏法，臨刑之前，王揖唐被法警押出囚室，他渾身猛烈抖戰，口口聲聲的喊：「我還要上訴咧，我還要上訴咧！」法警不理，他便聲淚俱下的大叫：

「求求蔣主席開恩啊！」

王揖唐難逃國法，為他當漢奸付出了生命的代價。他死得很慘，身重七彈方始氣絕。

繼王揖唐之後，重任偽華北行政委員長的王克敏，他二度沐猴而冠為期無幾，抗戰勝利，國土重光，王克敏迅即被捕，關在北平城南河北高等法院第一監獄。不久，即因鴉片癮發又生了病，未經訊明罪狀便庾死獄中。抗戰時期演出次數最多，到處風行的多幕話劇「野玫瑰」，劇中的那名大漢奸便是影射王克敏，這部話劇後來還改拍成電影，是即為「天字第一號」。不過，劇中女主角若謂隱指小阿鳳，那就未免過於抬舉她了。

阿部信行當太上皇

汪偽組織登台亮相之初，大小漢奸們紛紛走門路，抄捷徑，巴望能在偽組織裡謀個漢奸官職，這種營謀醜劇，即使在汪精衛左右的那批親信也未能例外。上海中華日報的撰述朱樸之在汪精衛、周佛海兩名漢奸之間往返奔走鑽營，胡蘭成則在上海報館裡稱病，一連幾天不上汪公館，一熱一冷，恰成鮮明的對照。林柏生和周佛海素來不睦，他看朱樸之是周系人物，對汪精衛臨時從香港拉來的胡蘭成亦心存忌刻。於是正好翻雲覆雨，耍耍政客手段，在汪精衛跟前打了個小報告說：

「朱樸之在教胡蘭成反汪先生，所以這些時胡蘭成都在避而不見。」

汪精衛聽後，果然發了脾氣，他拿起電話來就叫周佛海，警告他說：

「你要當心啊，那朱樸之是個小人。」

周佛海、朱樸之本是一丘之貉，朋比為奸，他調查明白了汪精衛有此一怒的經過，完全是林柏生在落井下石，從中挑撥。因此他便知會了朱樸之。朱樸之一急一嚇，立刻寫信給在上海的胡蘭成說：

「弟不知何處開罪吾兄，使弟蒙此奇冤。」

那一頭，林柏生也曉得了消息外洩，連忙補救打點，他派古泳今去看胡蘭成，向他解釋，請胡蘭成在見到汪精衛的時候代林柏生掩飾掩飾，不要鬧到三對六面，當場戳穿了。胡蘭成一向跟林柏生不和，但是他卻無意打落水狗，要林柏生的好看，所以他回答古泳今說：

「汪先生要是問起了我，我不能欺騙汪先生，不過我可以不答。」

那一天汪精衛召見胡蘭成，林柏生也隨侍在座，他心懷鬼胎，一直提心吊膽，坐立不安。可是在汪精衛看到胡蘭成時，僅只問道：

「蘭成先生的身體可好些了？」

胡蘭成漫應了一聲：

「已經好些了。」

汪精衛便起身離座，走到樓上，親自取了一千元來，交給胡蘭成說：

「這一點錢，請蘭成先生收下，權充醫藥費用。」

這是汪精衛的「老規矩」，他從來不開支票，每逢他要給部下錢時，他總是親自去取當面交付，而且數目不大，通常不過一千兩千而已。當胡蘭成道了聲謝，把錢收下，汪精衛方才點入正題，安撫胡蘭成說：

「這幾天都在為了安排人事繁忙，蘭成先生是自己人，所以暫且放在最後，不過我也已經擬就了。行政院政務處長、立法院外交委員會委員長，和宣傳部政務次長，這三個職位，不知道蘭成先生對於那一方面有興趣，不妨此刻就告訴我。」

但是胡蘭成卻說：

「官吏榮辱在於國體，我只希望政府能夠像樣，能夠開向中華民國全面。那麼，我只要當上一名科長，也就很知足了。」

當日談話，到此為止。汪精衛果然不曾提起林柏生告密，說朱樸之教胡蘭成反汪的話，林柏生胸頭的一塊石頭落了地。稍後，汪精衛便發表胡蘭成為偽宣傳部政務次長，兼上海中華日報主筆。

這是群奸醜態中小小的一幕，不過，舉一可以反三，由此可知汪偽組織開張前後，群奸內鬨已烈，「十二金釵」居然也分了那麼許多派系，而且，周佛海一手培植的偽府特務，也在漸漸的發生作用，他們能夠探聽到汪精衛和他左右親信的「耳語」。

偽組織成立，淪陷區民眾所最關心的事，便是日本方面將派誰來當汪精衛的太上皇，大老板，幕後提線人。此人來得果然不同凡響，日本天皇特派的「參加祝賀特使」是前任首相阿部信行。而且在「參加祝賀」以後，阿部信行仍然留在淪陷後的南京，充當日方非正式的大使。除了裡子如此其硬的一位「首相級大使」外，日本人還在汪精衛偽組織的偽軍事委員會，和偽經濟委員會裡各設顧問一名，這兩名日本顧問的權力相當大，名義上說是「以備諮詢協議」，其實是事事都要通過他們的。

無權可攬沒事可辦

其餘的各機關，甚至於連汪「主席」的公館在內，一律設置日籍聯絡員，所謂聯絡員便是暗中監視的日本間諜，可見偽組織裡的大小漢奸，從汪精衛以次，幾乎全已失去了自由。

三月二十九日上午舉行不倫不類的偽組織「還都典禮」，中午大吃大喝一頓，下午，汪精衛居然有臉率領漢奸「文武百官」前往中山陵謁陵，然後順道赴明孝陵一遊。各型車輛浩浩蕩蕩的自明孝陵回南京城時，偽宣傳部政務次長胡蘭成，和偽秘書長古泳今同乘一車，古泳今談起歐洲戰場德軍大捷，一路勢如破竹，席捲波蘭、捷克，語氣間顯得異常興奮，然而胡蘭成卻兜頭澆他一盆涼水，冷冷的說：

「但是打到最後，德國還是非敗不可。」

古泳今立刻就神情緊張的說：

「這種話你跟我說說倒還不要緊，不過你萬萬不可對別人說啊！」

胡蘭成偏生再激他一激，說道：

「這有什麼關係，前些日子當著德國外交參贊的面，我也斷言德軍不可能渡過英倫海峽。」古泳今著急的說道：

「你是宣傳部的政務次長，你就不能說這種不利於軸心國的話。」

胡蘭成一聲冷笑的道：

「莫說遠在歐洲的德義兩國了。據我看來，近在眼前的日本兵威，和汪先生的政府，也是不會長久的。」

在汪偽組織的「還都典禮」尚不曾結束以前，做漢奸的偽宣傳部政務次長胡蘭成，即已一語成讖，這真是汪精衛的一個大不吉祥之兆。

果然，偽組織成立的第二天，國民政府外交部照會各國使節，鄭重聲明，由日寇所製造及所控制的南京偽組織，完全無效。同時，國民政府明令通緝附逆首要漢奸七十七名，這些個大小漢奸，當五年後日本無條件投降，八年抗戰勝利，沒有一個能夠逃過國法的制裁。也在同一天上，美國國務卿赫爾發表嚴正聲明說：美國絕不承認在南京的汪偽政權。

阿部信行是日本陸軍所擁立的首相，甫於民國二十八年八月二十八日繼平沼騏一郎之後組閣，當了四個半月的日本首相之後，即於民國二十九年元月十四日宣告垮台，而由日本海軍大將，前任海相米內光政繼任，兩個月後已卸職的阿部信行出任駐華特使，阿部之垮和米內之繼，固然由於日本陸海二軍的明爭暗鬥越演越烈，不過日本陸軍內部反對阿部信行的也大有人在。

日方以甫行卸職的首相，出任汪偽組織的特使，用意很明顯的在於懾服、控制汪偽組織，使汪偽組織的群奸甘為傀儡，形同馴服的羔羊。因此之故，當漢奸偽官是很受氣的。汪記開張不久，便一連串的發生了漢奸官吏吃耳光的事件，有好些名汪偽組織各部會的司長和科長，因為乘坐汽車，經過城門口時，不曾下車向日本憲兵敬禮，聽候檢查，而被日本憲兵拖下車來，當眾施以掌摑，吃耳光的漢奸就只有忍氣吞聲，自認倒霉，往後提高警覺，及早下車而已。

在阿部信行的領頭之下，淪陷區裡的日本軍人，氣燄越來越盛，威風越來越高。汪精衛他們終於發現，委屈求全當漢奸，其結果竟然是「豬八戒吃人參果，裡外不是人」了。偽組織裡各部會一應俱全，偏就無權可攬，沒事可辦。有一天，偽宣傳部次長胡蘭成和周佛海閒談，他慨然的說道：「想當初，周先生主張『組府』最力，尚且在一篇文章裡寫過：『中日之間現在進行的交涉，竟不是外交的談判，而是自己人的商量。』可是，以目前的情形看來，事情確實很不好辦。」

斷送了和平之生機

連巨奸大惡，「組府」心切的周佛海，也情不自禁的說了真心話，他喟然太息的道：

「真想不到日本人會是這樣子的。」

一言以蔽之，群奸悔之晚矣。

在群奸之中，只有樊仲雲和胡蘭成，始終跟日本人「保持距離，以策安全」，平素不大往來。其實則不過是「畏之如虎，走避猶恐不及」而已。舉一個例，胡蘭成就曾自家說過：

「我過城門的時候，也想小百姓似的，即使不高興，也寧可小心些。」

有一次，偽宣傳部政務次長、汪精衛的機關報總主筆，兼任機要秘書之職的胡蘭成，從上海回南京，帶有一名副官，手拎一口箱子，箱子裡有兩套西裝料，那是「七十六號」警衛大隊長吳四寶的老婆佘愛珍送給他的。京滬路車駛抵南京下關車站，胡蘭成由於箱子有人拎，身無長物，兩手空空，無須經過檢查那一關，逍遙自在的先走一步，繳票出閘。他的副官卻拎著箱子被日本憲兵叫住，喝令打開箱子來檢查，翻來翻去，最值錢的東西就數那兩套西裝料了。日本人終嫌眼睛眶淺，愛塌小便宜，一見那兩套西裝料立刻加以沒收。胡蘭成人在閘外親眼目睹這一幕，按說認真要辦交涉，那兩套西裝料還是可以討得回來的，只不過，胡蘭成卻說：

「想想也罷了，我亦不覺得這樣的事是失面子。」

因為，他雖然「貴」為偽組織的「要員」，但他卻與淪陷區的老百姓有一般的想法，那便是：

「人欺人，欺不殺。人有九算，天有一除！」

某夜，汪精衛和妻子兒女，內弟陳國祥，幕僚胡蘭成，吃過了晚飯在庭院堦下乘涼，月亮剛剛從牆垣上探出臉來，汪精衛的悍妻陳璧君和胞弟兒女在談著庭院裡新搭的涼篷，汪精衛跟胡蘭成則在自古及今的聊閒天。汪精衛臧否人物，胡蘭成無意之間提起了李鴻章，那汪精衛突如其來的大發牢騷說：

「我的處境比他難得多，李鴻章議和，他背後的清廷是統一的，如今蔣先生卻在抗戰。」

一語道破了汪精衛的心境，他急於謀和，甚至於置「李二先生是漢奸」的千秋萬世罵名於不顧了。

月亮越垣，堦前暑氣與夜色交相繚繞，但覺鍾山壓境，大江來去無聲。胡蘭成由統一與否的話題，問起民國元年蔡元培、汪精衛等奉孫大總統之命，北上迎接袁世凱南下就職的那一段秘史，引起了汪精衛無限的「憧憬」與興趣，他歷歷如數家珍，連年月日時都記得一清二楚，彷彿就是當天上午的事。汪精衛回首前塵，不勝感慨繫之的說：

「雖然孫先生當年天命猶未能定，但是他卻無論何時，都有一個光明燦爛的中華民國在前面。」

當年汪精衛的發言人，親信股肱胡蘭成，往後曾經追憶的說：

「但我覺得汪先生當時所說的好像不大切題。重慶為什麼不能議和，怕不是這樣簡單可以責備，而即或是蔣先生出來主持和議了，天下事恐亦仍未可知。光明燦爛的中華民國到底是怎麼樣的，好不叫人糊塗！」

事實上，汪精衛之降敵叛國，可以說是對於中日兩國俱為一大災禍。使兩國一致蒙受重大不利，間接的也影響了往後若干年的世界大局。所以淪陷區的同胞都在說汪精衛是白虎星，誰挨上誰就晦氣，連我也不能不表示同意。汪精衛和日本人一旦勾搭上了，立刻就斷送掉中日之間當年的一線和平生機，迫使日本非蠻幹到底，我們亦唯有任讓中共乘機漁利，從容坐大，終至於為害全人類，全世界與全中國。

早在民國二十八年六月，汪精衛、周佛海一行到日本東京秘密勾搭，幹那出賣國家民族勾當的時期，時任日本首相的平沼騏一郎，就已經決定向蔣委員長求和了。平沼首相的直接向我民族領袖、最高當局謀和的計劃未能實現，完全是因為日本陸軍當局加以阻撓的關係，而日本陸軍也並不是不想和平解決中日大戰，他們所以要阻撓平沼首相的直接謀和之舉，就由於上了汪精衛、周佛海的當，誤以為他們真有什麼力量，可以動搖中國海內外同胞鋼鐵一般堅強的抗戰精神。

日本決心向我乞和

我說這個話，是有充分證據的。抗戰時期日本獨一無二的一位元老重臣西園寺公望，他有一名心腹親信機要秘書原田熊雄男爵，一向是西園寺公望的靈魂與耳目，由於日本內閣每一次改組，都由西園寺公望向日本天皇提出繼任首相人選，而任何一位首相或閣員，倘若得不著西園寺公望的支持，也就絕無可能幹得下去，因此熟悉日本政情的人都曉得，西園寺公望的實際權力高過日本天皇，日本政壇人物大都與原田熊雄傾心結納，隨時提供可靠情報，原田熊雄也就成為日本政壇最活耀的人物，和消息最靈通的人士。

就在汪精衛、周佛海赴日賣身投靠時期，民國二十八年（一九三九）六月十日，原田熊雄往訪日本宮內省大臣湯淺，湯淺便曾率直地告訴他說：

「關於以汪精衛為首，組織中央集權政府的事，閣議似乎已有決定。不過平沼首相迄至目前為止，仍然還在考慮以蔣委員長為對象，謀求中日之間的和平，惟因陸軍方面建立汪精衛政權的計劃業已成熟，不得不宣告中止。但是平沼首相對於汪精衛之和平運動，仍然深感不安。」

原田熊雄獲訊後，隨即往訪外相有田八郎，有田八郎直承的說：

「汪精衛的問題，是否可以成功，目前尚不得而知。不過內閣已經決定勉強採行此一路線。至於像蔣委員長謀和之舉，雖然也曾作過試探，但是蔣委員長卻絕對不會理會，唯有近衛文麿仍在設法活動，須加特別注意。」

西園寺公望和原田熊雄，對於中日一線和平之望，極表關懷，因此，六月十六日，又由原田打電話給內大臣秘書長官，詢問汪精衛問題是否已經解決，他所得到的答覆是：雙方談判進行順利，只有兩三點意見，尚未獲得一致協議，大概再有個四五天即可議妥，屆時汪精衛一行即將離日返華。

由上列三點證據，可知汪精衛抵日爭取日方支持，成立漢奸偽組織之時，亦即平沼騏一郎首相決心向蔣委員長乞和之際，是因為汪精衛甘為傀儡，日本陸軍首腦誤信他有利用價值，方使平沼騏一郎放棄了他的直接求和計劃。關鍵在於：民國二十八年六月間，距離七七事變，抗戰爆發還不到兩年，日本軍閥即已深感陷入侵華泥淖，越打下去越沒有把握的苦惱，連窮兵黷武的日本軍閥都認為中日大戰必須從速解決，而我國軍民卻已萬眾一心，團結奮起，人人都曉得抗戰到底必將獲得最後勝利。另一方面，則共產黨還不曾得著機會襲擊國軍，乘機坐大。日本軍閥果能幡然悔悟，懸崖勒馬，向我最高當局求和，中日大戰未始沒有和平解決的可能。壞就壞在汪精衛、周佛海這一幫漢奸利慾薰心，在國人一致唾棄怒罵聲中走頭無路，亟亟於建立偽政權，求得日本庇護，竟致斷送了民國二十八年中日間的一線和平轉機。

在汪偽政權密鑼緊鼓，粉墨登場之前，中日大戰戰局開始扭轉，我軍易守為攻，捷報頻傳，長沙第一次大捷殲敵四萬餘名，緊接著又有崑崙關大捷、粵北大捷、桂南大捷、豫南大捷。反觀日本國內正打得民窮財盡，遍處哭聲，一船船的東洋兵運來中國當砲灰，日本陸軍首腦一看這個仗實在不能再打下去了，於是又一次的由日本陸軍出面謀求和平，他們要求近衛文麿取代阿部信行大將，重出組閣。三月一日，日本陸相畑俊六打電話給近衛文麿，約他密談。兩人一見了面，畑俊六便向近衛文麿毫無保留的提出了陸軍方面的意見，他說：

「陸軍原準備建立汪精衛政權，但是非常困難。現在陸軍方面迫切希望不論在何種情況之下，都要立即停止戰爭。請即派秋山定輔君去向蔣委員長交涉，要求停戰，而且還得越快越好。」

近衛文麿便反問畑俊六道：「過去陸軍方面是否也曾進行過，直接向蔣委員長謀和呢？」

畑俊六坦然答道：

「前不久陸軍方面想利用北平的王克敏，透過燕京大學美籍校長司徒雷登博士（戰後曾任美國駐華大使，以迄大陸淪陷後為止），向蔣委員長進行和議。但卻被汪精衛聽到消息，當時他非常激動，同時也使他的地位漸感困難。但是我們深知中日之戰的最後結局，倘若不以蔣委員長為交涉對象，那是絕對無法辦到的。因此，陸軍方面業已決定，務請閣下幫忙，商請秋山君出面洽和停戰，不論交涉辦得如何，陸軍方面絕無異議。」

汪公館裡幾位常客

秋山定輔是一位日本知名政客，和我國政要頗有交往。那一天近衛文麿自畑俊六處辭出後，立刻前往訪晤秋山，把陸軍方面迫切求和，畑俊六對他所說的話，一五一十全都告訴了他，秋山當時還曾氣忿忿的罵道：

「蠢貨！苦戰了三年之久，結果居然是求和，而且還非我們不可！」

罵歸罵，秋山定輔還是決定跑一趟腿，試探試探。三月上旬，他從日本抵達上海，旋即派人輾轉前往重慶，不過，他所派的人到達重慶的時候，汪偽組織早已預訂在三月二十九日開張了，秋山定輔代表日本陸軍求和，當然也就得不到結果。

這是第二次，賣國賊汪精衛成為日本軍閥對華謀和的絆腳石。

甚至於在汪偽政權粉墨登場一個半月後，汪精衛竟然第三次形成日本對華謀和的障礙物。說起來這也是日本軍閥丟人現世，滑稽可笑的一幕鬧劇。民國二十九年（一九四〇）五月十三日，日本外相有田八郎去看原田熊雄，大發牢騷的說：

「方才英國駐日大使葛乃奇轉問於我，他說參謀本部第二部長土橋少將曾經向他提出請求，請他盡力促請蔣委員長應允與日本議和，葛乃奇問我這是否日本政府的決策，是我萬分驚訝，土橋少將要求葛乃奇大使斡旋和平，竟然不經由外交手續，突如其來的由參謀本部出面並且負責，像外國大使演出這一齣醜劇，實在是令人不勝困惑、遺憾之至。」

由參謀本部一名少將，請英國駐日大使斡旋和平，除了證明日本是一個未上政治軌道，毫無綱紀法律可言的國家，同時更充分的顯示了日本軍閥身陷泥淖的焦灼迫切，無可奈何之情。這一次的乞和當然又是徒勞無功，再度碰壁。不過，主要的失敗癥結還在於汪偽組織的形成障礙。汪精衛從逃出重慶到登台出醜，口口聲聲的要搞和平運動，怎想到他自己竟成為了日本對華求和的最大阻力，日本陸軍想抬出汪精衛來對抗巍然迄立的重慶中央，指揮若定的蔣委員長，結果卻是自己搬石頭砸了自己的腳，而且還一而再，再而三的砸個不停，終於砸到日本無條件投降，陸海軍全面毀滅而後已。在日汪雙方說來，那才叫啼笑皆非，欲哭無淚，打落牙齒和血吞啊。

非僅汪偽組織的大小機關，都派有日本顧問、聯絡員，連汪精衛的家裡都住得有日本特務，當了天字第一號大漢奸，挨盡千秋萬載罵名的汪精衛，他在南京日子相當的不好過，南京城內汪公館裡冷冷清清，簡簡單單，客廳房間顯然不曾經過佈置，只有幾件聊資點綴的古玩字畫，汪公館上下人等誰都曉得有日本特務監視，一般的沉默寡言，臉上絕少露出笑容，在汪公館裡不但腳步要放輕，說話得小聲，而且還把到處走動，隨便開口說話懸為厲禁，否則就會惹事生非，引禍上身，連汪精衛夫婦，都形同囚犯一樣。

每天吃中飯，通常分兩桌。汪精衛、陳璧君、兒子、女兒、兒媳婦，還有兩名舅爺：陳國祺、陳國強一對寶貝兄弟，此外則是褚宜民、林柏生、陳春圃三對夫婦。照例汪精衛上座，陳璧君坐在他的右首，媳婦靠著婆婆，以便隨時照拂侍候，其他的人，則隨意落座。菜呢，是六菜一湯，外帶水果。

只有在每天晚餐時分，汪公館的餐廳裡，才會顯出一點熱鬧氣氛，因為有兩位女客常來，一位是曾醒，她是黃花崗七十二烈士之一方聲洞的夫人，曾仲鳴的姊姊，汪公館上下都尊稱她一聲曾三姑。一位是曾三姑的弟妹，曾仲鳴之妻，留學法國，精於繪事的方君璧。汪精衛對這兩位女賓非常客氣，曾醒和方君璧都是十足的名門閨秀，大家風範，一向鮮言寡語，嫻雅端莊。只要她們兩位一到，汪公館便擺起大圓桌，菜也增加到十道。

汪精衛畏妻如畏虎

群奸之中有人戲稱林柏生的老婆為王鳳姐，這位林太太很漂亮，活潑之中帶點輕佻，精明之外又會撒嬌，有她在場，再加上另外有客，場面也就會更熱鬧。她在汪公館是以女官的姿態出現，在陳璧君面前，她像個得寵的女兒，在汪精衛面前，又像是嬌憨的學生。

汪精衛的首席親信股肱，得力助手陳公博，曾經說過一句意味深長的話：

「沒有璧君，汪先生成不了事；沒有璧君，汪先生也敗不了事。」

陳璧君的雌威，和汪精衛的懼內，那是大大的出了名的。汪精衛對陳璧君畏之如虎，諸凡公私各事，一概不敢不從。陳璧君對於早年的中國三大美男子之一，與顧維鈞、梅蘭芳齊名的汪精衛，馭夫之道唯在於嚴，她對汪精衛永遠是頤指氣使，有如奴僕。曾有人說汪精衛之所以自隳令名，罔顧廉恥當漢奸，都是不滿「現實」的陳璧君逼出來的，我倒不以為然。汪精衛的不講氣節，豈止成立偽組織，當了大漢奸這一回哩？滿清末年刺攝政王戴灃，失風被捕，汪精衛在刑部大牢裡，就跟滿清權貴善耆套上了交情。辛亥革命，南北議和時期，他又跟袁世凱的大兒子袁克定磕頭換帖，結拜兄弟，以民黨要人之尊，竟然向袁世凱屈膝行大禮。袁世凱能夠當上民國臨時大總統，頭一個就是汪精衛大為出力。這以後，例如寧漢分裂、擴大會議、中原大戰，……一連串徒為親痛仇快的反叛之舉，都是汪精衛在翻雲覆雨，掀風作浪。汪精衛成為中國一大禍害，由來已久，陳璧君的幕後策動，當然是很重要的一個因素，但是汪精衛本人實乃一名無恥的政客，那才是主要關鍵之所在。

陳璧君既凶且悍，可以稱得上是一名硬腳色，上海人所謂的「狠客」、「白相人阿嫂」之類的潑婦。當她雌威大發，忌憚她的，豈止汪精衛一人而已。汪精衛脫離抗戰陣營，靦顏降敵，罵名已滿天下，中國同胞，恨不能食其肉而寢其皮，因此，在抗戰大後方的貴州貴陽，便有人鑄造一對汪精衛夫婦的跪像。這件事情被陳璧君聽說了，曾有一天，就在汪精衛夫婦的臥室裡，當著兒女的面，陳璧君悍然的說：

「聽說貴陽鑄得有汪精衛、陳璧君的鐵像，就照西湖岳墳前秦檜夫婦的樣式，赤膊跪著。就常有人撒尿來澆，其實呀，我胃口來得個好！」

忝不知恥，尚且粗俗不堪，令人聽了作三日嘔。然而，這就是陳璧君的雌老虎本色。

像這樣一位「女狠客」、「白相人阿嫂」，一旦她丈夫汪精衛當到了偽國民政府代理主席，她更該趾高氣揚，橫行無忌了吧。但是，「人在屋簷下，不得不低頭」。陳璧君在東洋人的嚴密監視，嚴格控制之餘，居然也龜縮了起來，嚇得連一個東洋人也不敢見。每一次，當陳璧君出門旅行，到了飛機場，或是火車站，總有大批日本記者，想拍照，要訪問，一圍上來就是一大堆。這時候，陳璧君絕計不敢在東洋人面前出出鋒頭，搭搭架子，像煞有介事做偽第一夫人狀。她必定突圍急走，匆匆而逃，命一名副官去把東洋記者攔住，婉言相商的說是：

「夫人交代過了的，她今天不想拍照，而且，也沒有什麼話可說。」

記者正與副官辦交涉，陳璧君卻早已拔腳開溜，走得不知去向了。

曾有一次，胡蘭成從上海到南京，在火車上看到汪公館的隨從，悄悄一問，方知陳璧君也在這一列車上，她包了一個車廂，帶著女兒、媳婦，連同秘書、副官，一共有十幾個人。胡蘭成便到那個車廂裡去跟陳璧君打個招呼，寒暄數語，他正要興辭退出，回到他的原座位，詎料陳璧君竟神情緊張的說：

「你就坐在這裡吧，免得東洋人闖進來，給我們多添麻煩。」

由此可知，汪精衛一輩子怕陳璧君，畏之如虎。陳璧君縱使她丈夫投入日本人的懷抱，卻又在那五六年裡怕見日本人，如見蛇蠍。

日本想跟德國搭線

就汪精衛、陳璧君之流來說，東洋人真有這麼可怕嗎？那是一點都不假的，東洋人派系多，花頭更多，區區一名課員，可以對大漢奸汪精衛頤指氣使，倨傲無禮，小小一名東洋兵，也能夠到汪公館橫衝直闖，任意開槍。汪精衛的公館驟聞槍聲，四鄰皆驚，那已經是司空見慣的事了。舉一個例，汪精衛「還都」成立偽組織的第三年上，日本駐華派遣軍總司令部的參謀長後宮大將，某日往訪汪精衛，照例事先不經通報，浩浩蕩蕩，列隊前往，前有騎摩托卡的開道衛士，後有持槍實彈、殺氣騰騰的衛士專車，一路飛快的直奔汪公館，那汪公館門口的衛兵一時沒有看得真切，還以為是南京城外的游擊隊，衝進城來襲擊汪公館呢。驚慌之餘開槍攔阻，日本皇軍驟聞槍聲立刻跳下車來還擊，雙方便在汪公館大門外觸發一場小型戰鬥，你來我往，互不相讓，一仗打下來的結果，是汪精衛那邊有一名衛士被日軍擊斃。

汪精衛落水當大漢奸之初，全國同胞——不論大後方、最前線，或者是淪陷區裡的，都不約而同向他發出憤怒的聲討，和唾棄的咒罵，連同日本的政府官員和有識之士，包括奔走「汪精衛和平運動」歷時兩年多的若干日本特務在內，全都對汪精衛的粉墨登場，究竟能夠發生什麼作用，表示莫大的懷疑。從民國前一年辛亥革命發生起，汪精衛的朝秦暮楚，翻雲覆雨，已經使新生的中華民國吃了無其數次的大虧，像他這樣毫無氣節，徒知爭權奪利的無恥政客，誰敢相信他會有什麼作為，由他出面就能中止得了史無前例的中日大戰？日本知名的評論家，歷史學家私下一再指出：

「如果認為汪偽政權的成立，是日本軍部的一項成就，使日本國民誤信重慶的國民政府已半趨滅亡，那正是一大錯誤。因為事實與此恰巧相反，以汪精衛而言，『新政府』的成立係屬一種最後迫不得已的手段，所以根本就無法期待由此產生停戰的結果。尤其在『中日基本條約』（按即內約）中，由日方強制列入違反近衛聲明的侵略條款，必使汪精衛的宣傳效果，顯著降低。就日汪雙方而言，實在是一件很遺憾的事。」

只有一手導演汪偽政權的日本軍部，仍在以所謂言論指導的方式，臉上貼金的在大作宣傳，他們說汪偽組織的成立是中日事變以來劃時代的進展。軍部一手掩盡天下耳目，強詞奪理的說法，唯有使人嗤之以鼻，根本不值一顧。汪精衛這個白虎星真是霉星高照，自從他甘為傀儡之後，便開始給日本帶來一連串的噩運，按照時間順序來排列，即為日德同盟、日美談判、太平洋戰爭、把更殘酷的戰事帶到日本本土，終至宣告無條件投降。而汪精衛的日本主子在民國二十九年到三十四五年年間的這幾項重大變局，同時也是與汪偽組織息息相關的幾件大事。

日德同盟是日本明治維新以來最大的一次賭博，牌是陸軍當局打出去的，可以說是拿日本整個國家命運付諸孤注一擲。如所週知，自從德川幕府垮台，結束鎖國政策。日本邁向國際社會的第一步，走的就是英美的路線，日本借由英美的提攜，開始從事維新圖強大業，三國之間不但國情相同，而且關係一向良好。中日大戰爆發後，由於中國軍隊越打越強，日本皇軍越打越弱，八一三淞滬之役，竟使日本皇軍深感砲彈嚴重匱乏的現象，日本政府一連幾度向中國乞和，都未能達成願望。中國地大物博，日本人力資源有限，中日之戰只有繼續打下去，那麼，日本陸軍為了應付戰事需要，就不能不動用內地建制師的大批彈藥，解決此一迫在眉睫的問題。然而，日本內地建制師完全是為應付蘇俄攻擊而設置的，所以，日本陸軍亟待解決的一大問題，便在如何牽制蘇俄，使蘇俄不至於乘日本本土空虛，像日本發動突擊。

阿部內閣毀於陸軍

假如中日大戰能夠即時停止，日本也就不需要有這麼大的顧慮，可是由於汪精衛已經從重慶逃了出來，偽組織登場的鑼鼓，敲得震天價響，向重慶乞和殆無可能。於是，日本軍方只好旁門左道，出個花招，想跟崛起於西方，日漸強大的德國搭上線來，使德國在西方代日本牽制蘇俄，展緩日本本土遭受突擊的危機。日本軍部渴望能使一九三六年十一月簽訂的日德防共協定，擴充而為日德間的軍事同盟。

民國二十七年七月初，日本駐德武官大島浩在一個私人茶會裡見到了希特勒的外交部長李賓特洛甫，他直接向他提出這一個要求，數日後，李賓特洛甫約見大島浩，正式答覆他說：

「依我之見，日德軍事同盟不宜只限於對付蘇俄，而應該結成一個以其他各國為目標的相互援助條約，以期對世界和平有所貢獻。」

這便是德、義、日軸心國勾串的起點，同時也是德義兩國發動侵略的徵兆——假如李賓特洛甫這一個表示能夠及早透露的話，同盟國勢將預作準備，第二次世界大戰也許可以避免。

在日本，於八月二十五日的五相會議中，陸相板垣征四郎終於提出對德國的提案開始談判，從此，日本陸軍漸次一手包辦對德外交，由板垣力請近衛文麿首相任命大島浩為駐德大使。

十一月後，日德談判已有眉目，在近衛內閣最後的一次五相會議裡，板垣和其餘四相產生嚴重歧見，外相有田八郎力主日德協定只可以蘇俄為對象，不能兼及英法。板垣則堅主「以蘇俄為主，英法為從」，爭論者仍然是四對一，板垣孤掌難鳴，卻仍堅持不讓，五相會議流產，內閣發生分裂，近衛終於掛冠求去。

繼任的是平沼騏一郎，為了日德聯盟問題，從一月到八月，連續開了七十多次會議，雙方堅持如故，問題始終不獲解決。八月二十三日，德國等不及了，讓日本搖手說聲再見，轉而與蘇俄締結互不侵犯條約，消息傳出，對日本來說猶如晴天霹靂。雖然事關德國的內政，但是平沼卻以其應負對德國失察之責為咎，唯有「辭職謝罪，以全臣節。」他卸任時留下了一句名言：

「歐洲天地，正發生複雜離奇的新形勢。」

經過西園寺和近衛的贊可後，日本宮內大臣湯淺決定推薦廣田弘毅繼任首相，並且已經派西園寺的機要秘書原田熊雄前往徵求廣田的意見。然而事為日本軍部所偵悉，立即發起反對運動，八月二十六日，近衛趨訪板垣，直接了當的問他：

「如果由陸軍方面推人出任首相時，你認為那一位比較適當？」

板垣不假思索的回答：

「林或阿部。」

林，便是九一八事變時支援關東軍的日本朝鮮軍司令官林銑十郎，為人庸碌，近衛覺得他難當大任，因此他只有推薦阿部信行大將之一途。

阿部組閣，出現了日本組閣史上一個罕有的先例，日皇裕仁斷然的出面指定陸相人選，他面告入宮謁見的阿部首相說：

「陸相由朕指定，可由梅津美次郎，和畑俊六二人之中選擇一人。」

阿部終於選擇了畑俊六。

事實上，阿部信行和畑俊六在心理上並未趨於一致。再加上國會議員對他投不信任票的威脅，內外交攻，迫使他的新閣風雨飄搖。他想解散議會，與之鬥爭，畑俊六卻不表意見，日本陸軍一手製造的阿部內閣，居然也毀之於陸軍之手。

要求近衛東山復起

陸軍無情的推翻了阿部內閣，阿部信行就只好以卸任閣揆之尊，屈就駐汪偽組織的大使。民國二十九年一月七日，軍務局長武藤章趨訪近衛文麿，代表軍部全體，向他轉達了下列意見：

一、為處理內外重大時局，應組成包括軍政黨財界舉國一致的內閣。

二、請近衛東山復起，重任閣揆。

三、不論在任何情形之下，陸軍一致堅決反對宇垣一成組閣。

四、反對政黨總裁暨金融資本家出任首相，但可擔任閣員。

還有更重要的一點，那便是所謂緊急政策，日本軍部主張應該斷然尋求中日戰爭的方案。例如汪精衛工作可以視為第一階級，那麼，即應對蔣委員長作相當的讓步，以便展開第二階段的和平工作。此外，鑒於軍費日益膨脹，致使國民經濟無法保持平衡，日政府正大受責難。日本軍部主張以勝田主計出任財相，俾便從中調停，使局勢緩和。

但是，近衛文麿卻對於財經問題缺乏自信，他表示固辭，因此經由重臣會議的決定，推薦海軍大將米內光政出而組閣。

米內光政曾任海相，他對陸軍所提的日德同盟問題，曾經極力反對，陸軍方面對於他的出任首相，當然至表不滿。不過，日皇裕仁卻又在閣潮最嚴重的時候，召見陸相畑俊六，嚴詞命令他在米內閣繼任陸相，並對米內衷心支持。天皇再度出面，陸軍方面對米內的不滿只好隱忍不發，暫且相安。

就在這一個時期，日本軍方的對華政策，開始起了重大的變化，汪精衛和他手下的大小漢奸，可以說業已面臨末日，喪鐘即將鳴奏，只是他們自己，猶仍渾渾噩噩，毫無所知而已。在日本東京，由參謀本部閑院宮總長，第一部長富永、第二部長土橋、第三部長鈴木宗作，和總務部長神田，一共是六個人。陸軍部則由陸相畑俊六、次官阿南、軍務局長武藤章三人出席，開了一次十分重要的會議。而在會議中決定，如果向蔣委員長乞和再不成功，陸軍將自昭和十六年（民國三十二年，一九四三）為止，除了上海附近，即蒙疆一部外，所有日軍，一律自華撤退。

緊接著，參謀本部和陸軍本部的事務當局，還根據過去的統計，以及上項撤軍計劃，列出了「中國事變」的陸軍經費概算和預算。民國二十九年（一九四〇）是五十五億日圓，三十年是四十五億日圓。三十一年是三十五億日圓，三十二年日本全部撤出中國，那一年的預算就可以減到二十五億日圓。

這是八年抗戰，二次世界大戰期間的一大機密，中日之戰，原在民國三十二年，亦即抗戰勝利前二年，就可以藉由日本軍部的既定決策，主動撤兵，而告草草終場，不了自了的。到那時候，樹倒猢猻散，汪精衛那一般大小漢奸，自然也會宣告完蛋。

配合時局決不落後

然而，又是什麼重大因素，中止了日本軍部的這一既定決策，自華撤兵，結束中日之戰的呢？說起來，這又是汪精衛頓生阻礙於先，希特勒再闖大禍於後。原來自軍部決定向蔣委員長乞和，即使蔣委員長堅決不許，也要自動撤出中國以後，不但日本民情輿論，一致譽為英明果斷之舉，連米內光政大將，也大大的表示歡迎。可是，日本軍部轉念一想，汪精衛這個傀儡偽組織，正是他們所一手製造出來的，汪偽組織才開張，已經激起了中國朝野人士的公憤，在這種情形之下，中國方面的空氣，顯然對日本大為不利。於是便遷延又遷延，遲疑再遲疑，直拖到民國三十年五月，霹靂一聲，德國以閃電攻勢，入侵波蘭，第二次世界大戰全面爆發，就在德軍以雷霆萬鈞之勢深入波蘭之際，汪精衛還懵懵懂懂的召集他的親信心腹，討論國際形勢及未來演變。在汪精衛那許多「大將」之中，林柏生表示無意見，樊仲雲則模稜兩可的說是「未可知」，李聖五尤其一口咬定：「不會有事的。」認定「這回一定打起來的」，就只有胡蘭成一個。

日本方面，反應可就大不相同了，五月十日，德軍的閃電大攻勢展開，恍如疾風迅雷，所向無敵，突破法國自詡天塹的馬其諾防線，幾乎在敦克爾刻圍殲數十萬眾的英軍，當英軍奇蹟般的全師撤退，德軍迅即轉個方向，直指巴黎，力陷花都。六月十七日，法國稱降。希特勒驚人的勝利，使瘋狂的日本軍閥又注入了亢奮的血液，他們不但將主動自華撤兵的計劃，予以無限期的擱置，甚且喊出了新的口號：

「配合時局，決不後退！」

在此之前，一向是日本海軍在倡呼所謂「南進論」，陸軍人士，對此大都表示漠不關心，但自希特勒在以席捲全歐之勢著著推進時，陸軍竟作了一百八十度的大轉彎，主動自華撤兵的決策，一改而為「與其和平解決，不如遮斷安南、緬甸支援華路線，以武力迫使重慶『投降』」。另一方面，又迅即由參謀本部派出偵察軍官，分赴南洋各地，加速製作南方兵要地志，同時在第二部成立「南方班」，以村上中佐為主任，展開工作，將海軍多年蒐集的南洋資料，一舉接收過來。

前後百日之間，日本陸軍態度大變，由仇讎而盟友，由和平而努力，由北進而南進，由卹念財政困難而不惜舉國孤注一擲，唯力是視的日本人，不再痛恨德國背信負義，與蘇俄結盟，日本陸軍重新釐定了他們的政略跟戰略，迫不及待的說：「日本應迅速與德國恢復舊交，互相團結，與德國在歐洲建立新秩序密切配合，日本亦應在東亞建立新秩序。現在此種良機業已來到眼前，吾人不得有違天佑。」

松岡洋右出任外相

由於日本陸軍方面決定從速與德國結盟，連日皇裕仁的諄諄告誡都置之於不顧。日本陸軍認為米內光政的「英美協調論」，有礙於日德盟約的締結，如果不把米內光政排開，陸軍南侵，勢將落後。因此，幾乎是全體一致的，交相抨擊米內首相「優柔寡斷」，換言之，就是嫌他擋住了路。

七月上旬，閑院宮還想擔任調人，用參謀總長的名義，發出了「仍希望善予處理，俾便打開時局僵局」的公函。可是，畑俊六的答覆卻是斬釘截鐵的，七月十六日，他單獨呈請辭職。當年日本，不獲陸軍支持的閣揆，焉能自安於衽席，因此，米內內閣也就只好下台一鞠躬，請准總辭了。

米內既辭，陸軍方面，仍然擁戴近衛文麿出任首相，近衛文麿這一次算是答應了，只不過，他在閣員部屬方面，很費了點心思。近衛挽前南滿鐵路總裁松岡洋右，出任外相，希望藉由松岡和日本陸軍的良好關係，以及他遇事擅專的作風，在自己的內線指導下，多多少少，從軍部手中取回一點外交主動權，莫再使外相成為軍部的鷹犬。然後，他以陸相一席畀諸東條英機，因為東條是所謂統制派的主將，對於氣燄薰天的皇道派軍官，可能產生一些制衡作用。

但是，皇道派軍官的動作比他更快，手腕也遠較他敏捷。近衛文麿二度組閣，新閣方於七月二十二日誕生，四天後，陸軍即已提出：「配合情勢發展之時局處理綱要」，以此作為新閣的新施政方針。這項新施政方針，可謂之為「日本南進論」的憲章，因為它強使近衛進行下列兩大冒險之舉：

一、徹底進行對華戰爭。

二、南進。

近衛二度組閣，終告馬失前蹄，一開始便陷入更深的泥淖裡，而且還在逐步的把日本推向滅亡之途。近衛文麿之所以遭受此一慘敗，犖犖大之因素，約有兩端：

一、軍部根本就不把內閣看在眼裡，「憲章」提出以後，每閣員均無暇對其內容詳加研判，逐項考慮，便在軍部咄咄逼人的聲威之下，以不到三小時的時間，草率的予以通過。

二、松岡洋右的遇事擅專作風，由於他偏向軍部，反而對軍部大大的有利。例如，當藏相小林一三、遞相（交通運輸大臣）村田省藏等人，相率指出：「倘若根據此項要綱進行，將使日本與英美的關係惡化，因而導致嚴重後果之虞，請試作檢討。」當時，松岡洋右便強項的加以聲辯說：

「對美國採取強硬態度，乃是防止危機的要訣。何況，關於外交事項，應由本人負責。」

松岡一為軍部幫腔，深切以為不妥的諸相，自此也唯有噤若寒蟬了。

日本南進的方針大計已定，自茲而後緊接下去的連台好戲是德義日三國聯盟、日美談判，與民國三十年（一九四一）十二月八日太平洋戰爭的爆發，汪精衛在南京身為傀儡，對於這一連串的重大事件，也只有事後方能從日本「盟方」得個報備的消息。太平洋變作，日軍艦機猛襲美國夏威夷珍珠港，美國遠東海軍幾於全軍盡墨，與此同時猛攻香港和菲律賓，汪精衛在那幾天裡著實興奮已極，正為他的日本主子而慶幸，飄飄然的彷彿他也是日本人了。一日，他的親信胡蘭成自上海到南京，前往汪公館謁見，汪精衛認賊作父的向他宣揚日本皇軍的輝煌戰蹟，胡蘭成卻據實相告的道：

「太平洋上區域太廣，就兵法而言，首先就犯了備多力分的大忌。今天英美等國的弱點，來日必將成為日本的缺失疏漏。據我看來，日本的武力如今已達到了極限。所以，現有的戰果，將來卻未必能夠確立，這也就是未能以一時成敗論英雄的道理。」

多拿點蹻要足價錢

詎料，汪精衛聽了胡蘭成的這一番分析，卻像掃了他的興似的，深心為之不喜。他仰臉望著天花板，就此一言不發，使胡蘭成深感此次話不投機，只好興辭歸去。由此可見，汪精衛畢竟天真，這一名慣於投機取巧的小政客，竟像個小孩子似的。

民國三十一年春天，東洋人為了要向我國淪陷區同胞炫耀他們在東南亞的戰蹟，顯示日本皇軍的武力，不惜工本，耗資巨萬，擇定南京玄武門外的荒涼地帶，搭起了南太平洋的巨大佈景，權將我國的揚子江，充作南太平洋，藍天白雲，江水泱泱，大小日艦便在揚子江裡佈陣，而在對岸荒洲，築起了新加坡都市的雛型，飄揚著一幅幅的太陽旗。

全部佈景竣工的頭一天，日本在華駐屯軍總司令部特地邀請汪精衛夫婦，和汪偽組織的大小群奸前往參觀。那一日汪精衛的表現真像個小丑似的，他竟沐猴而冠，穿上了全套海軍上將制服，披掛齊全，戎服煌煌，像煞有介事的親率群奸乘坐一隊汽車魚貫而往，直駛到郊外有坡坎的地方，汽車無法再往前通行了，一大堆的漢奸先後下車，由東洋軍官先導，汪精衛夫婦領頭，偽組織群奸開始步行向前走。

走著走著，也不知道究竟是為了什麼？汪精衛和陳璧君兩夫婦忽然吵起架來了，起先是低聲的爭論，繼而雙方都動了肝火，爭吵的聲浪越來越大。東洋軍官暗中竊笑，偽組織群奸則唯有面面相覷，尷尬萬分，一時不知如何是好。褚民誼在汪精衛夫婦的身後亦步亦趨，他是個標準的窩囊廢，一輩子只曉得吃喝玩樂，醇酒婦人，他娶的是陳璧君的一名丫頭，在嫁給褚民誼的時候，方始在陳璧君跟前磕過頭，算是陳璧君的過房女兒，照說他是汪精衛兩夫婦的誼婿，再加上他追隨汪精衛為時最久，早就身為所謂「公館派」的核心人物，跟汪陳夫婦檔關係頂密切，但是汪陳兩夫婦在那種場合居然發生口角，褚民誼偏就不敢開口提醒一句，或是勸上一勸，因為他也明白，平時汪精衛從來不給他好臉色看，他在汪精衛的心目之中，連個副官隨從都不如。而且，就由於他娶的是陳璧君的誼女，又是跟了汪精衛多年的親信心腹，陳璧君當他是汪精衛的人，汪精衛視他為陳璧君的「半子」，每逢雙方齟齬，兩夫妻都拿他當出氣筒。

一邊往前走，一邊吵著架，眾漢奸都為汪精衛、陳璧君在東洋人面前大出其醜，羞的面紅耳熱。正好走到一座單間屋子，像是一個路亭。汪精衛的侍從便忙陪笑臉，請他們倆夫婦到屋裡去坐一坐，歇歇腳，喝杯茶，當然頂要緊的是平平氣，不要再吵下去。汪精衛兩夫婦默默無言，無可無不可的答應了，但當汪精衛一腳跨進那間屋，迎面就看見牆壁正中掛著一幅褚民誼所題的字，其實只是拓本而已，紙上赫然拓著：

「『國民政府』還都紀念碑」

果然這一回夫妻相罵，倒楣的又是褚民誼了。當時眾人只見汪精衛臉色鐵青，大踏步的走上前去，在眾目睽睽之下，伸手便要去撕。他的侍從覩狀大驚，唯恐撕壞了這張拓紙，對偽組織來說，實在是太不吉利，便有三兩個人搶上前去，代他揭下捲起藏好，褚民誼在一旁嚇得面無人色，汪精衛對他依然正眼也不瞧。這一天，參觀日本南太平洋戰蹟，汪精衛始終緊板著臉，一語不發，甚至於跟日本駐華軍參謀長後宮大將都不搭訕，群奸心知，這又是一個不祥之兆。

如同遜清慈禧太后庚子那年，悍然與世界列國宣戰一樣，汪精衛也曾由於皇（日本天皇）恩浩蕩，衷心感激，居然自動自發的跟英美兩國宣過戰。那是在日本發動太平洋戰爭之後第三年的秋天，汪精衛應邀訪日，這一次他總算獲得日皇裕仁召見，並且和當時的日本首相東條英機晤談。行前曾有人寫長信提醒他說：太平洋戰事已形逆轉，日本人理不直，氣不壯，為了維持大陸淪陷區，必定會向偽組織讓點步，因此，那人建議汪精衛，在他和東條英機商談的時候，不妨多拿點蹻，要足價錢，不怕日本人不遷就一點。

使人毀滅必先瘋狂

汪精衛對於這一封信並不怎麼在意，他在日本官方盛大歡迎聲中抵達東京，先和日本首相東條英機會晤，東條直截了當的告訴他說：日本政府將一切尊重南京政府的意見。殊不知這一句恩施格外的話，便叫汪精衛渾身輕飄飄的，連週身的骨頭都酥了。他感激涕零，一時衝動，竟向東條英機說：

「中國人向來是知恩必報的，人敬我三分，我敬人十成。但不知首相所謂的尊重我方意見，究竟是指的那些事情？」

在汪精衛的意下，只要東條英機有所吩咐，他將「赴湯蹈火，萬死不辭」那種奴顏婢膝，搖尾乞憐的醜態，真是丟盡了中國人的臉。然而，他卻萬萬不曾料到，東條英機竟會兜頭潑他一盆冷水，東條英機泥菩薩過江自身難保，拖不拖汪偽組織下水已經毫無意義了。所以東條非常坦率真誠的向汪精衛分析當時歐亞兩戰場的局勢，德義日三軸心國的軍事力量已經發揮到極限，而且業已開始由巔峰狀態急遽下降。在歐洲，數以百萬計的德軍精銳在蘇俄戰場被困，眼見即將重蹈拿破崙征俄全軍覆沒的噩運，在太平洋上，日軍一路勢如破竹的逐島進攻，正受同盟國軍的凌厲反擊，戰艦與軍機的慘重損失，已使日本皇軍注定必將覆敗——事實證明東條英機當年的判斷是正確的，因為在東條——汪精衛會談的一個月後，俄境史達林格勒正面的德軍宣告投降，太平洋上日軍敗退瓜達爾康勒爾島，五月，阿茨島上的日軍全部被擊潰消滅，九月，義大利便向同盟國軍無條件投降了。

因此，東條英機正告汪精衛說：太平洋及歐洲戰場，戰事既然已形逆轉，日本本身的存亡尚在未定之天，關於汪偽組織參戰與否的問題，汪精衛儘可自行決定，他甚至於說他將下令在華日本派遣軍、日本「大使館」以及所有僑民，任何人不得以此項問題對汪偽組織施加壓力，強迫汪偽組織參戰。

可是，天真「有邪」的汪精衛，竟造成了他一生之中最嚴重，極不可原諒的一次錯誤。他向東條熱淚盈眶的表示：既然東條首相對於汪偽組織這麼樣的在危機中見真心，夠朋友，那麼，為道義計，汪偽組織也決心當日本的陪葬者，他要向英美兩國宣戰。

民國三十二年元月九日，汪偽組織果然丑表功似的向東洋主子獻媚，宣布對英、美兩國宣戰，這原是不值得一顧的一齣小鬧劇，早在民國二十九年三月二十九日汪偽組織成立，三十日，我國民政府便照會各國駐華使節，鄭重聲明：日寇所製造及所控制的傀儡，南京偽組織完全無效，同日還明令通緝附逆首要漢奸陳公博等七十七名。當天，美國國務卿赫爾便發表嚴正聲明：不承認南京偽組織，英法兩國相繼響應，在國際社會上，根本就沒有汪偽組織的存在，他貿貿然的向英美兩國宣戰了，自以為是一件了不起的大事，然而，英美兩國卻不屑一顧，置之不理，反倒在元月十一日分別於華盛頓、重慶兩地，由英美兩國與我國簽訂了中美、中英平等新約，不平等條約終告取消，百年桎梏一旦解除，全國各地都在熱烈的慶祝，郵政總局還發行了紀念郵票。

兩相對照之下，汪精衛的不自度德量力，居然假戲真唱，那副狼狽的情景，確屬咎由自取，罪無可逭。向東條拍馬，卻丟盡了自己的臉皮，而且，他從此也就給東條以次的東洋人更看輕了。這是三尺童子所不欲為之事，汪精衛竟靦顏優為之，還在自以為得計呢。走筆至此，猛可憶起聖經上的一句箴言：「上帝使人滅亡，必先使其瘋狂。」那正好是當年汪精衛的寫照。

回首當年革命歷史

汪精衛落水當漢奸，內疚既深，痛苦必甚，所以他常會有顛三倒四的言行，衝動幼稚的舉措，大可以說他是心智昏迷，六神無主。對汪偽組織而言，公然對英美兩國宣戰，那是何等的大事？然而，東條英機說得明明白白，日本並不在乎汪偽組織有此一舉，他偏偏自動自發的要自告奮勇，裝出一副螳臂擋車的可笑可憐相。妙的是，他在臨到東京去會晤日皇裕仁之前，居然會「大義凜然」的對他的衛士說：

「我和日方談判的時候，你拿好手槍在我身邊守著。倘若東洋人一定要逼我簽字，你就拔出手槍來打死我！」

手是長在汪精衛身上的，說不簽就不簽，那裡用得著衛士開槍來把他結果？汪精衛的這幾句囑咐，豈非荒唐糊塗，不知所云？

汪精衛那一次應日皇裕仁之召，赴日訪問。他還遇到了一個一見面就尷尬萬分的大傀儡，那便是偽滿洲國皇帝溥儀，說起來，這當然是日本方面的有意安排。因為在二次大戰爆發之初，日本為了壯一壯自家的聲勢，曾經倡呼過「日滿支協同體」的組織，所謂「滿」，就是偽滿州國，支指支那，亦即汪精衛的偽政權。日本希望以日、滿、支作為「大東亞新秩序」的核心，也就是說，由日本領導偽滿州國和汪偽政權，一道組成一個跟著東洋人走的「協同體」。

所以，日皇裕仁在召見汪精衛的同時，也召見了偽滿州國皇帝溥儀，叫這兩名傀儡在東京碰碰頭。事先，汪精衛還不知道東洋人有這樣一個安排，及至到東京和溥儀見了面，雙方臉上強笑，兩手交握，內心之中真有訴說不出的滋味。

汪精衛在同盟會老同志之中嶄露頭角，大出風頭。如所週知，正由於宣統二年（一九一〇）陰曆二月的刺遜清攝政王載灃一案。同時也因為這一次轟動全國的謀刺案，使他娶了陳璧君做老婆。汪精衛刺攝政王案誠然知之者甚多，但是這裡面還有許多值得在拙作《諜戰上海灘》中一談的內幕。

陳璧君長的很醜，既悍且妒，汪精衛則係早年中國三大美男子之一（其餘二位是故外交家顧維鈞、伶王梅蘭芳）。陳璧君是否為了追求汪精衛，也跟著他幹革命工作，外人無從得悉。不過，在汪精衛參加排滿革命的那些年裡，陳璧君始終緊隨汪精衛不捨，而陳璧君是利用隨汪北上，刺攝政王，在北平東北園同住時，一再向他求婚，而汪精衛迫不得已，只好答應，則為不爭的事實。

前清光緒三十四年（一九〇八），國父派任汪精衛、鄧子瑜等到荷屬文島一帶去籌募捐款，接濟革命軍費，這一趟募款行無功而返，汪精衛便自作主張，他要潛入北京，刺殺一名滿清重臣。在這個大前提下，當年他最大的目標，當然唯有光緒皇帝的胞弟、宣統皇帝的本生父，時任攝政王，清廷之中大權在握的載灃。

汪精衛違背國父的命令，從荷屬文島祕密的折返香港，然後再赴日本，邀集了革命同志黃復生、黎仲實、曾醒、方君瑛，和綽號「炸彈大王」的喻培倫，又有陳璧君自願同行。這七人組成了一個暗殺團，先到香港，在黃泥涌道設立機關，經常到屯門鄧三伯的農場試驗抛擲炸彈，以及電氣、化學、鐘錶引發炸彈的方法。宣統二年夏天，喻培倫和黃復生聽說前任直隸總督端方，即將從北京乘京漢鐵路南下。兩位同志便預先到漢口去守候，準備炸斃滿清朝末年的這一名能幹角色，方面大員。但卻在車站上錯過了機會，喻黃兩位只好將攜去的炸彈、彈殼、火藥，交給武漢方面的革命同志孫武，託他保管，再去北京。後來辛亥革命，武昌起義，漢口革命總機關因為炸彈失慎爆炸而破獲，使預定舉事時日延期，孫武受傷，就是這一批炸彈肇的禍。

陳璧君追求汪精衛

宣統元年十二月初，汪精衛和黎仲實、陳璧君等人悄悄北上，和黃復生、喻培倫等相會合。喻培倫特地採辦了一批照相器材，在宣武門外玻璃廠火神廟西夾道，開了一片「守真照相館」，作為暗殺機關。同時，又在東北園租了一棟房子，供同志居住。就在這一段風聲鶴唳，緊張萬分的時期，陳璧君又開始往汪精衛展開熱烈的追求攻勢，使汪精衛頗難應付。

汪精衛是廣州人，他在家鄉的時候，早就訂過了親。他的未婚妻閨名劉文貞，是香港華民政務司署文案劉子平的妹子。早在光緒三十三四年之交，汪精衛曾經向劉家表示，他將從事革命工作，唯恐牽連了劉家，要求劉子平准許退婚。

但是劉子平兩兄妹都很看重汪精衛，對於他的要求不予考慮。劉子平甚至拜託革命黨人鄧子瑜跟汪精衛說：他的妹子願意等他，等到他願意結婚的時候再結婚。汪精衛卻辜負了這位劉小姐的一片癡情，他斬釘截鐵的說了革命如不成功絕不娶婦的話。

因此便給陳璧君有了可乘之機，她一廂情願的追求汪精衛，在清朝末年，向陳璧君這樣作風大膽的小姐確實少有少見。汪精衛被她纏得無法可想，便只好再用革命不成絕不娶婦的說法相推托。然而陳璧君卻對他一往情深，她牢牢的盯住他不放。

直到七人暗殺團在北京城裡會期以後，喻培倫、黃復生住在守真照相館，曾醒和方君瑛住在親戚朋友家中，就只剩下陳璧君、汪精衛、黎仲實一女二男同住東北園。在那一段時期，他們隨時都有被清吏清兵抓去殺頭的危險，稱得上是草木皆兵，一夕數驚。但是陳璧君居然還有心思拎著腦袋瓜子談戀愛，她繼續不斷纏住汪精衛，另一方面，和黎仲實似乎也有了那麼一段情。陳璧君一定要跟汪精衛結婚，汪精衛被她逼得走頭無路，就只好答應她革命成功以後再談。

七人暗殺團經過多方的調查，打聽清楚了什剎海附近的一座甘水橋，是攝政王載灃每天上朝退朝必經之處，他們訂做了一個直徑一尺一二的大鐵罐，罐裡可貯藏四五十磅炸藥，決定將大鐵罐埋在橋北的陰溝裡，等載灃經過，用電流引發爆炸。宣統三年二月二十一日起，他們開始乘黑夜埋置炸彈。

可是第一夜碰上了群犬齊吠，嚇得他們匆匆而走。第二夜炸彈總算埋好了，可於電線不夠，第三天買齊了電線，再由黃復生、喻培倫前去繞接。喻培倫正工作時偶然抬頭一望，陡然發現有一個人蹲在橋上，當下不禁大吃一驚。他連忙用日本話低聲的跟黃復生說：

「橋上有一個人，正在向橋下張望。我們的祕密，一定已經被他窺破了。」

黃復生也吃了一驚，他便暗囑喻培倫，趕緊去通知汪精衛等速逃，他自己仍有點不甘心，於是從橋下走出，掩身一株大樹後面，想再看個究竟。

橋上蹲的那人，原來是一名趕大車的車伕，因為他的老婆三天不曾回家，日以繼夜，到處尋找。找到了甘水橋上，看見橋下有兩個人，還以為是他的偷情妻子和那奸夫，等喻黃二人相繼走開，他再打起燈籠到橋下一看，赫然竟發現了炸彈。

車伕飛快的奔去報信，帶來了一名清警，一名滿清憲兵。黃復生在大樹後面看得真切，不敢留戀，立刻奔赴東北園，和汪精衛、陳璧君、喻雲紀、黎仲實舉行緊急會議，即席論決：陳璧君和黎仲實赴南洋籌款，喻培倫上東京購買炸藥，汪精衛和黃復生在北京留守，等炸藥運到，以圖再舉。

但是到了這麼緊張嚴重的關頭，陳璧君卻仍然捨不得和汪精衛分離，她妙想天開，一口咬定的說：

「憲兵、警察發現大鐵罐，怎曉得是個炸彈？如果他們果真還沒有發現，我們明天仍可以按照預定計劃行事，一舉成功，然後再分道揚鑣，各奔前程。」

「耿耿此心可對師友」

由於她一力堅持，黃復生、喻培倫迫於無奈，只好再冒一次險，前往甘水橋，再去看看情況。到達時，橋上早已警衛森嚴，有三個警察在站崗，等到次日再請日本大使館派專家來拆炸彈了。

於是，第二天，陳璧君便和黎仲實雙雙南下，暫且離開了汪精衛。

北京城裡，甘水橋下發現了大炸彈，日本技師說：這枚炸彈倘若爆炸，北京全城將被轟去一半，消息傳出，轟動九城，清吏清兵，通城大索。十四天後，首先是黃復生被捕，不到兩小時，汪精衛也被一騾車押到了北京總布胡同左一區署。黃復生自承謀刺殺是他一個人幹的，與汪精衛無關。可是清吏怎肯相信，羈押一週，移拘內城總廳。在囚室中，汪精衛寫了洋洋數千言的一篇文章，力陳革命宗旨在於改革政治。據說，主審該案的刑部尚書肅親王善耆（日本女間諜川島芳子之父），閱後十分感動，極力為汪黃二人開脫，方始從輕發落，判處徒刑。實際上，汪精衛和黃復生的倖免於難，一方面固由於同志營救得力，另一方面，也是善耆等滿清親貴，眼見滿清大勢已去，向革命黨套套交情，留個來日的餘地。

同志營救，自以陳璧君出力最多，她和黎仲實兩人，儷影雙雙的由北京直下香港，益以途中會和的喻培倫，三個人在九龍特地設立了個營救機關，陳璧君還拉來她的閨中密友黎德榮、李佩書幫忙。由她陪著黎德榮，吩咐南洋各埠籌款。賴國父的號召，籌到了一萬餘元，由於營救汪黃聲勢之大，使得清廷益發不敢貿然處決，汪精衛和黃復生，便在北京刑部大牢，悠遊度日，相當的受優待。及至武昌起義，肅王善耆拉攏他們於先，自洹上啟用的內閣總理大臣袁世凱，收買汪精衛於後。民國建元，滿清滅亡，汪精衛早已奉袁世凱之命，跟他的長子袁克定磕頭拜把子，極為交讙了，所以後來國父推薦袁世凱繼任臨時大總統，袁世凱拒絕南下就職，造成北洋軍閥宰制全國十五六年的局面，在在都是汪精衛替袁世凱在暗地裡奔走效力，有以促成的。

民國元年袁世凱繼任臨時大總統後，南北統一，汪精衛和陳璧君的婚事，也就在陳璧君的一再催促之下，正式宣佈。陳璧君如願以償，釣到了汪精衛這麼一位「金龜婿」。只不過，在汪精衛、陳璧君完婚時，還有一支頗為出人意外的小插曲，那便是當年三人居之一的黎仲實，自此放浪形骸，寄情酒色，和前此的他，簡直判若兩人。民國九年，他便以瘵疾逝世——這一支小插曲卻是由黃復生親筆寫下來的。

汪精衛的「光榮」革命歷史，不過爾爾，筆者在此特地詳加表出，除了使讀者更加瞭解他的為人之外，還有另一重意義，即在於日皇裕仁召見汪精衛、溥儀兩名傀儡時，他們初見面的尷尬和忸怩。溥儀是遜清攝政王載灃的長子，這也就是說：距他們相見三十四年前，汪精衛差一點就要把溥儀的父親炸的粉身碎骨，汪精衛呢，眼跟前和他握手言歡的瘦長青年，正是三十多年前他必欲打倒推翻的大清帝國宣統皇帝。為了要刺殺攝政王載灃，汪精衛曾留下了如次的名言：

「引刀成一快，不負少年頭！」

為了要推翻滿清，驅除韃虜，汪精衛也曾在他的「留別南洋同志書」中，又曾信誓旦旦的說：

「今弟已致力於是矣，而年來與諸同事往來於目的地，相約前仆後繼，期於必制狂虜之死命，固雖文師友之督責（按指國父、黃興及其他革命同志之力阻），而一往而不留，亦以耿耿此心，可對於師友也！」

木偶奇遇記的由來

可歎的是，汪精衛不但未能壯志得酬：「引刀成一快，不負少年頭」，「必制狂虜於死命」，反而和狂虜溥儀「一殿為臣」，一道做起出賣國家民族的大漢奸來了，因為做了漢奸，才不得不遵奉東洋主子之命，強顏作笑，往返酬酢，有以「建立」大東亞新秩序，亦即所謂日滿支協同體。難怪，曾有上海某報為汪精衛、溥儀之會晤，作了一個燈謎，謎面是為：

「汪精衛晤溥儀」──射一影片名。

謎底則是誠堪令人為之噴飯的──「木偶奇遇記」。

汪精衛和溥儀的這一次東京會，著實來的突兀離奇。但是他倆之間離奇突兀的程度，還並不止於此。在東京時，溥儀便奉了東條的命令，邀請他的「準殺父仇人」汪精衛「訪問」偽滿洲國。溥儀「遵旨」，汪精衛焉敢不遵，他只有順從的接受邀請，而在民國三十二年元月，抵達了東北遼寧長春，偽滿洲國的「國都」所在地。

汪精衛「訪問」東北，給東北同胞帶去了十分複雜微妙的心情。他們跟全國同胞──無論大後方與淪陷區的同胞一樣，對於汪精衛這種卑劣無恥的大漢奸衷心唾棄，但是在一日之間，他們卻驚喜交集的發現東北各地遍樹青天白日滿地紅國旗，那彷彿是無法容人置信的一項奇蹟。自民國十七年東北易幟，全國統一，青天白日滿地紅國旗飄揚於東北各地，東北同胞方自慶幸他們也能成為中華民國的一員，他們終於有了國籍。然而，不旋踵間爆發了民國二十年的九一八事變，青天白日滿地紅國旗只能在游擊隊的基地方使可以見及。這一次睽離，居然長達十二年之久。然而，當東北同胞歡呼雀躍的奔向國旗看個清楚時，他們立刻就大大的失望了，在汪偽組織僭用的國旗上，多了一條黃色的豚尾巴，那上面莫名其妙的寫了「和平反共救國」六個字。

到長春的第一天，偽滿洲國舉行「歡迎大會」，要汪精衛首先致詞，也許是他百感交集，所以他走到台前時，顯得有點步履蹣跚，搖搖晃晃。當時，在他左後方的是偽滿皇帝溥儀，和偽滿「國務總理」張景惠以次的「高級官員」。右方則為日本關東軍諸將領，戎服輝煌，鷹瞵虎視。汪精衛走向台口說話了，話未出口，他先已熱淚盈眶，語音梗塞，於是，話出口時，他幾乎是又一度過分激動的吼叫，汪精衛聲嘶力竭的在嚷嚷：

「親愛的東北同胞啊，我們過去是同胞，現在是同胞，將來更一定是同胞……」

滿懷的悲愴激憤使汪精衛的致詞無法再繼續下去，他爽性掩面飲泣，在座的日本關東軍將領無不大驚失色，倉皇四顧。台下成千上萬的東北青年，被汪精衛的激越情緒所煽動，渾忘卻他們仍在關東軍的鐵蹄踐踏之下，鬱藏了十二年的故國之思，浩然正氣被挖掘出來，他們攘臂高呼：

「萬歲！中華民國萬歲！」

台上台下陷於一片混亂，汪精衛被無禮的關東軍官拖下台了，溥儀手足失措。汪精衛一被拖走，台下荷槍實彈的關東軍立刻展開行動，也不知道有多少人被捕、被殺，汪精衛一時衝動，無法遏忍，他又在東北掀起一場腥風血雨的奇禍。

汪精衛本人當然是無恙的從長春回到南京，不過人總是人，他仍然難忘長春歡迎大會上當眾被拖的那一幕，因此，在汪偽組織「行政院」的例行會議席間，他主動提出「訪問」偽滿洲國的報告，當時在座群奸，但見他悲憤之情溢於言表。站立起來，靜了許久，他方始用不勝懊惱的神情說道：

「我真想不到，日本人會用這種手段對付我！」

汪精衛「訪問」偽滿洲國以後，兩名傀儡開始「建交」，汪精衛派廉隅為駐偽滿洲國大使，廉隅漸漸的和溥儀接近。通常，廉隅晉謁溥儀，總有日本陸軍中佐，偽滿洲國帝室御用掛吉岡安置在旁監視，有一次，吉岡安置回日本渡假去了，溥儀方始有了和廉隅單獨晤談，暢所欲言的機會。溥儀向廉隅問起南京，上海的情形，言下之意，他很想往十里洋場大上海一遊，廉隅便趁此機會，建議他訪問南京，這樣他就可以便道往遊上海、杭州等地了，溥儀驟然顯得非常興奮，他滿懷熱望的告訴廉隅說：

「如果我能夠前往『訪問』南京，不但可以便道前往上海和杭州遊覽，甚且我還能回北平一趟。你不知道，我是多麼的想念北平，想念故宮，想念我在北平的家人。不過，」接下去他便神情凝重，語音黯然的道：「像『訪問』南京這種事我是沒法自己作主的，一切要聽日本關東軍的安排。依我看來，這些年裡，日本人從來就沒讓我回關內的意思。」

兩名漢奸相對欷歔，久久，廉隅覺得有點僵窘。他便站起身來向溥儀告辭。沒有想到溥儀忽又叫住了他，欲言又止，一臉說不出的忸怩不安，他問廉隅：「你們『大使館』運香煙來，是否可以避免日本人的檢查。」

廉隅茫茫然的答道：

「是的，依照外交慣例，運來我們『大使館』的東西，可以不受日方的檢查。」

「那麼，」溥儀很為難地說出了自己的要求：「你能不能給我運一箱大砲台來。」

廉隅一口答應的說：

「好吧。」

為了拜託廉隅偷運一箱大砲台，這位偽滿洲國皇帝溥儀，竟伸出了雙手，和廉隅緊緊的相握，嘴裡一疊疊的在說著：

「那麼，我就先謝謝您啦。」

這便是漢奸傀儡的可憐相。

漢奸派系生死決鬥

連汪精衛的漢奸「老前輩」，偽滿洲國皇帝溥儀都悽慘到這步田地，在南京，自從汪精衛的那一個破爛攤子開了張，群奸之間便同時展開了明爭暗鬥，互相傾軋。其實，汪偽組織所可爭的又有些什麼呢？不錯，自汪記開鑼，日軍已經攻佔我國的華北、華中、華南和東南半壁。但是誰都曉得，勢如強弩之末的日軍只能佔據點與線，淪陷區裡每一個城市的四鄉八鎮，仍然掌握在我方的游擊隊手裡，八年之中不斷的予日軍襲擊，日軍如若作大規模的清鄉行動，充其量也不過是和我方游擊隊捉捉迷藏而已，日軍一撤，大好河山仍然重回我軍之手。

就在連日軍自身都局限一隅，狼狽不堪的情形之下，他們頻年血戰所竊踞的地方，豈有大大方方的雙手奉讓給汪偽組織的道理？因此，汪偽組織上有日本主子監管，下有淪陷區同胞抗拒，政令便不能出「都門」一步，華北政務委員會是一個特殊的機構，王克敏也好，王揖唐也罷，都是遇事直接對日本主子交涉，跟汪偽組織絲毫無干。汪精衛一群漢奸的勢力，自始至終無法伸展到華北。華中呢？各偽軍司令，偽縣市長，一概是維新政府時代的舊人，梁鴻志在南京投閒置散，依附汪精衛，他們卻偏偏不賣汪精衛的賬，汪偽組織來的煌煌嚴令，乾脆往字紙簍裡一丟。汪精衛要派人去接替他們的漢奸偽職，更是作夢也休想。捨此之外，則廣東、福建尚有戰事，日方便根據這個理由，絕口不提交還行政權的問題。

所以數來數去，汪偽組織勉強可以撈幾票的地盤，就只剩下東南一隅之地。汪偽組織的五院，除了汪精衛自兼的偽行政院長以外，其餘四院，形同虛設，自為院長以次，無非按月支領一份薪水。偽軍則悉為維新政府舊人，偽綏靖總司令任援道所有。剩下來的這一點點權與利，又復有「公館派」和周佛海派，眼紅耳熱，如狗啃骨，不惜爭得你死我活。汪精衛暫代偽府主席，身兼偽行政院長，和偽軍事委員會委員長，於是，周佛海就要親自掌握較有實權的偽財政部長，偽中央儲備銀行總裁，偽特工委員會主席，偽警政部長。汪偽組織所能分得到的偽省主席及偽市長，雙方的爭競尤為激烈。上海特別市偽市長傅筱庵被我遣人予以暗殺，汪精衛忙不迭的派陳公博繼任，七十六號偽特工總部頭目李士群一旦加入了公館派，使汪精衛的實力倍增，汪精衛為酬庸李士群計，立刻就發表李士群兼任偽江蘇省主席，而將維新政府的舊人陳澤民一腳踢開。他並且多方協助李士群，利用清鄉的名義，使一些地方部隊雜牌偽軍如任援道、丁錫山、謝文達部，逐步的由李士群加以控制。

汪精衛的公館派，和周佛海派鬥法，以特工頭目李士群的倒向汪精衛，為一重大關鍵。自李士群附汪，「公館派」實力增強，兩派乃呈一消一長之勢。於是，汪精衛又派陳君慧取代梅思平的偽工商部長，而將偽工商部改個名稱為偽經濟部。然後再派陳昌祖為偽空軍署長。不過，周佛海也不甘寂寞，急起直追，他那一系的大將傅式說，也取維新政府舊人而代，當上了偽浙江省主席，再使他的得力幹部羅君強，出任偽司法部長兼稅警團團長，又是一項筆桿與槍桿的結合。

等到太平洋戰爭接近尾聲，日本皇軍轉勝為敗，東條英機已經走上了窮途末路，對於中國淪陷區，一方面由於無力兼顧，另一方面也因為氣數將盡，其勢已衰。日本人開始鬆了手，廣東、湖北、淮海（蘇北）各省的行政權，相繼的交給了汪偽組織。於是「公館派」和周佛海又掀起分贓之爭，一場鏖戰的結果。「公館派」的陳耀祖當了廣東省政府偽主席，楊揆一任偽湖北省主席，林柏生外放偽淮海省主席。周佛海派則改以羅君強任偽安徽省主席，偽浙江省主席亦由傅式說而梅思平，而丁默邨，一直給周派捏牢了不放。

控制特工在李士群

若論汪偽組織的統治工具，則始終只有偽軍和特工，在日本皇軍直轄之下的偽軍，一向與周佛海相接近。維新政府留下來的地方偽軍則畏憚李士群的特工勢力，多半跟著李士群走。李士群附周佛海，他們就為周佛海之命是從，李士群投汪精衛，他們便算是「公館派」的武力。不過，汪精衛之能駕馭李士群，只能說是曇花一現，為期相當短暫。當李士群被毒斃，周佛海又將他的勢力全部抓了過去，僅只他所遺的偽江蘇省主席一職，落入維新政府舊人陳群之手，但是陳群安坐了七八年之久的偽內政部長一席，仍由周派的梅思平所兼任。因此，我們可以說，汪偽政權從頭到尾，確以周佛海派的勢力較大，搜刮尤多。汪精衛聰明一世，懵懂一時，他那千秋萬世大漢奸的罵名，算是白替周佛海挨了。

以上所述，僅係汪偽組織之內，汪周兩派火拚的鳥瞰，倘若條分縷析，一一細說，那真是牛鬼神蛇，施盡解數，腥風血雨，好戲連台。前文已經表過，汪周鬥法的大關鍵在於李士群的何適何從？換言之，也就是汪精衛、周佛海誰能指揮得動李士群，誰就能佔優勢。李士群在汪偽組織實佔舉足輕重的地位，左袒則左勝，右袒則右勝。汪精衛、周佛海之間的全本「鐵公雞」，幾乎全在七十六號特工總部演出。

比較起來，周佛海的謀略是勝過汪精衛一籌的，他到上海決心當漢奸之初，就已經曉得籠絡羈縻七十六號的那一批凶神惡煞，使他們成為直屬於他的幹部，這一記猛著先鞭，直接促成他在汪偽組織中佔盡優勢。上海極司非爾路七十六號是一批「狠客」用真刀真槍，鬥狠拚命打出來的特工機關，東洋人看不起他們，對他們並不重視，上海人厭惡他們，把他們當作強盜土匪，殺人放火，無惡不作。這一幫狠客正在栖栖皇皇，走頭無路，突然之間汪精衛、周佛海這一幫賣國賊自天外飛來，決心成立偽組織。周佛海派人和他們一聯絡，河濱裡的泥鰍也有漢奸官做了，當然一拍即合。李士群投靠了周佛海，終覺得還可以更上層樓，走走漢奸正主子汪精衛的路線，但是汪精衛和陳璧君對於他們這一幫狠客總以為來路不正，素行不端，不屑假以辭色，因此李士群也就無從得到接近汪精衛或其公館派的機會。汪偽組織成立之初，「公館派」和周佛海的大小群奸紛集南京到處活動鑽門路，上海只剩「公館派」的胡蘭成，和乍成周派的李士群兩個人留守。那時候李士群已經被內定為偽警政部部長，然而這個早年的共產黨員野心很大，不以徒為周佛海的打手為滿足，他還想跳一跳槽，所以他亟於向「公館派」送秋波。

很湊巧，有一天「公館派」裡正走紅的胡蘭成，當時身為汪精衛的發言人，他閒來無事，帶一份好奇心理，到七十六號去逛逛。「貴客」臨門，李士群喜從天降，他把胡蘭成服侍的舒舒服服。就這一次見面，胡蘭成為表示效忠汪精衛起見，他自願擔任為雙方搭線的任務。大概他也跟周佛海一樣的看清楚了當年情勢，如欲掌握實權，偽軍不足恃，必須控制特工。於是胡蘭成從上海跑了一趟南京，他先見陳璧君，向她報告李士群有意投效，他希望特工部門能夠直接隸屬汪精衛。然而，陳璧君卻對於七十六號印象極壞，她一聽就皺緊眉頭說：「七十六號，那是個帶血腥氣的地方！」此一峻拒，影響汪偽組織「公館派」的前途甚巨。

讀歷史32　史地傳記類　PC0302

諜戰上海灘（上）

作　　者 / 萬墨林
主　　編 / 蔡登山
責任編輯 / 蔡曉雯
圖文排版 / 陳姿廷
封面設計 / 陳佩蓉

發 行 人 / 宋政坤
法律顧問 / 毛國樑　律師
出版發行 / 秀威資訊科技股份有限公司
114台北市內湖區瑞光路76巷65號1樓
電話：+886-2-2796-3638　傳真：+886-2-2796-1377
http://www.showwe.com.tw
劃撥帳號 / 19563868　戶名：秀威資訊科技股份有限公司
讀者服務信箱：service@showwe.com.tw
展售門市 / 國家書店（松江門市）
104台北市中山區松江路209號1樓
電話：+886-2-2518-0207　傳真：+886-2-2518-0778
網路訂購 / 秀威網路書店：http://www.bodbooks.com.tw
國家網路書店：http://www.govbooks.com.tw

2013年8月　BOD一版
定價：450元

國家圖書館出版品預行編目

課戰上海灘 / 萬墨林著. -- 一版. -- 臺北市 : 秀威資訊科
技, 2013.08
冊；　公分. -- (讀歷史 ; PC0302,PC0329)
BOD版
ISBN 978-986-326-121-6 (上冊 ; 平裝). --
ISBN 978-986-326-125-4 (下冊 ; 平裝)

857.85　　　　　　　　102009559

讀者回函卡

感謝您購買本書，為提升服務品質，請填妥以下資料，將讀者回函卡直接寄回或傳真本公司，收到您的寶貴意見後，我們會收藏記錄及檢討，謝謝！

如您需要了解本公司最新出版書目、購書優惠或企劃活動，歡迎您上網查詢或下載相關資料：http:// www.showwe.com.tw

您購買的書名：________________________________

出生日期：________年________月________日

學歷：□高中（含）以下　□大專　□研究所（含）以上

職業：□製造業　□金融業　□資訊業　□軍警　□傳播業　□自由業

□服務業　□公務員　□教職　□學生　□家管　□其它_____

購書地點：□網路書店　□實體書店　□書展　□郵購　□贈閱　□其他

您從何得知本書的消息？

□網路書店　□實體書店　□網路搜尋　□電子報　□書訊　□雜誌

□傳播媒體　□親友推薦　□網站推薦　□部落格　□其他__________

您對本書的評價：（請填代號　1.非常滿意　2.滿意　3.尚可　4.再改進）

封面設計____　版面編排____　內容____　文／譯筆____　價格____

讀完書後您覺得：

□很有收穫　□有收穫　□收穫不多　□沒收穫

對我們的建議：________________________________

____

____

____

請貼
郵票

11466
台北市內湖區瑞光路 76 巷 65 號 1 樓
秀威資訊科技股份有限公司 收
BOD 數位出版事業部

....

（請沿線對折寄回，謝謝！）

姓　　名：＿＿＿＿＿＿＿＿　年齡：＿＿＿＿　性別：□女　□男

郵遞區號：□□□□□

地　　址：＿＿＿＿＿＿＿＿＿＿＿＿＿＿＿＿＿＿＿＿

聯絡電話：(日)＿＿＿＿＿＿＿＿(夜)＿＿＿＿＿＿＿＿

E-mail：＿＿＿＿＿＿＿＿＿＿＿＿＿＿＿＿＿＿＿＿